Alles un

Walter Kempowski

Alles umsonst

Roman

Weltbild

Besuchen Sie uns im Internet:
www.weltbild.de

Genehmigte Lizenzausgabe für Verlagsgruppe Weltbild GmbH,
Steinerne Furt, 86167 Augsburg

Umschlaggestaltung: Studio Höpfner-Thoma, München
Umschlagmotiv: Mauritius Images, Mittenwald
Gesamtherstellung: Bagel Roto-Offset GmbH & Co. KG, Schleinitz
Printed in the EU
ISBN 978-3-8289-8849-1

2010 2009 2008 2007
Die letzte Jahreszahl gibt die aktuelle Lizenzausgabe an.

Für Jörg

Bei dir gilt nichts denn Gnad und Gunst,
die Sünde zu vergeben;
es ist doch unser Tun umsonst
auch in dem besten Leben.

MARTIN LUTHER (1524)

Der Georgenhof

Unweit von Mitkau, einer kleinen Stadt in Ostpreußen, lag das Gut Georgenhof mit seinen alten Eichen jetzt im Winter wie eine schwarze Hallig in einem weißen Meer.
Das Gut war nur klein, die Ländereien waren bis auf einen Rest verkauft worden, und das Gutshaus war alles andere als ein Schloß. Ein zweistöckiges Haus mit halbrundem Giebel in der Mitte, den ein ramponierter blecherner Morgenstern krönte. Hinter einer alten Mauer aus Feldsteinen lag das Haus, das früher einmal gelb gestrichen war. Nun war es gänzlich von Efeu bewachsen, im Sommer hausten darin Stare. Jetzt, im Winter 1945, klapperte es mit seinen Dachziegeln: Ein eisiger Wind fegte kleinkörnigen Schnee von weither über die Äcker gegen den Gutshof.
«Gelegentlich müssen Sie den Efeu abmachen, der frißt Ihnen den ganzen Putz kaputt», war schon gesagt worden.
An der brüchigen Feldsteinmauer lehnten ausrangierte rostige Ackergeräte, und in den großen schwarzen Eichen baumelten Sensen und Rechen. Das Hoftor war vor längerer Zeit von einem Erntewagen angefahren worden, es hing seither schief in den Angeln.

Der Wirtschaftshof mit seinen Stallungen, Scheunen und dem Kütnerhaus lag etwas seitab. Die Fremden, die auf der Chaussee vorbeifuhren, sahen nur das Gutshaus. Wer mag dort wohnen? dachten sie, und ein bißchen Sehnsucht kam auf: Warum hielt man nicht einfach mal an und sagte guten Tag? Und:

warum wohnte man selbst nicht in einem solchen Haus, das sicher voller Geschichten steckte? Das Schicksal ist doch ungerecht, dachten die Leute.
«Durchgang verboten» stand an der großen Scheune: ein Durchgang zum Park hin war nicht gestattet. Hinter dem Haus sollte Ruhe herrschen, der kleine Park dort, der Wald dahinter: Irgendwo muß man auch einmal zu sich kommen.

«4,5 km» stand auf dem weiß gekalkten Kilometerstein an der Chaussee, die am Haus vorbei nach Mitkau führte und in der entgegengesetzten Richtung nach Elbing.

Dem Gut gegenüber, jenseits der Chaussee, war in den dreißiger Jahren eine Siedlung gebaut worden, mit Häusern eines wie das andere, sauber ausgerichtet, jedes mit Stall, Zaun und einem kleinen Garten. Die Menschen, die hier wohnten, hießen Schmidt, Meyer, Schröder oder Hirscheidt, das waren sogenannte kleine Leute.

Die Leute, denen der Georgenhof gehörte, hießen von Globig. Katharina und Eberhard von Globig, wilhelminischer Beamtenadel von 1905. Das Gut war von dem alten Herrn von Globig vor dem Ersten Weltkrieg mit gutem Geld gekauft und in Zeiten der Prosperität um Wiesen und Wald vermehrt worden. Der junge Herr von Globig hatte dann alle Ländereien, Wiesen, Äcker und Weiden bis auf einen kleinen Rest verkauft und das Geld in englischen Stahlaktien angelegt, außerdem hatte von Globig eine rumänische Reismehlfabrik damit finanziert, was den Eheleuten nicht gerade ein üppiges Leben ermöglichte, aber immerhin. Ein Wanderer-Wagen wurde angeschafft, ein Auto, das sonst niemand im Regierungsbezirk hatte, und damit fuhren sie vor allem in den Süden.

Eberhard von Globig war jetzt im Krieg «Sonderführer» der Deutschen Wehrmacht, die Uniform stand ihm gut, im Sommer gar der weiße Rock? Wenn auch die schmaleren Schulterstücke ihn kenntlich machten als Wirtschaftsoffizier, der mit Waffen nichts zu schaffen hatte.
Seine Frau wurde als verträumte Schönheit gerühmt, schwarzhaarig mit blauen Augen. Nicht zuletzt ihretwegen stellten sich im Sommer auf Georgenhof gelegentlich Freunde und Nachbarn ein, die sich zu ihr in den Garten setzten und sie unverwandt anschauten; Lothar Sarkander, der Bürgermeister von Mitkau – steifes Bein und Schmisse an der Wange –, Onkel Josef mit den Seinen aus Albertsdorf oder Studienrat Dr. Wagner, ein Hagestolz mit Spitzbart und goldener Brille. Wegen seines Spitzbartes sah er so aus, als ob man ihn kennt. Selbst Fremde grüßten ihn auf der Straße. An der Klosterschule von Mitkau unterrichtete er Knaben der oberen Jahrgänge in Deutsch und Geschichte, Latein im Nebenfach.

In den Sommerferien kam gelegentlich die Kusine Ernestine aus Berlin, mit den Kindern Elisabeth und Anita, die immer so gern ritten und sich bei den schweren Sommergewittern ins Haus verkrochen und dort die saure Milch aufaßen, die auf dem Fensterbrett in der Küche stand, mit Fliegen obendrauf. Die Heuwagen, wenn die so angeschwankt kamen … Und Blaubeeren suchen im Wald.
Jetzt im Krieg kamen sie vorwiegend zum Hamstern. Mit leeren Taschen kamen sie, und mit vollen fuhren sie davon.

Die beiden Globigs hatten einen Sohn, dem sie den Namen Peter gegeben hatten: schmaler Kopf, gekräuseltes blondes Haar. Er war zwölf Jahre alt: still wie die Mutter und ernst wie der Vater.

Krauses Haar – krauser Sinn, sagten die Leute, wenn sie ihn sahen, aber daß es blond war, das Haar, machte alles wett.
Seine kleine Schwester Elfie war vor Jahren an Scharlach gestorben, das Zimmer stand noch immer leer, das ließ man unangetastet, mit der Puppenstube, die nun schon Staub angesetzt hatte, und dem Kaspertheater. Alle ihre Sachen hingen noch in dem mit aufgemalten Blumen verzierten Kleiderschrank.

Jago, der Hund, und Zippus, der Kater. Pferde, Kühe, Schweine und eine große Hühnerschar mit Richard, dem Hahn.
Sogar ein Pfau war vorhanden, der hielt sich immer etwas abseits.

Katharina, die schwarze Schönheit, ganz in Schwarz, strich dem Jungen übers Haar, und Peter hatte es gern, wenn ihm die stille Mutter übers Haar strich, aber seit kurzem wehrte er sich denn doch dagegen mit einem energischen Kopfruck. Lange blieb Katharina nie bei dem Jungen stehen, sie ließ ihm seine Ruhe, sie selbst wollte ja auch ihre Ruhe haben.

Zur Familie gehörte noch das «Tantchen», ein ältliches Fräulein, sehnig, mit Warze am Kinn. Sommers lief sie in einem labberigen Waschkleid durch das Haus, stets auf Trab! Jetzt trug sie wegen der Kälte eine Männerhose unterm Rock und zwei Strickjacken. Seit Eberhard als Sonderführer «im Felde stand», wie es ausgedrückt wurde, obwohl er doch nur in der Etappe zu tun hatte, sorgte sie für Ordnung auf Georgenhof. Ohne sie wäre es nicht gegangen. «Es ist alles nicht so einfach ...», sagte sie, und damit meisterte sie den Tag.
«Die Küchentür muß zugehalten werden!» rief sie durchs Haus, das habe sie auch schon tausendmal gesagt. «Das zieht doch durch alle Zimmer!» Dagegen könne man nicht «anheizen».

Über die Kälte klagte sie, warum war sie bloß in Ostpreußen gelandet? Weshalb um Himmels willen war sie nicht nach Würzburg gegangen, damals, als sie noch die Wahl hatte?
Im Ärmel steckte ein Taschentuch, das sie immer und immer an die rote Nase führte. Es war alles nicht so einfach.

Mit Kriegsausbruch versiegte der Fluß des Geldes: englische Stahlaktien? Reismehlfabrik in Rumänien? Da war es gut, daß Eberhard den Posten in der Wehrmacht bekommen hatte. Ohne das Gehalt, das er bezog, wäre es nicht gegangen. Die paar Morgen Land, die noch übrig waren, drei Kühe, drei Schweine und Geflügel schafften ein gutes Zubrot, aber man mußte dafür sorgen! Von nichts kam nichts!
Wladimir, ein nachdenklicher Pole, und zwei muntere Ukrainerinnen hielten den Betrieb in Gang. Die korpulente Vera und Sonja, ein blondes Mädchen mit Kranz um den Kopf. Um die Eichen kreisten Krähen, und in den Vogelhäuschen, die jetzt im Winter ziemlich regelmäßig beschickt wurden, holten sich «Piepmätze» ihr Teil. «Piepmätze», das war ein Ausdruck, den Elfie gebraucht hatte, nun schon zwei Jahre tot.

Die Eheleute hatten sich, als das Geld noch reichlicher floß, im ersten Stock eine gemütliche Wohnung eingerichtet, drei Zimmer, Bad und kleine Küche. Ein Wohnzimmer mit Blick auf den Park, warm und gemütlich, hier konnte Katharina Briefe schreiben oder Bücher lesen. Und wenn Eberhard kam, war man ungestört. Da konnte man «die Tür hinter sich zumachen», wie das genannt wurde. Da brauchte man nicht immerfort mit dem Tantchen zusammenzusitzen, unten in der Halle, die sich in alles einmischte und alles besser wußte. Die dauernd aufstand, um noch was zu holen, und sitzenblieb, wenn es störte.

Jetzt im Januar 1945 stand in der Halle noch der Weihnachtsbaum. Peter hatte ein Mikroskop geschenkt bekommen, von seiner Patentante in Berlin. Er saß in der schummrigen Halle, an einem Tisch unweit des rieselnden Tannenbaums. Durch den Tubus sah er sich alles mögliche ganz genau an, Salzkristalle und Fliegenbeine, ein Stück Faden und die Spitze einer Stecknadel. Neben sich hatte er ein Notizbuch gelegt, und darin notierte er seine Beobachtungen: «Donnerstag, den 8. Januar 1945: Stecknadel. Vorne schartig.»
Seine Füße hatte er in eine Decke gehüllt, da es zog. In der Halle zog es immer, weil der Kamin mit seinen brennenden Scheiten Luft ansog und weil «stets und ständig» die Küchentür offenstand, wie das Tantchen es ausdrückte. Es waren die Ukrainerinnen, die das Schließen der Türen nie lernten. Eberhard hatte die beiden im Osten besorgt. Ob sie nach Deutschland wollten, groß und mächtig, hatte er sie in ihrem Dorf gefragt. Berlin, mit Kinos und U-Bahn? Und dann waren sie in Georgenhof gelandet.

Peter stellte den Tubus des Instruments rauf und runter, und zwischendurch schob er sich auch mal eine Pfeffernuß in den Mund.
«Na», sagte das Tantchen, wenn sie durch die Halle eilte, «forschst du tüchtig?» Eigentlich hätte ja der Schnee vom Eingang weggefegt werden sollen ... Aber ehe man jemanden um so etwas bittet, tut man es lieber selbst. Außerdem: der Junge war ja beschäftigt, wer weiß, vielleicht würde die Leidenschaft, die er für dieses Gerät hatte, später Früchte tragen? Die Universität in Königsberg war nicht weit? Wenn der Junge untätig herumgelungert hätte, wäre das etwas anderes gewesen.

«Laß ihn in Ruhe», hatte Katharina gesagt, als das Tantchen ihn einen Stubenhocker genannt hatte.

Als Peter sich nicht mehr mit dem Mikroskop beschäftigen wollte, stellte er sich ans Fenster und guckte sich die Vögel an, die ratlos herumschwirrten, weil die Vogelhäuschen mal wieder nicht beschickt worden waren, und dann sah er mit dem Fernglas seines Vaters in die Weite, was er eigentlich nicht sollte. Dieses Glas sei kein Spielzeug, wurde gesagt. Immer und immer werde mit fettigen Fingern auf die Linsen gefaßt, vom Verstellen des Glases ganz zu schweigen. «Da hat wieder einer mein Glas angefaßt», sagte von Globig, wenn er mal – selten genug – nach Georgenhof kam.

Peter sah nach Mitkau hinüber, wo neben dem Kirchturm der Schornstein der Ziegelei auszumachen war. Die Schule war wegen der Kälte geschlossen. «Kälteferien», dieser Ausdruck war neu. Die Jugend durfte zu Hause bleiben, aber die Hitlerjugend sorgte dafür, daß sie nicht unbeschäftigt blieb. Auch Peter hatte man an einem klaren Frosttag herausholen wollen aus der Stube, zum Schneeschippen an der großen Mitkauer Kreuzung. Aber da war es eben wieder einmal die Erkältung gewesen, unter der Peter litt, die machte es ihm unmöglich, an dieser Aktion teilzunehmen. «Er hat wieder seinen Katarrh», war gesagt worden.
Husten und Schnupfen hinderten ihn allerdings nicht daran, mit dem Schlitten den kleinen Abhang hinter dem Haus hinunterzufahren, immer wieder. Vor dem Haus schien die Sonne, da wäre es schöner gewesen, aber das hatte man ihm verboten, weil gelegentlich ein Auto vorüberflitzte.

Dann beschäftigte er sich wieder mit dem Mikroskop. Der Hund Jago hielt sich an ihn und legte die Schnauze auf seinen rechten Fuß, und der Kater barg sich in dessen Fell.
Das sei ein Bild für die Götter, wurde gesagt: wie die Katze da auf dem Rücken des großen Hundes liegt?

«Was haben Sie für einen netten Sohn», sagten die Besucher aus Mitkau, die sich gern in Georgenhof sehen ließen, obwohl das ein Fußmarsch von anderthalb Stunden war, «so ein hübscher Junge!» Mit leeren Taschen kamen auch sie, und mit vollen gingen sie wieder davon.
Der «Hagestolz», Studienrat Dr. Wagner, guckte öfter mal ein. Der kümmerte sich um den Jungen, jetzt, wo der Schulbetrieb eingestellt worden war.
Wenn Jugend durch den Kreuzgang der Mitkauer Klosterschule an ihm vorübertobte, hielt er den «Blondschopf» gerne an und sagte: «Na, mein Junge? Hat dein Vater mal wieder geschrieben?» Und jetzt, in den Kälteferien, «kümmerte» er sich um ihn.

Im schönen, warmen Sommer war er mit seinen Quartanern schon mal durch die gelben Getreidemeere gewandert, an das stille, von Weiden umstandene Flüßchen Helge, das in großen Links- und Rechtsschwüngen durch das Land floß. Dort hatten sie sich die Hosen und Hemden vom Leibe gerissen und waren hineingestürzt in das dunkle Wasser. Manches Mal hatte es sich ergeben, daß die kreischende Jugend durch den Wald lief und in Georgenhof landete, wo sie Himbeerwasser vorgesetzt bekam und auf den Rasen im Park gelagert ihre Stullen essen konnte: muntere Sommervögel!
Der Studienrat zog dann seine silberne Querflöte aus der Tasche und blies Volkslieder, vom Haus aus hörte Katharina ihm zu.

Jetzt, im kalten Winter des sechsten Kriegsjahres, kam Studienrat Dr. Wagner öfter mal vorbei, zu Fuß, trotz Eis und Schnee, und auch er pflegte mit einer leeren Tasche zu kommen und mit einer gefüllten wieder davonzuwandern. Äpfel nahm er mit, oder Kartoffeln. Auch mal eine Steckrübe. Die er übrigens bezahlte, denn das Tantchen pflegte zu sagen: «Die wächst auch nicht für Gotteslohn.» Für eine Steckrübe berechnete sie zehn Pfennig.
Mit Katharina saß er gern ein wenig zusammen, wenn sie sich denn sehen ließ. Gern hätte er ihre Hand gefaßt, aber es gab keinen rechten Anlaß dazu. Das Tantchen pflegte Schubladen aufzuziehen, wenn er kam, und mit Aplomb wieder zuzustoßen. Daß es immer was zu tun gibt, sollte das bedeuten, in einem so großen Haushalt, auch wenn es so aussieht, als ob man müßig in den Tag hineinlebt.

Wagner kümmerte sich ein wenig um den Jungen, wie er es ausdrückte. Ging also mit ihm auf seine Stube und brachte ihm Dinge bei, von denen in der Schule nie die Rede gewesen war.

Fernglas und Mikroskop? Im Physiksaal der Klosterschule stand ein kleines Teleskop, man könnte es nach Georgenhof schaffen und dort mit dem Jungen die Sterne begucken? Niemand würde den Verlust bemerken, und man trüge es ja auch wieder zurück, wenn alles vorüber ist?

Ganz uneigennützig kümmerte sich Dr. Wagner um den Jungen. Er verlangte jedenfalls keine fünfzig Pfennig für die Unterrichtsstunde. Er begnügte sich mit ein paar Kartoffeln oder einem halben Kopf Kohl.

Der Ökonom

An einem dunklen Abend klingelte es an der Haustür, ein älterer Mann war es, der die Glocke gezogen hatte, er trug eine lustige Mütze und stützte sich auf zwei Krücken.
Wladimir hatte ihn in der Dunkelheit schon mit der Taschenlampe auf dem Hof herumstreichen sehen, und die beiden Ukrainerinnen hatten innegehalten und aus dem Küchenfenster gespäht, wer das da ist, der sich dem Hause nähert?
Jago hatte sich erhoben und ein-, zweimal angeschlagen, und nun stand der Fremde in der Tür, die Schneppglocke machte noch einmal pling!, und Katharina öffnete ihm. Schon stakste der Mann mit seinen Krücken an ihr vorüber in die Halle hinein und auf und ab, die Beine vor- und zurückschwingend, von Jago Schritt für Schritt begleitet. Er trug eine grüne Bauernjoppe mit schrägen Seitentaschen und schwarze Ohrenschützer. Die Ohrenklappen der Mütze wurden oben auf dem Kopf mit einem Schleifchen zusammengehalten. Um den Leib hatte er einen Lederriemen, und an diesem Riemen hing eine schwere, akkordeonartige Aktentasche.

Er möchte sich nur eben ein wenig aufwärmen, sagte er zu Katharina und zu dem Tantchen, das gerade die Abendsuppe hereintrug, ob er das dürfe? – Kein Bus, kein Zugverkehr, Strecke unterbrochen und ein eisiger Wind? Aus Elbing kam er, und von Harkunen war er zu Fuß bis hierher gestakst: Was für Verhältnisse! Wer hätte das gedacht! Fünfzehn Kilometer!? Bei diesem Wetter? und zu dieser Stunde?

Nach Mitkau wollte er, und er hatte damit gerechnet, daß ein Gasthaus an der Straße läge, das «Waldschlößchen», das auf seiner Karte verzeichnet war, ein Ausflugsort für Familienfeiern?
Er war auch tatsächlich daran vorbeigekommen, aber alles verriegelt und verrammelt. Fremdes Volk trieb sich dort herum. Allerlei unartikulierte Sprachfetzen, Tschechisch, Rumänisch ...?
Hände in den Taschen, ihm nachgesehen ...

Der Mann hieß Schünemann, und er war schon lange unterwegs, per Bahn, und das letzte Stück von Harkunen aus mit einem Bauernwagen, und den allerletzten Rest zu Fuß! Und das bei diesem Schnee!
Er wolle sich nur ein wenig aufwärmen und verschnaufen, dann verdufte er sofort. Irgendwo werde er schon noch unterkommen, sagte er und blickte sich um ...
Was hatte ihn geritten, sich um diese Jahreszeit im Lande herumzutreiben? Ausgerechnet nach Mitkau?

Katharina sah sich den Mann an. Besuch zu dieser Tageszeit? Und auch der Mann betrachtete sie nicht ohne Interesse. Donnerwetter! Was sich so alles auf dem Lande versteckt ... Diese Frau gehörte doch von Rechts wegen sonstwohin? Berlin! München! Wien!
Er stakste zu ihr hin, mit den Beinen vor- und zurückschwingend, und sagte, er heiße Schünemann und sei Ökonom von Beruf, *National*ökonom, und – keine Angst! – er wolle nur ein wenig verschnaufen ...
«Ah, Wärme ...», sagte er und hakte die Mappe vom Schulterriemen ab und schwang sie neben den Kaminsessel. Dann öffnete er die Jacke und stellte sich, von den Krücken befreit,

ans Feuer und ließ Wärme an seinen Körper strömen. Wärme! Der Hund stellte sich neben ihn, was der Mann da in das Feuer zu gucken hat, er wedelte kurz mit dem Schwanz: Es mochte seine Richtigkeit mit ihm haben.
Nun kam auch der Kater herbei: Was hier schon wieder los ist.

Der Mann setzte sich an den Kamin und zündete sein Pfeifchen an und verfluchte den Tag, an dem er sich entschlossen hatte, «Nationalökonomie» zu studieren, sein Vater hätte ihn immerfort gedrängt.
«Wär' ich doch bloß Tischler geworden …» sagte er, sich der Tante zuwendend. – «Aber ausgerechnet Nationalökonom!» rief er, als müsse er die Leutchen zu Zeugen seiner Lebensdummheit anrufen.

Peter fragte ihn, was das ist, ein «Ökonom».
«Tja», antwortete der Herr, «das ist gar nicht so einfach zu erklären. Wär' ich man Tischler geworden …» – Ob er mal durchgucken dürfe durch das Mikroskop. Der Spiegel sei ja völlig falsch eingestellt …

Ihm sei die Ruhe im Osten nicht geheuer – schon seit Wochen diese eigentümliche Ruhe? sagte er und stellte den Kopf schief, als müsse er lauschen, ob nicht was zu hören ist, und weil ihm diese Ruhe nicht geheuer sei, wolle er keineswegs nach Insterburg weiterziehen, wie er es ursprünglich vorgehabt habe, sondern er werde ein paar Tage in Mitkau bleiben. Und dann schnellstens nach Elbing zurück und über Danzig nach Hamburg, er habe dort einen Vetter wohnen. Bei dem werde er unterkriechen.
«Haben Sie letzte Nacht den Feuerschein gesehen, gnädige Frau?» fragte er Katharina, die eine Petroleumlampe auf den

Tisch stellte, weil mal wieder Stromsperre war, und sich setzte – es war ja Abendbrotzeit.
Feuerschein? Sie wußte davon nichts ... Es war alles so kompliziert und verwickelt ... Wer je das Wort an Katharina richtete, mußte es erleben, daß sie vom Himmel fiel. Sie hatte niemals von irgendwas gehört, geschweige denn eine Ahnung. «Sie hat keinen Schimmer», wurde gesagt, «aber schön ist sie ... sehr schön.» In jeder Gesellschaft war sie die Hauptperson, obwohl sie kaum je etwas sagte.
Aber sonst? Verkroch sich nach oben in ihr «Boudoir», und was sie dort trieb, wußte der liebe Himmel. Lesen tat sie viel, oder besser «schmökern», denn von Goethe und Lessing konnte keine Rede sein bei ihrer Lektüre. Sie hatte als junges Ding mal bei einer Buchhändlerin ausgeholfen, und seit damals war es ihre Gewohnheit, Bücher «anzulesen», nach allzu Sperrigem griff sie nicht.

Jetzt mußte jedenfalls erst einmal gegessen werden. Minus 16 Grad zeigte das Thermometer, und das Barometer gab an, daß es wohl noch kälter werden würde.
Vielleicht zögerte man ein wenig zu lange, den Herrn an den Tisch zu bitten, die Suppenterrine stand ja schon da, aber dann tat man es eben doch: Man lud ihn auf ein paar Löffel ein, und er klopfte das Pfeifchen aus und trat flink näher, setzte sich, rieb sich die Hände und sagte wieder und wieder, daß er nur eben ein wenig verschnaufen wolle.
Gegenüber von Katharina nahm er Platz und betrachtete sie. Eine südländische Schönheit in dieser Einöde? Wo Fuchs und Has' sich gute Nacht sagten? – Anselm von Feuerbach, dessen Bilder kannte man ja.
Katharina sah aus, als wolle sie sagen, sie könne es ja auch nicht ändern. Einen Schlüssel hielt sie in der Hand, mit dem spielte

sie herum, das war der Schlüssel zu ihrem Boudoir, das sie immer verschlossen hielt. Er war schon ganz blank vom nervösen Hantieren. Da oben hatte niemand etwas zu suchen.

Er habe sich etwas leichtsinnig auf den Weg gemacht, die Ausfallstraßen würden ab morgen kontrolliert, habe es geheißen, er sei grade noch so durchgewitscht. Und er habe gedacht, ein Wagen picke ihn vielleicht auf unterwegs, aber die Straße sei wie ausgestorben gewesen – und kein Gasthaus weit und breit! Am Waldschlößchen schon gedacht: Hier laßt uns Hütten bauen … Und da habe er im letzten Augenblick das Gutshaus gesehen, wie es da geduckt hinter der Mauer liegt, unter den schwarzen Eichen, und er habe gedacht, hier könne er verschnaufen und sich aufwärmen. Und dann weiter die paar Kilometer noch bis Mitkau.
Die werde er auch schon noch schaffen.

Das Waldschlößchen? Du lieber Himmel! Früher war das Waldschlößchen ein Ausflugslokal gewesen, mit Kaffeegarten, für Familien und für Schulklassen ideal, der große Wald, und dahinter der von Weiden gesäumte Fluß? Jetzt waren die großen Aussichtsfenster mit Brettern zugenagelt, jetzt diente das Waldschlößchen als Heim für Fremdarbeiter: Rumänen, Tschechen, Italiener – Menschen, die von Einheimischen als «Gesochs» bezeichnet wurden. Die Rumänen wuschen sich die Füße nicht, und die Italiener waren gar zum Verräter am deutschen Volk geworden, im Ersten Weltkrieg schon und nun noch einmal. Das waren also Menschen, denen man nicht über den Weg trauen konnte.
Die beiden Ukrainerinnen liefen ab und zu hinüber und blieben länger dort, als angängig war.

Georgenhof: Dieses Haus hier habe etwas Geheimnisvolles an sich, wer weiß, was mich da erwartet, habe er gedacht. Und nun sitze er hier am Tisch mit so lieben, netten Menschen zusammen, und, das sei noch das Schönste, man habe sich nie zuvor gesehen, und jetzt schon so vertraut!
Mit einer «Atzung» habe er gar nicht gerechnet, das sei hier wohl noch gute alte Gastfreundschaft?
Er entnahm seiner Brieftasche Lebensmittelmarken und reichte sie der Frau von Globig, hielt sie dann aber doch dem Tantchen hin, die war wohl eher zuständig für so was. Katharina mit ihrem hochgesteckten dunklen Haar faßte sich an die Brosche: Lebensmittelmarken …? schien sie zu denken. Es war alles so kompliziert …
«Die stecken Sie man wieder ein», sagte das Tantchen und füllte ihm Suppe auf. Sah dann aber, daß es «Urlaubermarken» waren, die nicht verfielen und die man jederzeit und überall abkaufen konnte. Die nähme sie denn doch ganz gern.
«Wer weiß, was noch alles kommt?»
Es sei alles nicht so einfach!

Der Mann bedankte sich und sagte: Mal sehen, wie's weitergeht, erst nach Mitkau, vielleicht doch noch Insterburg, sonst Allenstein. Und dann aber schleunigst nach Elbing zurück, und von da nach Danzig und nach Hamburg. Und dann ab in den Süden.
Nun aber erst mal Suppe essen, und er sagte wieder und wieder: «Ahhh …» und rieb sich die Hände, und er beobachtete genau, was es war, das ihm da aus der Kelle auf den Teller schwappte. Ziemlich fett war die Angelegenheit, und etwas Fleisch schwamm auch darin herum.
Daß es in diesem Haus üblich war, ein Tischgebet zu sprechen, kam ihm gerade recht. In der Kindheit hatten die Eltern es doch auch immer so gehalten. Oh, er wisse es noch!

Das eifrige Tantchen, der blonde Junge und die ratlose Katharina mit blauen Augen und Flaum unter der Nase, und auf dem Tisch die Terrine mit der fetten Suppe.
Bamm! schlug die Standuhr, bamm!

Die Suppe war heiß. Der Ökonom, in Göttingen studiert und lange im Fichtelgebirge gelebt, bis er auf die unsinnige Idee gekommen war, sich in Ostpreußen herumzutreiben, wie er sagte, blies über den Löffel hinweg, daß die Petroleumlampe auf dem Tisch blakte. Er wog den silbernen Suppenlöffel in der Hand und sagte: «Ah! Kultur!» und er drehte ihn um und zeigte dem Jungen den Stempel, er habe sofort bemerkt, daß der Löffel aus reinem Silber ist. «Schau mal her, was steht da? – Achthundert!» Und er hob auch Peters Suppenlöffel in die Höhe: «Jeder Löffel achthunderter Silber! – Und die Suppenkelle, ein wunderbares Stück ... Was meinst du, mein Junge, was die wert ist?»
Und das Porzellan! – «Das ist ja – ist das nicht ...?» – Den Teller umdrehen, das ging ja nun nicht. Aber daß darauf in blauer Farbe eine vollständige Landschaft gemalt war, trat während des Auslöffelns allmählich zutage, das war dem Jungen bisher noch gar nicht aufgefallen. Bäume, ein Weiher mit Kranichen und ein Boot mit einem Fischer, der gerade sein Netz aus dem Wasser zieht.

Katharina dachte an Berlin, an die Tauentzienstraße, daß sie dort in ihrer Brautzeit dieses Geschirr gekauft hatte – Georgenhof? hatte sie gedacht, vielleicht würde man ja dauernd Gäste bewirten müssen? *Viele* Gäste? Auf Gütern feierte man doch Feste, soviel sie wußte? In Sälen, mit flackernden Kerzen?
Und deshalb hatte sie das Geschirr gekauft für vierundzwanzig

Personen. «Was willst du denn mit dem ganzen Geschirr?» hatte ihr Mann gefragt, als nach der Hochzeit die Mitgift in Georgenhof eintraf.
Aus Berlin stammte Katharina, und in Ostpreußen war sie vorher nur ein einziges Mal gewesen, im Ostseebad Cranz, da war es gewesen, daß sie Eberhard zufällig kennengelernt hatte, bei Kaffee und Kuchen. «Steige hoch, du roter Adler!» hatte die Strandkapelle gespielt. «Heil dir, mein Brandenburger Land!» Florentiner hatten sie gegessen, und Eberhard hatte Zigaretten aus einer angekokelten Meerschaumspitze geraucht: darauf ein Schnitzwerk: Mann und Frau. Und am Abend dann in der Stranddiele Foxtrott getanzt.

Silber? Porzellan? – Der Ökonom wunderte sich, daß all diese Kostbarkeiten noch in Gebrauch waren und nicht schon längst weggepackt, irgendwo versteckt oder nach Berlin geschickt oder weiß der Himmel wohin? «Wenn nun die Russen kommen?» Und bei dem Gelichter hier nebenan? Die Nase lief ihm, und deshalb holte er eine Art Taschentuch hervor, und da fiel auf, daß er einen Brillantring am kleinen Finger trug.
«Was glauben Sie, was hier los ist, wenn es mal andersherum kommt?!»
Den Löffel leckte er nicht gerade ab, aber man sah es ihm an, daß er gerne mehr gegessen hätte, und da hob die Tante die Terrine mit beiden Händen und schüttete ihm den Rest der Suppe platschend auf den Teller.
Katharina lachte ein wenig darüber, aber sie wußte nicht so recht, ob sie das darf, daß sie darüber lacht, ob die Tante das nicht vielleicht krummnimmt?
«Wie konntest du in diesem Augenblick nur lachen? Wie konntest du das tun?»
«Andersherum kommt»? Was meinte der Mann damit?

Die Russen meinte er damit, die an der Grenze lagen. Jeden Tag konnten sie losschlagen, «und dann wehe uns»!

Eine Schale mit Äpfeln wurde auf den Tisch gestellt, und auch davon durfte der Gast sich nehmen, und er rühmte Duft und Aroma der Früchte. Und er nahm weitere Urlaubermarken aus der Brieftasche und reichte sie über den Tisch.
«Danket dem Herrn, denn er ist freundlich, und seine Güte währet ewiglich ...», wurde gesagt. Ja, dem war aus vollem Herzen zuzustimmen.

Ah! wie er das genieße! sagte der Mann: Familienleben! «Der Gatte ist wohl an der Front?» Und er schälte mit seinen gepflegten Händen den Apfel, den man ihm gereicht hatte. Und als er den Apfel verputzt hatte, reichte man ihm einen zweiten.
Nein, nicht an der Front, weit weg, in Italien war der Gatte, und er hatte von dort schon manches Schöne geschickt, und wann immer es ging, rief er an.
«Zuerst war er im Osten, und nun ist er in Italien.»
«Und diese Obstteller!» rief Schünemann. Jeder mit einer anderen Frucht bemalt, gefällig arrangiert, Bananen mit blauen Trauben und Mandeln, und: eine Pampelmuse, Johannisbeeren, Feigen ... Er zeigte es dem Jungen, wie sorgfältig die Malerei ausgeführt war, und erklärte ihm, was ein Granatapfel ist.

Wieder und wieder wunderte sich der Mann über den Leichtsinn, diese Teller noch in Benutzung zu haben und das Tafelsilber – sofort wegpacken alles! Herrgottnochmal! Auch die mit Hirschhorngriff versehenen Obstmesser! Das Gelichter da drüben, dem war doch nicht über den Weg zu trauen.

«Wenn es mal andersherum kommt ...»
Wer könne denn wissen, was noch kommt? Der Russe? Wer weiß? Im Augenblick läge die Front ja noch in tiefstem Schlaf, aber das könne sich schnell ändern, er habe so ein komisches Gefühl ... Er werde morgen nach Mitkau machen und dann Insterburg und dann so schnell wie möglich wieder zurück. Vielleicht noch Allenstein. Was er in Mitkau und in Insterburg eigentlich zu tun hatte, sagte er nicht.

«Alles wegpacken!» rief er, so als ob ihm selbst etwas abginge, wenn man es nicht täte. Am besten mit Stroh in eine Kiste schichten und vergraben. Oder das Silber Stück für Stück nach Berlin schicken oder nach Bayern, oder besser noch nach Hamburg. Vielleicht kann er ja bei seinem Vetter mal nachfragen, der könnte das alles bei sich unterstellen?
Dann legte er den Finger auf die Lippen, als verrate er ein Geheimnis, und flüsterte: Silber behalte immer seinen Wert. Die größeren Stücke wegschicken, aber die Teelöffel vielleicht besser behalten, die würden wie Münzen zu verwenden sein. «Das ist doch bares Geld!» Als Flüchtling, wenn man beispielsweise über einen Fluß gesetzt werden will, dem Fährmann einfach einen Teelöffel hinhalten! Silber! So ein Mensch greife doch mit beiden Händen danach? Wer wolle denn noch Geld in dieser Zeit?

Katharina drehte sich eine Zigarette, und das Tantchen brachte das Geschirr in die Küche, so genau hatte sie sich die Teller noch gar nicht angesehen ... Silber? Wegschicken? Es war ja alles nicht so einfach. Die Obstteller würde man ab heute am besten selber abwaschen und nicht den Mädchen überlassen, die womöglich alles durch die Gegend kegelten.
In der Küche stritten die beiden Ukrainerinnen mit gellender

Stimme – Vera und Sonja. Sie stritten den ganzen Tag, weiß der Himmel, worum's ging. Vielleicht stritten sie sich ja auch gar nicht, vielleicht klang das ja nur so in ihrer verzwickten Sprache.

Oder ging es um die Rumänen im Waldschlößchen? Unter diesen Leuten dort, den Rumänen, Tschechen und Italienern, gab es kräftige Burschen. Man konnte sie singen hören. Wenn man am Hotel vorüberging, hörte man bestimmt irgendjemanden singen. Und wenn sich die Mädels sehen ließen, schoben sie die Mütze in den Nacken. Der Italiener hatte sich sogar eine Feder an die Mütze gesteckt!

Herr Schünemann besichtigte die Porträts, die hier in der Halle hingen, groß und schwarz, sie stellten würdige Menschen aus Potsdam und aus der Tucheler Heide dar. Wenn man auch nicht genau wußte, *wen*.

Soso, Berlin. Wilmersdorf?

Als «Wilmersdorf» erwähnt wurde, guckte Katharina zur Seite. Sie hatte zu Weihnachten Peter dorthin schicken wollen – wer weiß, was noch alles kommt –, aber die Wilmersdorfer hatten abgewinkt.

Die Berliner ließen nur was von sich hören, wenn sie was haben wollten ... Kartoffeln, Gemüse, alles hatte man hingeschafft, Jahr um Jahr, zum Fest sogar eine Gans, aber den Jungen hatten sie nicht nehmen wollen. Vielleicht ja auch besser so, bei den verheerenden Angriffen dort?

Im letzten Sommer noch die beiden Töchter hergeschickt, Elisabeth und Anita, die hatten sich so gut erholt.

«Das Tischtuch ist für immer zerschnitten!» sagte das Tantchen, «ein für allemal!», und der Ökonom sagte: «Aha.»

Nach dem Essen setzte der Herr zu einer Besichtigungstour an. Er schwang zwischen den Krücken artistisch die Halle auf und ab, stieß gar die Tür auf nach nebenan: von dort kam kalte Luft herein! Das war der Sommersaal, vor dem Krieg gebaut, vom Verkauf der Ländereien bar bezahlt und nie so richtig benutzt. Jetzt stand er voll Kisten und Kasten.
Er machte eine Runde in dem eiskalten Saal: «Was sind denn das für Kisten?» sagte er und stieß mit der Krücke dagegen, aber dann ließ er das bleiben, schloß die Tür und kehrte zurück zu den anderen.
Ein weiterer Raum war noch zu erkunden: Was? – Ein Billardzimmer! ... Ein reguläres Billard, grün bespannt ... Am Fenster Spieltische mit polierter Platte, und in der Ecke ein Schrank, dessen Tür mit Intarsien verziert war. In dem wurden wahrscheinlich Weine und Zigarren aufbewahrt?

Die an den Wänden aufgereihten Jagdtrophäen – Gehörn, Geweih, eins neben dem andern, und ein ausgestopfter Sauenkopf – stammten noch von dem alten Globig. Unter der Decke gar eine Lampe aus ineinander geflochtenen Geweihen? Der alte Globig war ein großer Jäger gewesen, sein Drilling und das teure Repetiergewehr hingen in einem modernen Glaskasten, der hier eigentlich gar nicht herpaßte.
Das Tantchen blieb dicht hinter dem Mann, immer dichtauf, man kannte sich doch gar nicht! Und sie erklärte ihm, daß hier die Herren in früheren Jahren immer ihre Zigarren geraucht und Whist gespielt hatten. «Nun machen wir die Tür wohl besser zu.»
Drüben im Saal seien Feste gefeiert worden, sagte sie ... Was gar nicht stimmte, man hatte Feste dort feiern wollen, aber dann war der Krieg gekommen. Und nun standen dort Kisten mit Hab und Gut der Berliner.

Das Tantchen schob den Gast wieder in die Halle, und der schwang sich an seinen Krücken rundum und besichtigte den Weihnachtsbaum, von dem die Nadeln rieselten, und er schlug mit der Krücke ein Eckchen des Teppichs um: «Echt?»
Endlich sah er sich auch die schräg gestellten Tassen in der Schatulle an, sagte: «Darf man?» und öffnete die Glastür und betrachtete sie eine nach der anderen. Manch eine war mit einer Landschaft bemalt, im Vordergrund Jungen, die auf dem Eis Schlittschuh liefen. In mancher lagen vertrocknete Fliegen. – Hier lag auch Eberhards Meerschaumspitze, etwas angekokelt, aber interessant. Vor den Tassen standen, in schnörkelige Drahtrahmen gesteckt, braune Fotos, Großväter, Großmütter. Der Ökonom fragte nach den dargestellten Personen, und, da er keine Antwort bekam, sah er Katharina an, aber die stand nicht auf, die «trat nicht näher», die saß am Tisch, rauchte und spielte mit der Streichholzschachtel.

Das Tantchen ließ sich herbei und zeigte auf das Foto eines zaristischen Offiziers von 1914, in verschnürter Litewka, mit Reitgerte in der Hand. Von ihm gingen allerlei Geschichten um. Daß er beim Russeneinfall 1914 auf Georgenhof einquartiert worden war, ein anständiger Mensch und hochgebildet. Fließend französisch! Man hatte ihm viel zu danken gehabt: den Hof vorm Brandschatzen gerettet! Auch mit ihm war Billard gespielt worden.
In den zwanziger Jahren war er hier unversehens noch einmal aufgekreuzt, über Finnland den Sowjets entwischt. «Abgerissen» hatte er ausgesehen, jegliche Eleganz passé, eine Pelzmütze auf dem Kopf. Hatte nach Osten gezeigt und immerfort: «oh! oh! oh!» gesagt. Hatte sich noch Geld geliehen und war für immer verschwunden. Die Persianermütze, weiß, hatte er dagelassen.

Auf der Klappe der Schatulle stand auch das Foto des Hausherrn, in weißem Uniformjackett, mit dem Verdienstkreuz auf der Brust, wenn auch ohne Schwerter. «Ist das Ihr Gatte, liebe gnädige Frau?» rief Herr Schünemann Katharina zu. Ja, das war ihr Gatte, allerdings!
Eberhard von Globig war einer der Fachleute, die halfen, die Versorgung der deutschen Bevölkerung aufrechtzuerhalten, die Ausschöpfung des östlichen Wirtschaftsraums zugunsten des Großdeutschen Reiches. Das lief in diesem Krieg ganz anders als 14/18, als die Deutschen sich von Steckrüben hatten ernähren müssen. Dieses Mal sollte die Bevölkerung nicht unnötig gereizt werden, ein ausreichendes Maß an Ernährung wollte man ihr zukommen lassen. Brot, Butter, Fleisch, und ganze Güterzüge voll Melonen! Die Ukraine, Weißrußland. Da war allerhand zu holen gewesen. Weizen, Sonnenblumenöl und wer weiß was noch alles. Jetzt lagen da allerdings nur noch rauchende Trümmer.
Katharina erinnerte sich an ein Paar bunt bemalte Holzschuhe, die ihr Eberhard geschenkt hatte, Volkskunst, die hatte sie nie getragen.

«Soso, in der Ukraine», sagte Dr. Schünemann zu Katharina mit Bedeutung. «Gut, daß Ihr Mann jetzt in Italien ist … Das ist sehr, sehr gut, hören Sie.»
Er faßte mit kundigem Griff in die Schatulle hinein, befingerte die kleinen Schubladen: ein Geheimfach!
Ein Geheimfach? Womöglich goldene Gulden oder Schweizer Franken darin? – Nein, das Geheimfach war leer.

Neben Eberhards Foto lag dessen letzter Brief, er war mit einer blauen Luftfeldpostmarke versehen. Schünemann hob den Brief in die Höhe und nahm ihn mit an den Tisch, zog die

Petroleumlampe heran: Diese Briefmarke …? – Täusche er sich? Ein Fehldruck? die rechte Schwinge des abgebildeten Flugzeugs von einer Scharte verunstaltet? Ein Plattenfehler? Nein? Na, dann nicht. Der Schatten seiner Hände huschte über die Wände, wie er den Brief da unter die Lampe hielt.

Daß er den Feldpostbrief beschnupperte, ging ein bißchen zu weit. Hätte nicht viel gefehlt, und er hätte den Brief aus dem Umschlag herausgezogen! Das merkte er schließlich selbst. «Wie kann man nur so indiskret sein», sagte er, «aber die Leidenschaft, der Eifer …» Er schwang sich wieder zu Katharina hin und erzählte von Menschen, die sich von allerlei Sammelleidenschaften hinreißen ließen, alte Bücher, Münzen, und er wußte sogar von Morden, die von Menschen begangen worden waren, um ihre Sammlungen zu vervollständigen! Der Magister Tinius, der in Leipzig eine vermögende Witwe erschlagen hatte. Alles ein paar alter Bücher wegen …
Mit der Krücke gestikulierte er, und der Feuerschein warf sehr seltsame Schatten an die Wand.
Die Jagdtrophäen an der Wand, diese Dinger, eine neben der anderen, die hätten ja auch mit Sammeln und mit Morden zu tun!

Katharina dachte an die Weizentransporte, die ihr Mann abgefertigt hatte, Jahr um Jahr, und an die Güterzüge mit Muttererde, die von der Ukraine nach Bayern geschafft worden waren. Die Humusschicht der fetten Äcker stellenweise ein Meter dick! Abgeschält und in langen Güterzügen nach Bayern geschickt.
Hin und wieder hatte Eberhard auch privat etwas abzweigen können, braunen Zucker zum Beispiel, einige Zentner braunen Zucker.

Und nun war er in Italien und sorgte für Beschlagnahme und Abtransport von Wein und von Olivenöl.
Katharina erhob sich mit ihren langen Gliedmaßen, und sie richtete im Aufstehen ihr Haar. Schwarze Jacke, schwarze Hosen, Stiefel! Sie stellte dem Gast eine Schale mit Pfeffernüssen hin, vom Weihnachtsfest übriggeblieben.
Die doch nicht, mochte die Tante denken, das waren doch die guten, aber sie ließ es hingehen, handelte es sich bei dem Gast doch immerhin um einen Akademiker.
«Sie sind Professor?» fragte sie.
«Nein, Professor bin ich nicht. Ich bin Nationalökonom.» Er wär' lieber Tischler geworden oder Grafiker …

Der Gast legte den Brief zurück und entschuldigte sich für seine Indiskretion: Wenn er Briefmarken sehe, vergesse er alles um sich herum. Auch er sei nämlich ein Sammler, seine Leidenschaft sei die Philatelie … Und dieses Stück hier … wenn ihn nicht alles täusche …
Er langte sich seine Ledertasche und nahm ein Briefmarkenalbum heraus, das dort zwischen Unterhosen und Hemden steckte. Er blätterte es auf und sagte, er sammle nur das Feinste, nur das Beste! *Altdeutschland* sei sein Spezialgebiet. Und dieses Album hier, das habe er in Harkunen gekauft, gestern morgen. Er habe gedacht: Was ist das denn …
Aus der Westentasche zog er eine Pinzette und erklärte dem Jungen die altertümlichen Briefmarken, meist Zahlen darstellend, aber auch Wappen und Kronen. Vom Verkauf dieser Briefmarke – sagte er, und er zeigte mit der Pinzette auf eine Marke, die den sächsischen König Johann darstellte – könne man gut und gerne einen Monat leben.
Mecklenburg, Preußen und Sachsen … Wie gemütlich es doch damals zugegangen war im guten alten Deutschland, und von

Elle, Fuß und Meile sprach er, und von Postkutschen, mit denen man von einem Land ins andere gefahren sei, ohne Paß und ohne Visum, und von Kreuzer, Gulden und Schilling. Und er machte sogar das Signal des Postkutschenhorns nach.
Die Preußen hätten diese wundervolle Vielfalt dann ja leider zunichte gemacht ... «Seid einig, einig, einig!» Die «Germania-Kopfmarke», etwas Einfallsloseres könne man sich ja kaum vorstellen. Die Germania in Rüstung? Vor den Brüsten so Teller aus Eisen?
Für die alten Kolonialmarken werde man sich nach dem Krieg noch interessieren müssen, dann wären sie aber wohl unbezahlbar ... Deutsch-Neuguinea ... «Nach dem Krieg», sagte er, und er blätterte das Album durch, und er seufzte auf.
Wenn man bedenke, daß die Briten dem Hitler sogar die Kolonien hatten zurückgeben wollen ... Aber nein.

Peter lief hinauf in sein Zimmer und holte sein Schaubeck-Steckbuch und hielt es dem Gast hin und zeigte auf einzelne Marken, ob die auch was wert seien? – Da mußte der Herr herzlich lachen: Gott im Himmel, lieber Junge!
Wie alt er sei? zwölf? Gerade das richtige Alter, man könne nicht früh genug mit dem Sammeln anfangen. Aber diese Marken seien wirklich nur ein paar Pfennige wert.
«Du hast ja sehr viele Hitlermarken, mein Junge.» Wenn die Russen kämen und *diese* Marken sähen ... was die wohl dazu sagten? Lauter kleine Hitlerporträts ... Er wisse nicht so recht, und er wandte sich urplötzlich an Katharina: «Könnte doch sein, daß man Ihnen dafür das Haus überm Kopf anzündet, liebe Frau?»
«Hol deinen Tuschkasten», sagte er zu Peter. Und dann bat er um einen Napf Wasser und nahm sich die Hitlermarken vor und tupfte mit schwarzer Farbe einen Punkt auf jedes Hitler-

Gesicht. Peter brauche nur alle Hitlerbriefmarken schwarz zu betupfen und nach dem Krieg die Farbe wieder abzuwaschen, dann gäb's keine Probleme. Diese Marken unbehandelt zu lassen, also … Wenn ein Russe das Album öffnet, und es grinst ihm hundertfach der Führer entgegen?

Die Russen? Ja, kämen die denn noch hierher? fragte das Tantchen, und sie stellte die Tassen in der Schatulle wieder richtig hin. Ihr mochte es in diesem Augenblick klar geworden sein, daß dies in der Tat der Fall sein könnte. Im vorigen Krieg waren sie ja auch nach Georgenhof gekommen.
Der Weltkrieg 14/18 war ja aber ein ganz anderer Krieg gewesen. Da war die Menschheit noch nicht so verhetzt. Diesmal werde es wohl nicht so zivilisiert zugehen.
«Wir Deutsche, wir sind ja auch kein Kind von Traurigkeit …», sagte Schünemann und zog die Brauen in die Höhe, und er machte Andeutungen, die niemand in diesem Haus verstand. Aber still wurde es, und das Feuer knackte.

Nun kam dem Herrn eine Idee. Er wog das Album, das er gerade eben in Harkunen für billiges Geld gekauft hatte, in der Hand – ganz schön schwer das Dings – und bat um ein Kuvert, und dann löste er die Marken aus dem Album, eine nach der anderen, vorsichtig, vorsichtig, und schob sie in das Kuvert. «Da schleppt man sich mit dem schweren Album ab, und dies ist doch viel einfacher.» Obschon – eigentlich schade …
Zum Schluß zeigte er mit der Pinzette eine kleine braune Marke herum, legte sie auf den Tisch, hielt die Lupe drüber und rief den Jungen herbei. «Na?» – Was: na? Was sollte sein? – Er bat um eine Taschenlampe und hielt sie über die Zähnung links unten. «Na? merkst du nichts?»
Und dann zeigte er es ihm, daß die Zähnung repariert worden

war! Einen einzelnen fehlenden Zahn hatte man ergänzt. Das Papier angehobelt, so dünn es auch war, und einen winzigen Zahn von einer ganz anderen Marke angeklebt. – Da rückten sogar die beiden Frauen vor, das Tantchen links und Katharina rechts, das wollten sie denn doch mal sehen ... Und sie animierten Peter, sein Mikroskop zu holen, vielleicht könnte man darunter den Betrug noch genauer betrachten?
Bei dieser Gelegenheit nahm der Herr denn auch wahr, daß Katharina einen sauberen Atem hatte, was man vom Tantchen nicht gerade sagen konnte.

Über die Geschicklichkeit des Menschengeschlechts sprach der Ökonom, leise lachend, Geldscheine fälschen! ... Falsche Tinten, präpariertes Papier ... Er wisse noch, wie er als Kind mal die Unterschrift seines Vaters gefälscht habe, auf einem «blauen Brief», das sei ohne weiteres durchgegangen, kein Mensch habe was gemerkt. Und er lebe heute noch! Abitur, Studium, alles wunderbar. Manchmal denke er, daß man ihm womöglich irgendwann alles aberkenne, nur weil er als Kind die Unterschrift seines Vaters gefälscht hat?
«Nationalökonom», eine Schnapsidee seines Vaters. «Tischler hätte ich werden sollen. Oder Drechsler ... oder was weiß ich.»

Jetzt hatte er alle Marken in den Umschlag geschoben. Wohin mit dem leeren Album? Ein Adler vorn drauf, mit ausgebreiteten Schwingen. Ins Feuer damit? Er trat an den Kamin, und er betrachtete die Scheite, die da singend ihre Wärme abgaben.
Er legte das ausgeleerte Album auf die Scheite und sah zu, wie der Adler allmählich Feuer fing und dahinsank. Das gute alte Deutschland, wie sinkt's dahin ...

Dann steckte er den Umschlag mit den Marken in seine Brieftasche und sagte: «Tja, denn ...»
Es lagen eine Menge Geldscheine in der Tasche, das war ohne weiteres zu sehen.

Der Nationalökonom schickte sich an aufzubrechen, aber man hielt ihn zurück. Jetzt hinausgehen in die Dunkelheit? Das kam ja gar nicht in Frage, man würde ihn nicht in Finsternis und Kälte hinausstoßen. Wind heulte ums Haus! und irgendwo brummte ein einsames Flugzeug. Die Nacht könne er doch ohne weiteres auf dem Kanapee verbringen. Gastfreundschaft. Wie viele Menschen hatten in diesem Hause schon übernachtet! Oben im ersten Stock, das Zimmer von Elfie? Aber das war ja jetzt eiskalt.
Peter bat den Herrn Schünemann um die Erlaubnis, sich mal eben mit dessen Krücken durch die Halle schwingen zu dürfen – «Mußt *Doktor* sagen, Junge», sagte die Tante, «*Doktor* Schünemann», und dann machte es sich der Herr auch schon auf dem Sofa bequem. Katharina trug Decken und Kissen herbei, die sich der Ökonom unter den Kopf schob. Die Familie stand um ihn herum, ob er auch richtig liegt oder noch was braucht? Man verabschiedete sich, und als er endlich allein war, rollte sich der Mann in die Decken und sah zu, wie sich das Feuer im Kamin allmählich beruhigte.

Ob es in Mitkau ein Briefmarkengeschäft gebe?, wollte er noch wissen. – Soviel sie wisse: ja, sagte das Tantchen.

Am nächsten Morgen war er verschwunden.
Als Katharina ihm das Frühstück bringen wollte, fehlte natürlich nichts, aber von dem Feldpostbrief des Hausherrn war die Marke ausgerissen. Da hatte der Mann nicht widerstehen kön-

nen. Dafür lagen auf dem Tisch mehrere Bogen mit Urlaubermarken.
«Das sind so Sachen ...», sagte das Tantchen. «Das sind so Sachen ...»
Die Tür stand offen. Die hätte er wenigstens schließen können. Jago natürlich wieder mal verschwunden, der hatte die Gelegenheit genutzt.

Die Geigerin

Den nächsten Gast sah man schon von weitem gegen den Horizont hin, von Schnee eingewirbelt, über den Acker daherkommen, Krähen stießen mit ausgefransten Flügeln auf die flatternde Gestalt herab. Dieser Mensch war eine junge Frau. Sie zog einen Schlitten mit zwei Koffern hinter sich her. Über die verschneiten Erdschollen zog sie den Schlitten, der immer wieder umkippte. Gegen die heftigen Böen hatte sie Mühe, sich auf den Beinen zu halten, ihr Mantel klappte von den Windstößen auseinander, und es dauerte eine Weile, bis sie schließlich den Gutshof, der hinter den schwarzen Eichen wie eine letzte Zuflucht lag, erreicht hatte. Die junge Frau trug auf dem Rücken einen Geigenkasten, weshalb ihr auch die Leute aus der Siedlung hinterherguckten.

Sie klopfte ihre Schuhe aus, schob mit beiden Händen die Strickmütze grade, holte tief Atem und öffnete die Haustür. Jago sprang freundlich an ihr empor, und weil weiter niemand erschien, rief sie laut «Heil Hitler!» ins Haus. Hier war ja wohl die Welt stehengeblieben?
Sie wuschelte den Hund ein wenig zu derb, und da kam auch schon das Tantchen herbei aus der Küche, wo sich die beiden Ukrainerinnen mal wieder heftig stritten – daß so etwas nicht leiser abzumachen war? ... Eine fremde Frau mit Geigenkasten mitten in der Halle? Hat sich die Schuhe abgeputzt, wie man sieht, immerhin ... Peter sprang die Treppe herunter, immer drei Stufen auf einmal. Besuch!

Nun erschien auch Katharina, ganz in Schwarz: schwarze Hosen, schwarzer Pullover, schwarze Stiefel und auf der Brust ein ovales Medaillon, golden mit einer brillantenen Träne drauf. Sie hatte sich gerade etwas hingelegt, und nun war sie neugierig, was denn nun schon wieder los war.

Wie sich herausstellte, kam die junge Frau aus Mitkau. Gisela Strietzel hieß sie – «Ich bin die Gisela.» Sie hatte wochenlange Truppenbetreuung in Lazaretten hinter sich, und jetzt mußte sie sich nach Allenstein durchschlagen, drei Tage Königsberg, drei Tage Insterburg und zwei Tage Mitkau: Lazarettabende, auf denen sie den dankbaren Verwundeten Freude spendete. Soldaten, die es erwischt hatte: Arme und Beine weiß eingepackt, mancher mit umwickeltem Kopf!
Nun würde noch Allenstein zu bewältigen sein, eine Woche, und danach gehe es endlich mal wieder nach Haus, nach Danzig, der Papschi wartete schon. Aber die Bahnstrecke war durch einen Bombentreffer unterbrochen, und das Auto, mit dem sie hätte befördert werden sollen, hatte auf sich warten lassen, kein Benzin. Und weil ihr das zu lange dauerte, hatte sie sich einen Schlitten für das Gepäck geliehen und war losgezogen, querfeldein: Was kost' die Welt? Den Schlitten würde man irgendwann dem Lazarett wieder zustellen müssen. Das war auch noch so ein Problem … Vielleicht wären ihr ja die Herrschaften behilflich?
Danach würde dann auszukundschaften sein, wie man nach Allenstein kam. Das müßte doch mit dem Deibel zugehn?

Weshalb das Fräulein nicht die reguläre Chaussee genommen hatte, blieb ein Rätsel. Querfeldein? Warum denn das? «Ich schlag' gern mal über die Stränge», sagte sie, und das mußte man wohl akzeptieren.

Sie zog die Handschuhe aus, die Schuhe und den Mantel und band die Koffer vom Schlitten. Der Schlitten konnte im Windfang stehen bleiben, und der ließ sich abschließen. Seit einigen Tagen hatte sich die Landstraße belebt, hochbepackte Wagen, einzeln, und dazwischen Menschen mit Fahrrad oder Kinderwagen. Alle von Ost nach West. Für einen Schlitten hatte in diesen Zeiten jeder Mensch Verwendung.

Es war klar, daß man sie nicht gleich wieder auf die Straße setzen konnte, wochenlange Lazarettbetreuung und eine junge Frau? Ein Mensch, der seine ganze Seele hingab, Freude zu spenden unglücklichen Männern, die sich das Soldatenleben ganz anders vorgestellt hatten?

Damit man sie nicht sogleich wieder hinauskomplimentierte – in dieser schweren Zeit hat ein jeder mit sich selbst zu tun –, öffnete sie einen der beiden Koffer und holte ein «Frontkämpferpäckchen für den Großeinsatz» heraus, das man ihr in Mitkau noch mit auf den Weg gegeben hatte. Sie legte das Päckchen auf den Tisch und öffnete es: Schokolade, Kekse, Zigaretten und Traubenzucker. Katharina von Globig, Peter und das Tantchen sahen zu. Peter kriegte die Zuckertäfelchen, und dem Tantchen wurde die Dose mit der Fliegerschokolade hingeschoben. Von den Zigaretten steckte sich Katharina sogleich eine an.

Ob er Führer sei bei den Pimpfen, fragte das Fräulein Strietzel den Jungen. Nein, das war er nicht, und es war für das Fräulein schwer zu verstehen, daß es hier auf dem Lande nicht so genau genommen wurde mit dem Dienst. Drüben in der Siedlung ja, aber hier nicht? Erkältung? War das denn ein Grund, sich hinter dem Ofen zu verstecken? Was sollten da unsere Soldaten sagen? In Schnee und Eis?

Der Junge steckte sich ein Täfelchen Traubenzucker in den Mund, und Katharina sog an der Zigarette. Das Fräulein Strietzel trat an das Fenster, ob der Wagen nicht vielleicht doch noch kommt, aber es wurde dunkler und dunkler, und schließlich zeigte man ihr das Sofa neben dem Kamin, auf dem sie sich ohne weiteres würde langmachen können und ein bißchen verschnaufen, bis zum Abendessen sei noch Zeit, und sie tat es, sie legte sich hin und schlief sofort ein. Sie wachte erst wieder auf, als der Pole Wladimir Kaminholz brachte und neben ihr auf den Fußboden warf und sich bei der Gelegenheit den neuen Gast besah. Ein Handbeil legte er neben das Holz.

Als der Duft von Bratkartoffeln in ihre Nase stieg, wurde sie ganz wach. Daß ein Pole hier so ohne weiteres ein und aus ging, wunderte sie. Wurden diese Leute nicht frech, wenn man ihnen den kleinen Finger reichte, ihnen Freiheiten einräumte, von denen die in ihrer Steppe doch nur träumen konnten? War das nicht überhaupt verboten? Man wußte es doch noch, daß die Polen am Blutsonntag in Bromberg Volksdeutsche massakriert hatten ...

Beim Schein der Petroleumlampe – es war mal wieder Stromsperre – bekam also jeder seine Bratkartoffeln auf den Teller, Gurke und eine Scheibe Blutwurst dazu, und dann saßen die Globigs am Tisch und schauten zu, wie es dem Fräulein schmeckt, die ja wohl eine richtige Künstlerin war. Schlechte Zähne hatte sie, das war bei dieser Gelegenheit zu sehen.

Daß in diesem Haus vor Tisch gebetet wurde, kam dem Fräulein wunderlich vor, sie schurrte mit den Füßen dazu. Sich mit dem «Himmelskasper» beschäftigen und beten? So was lehnte sie ab. Daß es ein Höheres Walten gebe, sei ihr klar, Schicksal oder Vorsehung, wie auch immer, in der Musik sei etwas davon zu spüren – die Kirche hingegen sei für sie nichts als ein großes Geschäft. Zu Hause hätten sie ein Heft mit Sinnsprüchen, aus dem ihr Papschi so manches Mal Weisheiten zum besten gab, Goethe, Schiller, Dietrich Eckart ... Und Peter wurde gefragt, ob er Tischsprüche kennt? «Es ißt der Mensch, es frißt das Pferd, doch heute ist es umgekehrt»?

Sie aß mit vollen Backen und zeigte zwischendurch mit der Gabel auf die schwarzen Porträts an der Wand. Als Schinken bezeichnete sie die Bilder nicht gerade, aber sie sagte doch, die seien wohl von Anno Tobak, «Graf Koks von der Gasanstalt»? Und dann erkundigte sie sich, ob sie noch eine weitere Scheibe Blutwurst haben kann? Sie sei so furchtbar verfressen ... Lebensmittelmarken aus der Tasche zu holen, das kam ihr nicht in den Sinn, in den Lazaretten war sie auch nicht danach gefragt worden. In den Lazaretten hatte man ihr ohne Marken immer einen Schlag extra gegeben.

Beim Stachelbeerkompott erzählte sie dann von den vielen neuen Panzern, die in Mitkau eingerückt seien, sie habe sie selbst gesehen! – schlug sich auf den Mund, ob sie das überhaupt verraten dürfe –, und von fabelhaften Barrikaden, die dort gebaut würden. Der Russe käme nie und nimmer durch! Mitkau werde jetzt ganz regulär befestigt, da seien Fachleute am Werk, an dieser Stadt bissen sich die Feinde gewiß die Zähne aus!
Die momentane Ruhe an der Front bezeichnete sie als ein Atemholen, die ganze Front atme jetzt tief ein, und die Stille, die dabei eintrete, könne manchen täuschen! Und dann werde eines Tages ausgeatmet! Wie beim Niesen sei das! Das Ausatmen ein einziges tosendes Rachegebrüll! Die Feinde würden weggeblasen werden! Wie Spreu!

Ob sich in diesem Haus Jagdgewehre befänden? Zur Not könne man sich ja auch selbst verteidigen.
Peter holte den Drilling und erklärte dem Fräulein, daß man mit den beiden andern Läufen auf dasselbe Ziel schießen könne, wenn man den ersten bereits abgefeuert hat und das Ziel womöglich verfehlt.
Das fand das Fräulein Gisela phantastisch! Ob die Gewehre an der Front auch drei Läufe hätten, wollte sie wissen.

Nach dem Essen wurde der Kamin wieder angefacht, und Fräulein Strietzel legte die Beine hoch. Von den Verwundeten im Mitkauer Lazarett sprach sie, die sie «Versehrte» nannte, von den Amputierten, den Gelähmten und Kranken. Sogar Blinde wären dabeigewesen, eine ganze Abteilung! Auch von netten Schwestern erzählte sie, die sich ihrer fürsorglich annähmen. Die armen Jungens müßten ja sogar gefüttert werden. Und einer unter ihnen sogar blind und taub! – Vor einigen Tagen sei ein Transport Schwerverwundeter gekommen, der hätte gleich nach Westen weitergeleitet werden sollen, aber die Strecke war ja momentan mal wieder unterbrochen.

Gestern sei den Soldaten ein Bunter Abend geboten worden, mit einem Zauberkünstler, einem Jongleur und zwei Witzeerzählerinnen. Und mit ihr dann als Höhepunkt! Sie habe extra ein Abendkleid für diese Zwecke dabei, denn sie könne sich ja nicht gut in Hosen hinstellen und geigen …
Die Verwundeten im Krankensaal! Was für ein erschütternder Anblick! Viele, viele Betten, eines neben dem anderen, und die Männer, wie sie zu ihr aufsahen, als sie dann zu spielen begann. Mäuschenstill sei es gewesen, nur aus hinteren Regionen sei ein spitzes rhythmisches Stöhnen vernehmbar gewesen, das man aber schnell habe abstellen können. Und sie dann so die

Geige aufgenommen, den Bogen angesetzt und den ersten Ton gestrichen, in die Stille hinein, und da sei ein Seufzen durch den Saal gegangen. Ein dankbareres Publikum könne man sich ja kaum vorstellen! Weinende Männer!
Einen Blinden habe man ihr zugeführt, der hatte darum gebeten, nur mal eben ihre Hand fassen zu dürfen. Das werde ihr ewig unvergeßlich bleiben.

Weinende Männer – sie selbst heule ja auch bei jeder Gelegenheit los, im Kino zum Beispiel. Beim Geigespiel kämen ihr übrigens nie die Tränen, das sei mehr so technisch, da lasse man die Gefühle im Sack. Aber im Kino? «Friedemann Bach»? In diesem einzigartigen Film habe sie Rotz und Wasser geheult.

Die junge Frau hatte allerhand hinter sich: in *sieben* Tagen *acht* Auftritte! Und sie zeigte ihre Hände vor: Frostbeulen! – Schnell wurde heißes und kaltes Wasser geholt für Wechselbäder und eine Tube Frostsalbe, die man dick auftrug. Wenn man da nicht sofort was unternimmt, würde sie ja nie wieder geigen können! Das platzt dann auf, und die Gelenke verknoten …

Woher, wohin … Aus Danzig? Der Vater Oberstabsarzt, ein so gütiger Mensch! «Wenn etwas gewaltiger ist als das Schicksal, so ist's der Mensch, der's unerschütterlich trägt …» – Von der letzten Musterung geschwärmt, soviel herrliches Material noch, kaum zu glauben! Wo das immer noch herkommt? Jetzt sei der Jahrgang 1928 dran, die Kraft unseres Volkes sei unerschöpflich. Sie sah Peter an, noch zu jung natürlich, aber später dann auch gutes Material. Wenn's drauf ankäme, stünde der gewiß noch seinen Mann.
Von den sieben Kommilitonen in ihrer Geigenklasse waren schon fünf gefallen, in Afrika und Jugoslawien, Stalingrad und

auf dem Atlantik. Fünf tapfere Jungens. Wenn man diesen Blutzoll umrechne auf sämtliche Konservatorien und Musikhochschulen des Reiches ... das wären ja Hunderte junger Männer. Und sie sagte das so, als ob die Feinde besonders auf Geiger Jagd machten.
Daß dadurch ihre Chancen als Musikerin später steigen würden, später, wenn alles vorbei ist, das sagte sie nicht. Später käme dann die Stunde der Frauen. Da müßten sie in die Bresche springen, das war ihr sonnenklar.

Von ihrem Verlobten hatte sie schon lange nichts mehr gehört. Um den Hals trug sie ein Medaillon mit seinem Bild. Sie zog es hervor und zeigte es den dreien, jeder durfte es betrachten. Ein Panzersoldat mit schwarzer Baskenmütze. O du schöner Westerwald. In den Ardennen war allerhand losgewesen. Nun still geworden dort. Vielleicht war er ja in Gefangenschaft geraten, hoffentlich? Die Amis behandelten ihre Gefangenen ja human – bloß nicht den Russen in die Hände fallen! diesen Untermenschen.
Auf dem Foto in dem Medaillon lagen die Trümmer eines vierblättrigen Kleeblattes, beide hatten es gleichzeitig entdeckt auf seinem letzten Urlaub. Hatten sich gleichzeitig danach gebückt! Das war noch so komisch gewesen ...
Sie hielt ihr Medaillon gegen das der Frau von Globig, das größer und schwerer war. Was mochte darin verborgen sein? Eine kleine, brillantene Träne darauf?
«Heil dir, mein Brandenburger Land!»

Nach dem Essen trug das Tantchen das Geschirr nach draußen, und als sie die Tür zum Korridor öffnete, drang aus der Küche mal wieder Geschrei der beiden Mädchen herein.
«Was ist denn das?» fragte das Fräulein Gisela. Ukrainerinnen?

Und die machen hier so einen Lärm? Was die sich herausnähmen? hier so zu schreien? Wenn sie was zu sagen hätte, wär' ganz schnell Ruhe im Karton.
Ein Rätsel war es ihr, daß man sich ein solches Benehmen in diesem Haus gefallen ließ. Ein Pole und Ukrainerinnen, all so Gesochs? Und sie guckte von einem zum andern: Ob ihr das mal einer sagen kann, warum die hier so rumschreien dürfen?

Acht Uhr. Peter sollte eigentlich ins Bett, aber dann wurde er doch dabehalten, denn das Fräulein Strietzel holte die Geige aus dem Kasten. Zum Dank für die Blutwurst wollte sie den Gastgebern denn doch noch etwas zu Gehör bringen.
Das Instrument hatte schon einiges mitgemacht: Das Griffbrett war mit einer Schlosserschraube an den Korpus angeschraubt! Und da das Licht immer noch nicht wieder angegangen war, zündete das Tantchen zu der Petroleumlampe zusätzlich noch zwei Kerzen an, und dann schallte durch das Haus eine Serenade, mit Schluchzern und Sforzandi, ein zu Herzen gehendes Stück, das man irgendwie kannte und das die Künstlerin in den Lazaretten schon so oft zu Gehör gebracht hatte. Jedem, der es hört, dringt so etwas sofort tief in die Seele ein, und wenn es sich erst mal dort eingenistet hat, läßt es sich nicht so leicht wieder entfernen. Als Ohrwurm fristet es dann seine Existenz.

Auch die Mädchen in der Küche kriegten was davon mit, von dem heiligen Klang. Das Geschrei hörte auf, und sie kamen auf den Korridor geschlichen und hielten das Ohr an die Tür.
Wladimir stand in der Stalltür, das «P» schief an der Jacke, und sah in den glitzernden Nachthimmel. Der hatte auch so seine Gedanken. War das Grummeln im Osten lauter geworden? Eben noch mal nach den Pferden sehen.

Ein reguläres Hauskonzert! Peter saß mit seiner Mutter auf dem Sofa. Peter links und Jago rechts, die Mutter in der Mitte. Der Hund setzte ein paarmal an, ob er nicht auch seinen Gefühlen freien Lauf lassen sollte und sich auf seine Weise beteiligen an diesem Konzert, aber er ließ es dann doch bleiben. Der Kater suchte das Weite, der war für hohe Töne nicht zu haben. Das Flötenkonzert in Sanssouci, das kannte man ja. Wie der Große König da seine Flöte blies, Otto Gebühr, und die Damen des Hofes um ihn herum?

Wenn man von diesem großartigen Besuch etwas geahnt hätte, dann hätte Onkel Josef aus Albertsdorf herüberkommen können mit Tante Hanna, oder aus Mitkau gar der Bürgermeister? – Am Johannistag im letzten Jahr, damals, als sie gemeinsam gesungen hatten unter der Blutbuche im Park, lange her!, mit Eberhard, den Berlinern und Onkel Josef mit den Seinen, die alten schönen Lieder. «Am Brunnen vor dem Tore, da steht ein Lindenbaum ...»? Dr. Wagner noch mit seinen nervigen Händen. Wenn er sich seinen Spitzbart abrasieren würde, sähe er gewiß viel jünger aus.

Aber jetzt war nicht laue Johannisnacht mit Glühwürmchen, Bowle und gemeinsamem Singen, jetzt war Winter, und es herrschten 18 Grad Kälte, und eiskalte Sterne glitzerten am schwarzen Himmel.

Dachte Katharina auch an die Johannisnacht? Dachte sie daran, daß man von ihr gesagt hatte, sie tauge eigentlich zu gar nichts? Anstatt daß sie mal zupackt? Sähe die Arbeit nicht? – Die Tante hatte es sogar den beiden Mädchen in der Küche erklärt, daß Katharina zwei linke Hände hat und den lieben Gott einen guten Mann sein läßt. Lothar Sarkander war aus Mitkau gekommen, und er hatte hinter ihr gestanden in jener warmen Nacht, und er hatte seine Hand auf ihre Schulter gelegt.

Katharina war mit ihm in den Saal getreten, die Türen hatten offengestanden, Rosen links und rechts am Spalier sich herunter- und hinaufplusternd. Und Lothar Sarkander, Bürgermeister von Mitkau, hatte auf die kleine Gesellschaft dort draußen auf dem Rasen gezeigt und hatte gesagt: «Ist es nicht ein Bild?»
Ein steifes Bein hatte er und Schmisse an der Wange.
Eberhard hatte seitab am Waldrand gestanden, ernst und still.

Ob sie lieber aufhören soll, fragte Fräulein Strietzel und setzte das Instrument ab. Nein, nein, es gehe schon, sagte Katharina und nahm eine Zigarette. Fräulein Strietzel hatte Verständnis für die Stimmung, in der Katharina sich befand. «Immensee», die Sache mit den Seerosen … Theodor Storm! Der Film war gerade gelaufen in den Mitkauer Lichtspielen. Sie nahm das Instrument wieder auf und fand in die Tonfolgen zurück: Was man einmal anfängt, muß man auch zu Ende bringen.

Das Tantchen hatte auch so ihre Gedanken. Sie stand auf, und ging hierhin und dorthin, überall lag was herum. Die Musik war bei Gott schön, aber bei der Gelegenheit konnte man ja auch ein bißchen aufräumen, der Weihnachtsbaum, wann sollte man ihn entfernen? Sollte der hier denn ewig stehen? War es nicht wieder einmal zum Verzweifeln?
Und wenn schon Kerzen brannten, dann konnte man die Petroleumlampe doch eigentlich ausmachen?

Fräulein Strietzel spielte ein Stück nach dem anderen, das Largo von Händel, das Ständchen von Heickens … Zwischendurch ging sie auch mal an das Fenster und sah hinaus in die finstere Nacht. Es war ihr doch zugesagt worden, daß man sie

holt und nach Allenstein bringt. Längst hätte sie dort sein können. Dort wartete man doch auf sie!
Kein Auto auf der Straße, nichts rührte sich! Wenn man etwas verspricht, muß man es halten ... Sie konnte hier doch nicht ewig so weiterspielen ...
Das dunkle Feld, wie die See des Nachts – aber da war kein fernes Licht.

Es war schon ziemlich spät, da rumpelte es an der Tür. Es war nicht der Wagen, Kultur hin – Kultur her: Benzin ist schließlich kostbar, sondern ein Soldat zu Fuß, ein Obergefreiter vom Lazarett aus Mitkau, ein sogenannter Oberschnäpser. Er hatte den langen Weg durch die Nacht nicht gescheut, um dem Fräulein Strietzel zu sagen, daß es heute nichts mehr wird mit der Weiterbeförderung. Morgen vielleicht, man wird es sehen ... Er hätte anrufen wollen, aber es war keine Verbindung herzustellen gewesen, und da sei er eben gleich selbst gekommen. Der Mann stammte aus Bayern, er hieß Alfons Hofer, und er nannte die junge Frau, die da vor dem brennenden Kamin stand und die Geige in der Hand hielt, Fräulein Gisela und guckte sie treuherzig an. Auch Jago konnte so gucken, wenn er auf sein Fressen wartete. Ein Wunder, sagte er, daß er den Hof gefunden hat in der Dunkelheit. Nun konnte nichts mehr verfrieren, nun würde man sich Zeit lassen können und in Ruhe sehen, was weiter wird.

Das Tantchen machte Glühwein für den Mann, strich Brote mit Leberwurst, und der Soldat erzählte, wie wunderbar der Bunte Abend im Lazarett gewesen war, alle sprächen noch immer davon, von dem Zauberkünstler natürlich und von den Witzeerzählerinnen – die etwas ordinär gewesen waren, und weshalb man beim Witzeerzählen so kurze Röcke tragen muß, sei ihm

unverständlich. Der Jongleur mit der Tellerdreherei, und dann als Krönung natürlich – das sagte er zu den Globigs hin – die Geige … «Ihr Spiel, das Spiel von Fräulein Gisela.» – Der Oberarzt habe das in seiner Rede noch extra hervorgehoben, und alle Kameraden hätten davon geredet, und immer wieder: so was Schönes hätten sie noch nie gehört, da wären sie sich alle einig gewesen, das hätten sie alle gesagt. Und daß *er* sie habe begleiten dürfen, sei etwas ganz Besonderes für ihn gewesen.
Er setzte sich ans Klavier und begann recht flott zu spielen, obwohl man doch eben Ernstes zu hören gekriegt hatte, und es stellte sich heraus, daß Fräulein Strietzel noch ganz was anderes in ihrem Repertoire hatte als Serenaden: Sie spielte also Schlager, alte und neue, von Alfons einfühlsam begleitet, alles mögliche spielten sie, was ihnen gerade so einfiel. «Kennen Sie dies?» und «Kennen Sie das?»
«Wenn der weiße Flieder wieder blüht» und «Sag' beim Abschied leise Servus …»?
Der junge Mann begleitete sie, und, das war das Wunderbare, er spielte nur mit der Linken, den rechten Arm hatte man ihm amputiert.

> Bei dir war es immer so schön,
> und es fällt mir unsagbar schwer zu geh'n …

Dieser schöne Schlager wurde immer wieder gespielt, und dann kam dem Tantchen eine Idee. Sie ging ins Billardzimmer und kam mit einem Grammophon zurück und setzte es in Gang. Alsbald ertönte der Walzer:

> Ich tanze mit dir in den Himmel hinein,
> in den siebenten Himmel der Liebe.

Da hielt es die jungen Leute nicht mehr, sie tanzten, von dem Hund gefolgt, um den Tisch herum, eine Runde nach der anderen, mal links herum, mal rechts … immer haarscharf am Tannenbaum vorbei. Der Oberschnäpser machte den Kavalier, und das Fräulein Gisela hing ihm hingerissen im Arm – daß sie das auch kann, tanzen, und kein Kind von Traurigkeit ist, sollte das bedeuten, immer eine Runde nach der anderen. «Es war eine rauschende Ballnacht», diesen Film kannte man ja, Zarah Leander. Das Kaminfeuer loderte die Schatten der beiden jungen Menschen an die Wand, über Ahnenbilder hinweg, Graf Koks von der Gasanstalt, und das Tantchen spendierte mehr und mehr Glühwein, bis das Fräulein Gisela einen roten Kopf hatte.

Und dann tanzten sie hinüber in den Sommersaal, in die eiskalte größere Sache da, ganz in Weiß und Gold. Die Fenster zum Park hin zugefroren, und an der Wand eine Reihe roher Kisten mit dem Hab und Gut der Kusine aus Berlin, die ihre Tischwäsche und Kleider auf den letzten Drücker nicht auch noch verlieren wollte. In der Tat, hier hatte man mehr Platz für Links- und Rechtsdrehungen.

Peter wurde gefragt, ob er schon mal getanzt hat? «Komm mal her!» sagte Fräulein Strietzel mit ihren schlechten Zähnen, und sie griff sich den Jungen und kommandierte: links, zwei, drei, rechts, zwei, drei … Und der Junge faßte sie sehr ungeschickt an und fühlte sich gegen ihren Leib gedrückt, brettartig mit Ausbuchtungen und ganz anders wie bei seiner Mutter, die so warm und weich war.

Aber es war in dem Saal eben doch sehr kalt, und dann war die Luft irgendwie raus aus der Sache, und sie setzten sich wieder vor den Kamin, und das Grammophon wurde abgestellt.

Ob er mal eben sein Mikroskop holen soll? Fliegenbeine angukken? fragte Peter, aber darauf wurde nicht weiter eingegangen.

Plötzlich ging das große Licht an, und man rieb sich die Augen: Wo war man denn, was machte man hier?
«Bamm», machte die Standuhr, «bamm!» und «ding-ding-ding» die Uhr im Billardzimmer.
Es wurde Zeit. «Komm, Peter, es ist schon spät», sagte Katharina, nahm den Jungen und verabschiedete sich. Gern hätte der Junge gewußt, wo man mit dem abgetrennten Arm des Soldaten abgeblieben war. Warf man so was einfach fort?

Das Tantchen blieb sitzen. Es erhob sich nämlich die Frage: bald Mitternacht ... ob der Soldat die Nacht über nicht einfach hierbleiben kann?
Die Nacht über hierbleiben? Zwei junge Menschenkinder unter einem Dache? Voll Saft und Kraft? – Das ging natürlich nicht. Soweit kommt das noch ..., sagte das Tantchen. Und sie machte sich allerhand zu schaffen, stellte Stühle richtig hin und wartete, was nun werden soll.
Und obwohl der Mann schon die Stiefel ausgezogen hatte und immer wieder sagte, daß es ihm graut vor dem Rückweg durch Nacht und Schnee, 18 Grad Kälte ist schließlich ganz schön happig, und er glaubt, er hat ein bißchen zuviel getrunken ... wurde ihm dennoch der Mantel gebracht. Also Rückzug auf der ganzen Linie! Der Soldat schrieb seine Feldpostnummer auf einen Zettel, damit ihn das Fräulein Strietzel jederzeit erreichen kann, er konnte bei dieser Gelegenheit ja auch den Schlitten gleich mit zurücknehmen ins Lazarett. Dann wäre diese Angelegenheit auch bereinigt.
Als Soldat einen Kinderschlitten ziehen? – Nun ja, es war ja dunkel.

Der Soldat legte sich den Militärschal um die Ohren, biß noch einmal vom Leberwurstbrot ab, und Fräulein Strietzel brachte ihn hinaus in Dunkelheit und Kälte, und es dauerte eine Weile, bis sie zurückkam, und sie hatte Schneeflocken im Haar. Ein heißes Liebespfand trug der Bayer in seiner Hosentasche, das hatte ihm das Fräulein Strietzel noch zugesteckt.
Vielleicht würde man sich ja mal wiedersehen, irgendwann? Truppenbetreuung in Bayern? Warum nicht? München soll ja wunderschön sein …
Oder nach dem Krieg, einfach mal runterrutschen nach Bayern? Warum nicht? Das war doch im Frieden kein Problem?
Das Tantchen meinte auch, im Frieden werde es sicher ohne weiteres möglich sein, nach München runterzurutschen oder wohin auch immer. Vielleicht sogar in die Schweiz oder nach Italien?
Ihr schönes Schlesien, vielleicht sähe sie das ja auch mal wieder …

Fräulein Strietzel packte die Geige ein und legte sich auf das Sofa, und das Tantchen mummelte sie mit verschiedenen Dekken dick ein. Ob sie noch irgendetwas braucht? ein Buch vielleicht? Für alle Fälle? Ernst Wiechert? hier ganz in der Nähe geboren …. – Nein, da hätte sie ja die Hände unter der Decke hervornehmen müssen. Vielen Dank.
Wenn Fräulein Strietzel auch nicht wunschlos glücklich war, so war sie's doch zufrieden, hier warm zu liegen und in die Flammen zu gucken und dem Zischen zu lauschen, manchmal war es auch ein Säuseln, das aus dem Feuer kam, wie die Stimmen armer Seelen aus weiter Ferne.
Wer hätte das gedacht, in diesem adelig angekränkelten Haus noch so ein netter Abend! Alfons Hofer hieß der Soldat, und warum eigentlich nicht, wieso sollte man sich nicht irgend-

wann einmal wiedersehen? «Nur nicht aus Liebe weinen»? Sie seufzte. Schade, daß sie ihr langes Kleid nicht herausgeholt hatte, das hätte ein besonderer Höhepunkt an diesem Abend sein können. Das wäre dann vielleicht unvergeßlich gewesen.

Den Hund winkte sie herbei, und der legte sich neben sie auf den Boden. Das war auch für ihn schön, in der Nacht nicht allein zu sein in der dunklen Halle. – Sie sah in die Flammen des Kamins und rieb ihre vom Frost juckenden Knöchel. Tanzverbot, dachte sie, für das deutsche Volk war ja Tanzverbot angeordnet worden, ob das auch für private Geselligkeiten galt? Würde man in Schwierigkeiten geraten, wenn's aufkommt, daß man hier getanzt hat? Fröhlich zu sein und zu tanzen, wenn draußen die Soldaten kämpften und verbluteten?
Am besten, man hält den Mund.

> Sag' beim Abschied leise «Servus»,
> nicht «Lebwohl» und nicht «Adieu»,
> diese Worte tun nur weh …

Im fernen Mitkau heulten unterdessen, wie jede Nacht um diese Zeit, die Sirenen. Hier draußen war man weit vom Schuß. Da hatte das nichts zu bedeuten.
Am nächsten Morgen wurde Abschied genommen. Die scheue Katharina nahm sie in den Arm, und Peter sah ihr noch lange nach.

Das Tantchen

Ein labberiges Kleid trug das Tantchen unter den labberigen Strickjacken, dunkelblau mit kleinen gelblichen Blumen, mal hier eine, mal dort, wie ausgeschüttet aus einem Füllhorn. Eine goldene Nadel hatte sie am Kleid stecken, goldene Pfeile nach allen Seiten, in der Mitte ein Karneol, das war eine Erinnerung an ihre Mutter.

Abends machte sich das Tantchen in der Küche gern eine Wärmflasche: Im Herd war ein Boiler eingelassen, in dem das Wasser lange heiß blieb. So auch an diesem Tag. Die Herdplatte war nicht gescheuert worden, das hatten die Mädchen wieder einmal vergessen, obwohl tausendmal gesagt! Und daß sie sich zu dem polnischen Kutscher aufs Zimmer geschlichen hatten, war zu vermuten. Die füllige Vera war besonders darauf aus, mit dem bedächtigen Wladimir zu schäkern, und sie verstand es nicht, daß der sich mehr zu der schlanken Sonja hingezogen fühlte. Kranz um den Kopf, aber immer eine rote Nase?

Auf dem Herd hatte doch eine Pfanne mit Bratkartoffelresten gestanden? Die hätte das Tantchen jetzt gern aufgepickt, aber das hatte schon ein anderer besorgt. In der Speisekammer war Zucker verschüttet – es knirschte. Und wieder einmal fehlte eine Wurst.

Das Tantchen schloß die Hoftür zu und hängte frische Geschirrtücher hin. Dann schnappte sie sich die Zeitung, klemmte

sich die Wärmflasche unter den Arm, horchte an der Tür zur Halle – alles still, die Geigerin schlief bereits fest – und stieg die Treppe hinauf.
Sie horchte an Katharinas Tür. Regte sich da noch was? Weshalb schloß sie denn nur immer ab, diese merkwürdige Frau, die so gar nicht zu Eberhard paßte, immer so still, wo dem armen Jungen doch etwas Aufmunterung gut getan hätte. Beim letzten Urlaub: Kommst du mit hierhin? kommst du mit dahin? – Immer nein! gesagt. Muksch war sie eigentlich nicht, aber still und in sich gekehrt, so als ob sie ein schweres Schicksal zu tragen hätte. Oder einen Kummer?
Und dabei ging ihr doch so gar nichts ab?

Immer abschließen? Das wunderte das Tantchen. Das war auch wieder so eine Idee. Immer diese Geheimnistuerei. War das gegen sie gerichtet? – Zu ihr hätte jederzeit jemand kommen können. Hätt' sie sogar gefreut, wenn jemand gekommen wäre und hätte gesagt: «Ach, Tantchen, kann ich mich mal eben zu dir setzen?» Und dann das Herz ausgeschüttet? Sie hatte doch für alles Verständnis?

Aber auch Eberhard zeigte sich nicht immer von seiner besten Seite. Schroff war er und pedantisch. Es waren die Gelddinge, die für Unruhe sorgten. Die Aktien in England? Das Reismehlwerk in Rumänien – «alles Halunken!» Das Offiziersgehalt war es, das allein den Betrieb aufrechthielt.

Das Tantchen wohnte in dem langen schmalen Giebelzimmer, über dem der ramponierte Morgenstern stand, die Decke des Zimmers war der Architektur des Hauses entsprechend tonnenartig gewölbt.
Unter dem runden Giebelfenster, aus dem in früheren Jahren

die Fahne hinausgesteckt worden war, die schwarz-weiß-rote und dann natürlich auch die mit dem Hakenkreuz, befand sich, ganz im alten Stil, ein Podest, es war mit einem Holzgeländer vom Zimmer abgeteilt. Hier stand ein Sekretär und ein alter Lehnsessel. «Wenn in Großmütterchens Stübchen ganz leise schnurrt das Spinnrad am alten Kamin ...» Ein gehäkeltes Deckchen auf der Rückenlehne verhinderte es, daß der Bezug am Kopfteil fettig wurde.
Von diesem Platz aus, ihrem «Ausguck», wie sie auch sagte, sah sie in die neue Siedlung hinein, Haus an Haus, eines wie das andere; jenseits der Chaussee, auf der gelegentlich Autos vorüberflitzten, lag sie, und es war manchmal ganz interessant, was sich dort ereignete: spielende Kinder, Frauen, die Wäsche aufhängten, und Betrunkene, von einem Haus ins andere torkelnd. Die große Eiche vorm Haus hatte der Junge im letzten Jahr durch ein Baumhaus verunstaltet.
«Junge, muß das nun sein?» hatte sie gesagt. Aber Eberhard hatte gemeint: «Laß ihn nur. Er will hoch hinaus ...»

Wenn sie sich etwas vorbeugte, konnte sie auch den Hof überblicken, mit Stallungen und Kütnerhaus. Auf dem Holzplatz sägte der Pole Brennholz, der scherzte öfter als nötig mit den Mädchen.
Sooft sie auch hinausguckte, immer zählte sie die Hühner, die auf dem Hof umherliefen, und die Gänse. Morgens der Milchwagen und zweimal pro Tag der Bus, ein unförmiges Ding, der mit Holzgas betrieben wurde.
Jetzt im strengen Frost hielt sich das Geflügel in der großen Scheune auf. Da lagen immer noch irgendwelche Körner, obwohl sie schon seit Jahren leer stand.
Der Pfau guckte manchmal um die Ecke, das Rad hatte er schon lange nicht mehr geschlagen.

Auf der Straße war nie viel los, ein Fahrrad, der Milchwagen zweimal am Tag, und der Omnibus nach Mitkau. Und ab und zu ein flitzendes Auto.
Neuerdings ließen sich hin und wieder einzelne Bauernwagen sehen, die in Richtung Westen fuhren. Es war dem Tantchen aufgefallen, daß der Verkehr in den letzten Tagen zugenommen hatte. Vielleicht sollte man das Hoftor doch mal reparieren? Manchmal rumpelten Wagen, einer nach dem andern, vorüber, alle hochauf mit Hausrat beladen. Auch einzelne Fußgänger ließen sich sehen, sonderbare Gestalten, die von wer weiß woher kamen und weiß der Himmel wohin wollten.

Gelegentlich huschten die Fremdarbeiter aus dem Waldschlößchen auf den Hof, um sich mit Vera und Sonja in der Küche zu treffen. Obwohl das doch ausdrücklich verboten war! Die dachten wohl, man sieht sie nicht? Daß sie in der Küche etwas zugesteckt bekamen, war zu vermuten. Weshalb sie nicht arbeiteten, wußte kein Mensch zu sagen. «Haben diese Menschen eigentlich nichts zu tun?» wurde gesagt.
Auch aus Mitkau kamen fremdartige Gesellen, die Hände in den Taschen, denen machte der lange Weg nichts aus. Zwielichtig, aber anscheinend ganz normal. Die vereinigten sich dann mit den Männern vom Waldschlößchen und sangen da ihre Lieder. Manchmal waren sie auch ganz still.
Tschechen, Italiener und Rumänen waren das, auch Zivilfranzosen und Holländer. Ausländer eben. Alle lungerten dort herum. Oft stahlen sich die beiden Ukrainerinnen zu ihnen hinüber, obwohl es auf Georgenhof viel zu tun gab.

Vera und Sonja – nie da, wenn man sie braucht: Das Tantchen hatte überlegt, ob man schärfere Saiten aufziehen sollte, aber wie das anstellen? Das glitt alles an denen ab.

«Am besten gar nicht beachten», war gesagt worden, solange es nicht ausartete? Immer schön vorsichtig sein mit den Ausländern, das war die Devise jetzt auf den letzten Drücker. Wer konnte denn wissen, was noch alles kommt? «Diese Leute tragen ein Messer unter der Jacke!» Einer der Tschechen, ein Mann mit «stechendem Blick» – eine lederne Schiebermütze trug er –, kam neuerdings sogar bis auf den Hof. «Der Kerl mit dem stechenden Blick» war sogar schon mal in der Halle gesehen worden, er hatte die Treppe hinaufgeschaut. Wladimir hatte ihn mit der Peitsche verjagt, aber der kam immer wieder, und Wladimir trug eines Tages ein blaues Auge davon.

Obwohl Onkel Josef in Albertsdorf davon abgeraten hatte, sich mit den Leuten einzulassen, wechselte Katharina mit ihnen gelegentlich ein paar Worte. Unter den Italienern waren lustige Burschen mit schönen dunklen Augen, einer konnte sogar Mandoline spielen! Sie froren immerfort! Die Franzosen waren eher nachdenklich. Das waren zum Teil gebildete Leute, die von zu Hause unterstützt wurden, Schullehrer und Pfarrer, die hin und wieder auch mal ein Buch lasen. Zum Teil aber auch arme Schlucker mit traurigem Blick.

«Das wird dann alles nach dem Krieg bereinigt», hatte Onkel Josef gesagt. «Da schicken wir sie dann nach Haus.»

Wenn sich eine Gelegenheit dazu bot, stellte Katharina sich zu den Italienern, gab ihnen Zigaretten und redete freundlich mit ihnen und in ihrer Sprache. Daß sie vor dem Krieg mit dem Wanderer-Wagen in den Süden gereist war, das erzählte sie nicht, sie beließ es bei Andeutungen.

Die Italiener, diese armen Schweine, waren es, die überall am schlechtesten behandelt wurden – «die haben uns zweimal verraten!». Katharina fand es nicht in Ordnung, daß man sie so

schlecht behandelte, weil sie schöne Stunden im Süden verlebt hatte, immer wieder, lange vor dem Krieg, die warmen Nächte am Meer und der Gesang der Fischer, deshalb fand sie das nicht in Ordnung.
«Venezia, comprende?» sagte sie zu den Italienern. Und sie dachte an ihren Mann, der jetzt im heißen Süden in weißer Uniform gegen Verrechnungsscheine Olivenöl besorgte und Wein für die Truppe. Ohne Härten ging das wohl auch nicht immer ab? Er werde demnächst befördert, hatte er geschrieben, und dann gebe es eine Gehaltserhöhung. Gott sei Dank.

Der Siedlung auf der andern Seite der Chaussee hatte man den Namen Albert-Leo-Schlageter-Siedlung gegeben, sie war 1936 gebaut worden, ein Haus wie das andere, wie Spielzeug aus einer Spanschachtel genommen und nebeneinander aufgestellt. Hier wohnten kleine Leute, mit Ziege im Stall, Schwein, Hühnern und Kaninchen, und jedes Haus hatte einen Garten. Ursprünglich hatte die Siedlung «Neu-Georgenhof» heißen sollen, man hatte Herrn von Globig gar nicht erst gefragt, ob ihm das auch recht ist, daß man die neue Siedlung des deutschen Volkes so nennt?
Die Sache hatte sich von selbst erledigt, noch ehe es zu Spannungen kommen konnte: Die Behörde hatte sich für den Namen des Freiheitshelden Schlageter entschieden, der im Unglücksjahr 1919 mal ein paar Ferientage in dieser Gegend verbracht hatte. Albert Leo Schlageter, dieser Widerstandskämpfer, der den Franzosen die Stirn geboten hatte und von ihnen erschossen worden war. In der Mitte der Siedlung stand ein Granitstein mit dem eingemeißelten Profil des nationalen Märtyrers. Aus dem Stein floß Wasser heraus in ein Becken, wenn man es anstellte. An Sommerabenden versammelte sich Jugend an dem Brunnen, und dann wurden unter dem Fahnenmast Lie-

der der neuen Zeit gesungen. An heißen Tagen plantschten wohl auch Kinder in dem Wasser herum. Ein Mann namens Drygalski, Parteigenosse der ersten Stunde, jagte sie dann fort. Jetzt im kalten Winter war der Brunnen natürlich mit Brettern abgedeckt.

Drygalski stellte in der Siedlung so etwas wie den Vize-Bürgermeister dar – jedenfalls gebärdete er sich so, eine Respektsperson, die für Ordnung sorgte und am Albert-Leo-Schlageter-Tag eine Rede hielt, die er von einem Zettel ablas. Dieser Mann war es, der die Kinder vom Brunnen wegjagte, weil es nicht statthaft war, darin herumzuplantschen. Und wenn das doch geschah, sah sich Drygalski zum sofortigen Eingreifen veranlaßt. Von seinem Küchenfenster aus hatte er einen guten Überblick. Da pochte er dann mit dem Finger an die Scheibe.
Warum sie denn nicht zur Helge liefen, durch den Wald? da sei doch Wasser genug? fragte er sie, aber da waren es die Frauen, die ihn ausschimpften. Ob es ihm etwa gefällt, wenn die Kinder über die Chaussee laufen, und an der Helge ist kein Mensch, der sie rauszieht, wenn sie absaufen?

Der Bau der Albert-Leo-Schlageter-Siedlung, gegen den sich die von Globigs zur Wehr gesetzt hatten, im Olympiajahr realisiert, erwies sich für sie als ausgesprochen segensreich, es hatte ein letztes großes Stück Land verkauft werden können, und Georgenhof hatte bei der Gelegenheit endlich eine anständige Wasserleitung bekommen.
Aber man hatte den alten Teich zugeschüttet! den kleinen romantischen Teich, auf dem die Enten immer so schön herumschwammen, und die weißen Gänse! Und die träumende Trauerweide natürlich abgehackt … Der Teich gehörte eigentlich von alters her zum Georgenhof! Den zuzuschütten, das

war nicht einmal eine Frage wert gewesen. Einen hitzigen Briefwechsel hatte es gegeben mit dem Kreisleiter, der Teich müsse weg, weil da Schnaken drin brüteten, hatte der gesagt, für eine saubere neue Siedlung, in der gesunde Menschen wohnen würden, sei so ein Sumpfloch unzumutbar. Eberhard von Globig hatte alte Landkarten vorgezeigt, auf denen immer schon der Teich eingezeichnet war. Im Sommer so praktisch für das Schwemmen der Pferde! Und ständig Enten, kopfunter oder schnatternd, die man im Herbst einfangen und schlachten konnte.

Der Kreisleiter war laut geworden, als Eberhard von dem Teich redete, daß der eigentlich ihm gehört, hatte sich mit Drygalski getroffen und sich angeschickt, irgendwas auszuhecken.

Lothar Sarkander, der Bürgermeister von Mitkau, ein Mann von strenger Lebensart, mit dem Eberhard von Globig sich gelegentlich bei der Jagd traf, ein steifes Bein und Schmisse im Gesicht, war eines Abends in seinem DKW herübergekommen und hatte unter vier Augen mit Eberhard gesprochen. Im Billardzimmer hatten sie gesessen, und Sarkander hatte von der neuen Zeit geredet und gesagt, es sei besser, wenn Eberhard den Mund hält. Leute wie Drygalski dürfe man nicht reizen. Diese Leute säßen am längeren Hebel.

Jedes Jahr wurde Sarkander zur Stöberjagd geladen, das schaffte gute Atmosphäre, und Katharina hatte einmal mit ihm im Sommersaal gestanden und in den Park geguckt, auf die lustige Gesellschaft, die dort im Grase lagerte und sich zuprostete. Sie war mit ihm vor längerer Zeit sogar schon mal an die See gefahren. 1936, als Eberhard unbedingt nach Berlin mußte, zur Olympiade, die Pferde dort ansehen, und sie zu Hause gelassen? Im Strandpavillon hatte man die beiden sitzen sehen und Kakao trinken, sie mit einem breitkrempigen Strohhut, der wie

eine Sonne ihren Kopf umgab, das schwarze Haar darunter hervorquellend, und er in weißen Hosen, den Stock zwischen den Beinen. Das war schon lange her und niemand wußte so recht etwas davon. Oder doch?
Man muß auch mal was unternehmen, hatte es geheißen. Eberhard war nach Berlin gefahren, und da hatte man eben zusammen einen Ausflug an die See gemacht.

> Wenn ich wüßt',
> wen ich geküßt,
> um Mitternacht am Lido …

Das Tantchen hieß Helene Harnisch. Sie stammte aus Schlesien. Ihr Giebelzimmer war mit geblümter Tapete versehen und mit den Mahagonimöbeln vollgestellt, die noch aus Schlesien stammten, einem Schrank, Stühlen, dem schlichten Sekretär und einem Bett, in dem gewiß schon mal ein Dichter gestorben war, wie gescherzt wurde. Neben dem Sekretär hing ein kleines Hitlerbild, in Art einer Federzeichnung war es verfertigt, der Führer und Reichskanzler mit einem Hakenkreuzadler auf dem Schlips, und unten drunter dessen schräge Unterschrift schräg unterstrichen.

Das Tantchen setzte sich in den Sessel, schob den Vorhang zur Seite und sah in die Nacht hinaus. Alles lag in tiefstem Dunkel. Am Himmel standen eiskalte Sterne, der Mond war noch nicht aufgegangen. Am Vormittag hatte in der Siedlung Hitlerjugend rechtsum! linksum! gemacht, trotz Schnee und Eiseskälte. Drygalski war herbeigestiefelt und hatte auf sie eingeredet. Daß nun die Zeit der Bewährung anbricht, und er hofft, daß er sich auf die Jungen verlassen kann, wenn's hart auf hart kommt. Er ließ sie abmarschieren nach Mitkau. Dort gab es für

Jugend in diesen Tagen viel zu tun: alten Leuten die Kohlen aus dem Keller holen und Schnee schippen auf der Kreuzung. Spät am Abend waren sie zurückgekehrt. Auch Peter hätte mitmarschieren müssen, aber der beschäftigte sich lieber mit seinem Mikroskop. Außerdem war er wieder einmal stark erkältet.

In den verschließbaren Aufbauten des alten Sekretärs verwahrte das Tantchen die Wirtschaftsbücher des Gutes, und hier erledigte sie, seit Eberhard im Felde war, die amtliche Post, denn Katharina von Globig vergaß immer alles, ließ leicht die Flügel hängen, wie es ausgedrückt wurde, und blickte immer so hilflos um sich, sagte: «Ach Gott, ja …! Das hab ich ja ganz vergessen», und da machte das Tantchen am Ende lieber alles gleich selber.

Für ihren Husten verwahrte sie in dem Sekretär eine Tüte Eukalyptusbonbons, von denen schenkte sie gelegentlich Peter einen, und der warf sie sofort weg.

Es roch nach reifen Äpfeln in ihrem Zimmer und nach verwesenden Mäusen, aber es war gemütlich, und das Tantchen bezeichnete das Zimmer als ihr Reich.

Sie saß gern in dem Sessel an ihrem Sekretär und guckte hinunter auf den Hof und auf die Chaussee und zur Siedlung hinüber.

Ein feiner alter Teppich lag auf dem Fußboden, und unter der Decke war eine Lampe angebracht, deren milchiger Glasschirm mit grünen Perlschnüren versehen war. Wenn Eberhard von Globig mal heraufkam, um der Tante sein Leid zu klagen, daß mit Katharina nichts anzufangen sei, stieß er mit dem Kopf dagegen, und das klingelte dann und schaukelte und beruhigte sich erst nach einer Weile.

Über dem Bett hing ein Aquarell in weißem Rahmen – ein von Rosen umrankter weißer Pavillon war darauf in überfließenden Farben dargestellt, eine Erinnerung an Schlesien, an das Gut ihres Vaters. In diesem Pavillon hatte sie als Kind immer so gern gesessen, wenn sie Kummer hatte oder sich über irgend etwas freute, das linke Bein unter sich gezogen, hier hatte sie im Sommer mit ihren Freundinnen Puppenschule gespielt.
Lehrerin hatte sie werden wollen, aber es war alles ganz anders gekommen …
«Mein liebes Schlesien», pflegte sie zu sagen. Und: «Es ist alles nicht so einfach.»
Das Gut ihres Vaters war versteigert worden, damals, 1922, als alles den Bach hinunterging, Haus und Hof, Wälder und Felder. Ein Kriegsgewinnler und Raffke hatte Geld geliehen, immer wieder, und dann hatte das Gut versteigert werden müssen, zur Unzeit, und dieser Unmensch hatte dabei zugesehen. Alles eingesackt und den Pavillon abgerissen ganz ohne Not! Den hätte man ja auch stehenlassen können! Der alte Gärtner hatte geweint, als er gehen mußte. Auf seine Holzschuhe hatte sie sich als Mädchen gestellt, und er hatte mit ihr ums Rondell einen Bärentanz getanzt.
Die paar Möbel waren ihr geblieben und das Bild über ihrem Bett.

Neben dem Bild vom Gartenpavillon hing eine Laute, mit Bändern, die an ihre Jugend erinnerten.
Kein schöner Land in dieser Zeit …
Auch sie hatte einmal Verwundeten was vorgespielt, vor fast dreißig Jahren, 1917, die großen weißen Hauben der katholischen Schwestern und die gestreiften Anzüge der Kranken, und auch sie war von einem Blinden darum gebeten worden, ihre

Hand fassen zu dürfen, und das hatte dem Mann nicht abgeschlagen werden können. Nie wieder was gehört von diesen Männern. Aber die Liebe, die man an sie gewendet hatte, war gewiß nicht vergebens geflossen.

Eberhards letzter Urlaub, im August, im Garten unter der Blutbuche hatten sie gesessen, Onkel Josef aus Albertsdorf war herübergekommen und die liebe Hanna mit den Kindern, und sie hatte auf der Laute die alten Lieder ihrer Jugend gespielt, und alle hatten mitgesungen ...

Ein Sommerabend mit Bowle unter der Blutbuche. Katharina war zeitweilig nicht dagewesen. Die war dann irgendwann aus dem Sommersaal herausgetreten mit Sarkander, dem Bürgermeister von Mitkau. Und Eberhard hatte allein im Wald nach dem Rechten gesehen. Das hatte sie gewundert. Alles schon so lange her?

Das Tantchen las die Zeitung, von ihrer Lesebrille fehlte ein Bügel, und was sie da las, war nicht beruhigend. Im Osten braute sich was zusammen. Wer konnte es denn wissen? Vielleicht würde man von hier fortgehen müssen, wie im ersten Krieg die alten Globigs es mußten?

Sie zog einen großen Koffer unter dem Bett hervor. Mit diesem Koffer war sie damals nach Georgenhof gekommen, und man hatte gesagt: «Du kannst in das Giebelzimmer ziehen, mach dich ein bißchen nützlich!» Über zwanzig Jahre war das jetzt her. Und jetzt gehörte sie zum Inventar, wie gescherzt wurde. Kriegte ein Taschengeld, hatte Logis und Essen frei und kümmerte sich um alles.

Sie öffnete den Schrank und nahm Wäsche heraus und schichtete sie in den Koffer. Einiges davon war gestopft und geflickt, anderes war noch nie benutzt worden, die Taschentücher waren sogar noch mit rosa Bändchen zusammengebunden.

Sie nahm Briefe aus dem Sekretär und legte sie in den Koffer. Auch Fotos tat sie dazu. Dann schloss sie ihn ab und schob ihn wieder unter das Bett.
Sie setzte sich in ihren Sessel. Hatte sie noch was vergessen? Die Laute! Sie nahm das Instrument von der Wand und legte es neben den Koffer. So war man denn nun für alles gerüstet.

Das Tantchen schenkte sich einen Pfefferminzlikör ein.
Auf der Straße fuhr ein einzelnes Auto in Richtung Mitkau rasch vorüber, dann folgten andere und schließlich Lastwagen, auch Panzer, einer hinter dem anderen, die Glasperlen der Lampe klirrten. Dann trat Stille ein.

Nun ließen sich aus Mitkau die Sirenen hören: Fliegeralarm. Die Globigs reagierten nie auf dieses Zeichen, was hätten sie auch tun sollen? Im Sommer bei Gewitter Wasser bereitstellen und sich auf den Hof stellen, ja, das war was anderes, aber Flieger? Im Keller stand Wasser, der war unbenutzbar. Was hätte man tun sollen? In den Wald laufen? Ja, aber doch nicht jede Nacht.
Ein einsames Flugzeug brummte jetzt über die Häuser hinweg: Es kam näher und entfernte sich wieder. Über den schwarzen, von Sternen besetzten Himmel fingerten wie Polarlicht Feuerzeichen. Auch ein Scheinwerfer durchtastete die Dunkelheit, und in der Ferne schickte leichte Flak eine Schlinge gelbe Leuchtspurgeschosse in die Finsternis. Es gab vier Detonationen, eins, zwei, drei, vier, und die schwere Flak von Mitkau begann zu schießen. Dann wurde es still, und das einsame Flugzeug flog davon, leiser und leiser wurde es. Dem Bahnhof in

Mitkau hatten die Bomben gegolten, nun brannte er, und die Strecke war mal wieder unterbrochen.

Das Tantchen blieb noch eine Weile sitzen, über Mitkau wehten Flammen in langen Zungen zum Himmel. Sie horchte in die Nacht hinaus, bis endlich von fern die Entwarnung herüberheulte.

Dann trank sie den Pfefferminzlikör und ging zu Bett. Daß wieder eine Panzerkolonne vorüberratterte, hörte sie schon gar nicht mehr.

Peter

Peter lag im Bett, Unterbett, Oberbett und zwei Kissen. Über dem Bett ein Bord mit seinen Büchern. «Durch das Land der Skipetaren». Gern sah er sich alte Jahrgänge der «Fliegenden Blätter» an, die er auf dem Dachboden gefunden hatte. Karikaturen von Sonntagsjägern, von meist betrunkenen Korpsstudenten und jungen Leutnants, die mit ihrem Pferd nicht zurechtkommen.
An diesem Abend las er die Geschichte eines Schiffbrüchigen, der nicht aufgegeben hatte, sondern immer weiter und weiter gepaddelt, bis endlich eine rettende Insel in Sicht kam.

Er stellte sich vor, er läge in einer Segelschiffskoje, es röche nach Teer, und das Knarren des Takelwerks ... «Der Untergang der Palmyra», dieses Buch hatte er gelesen, und das beschäftigte ihn. Nie aufgeben! das war die Devise.

Ist das Ziel auch noch so hoch,
Jugend zwingt es doch ...

Auch Peter hatte den Fliegeralarm in Mitkau gehört und die vier Detonationen, eins, zwei, drei, vier. Und er hörte die Panzer, die auf der Chaussee gen Osten fuhren. Das Haus bebte! Sie fuhren vorüber, einer hinter dem andern. Große schwarze Schatten mit Funken aus dem Auspuff, das Rattern der Ketten, das Aufheulen der Motoren. Bei Tage kriegte man die Dinger nicht zu sehen, und jetzt nahm man auch nur Schemen wahr.

Seine Kammer lag neben dem Giebelzimmer der Tante. Von Weihnachten her war auf dem Fußboden noch die Eisenbahn aufgebaut, ein großer Kreis mit Blechbahnhof. Zwei neue Wagen waren dazugekommen, ein Mitropa-Speisewagen und einer für Langholz. Peter hatte die Bahn auf den Flur hinausgelegt, durch das Katzentürchen hindurch, und auch dort im Dunkeln beschrieb die Bahn einen Kreis. Wenn sie hinausfuhr und nach einer Weile wieder hereinkam, ließ er sich auf die Knie herab und sah ihrem Kommen entgegen. Manchmal blieb sie draußen stehen, dann mußte sie aufgezogen werden. Hin und wieder kam es auch zu Kollisionen mit dem Kater, der sich unbedingt durch das Türchen an dem Zug vorbeiquetschen wollte. Ein sonderbares Tier. So recht wußte niemand, was in ihm vorging.

Unter der schrägen Zimmerdecke hingen Flugzeugmodelle aus Papier, die Peter ausgeschnitten und zusammengeklebt hatte, deutsche und englische. Eine Vickers Wellington und eine Spitfire, die Me 109 und Richthofens rotes Dreiflügel-Dings. Diese Maschine paßte nicht so recht zu den anderen, die stammte aus einer ganz anderen Zeit! Aber Peter hatte sie nun mal, und da konnte sie denn auch ruhig hängenbleiben. Ein feiner Windzug vom Fenster her bewegte die Modelle leicht gegeneinander. Mit seiner Luftpistole schoß Peter manchmal danach, aber er schoß immer so, daß er sie nicht traf. Um die schönen Modelle wär' es schade gewesen, so lange daran gearbeitet! Im Zugwind des Projektils schaukelten sie ein wenig.

Auf dem Tisch stand das Mikroskop: Salzkörner ansehen, Zukkerkristalle, alles schön und gut, das kannte man nun. Neben dem Gerät stand ein Weckglas mit Heusud, Peter wollte das unsichtbare Leben in dem Aufguß beobachten, aber noch war die

Sache nicht «reif», eine Welt für sich sei das, mit Fressen und Gefressenwerden, Geburt und Tod, hatte Dr. Wagner gesagt.

Auf dem Fensterbrett lag das Fernglas des Vaters. Hier das Mikroskop, dort das Fernglas. Wenn die Krähen von der Eiche aufflogen, zählte er sie. Auch den Keil der Wildgänse verfolgte er mit dem Glas: Neuerdings zogen sie wieder nach Norden. Was hatte das zu bedeuten? Mitten im Winter?

> Fahrt ihr nach Süden übers Meer,
> Was ist aus uns geworden?

Mit dem Glas kontrollierte er mehrmals am Tag sein Baumhaus, ob es noch in Ordnung ist. Er hielt auch die Siedlung unter Kontrolle. Frauen, die steifgefrorene lange Unterhosen von der Leine nahmen – ein ulkiger Anblick. Die Kinder drüben hatten ihn noch nie interessiert. Er kannte die Jungen nicht, und er wollte sie auch nicht kennenlernen. Fußball? Man hätte ihn nicht mitspielen lassen, selbst wenn er gewollt hätte. Überhaupt: Sport? An der Helge lag ein Ruderboot, damit fuhr er manchmal auf dem Fluß herum. Die Kühe am anderen Ufer kamen dann gelaufen. Die wollten sehen, was er da macht.

Peter stieg nie in die Siedlung hinunter, und von dort kam auch niemand zu ihm. Die Chaussee lag dazwischen. Es wäre ihm auch schlecht bekommen, wenn er sich dorthin gewagt hätte. In der Siedlung wohnten kräftige Jungen, die nur darauf warteten, das Plutokratenjüngelchen mit Schneebällen zu bewerfen. Oder ihn in den Schwitzkasten zu nehmen und nicht wieder freizulassen? In einem solchen Falle hätte das Tantchen gewiß das Fenster geöffnet und hätte eingegriffen.
Eine lange Glitsche hatten sich die Kinder dort angelegt, die

hätte er gern einmal ausprobiert. Drygalski war mit einem Eimer voll Asche gekommen und hatte sie unbrauchbar gemacht. Das ärgerte Peter, obwohl es ihn doch gar nichts anging.

Wenn Peter mal draußen spielen wollte in diesen Tagen, fuhr er mit seinem Schlitten einen kleinen Abhang hinterm Haus hinunter. Zog ihn hinauf und fuhr wieder hinunter. Einen Schneemann hatte er auch schon gebaut, aber niemand hatte ihn ansehen wollen.
«Schön, mein Junge, schön ...», hatte die Mutter gesagt, aber sie hatte kaum von ihrem Buch aufgeschaut. Mit dem Führer und Reichskanzler hatte der Schneemann eine gewisse Ähnlichkeit gehabt.

Im Sommer verbrachte Peter oft Stunden in seinem Baumhaus, das er sich zu einer Flugzeugkabine ausgestaltet hatte: alte Weckeruhren als Armaturen, ein Wagenrad als Steuer und eine Blechbüchse als Benzinkanister, Wasser schüttete er hinein. Vorn dran hatte er die stromlinienförmigen Reste eines Motorradbeiwagens montiert. Immer in Richtung Westen flog er. – Jetzt im Winter sammelte sich in seinem Flugzeug Schnee.

Jeden Nachmittag um Punkt drei Uhr kam Studienrat Dr. Wagner nach Georgenhof. Weil er unverheiratet war, nannte man ihn einen «Hagestolz». Einen Spitzbart trug er, und unter seiner goldenen Brille hatte er Tränensäcke. Knickerbocker und schwarze Ohrenschützer. Jetzt im Winter, in diesen kalten Tagen, trug er einen Gehpelz: der hatte auch schon bessere Tage gesehen. Wagner war Lehrer für Deutsch und Geschichte, Latein im Nebenfach. «Uns ist in alten maeren wunders viel geseit ...»

Trotz seines Alters mußte Dr. Wagner noch immer Dienst tun, und er hatte es satt, wie er es ausdrückte: «Ich hab' es geteragen siebenzig Jahr, und ich kann es nicht teragen mähr ...» Deutsch und Geschichte: Jahr für Jahr, und Tag für Tag? Und wenn man einmal durch ist, von vorn wieder anfangen?
Die vielen Kinder in der Klosterschule, das Gewühl und das Geschrei in den ehrwürdigen Kreuzgängen, und die Kollegen, alle sehr eingefahren. Seit die jüngeren an der Front waren, ergab sich kaum mal ein weiterbringendes Gespräch im Lehrerzimmer.
Die Bibliothek war sehenswert. Es war gefragt worden, ob man sie nicht nach Königsberg schaffen sollte. Möglicherweise kämen die Russen ja doch? Aber seit der Zerstörung der Stadt sagte man: Gott sei Dank haben wir das nicht getan!

Als Wagner sich an diese Schule hatte versetzen lassen, vor vielen, vielen Jahren, war Sommer gewesen, da hatte die Sonne schräg durch die Spitzbogenfenster geschienen, im Garten würzige Kräuterbeete und Blumen überall, Malven, Rittersporn und Phlox? Schwalben waren durch die Kreuzgänge gezwitschert. Der schief und krummene Kreuzgang, der hohe Rempter – im Sommer wunderschön. Im Hof stand sogar noch der Brunnen aus dem Mittelalter, von Efeu überklettert. Und mit den Kollegen, jung und frisch, hatte es ein gutes Einvernehmen gegeben.
Aber jetzt, das alte Gebäude – eisig kalt, da konnte man heizen, so viel man wollte. Die hohen, feuchten Räume ...

Statt eines Parteiabzeichens trug Dr. Wagner das Schleifchen des Eisernen Kreuzes, das er Gott sei Dank im Ersten Weltkrieg erworben hatte. Mit Hilfe dieses Schleifchens und den Mitgliedschaften im NSV und im Reichskolonialbund und gele-

gentlichen Vorträgen für den Luftschutz hatte er Anwerbungen der Partei abwehren können, die ihn aus dem Kollegenkreis anfänglich häufiger, dann seltener erreichten und nun gar nicht mehr. Er hatte sich entziehen können. Hatte er etwa einen Draht nach oben?
Klavierspielen konnte er, und wenn man an seinem Haus vorüberging, hörte man ihn spielen. Und manchmal sang er sogar dazu. «Ich lebe ganz zurückgezogen», pflegte er zu sagen. In der Horst-Wessel-Straße wohnte er, gleich neben dem Finanzamt.

Jetzt waren die Pforten der Klosterschule geschlossen. In den gewölbten Klassenräumen hatte man Betten aufgestellt für alte Leute, die aus Tilsit gekommen waren. Und Dr. Wagner war überflüssig geworden. Er «kümmerte» sich also ein wenig um Peter, wie das genannt wurde, seinen Lieblingsschüler, den er immer schon mit Wohlgefallen betrachtet hatte. «Dich laß ich nicht verlottern!» Der schmale Kopf, das blonde Kräuselhaar, die ernsten Augen ... Und wenn er auch vier Kilometer laufen mußte von Mitkau nach Georgenhof, vier Kilometer hin und vier Kilometer zurück, so scheute er den täglichen Fußweg doch nicht, um nach dem Rechten zu sehen und sich um den Jungen zu kümmern, jeden Tag Punkt drei. «Dich laß ich nicht verlottern!» Der Vater im Feld, die Mutter so sehr in sich gekehrt, und Ukrainerinnen im Haus ...
«In dem Jungen steckt 'ne Menge drin.»

Studienrat Dr. Wagner kümmerte sich um Peter, nun schon seit Weihnachten Tag um Tag, er scheute nicht den langen Weg, das war doch selbstverständlich, und außerdem pflegte man ihm jedesmal einen Teller mit Schmalzbroten hinzustellen. So was war mitzunehmen! Schmalz mit Äpfeln ausgebraten und Zwiebeln, die Grieben kross? Für einen Junggesellen war es in dieser Zeit gar nicht so einfach durchzukommen. Hier saß er wenigstens in einer warmen Stube. Und in Georgenhof, da wußte man genau, was man an ihm hatte.

Obwohl er selbst tierlieb war, wie er sagte, war Jago, der Hund, sein Freund nicht. Wenn man ihm die Schmalzbrote hinstellte, knurrte der Hund. Und bei den abendlichen Küchenbesuchen – vorm Nachhausegehen eben noch mal schnell mit der Aktentasche in der Hand den Mädchen in der Küche gute Nacht sagen – stellte er sich ihm sogar entgegen und fletschte die Zähne!

Wenn er in der Küche nach dem Rechten sehen wollte, war es schon geschehen, daß ihm die Mädchen die Tür von innen zuhielten. Aber Dr. Wagner war ja nicht von gestern, der verstand ja Spaß.

Manchmal stellte er Berechnungen an, ob die Kalorien, die er auf Georgenhof zu sich genommen hatte, wohl den Verbrauch wettmachten, den er seinem Körper zumutete, vier Kilometer hin und vier Kilometer zurück bei Wind und Wetter? Und er machte Andeutungen, doch auf die Andeutungen reagierte keiner.

Es gab einen Richtweg, den hatte er schließlich entdeckt, der kürzte die Strecke ab, den benutzte er gelegentlich, aber das behielt er für sich …

Treu und brav stellte Dr. Wagner sich ein, Tag für Tag, und immer hatte er den Bogen raus, wie er Peter interessieren konnte für irgendwas. Gern nahm er zum Beispiel Knaurs Lexikon zur Hand und stach mit einem Messer zwischen die Seiten, und dann öffnete er das Buch, das er ein «Schatzkästlein» nannte, und Peter durfte ihm vorlesen, was dort durch puren Zufall zutage getreten war. «Bibelstechen» nannte er das. Und was es auch war, das man da fand, es war immer interessant. Das Uninteressante ließ man einfach fort. «Brätling, Pilz, s. Lactarius» Der Reichtum der Natur, wie viele Pilze es gibt in der Welt, genießbare und ungenießbare, und daß es sich eigentlich um Schmarotzer handelt, die gleichwohl nützlich sind und zum Teil gut schmecken. Pfifferlinge zum Beispiel, in Butter gebraten, oder Champignons, die als Delikatesse galten und absolut bekömmlich waren, wenn man sie richtig zubereitete.

Mit der Bibel befaßte sich Dr. Wagner nicht. Gegen die Kirche hatte er was, da war ihm in den Zwanzigern mal einer quergekommen. Er hatte in seiner Jugend der freien Gottesbewegung angehört, die gern im Wald zusammentraf und sich dort unter den Kronen der uralten Bäume an den lieben Gott wendete. Damals hatte die Amtskirche darüber dumme Bemerkungen gemacht und sich von ihm zurückgezogen, und da hatte er sich dann auch verabschiedet. Die Kirchensteuer sparte man immerhin.

Ein silberner Bleistift hing an seiner Uhrkette, und er schob ihn recht zierlich aus der Hülse heraus und dann wieder in die silberne Hülse zurück.

Manchmal ballte er die Hand zur Faust, manchmal legte er sie flach auf den Tisch, und immer tat er das mit Anstand. Einen blauen Siegelring trug er, der an einer Stelle etwas ausgeblichen war, da war wohl mal heißes Wasser draufgekommen.

Der Spitzbart, den er trug, gab bei Nachdenklichkeiten Gelegenheit, nach vorn gestriegelt zu werden. «Ich weiß ja nicht, ob du recht hast?» sollte das bedeuten. Er sagte nie direkt: «Ach was!» oder «Das ist ja völlig falsch» oder gar: «Quatsch!» Er stellte gern anheim. Das war seine Methode, ja er ließ sich sogar belehren von seinem Schüler: Er ließ sich zum Beispiel die Flugzeugmodelle erklären, die unter der Decke hingen, den Unterschied von Bomber und Jäger und daß der Wellington-Bomber eine Heckkanzel hat, aus der es für den Schützen keine Rettung gibt, wenn das Dings mal brennt. – Den roten Dreidecker allerdings kannte Dr. Wagner, den hatte er selbst schon mal gesehen, Richthofen, an der Somme – was Peter gar nicht glauben konnte. Und er machte das dünne MG-Geknatter der Flugzeuge nach und zeigte mit der flachen Hand an, wie Richthofen seine «Kiste» damals manövriert hatte.

Leider trat er wiederholt auf Peters Eisenbahn, einige Schienen waren schon platt, und mit dem Bahnhof hatte er bereits Fußball gespielt. «Oh! mein lieber Junge», hatte er gesagt. «Das tut mir aber leid. Du mußt das hier mal aufnehmen ...», und er hatte sich angeschickt, sich hinzuknien mit knackenden Gelenken, alles wieder richtig hinzustellen. In seiner Kinderzeit hatte auch er eine Eisenbahn besessen, keine Ahnung, wo die hingekommen war. Sie war größer gewesen als Peters Eisenbahn. Menschen aus Pappmaché hatten in den offenen Wagen gesessen, und die Lokomotive hatte einen langen Schornstein gehabt.

Auf dem runden Tisch in Peters Zimmer lag noch von Weihnachten her die handbestickte Decke mit den schwingenden Glocken in Rot und Tannenzweigen in Grün. Und hier an diesem Tisch wurde das Studium generale betrieben: Schulbücher lagen ausgebreitet, «Was blüht auf Tisch und Fensterbrett?», mit schematischen Pflanzendarstellungen und ein Atlas. Wo Bauxit gefördert wird, war auf einer Spezialkarte abzulesen, und der Panamakanal, wie viele Schleusen der hat. Das Leben: «Wo man's packt, da ist es interessant ...»

Der Ort Mitkau ließ sich auf den Karten nur schwer ausmachen, aber Königsberg groß und deutlich. In Königsberg hatte schließlich Kant gelebt, das muß man sich mal merken. Auch Kant war Junggeselle gewesen, das ist ja nichts Besonderes.

Wenn es sich gerade mal so ergab, ließ Wagner den Jungen auch mal rechnen: «Ein Radfahrer fährt von A nach B ...», an sich ganz einfach: Regeldetri: Was man *über* den Strich schreiben muß und was *unten drunter* gehört, und dann kürzt man das und multipliziert, das ist alles ganz einfach, und doch kapierte Peter es nicht, wie akzentuiert Dr. Wagner auch sprach und wie sanft er auch die geballte Faust auf den Tisch senkte: nein, er kapierte es nicht.

Englisch: I have washed, you have washed, he has washed. Daß die Engländer, dieses so kultivierte Volk, eine Stadt wie Königsberg dem Erdboden gleichgemacht hatten? Der Dom! Das Blutgericht! Das verstehe, wer will. Sein liebes Königsberg! Am Pregel in einem kleinen Restaurant gebratene Flundern gegessen ... Und dann das Tuten der großen Schiffe vom Hafen her ...

Weshalb war er nicht in der Welt herumgereist, vor dem Krieg, als das noch möglich war? das fragte sich Dr. Wagner. Von Peter nahm er an, daß der sich eines Tages den Wind ganz anders um die Nase wehen lassen würde.

Das Tuten der Schiffe und die gebratenen Flundern, das ging Dr. Wagner nicht aus dem Sinn. Und goldgelbe krosse Bratkartoffeln? An sich doch ein so einfaches Gericht?

Dr. Wagner erklärte dem Jungen natürlich auch, was «Nationalökonomie» bedeutet. Und daß Briefmarkensammeln eine gute Sache ist, wie kleine Aktien seien diese Dingerchen. Sammeln ja, aber *flicken*? Einen einzelnen Zahn wieder anflicken,

daß so etwas möglich ist, das hielt er für ausgeschlossen. Das sei ja direkt Betrug? Nein, da sei die Phantasie wohl mit ihm durchgegangen? Was? Man müsse immer bei der Wahrheit bleiben. Immer bei der Wahrheit bleiben und schweigen können auch im Hinblick auf gewisse Gerüchte, die jetzt die Leute einander zuraunten. Menschen mit Einblick hatten sie in die Welt gesetzt, im Osten irgendwas gesehen. Dinge, die so abwegig waren, daß man sie sich gar nicht vorstellen konnte?
Auf jede Marke einen schwarzen Punkt malen? Ob das wirklich eine so gute Idee war? Lieber nicht! Wenn das jemand zu sehen kriegt? So was wäre schwierig zu rechtfertigen …
Briefmarken sammeln und Münzen sammeln. Warum nicht? Wertbeständige Objekte! Wenn die Papiermark längst ihren Geist aufgegeben hat, sind immer noch die Briefmarken da, es sei denn, sie verbrennen …
Die Inflation – Millionen und Milliarden? Schwierig zu verstehen und kompliziert zu erklären.

Im Atlas wurde «Budapest» aufgesucht, weil davon die Rede in den Nachrichten war. Wie weit die Russen bereits vorgedrungen sind – Frontbegradigungen im Zuge von Absetzbewegungen – und wo die Amerikaner eigentlich stehen. Eine Karte mit Markiernadeln bestecken? Die entsprechende Karte hing schon lange an der Wand, allerdings verkehrtrum markiert: wie weit die Deutschen vorgedrungen waren in den Osten, mit Stoßkeilen und Kesseln, aber wo sie jetzt standen, das war daraus nicht zu ersehen. Wo die Russen standen, ihrerseits, war bekannt. Kaum 100 Kilometer entfernt …
Budapest lag in Ungarn und es hatte zu Österreich gehört, irgendwann einmal. Die k.-und-k.-Monarchie. Lange her. An sich liebenswert.
«Der Kaiserwalzer», diesen Film hatte man gesehen.

Auch Katharina setzte sich ab und zu mit an den Tisch, wie still und zurückgezogen sie sich auch sonst hielt. Brachte ihren Tee mit und setzte sich neben den spitzbärtigen Pädagogen. Hier konnte auch sie noch etwas lernen. Manchmal zog sie sich sogar ein Nachmittagskleid an, wie in alten Tagen. Und wenn dann gar die Sonne ins Zimmer schien, daß die Eisblumen am Fenster glitzerten, stellte sich auch der Kater ein und legte sich auf Peters Bett, die Pfoten unter sich genommen.

Gelegentlich verselbständigte sich das Gespräch der beiden Erwachsenen, es glitt dahin, dahin, und Peter hockte sich dann zu seiner Eisenbahn auf den Fußboden und zog die Lokomotive auf. In der Kurve sprangen die Wagen manchmal aus den Schienen.
«Nicht zu doll, mein Junge, nicht zu doll ...»
Daß Menschen mit Einblick im Osten Dinge gesehen hatten, die da vor sich gingen? Unser gutes deutsches Vaterland? Um Gottes willen?

Katharina zündete sich eine Zigarette an und suchte auf der Karte nach dem Gardasee, und sie versuchte sich vorzustellen, wie es dort wohl jetzt aussieht, und sie dachte an Venedig, wie sie mit Eberhard in einem kalten Hotel gesessen hatte, und es regnete den ganzen Tag. Auf einer Gondelfahrt hatte sie sich dann den Unterleib erkältet, und mit einer Nierengeschichte war sie nach Hause gekommen, das war das Ende vom Lied gewesen.

Die Plünderung Roms durch die Vandalen. Die Italiener im Waldschlößchen, ob das vielleicht Sizilianer waren?
Katholisch waren sie jedenfalls. Einmal war ein Priester bei ihnen gewesen: Einer der Italiener war krank geworden und

gestorben, im kalten Deutschen Reich, in dem es womöglich noch Wölfe und Auerochsen gab, unnahbar unsern Schritten … im unwirtlichen Germanien. Dem hätte man auch was anderes gewünscht.

Mit Katharina sprach Dr. Wagner über den Jungen hinweg immer wieder von Zuständen, was das für Zustände sind, denen man jetzt ausgesetzt ist. Er dämpfte die Stimme: Die Ziegelei in Mitkau, die Menschen, die dort arbeiten müssen, Häftlinge in gestreiften Jacken? Was wohl noch alles kommt? «Wer hätte das gedacht?» Daß er seine Hand gelegentlich auf den Unterarm der stillen Frau legte, war nicht weiter sonderbar. Wo man sich schon so lange kannte? Aber das mußte ja nicht sein.
«Werden auch Sie aufbrechen nach Westen?» fragte er traurig. Und dann machte er Andeutungen und formulierte vorsichtig die Frage, ob man ihn nicht vielleicht mitnehmen könnte auf die große Reise? Auf den Wagen sei doch gewiß noch Platz?
Er hätte ja per Bahn ins Reich fahren können, aber wann genau sollte er das tun? Wann war der richtige Zeitpunkt gekommen? Und: wohin genau? Und wie begründen eine solche Reise?

Auch das Tantchen hatte sich schon an den Erziehungsstunden beteiligen wollen. Mit einer Bildermappe «Illustrationen zur biblischen Geschichte» war sie erschienen und hatte vom Heiland geredet. Aber das war nicht auf fruchtbaren Boden gefallen. Daß die alte deutsche Kaiserkrone mit einem Kreuz versehen war über dem Bügel – damit schaltete sich Dr. Wagner ein – christliches Abendland! –, und dann redete er mit dem Tantchen über den Hauptpastor Brahms in Mitkau, wie unvorsichtig der sei. Anstatt den Mund zu halten, erwähnte der, wie man hörte, in seinen Predigten die dollsten Sachen. Gott läßt seiner nicht spotten! so in diesem Stil. Und dann fiel das Wort «KZ», und die Stimme wurde gedämpft.

Hübsch war Dr. Wagners Einfall, Rätsel zu fabrizieren. «Ans Vaterland, ans teure, schließ dich an ...» als Silbenrätsel? oder: «Aus öden Fensterhöhlen starrt das Grauen»? Schiller überhaupt: der eignete sich vorzüglich dazu.
Magische Zahlenquadrate – von links nach rechts, von oben nach unten, und beim Addieren ergibt es immer dieselbe Zahl? Sonderbar und nicht zu begreifen. Sollte man damit irgendetwas beschwören können? Unglück bannen? Dürer, der hatte sich auch mit so was befaßt. Albrecht Dürer aus Nürnberg, dieser herrlichen Stadt, die nun auch in Trümmern lag, wie Königsberg und Hamburg, Frankfurt und Köln.

Rätsel: alles schön und gut. Aber warum sollte man jemandem ein Rätsel aufgeben, wenn man schon weiß, was rauskommt? das sah Peter nicht ein.
Wenn es hart auf hart kommt, könne man mit der Rätselfabriziererei auch Geld verdienen, sagte Dr. Wagner. Vielleicht fünf Mark pro Stück?
Als Peter dann sagte, man könne sie ja einfach aus den «Fliegenden Blättern» abschreiben und verkaufen?, war das auch wieder nicht so ganz das Richtige. Da gab es eine längere Zurechtweisung, in der dann auch von den zehn Geboten die Rede war, und auf Lügereien wurde verwiesen. Und daß man sich auch immer schön waschen muß, ein deutscher Junge muß sich auch mal die Finger waschen, nicht wahr?
«Und immer vorsichtig sein, mein Junge, das gehört auch zum Leben.»
Ob das gut sei, die Hitlermarken mit einem schwarzen Punkt zu versehen?, das sei eben sehr die Frage.

«Brigg, ein Schiff mit zwei vollgetakelten Masten ...»

In Königsberg habe er so manches schöne Segelschiff gesehen. Wieso ist man damals, als es noch ging, nicht einfach weggefahren? Die ganze Welt stand einem doch offen?
Aber wohin? wohin? das war die Frage. Wohin hätte man fahren sollen?

Rätsel: Die großen Fragen der Menschheit. Wenn Dr. Wagner darauf zu sprechen kam, lehnte er sich zurück und sah in die Ferne: Woher kommen wir? Worauf läuft's hinaus mit uns? Fragen waren das, die er sich in seinen siebzig Lebensjahren schon öfter einmal gestellt hatte, deren Lösung er jedoch um keinen Deut näher gekommen war. Daß man vollenden müsse, was in einem angelegt sei, war vielleicht das der Sinn des Lebens? Vollendung anstreben im Goetheschen Sinne.
Wenn er jetzt so einsam in seiner Stube sitze, denke er oft an die schönen Zeiten, zu Haus, und wie er am Pregel mit seiner Mutter gebratene Flundern gegessen. Und ihm tue es leid, nicht freundlicher zu ihr gewesen zu sein ...
«Die Zeit, die Zeit, man kann sie nicht zurückdrehen, mein Junge ...», und er stand auf und sah sich die Kuckucksuhr an, wie der Pendel so rasch dahinschwingt, von links nach rechts und umgekehrt, und schon öffnet sich das Türchen, und der Kuckuck schreit heraus, ob man es hören will oder nicht.

Rätselhaft war ihm so manches. Die Unterschiede zwischen den Menschen ... von Mann und Frau mal ganz abgesehen. Deutsche zum Beispiel und Russen ... Die Deutschen sauber, fleißig, gerecht ... Dagegen die Russen, faul, dreckig, grausam? Aber auch umgekehrt: Die Russen im Prinzip gutmütig, und die Deutschen ... Da gab es neuerdings eben manches, was unverständlich war, worüber man hier und jetzt aber nicht sprechen wollte. Sachen, die doch an sich gar nicht nötig waren? «Rätsel», ein schönes deutsches Wort, nicht die großen Menschheitsfragen betreffend, sondern eher die kleinen, die dann freilich zusammengenommen die eine große Frage ergäben: Warum?

Es gab Sachverhalte, bei denen kannte Dr. Wagner sich gar nicht so richtig aus, da kam er ja direkt durcheinander, das waren oft ganz einfache Angelegenheiten. Aber auch das gehörte zum Bildungsplan des Pädagogen: Es gibt eben Dinge, bei denen sich selbst ein Erwachsener nicht so richtig auskennt, das sollte daraus hervorgehen. Aber das sagte er Peter natürlich nicht. Er überließ es dem Jungen, zu Ergebnissen zu kommen, auch wenn sie ganz verkehrt waren.

Das Hauptaugenmerk richtete Dr. Wagner als Germanist auf die deutsche Sprache, er ließ Peter Gedichte aufsagen, und er zeichnete mit seinem silbernen Crayon Punkte und Striche auf die Verse im Gedichtbuch, Hebungen und Senkungen, auch das muß man sich mal merken, was ein großer Atem ist ...

> Von férn ein Schéin, wie ein brénnendes Dórf,
> Máttdüsterer Glánz auf den Láchen im Tórf ...

Im Atemholen liege zweierlei Gnaden und so weiter und so weiter.

Auf seine Anregung hin schrieb Peter einen langen Aufsatz über Georgenhof. Der beschäftigte ihn tagelang: «Meine Heimat». Erlebnisse und Vorkommnisse, die er mit Illustrationen versah. Ein Heuwagen mit Blitz darüber und drohenden Regen-

wolken, und die Kirschernte, wie er mit den Kusinen im Kirschbaum sitzt, und das Tantchen guckt aus dem Fenster. Daß man die Kirschen lieber einmachen soll, statt alles abzurupfen und in den Mund zu stecken, hatte sie gesagt.
Daß das Gut nur ein *Vorwerk* zum alten Georgenhof gewesen sei, schrieb er, dessen Trümmer noch im Wald liegen, 1807 von den Franzosen angezündet und danach nie wieder aufgebaut. Er ströperte öfter mal darin herum, obwohl er nicht in den Ruinen spielen durfte, es waren dort Kreuzottern gesehen worden, und womöglich stürzt der ganze Kram irgendwann mal ein? Aber er tat es eben doch gelegentlich. Seine Kusinen hatte er schon hineingelockt und dann mit hohler Geisterstimme sehr erschreckt.
Die Hitlerjugend hatte sich in den noch erhaltenen Gewölben mal bei Nacht getroffen, mit blakenden Fackeln in der Faust hatten sie trutzige Lieder gesungen.

> Ein junges Volk steht auf,
> zum Sturm bereit!
> Reißt die Fahnen höher, Kameraden!

Es hatte noch ein Nachspiel gegeben. Die Polizei hatte mit der Hitlerjugend gesprochen, daß das so nicht geht, wie leicht kann so ein Gewölbe einstürzen!

Unter den Aufsatz, als er dann endlich fertig war, schrieb Dr. Wagner mit roter Tinte *gut!*, und das Tantchen band die Seiten mit einem blauen Band zusammen: Das war ja schon fast ein Buch! Man würde es dem Vater zum Geburtstag schenken. Es lag auf seinem Tisch, und Peter stellte sich vor, wie sehr sich sein Vater freuen würde über das Buch. Im Mai hatte der Vater Geburtstag. Im holden Monat Mai.

Neben Peters Zimmer lag noch eine Kammer. Dort hatte Elfie gewohnt, die kleine Schwester, nun schon zwei Jahre tot.
Man hatte darin alles so belassen wie zu ihren Lebzeiten, die Puppenstube, das Kaspertheater. Ja, sogar die Strickhexe, aus deren Bauch eine meterlange Schnur herausbaumelte. – Im Schrank hingen noch immer ihre Sachen, und das Bett war bis vor kurzem immer mal wieder frisch bezogen worden: Auf dem Kopfkissen lag ein Foto von ihr. Krause Zöpfchen hatte sie gehabt, aber nicht blond, sondern rabenschwarz.
Als sie starb, war der Kater weggelaufen, erst drei Tage später hatte er sich wieder eingestellt.
Wie schade, dachte Peter manchmal, wenn er in seinem Bette lag: Ich hätte jetzt an die Wand klopfen können, und dann hätte sie zurückgeklopft.

Katharina

Seit Eberhard eingezogen worden war, lebte Katharina im «Refugium», wie die beiden ihre kleine Wohnung nannten. Die Tante hatte zunächst damit begonnen, zum Nachmittagskaffee bei ihr da oben einzuschauen und mit Plaudereien anzufangen, von Schlesien zu erzählen, wie es gewesen war, als man sie vom Hof jagte – sie hatte sich jeden Tag eingestellt, um das Leid der Welt zu bekakeln, jeden Tag von drei bis vier? Als dies zur Gewohnheit zu werden drohte, hielt Katharina die Tür verschlossen. «Ich brauche Zeit für mich», sagte sie. Nicht bloß ein paar Stunden, sondern Tage, Wochen, immer brauchte sie Zeit für sich. Jeder führt sein eignes Leben, und sie war ja auch keine Landfrau, das hatte sie von Anfang an gesagt, wäre gern Buchhändlerin geworden, nie hatte sie was von Kalk und Stickstoff gehört. Und Kühe melken?, um Gottes willen!
Sie lebte hier in dieser kleinen gemütlichen Wohnung, und das Tantchen hatte ihr schönes Zimmer – immer Sonne?
Im übrigen nahm man ja die Mahlzeiten gemeinsam ein, in der Halle unten, da konnte man sich rasch über alles verständigen. Das ging ja ohne weiteres.

Die kleine Wohnung bestand aus einem Wohnzimmer, dem Schlafzimmer und einem Kabinett, mit Bücherregalen an den Wänden, deren Konsolen golden bronziert waren. Hier standen Romane, einer neben dem andern, die alle gelesen waren, denn Katharina war eine sogenannte Leseratte seit Kindheitstagen. Buchhändlerin hatte sie werden wollen, nicht Gutsherrin, das hatte sie immer gesagt. Und in einer Buchhandlung hatte Eberhard sie dann ja auch wiedergesehen, in Berlin, wo sie mit ihm an einem Vormittag um 10 Uhr in ein und dasselbe Buch hineinschaute, und das war dann «das Buch des Lebens» gewesen, wie es in der Hochzeitszeitung zu lesen stand.

Aus Mitkau bezog sie regelmäßig Nachschub, das war der Luxus, den sie sich leistete. Der Buchhändler dort hatte auch jetzt noch immer was unter dem Tisch für sie. Konrad Muschler, Eckart von Naso und Ina Seidel. Aber auch die «Blauen Bücher» – Bildbände, die sie immer wieder gern durchblätterte: «Deutsche Lande» ...

Im Kabinett stand ihr kleiner Schreibtisch, an dem sie Briefe an ihre Leute in Berlin schrieb, daß es ihr gut geht, aber was soll bloß werden? oder an ihren Mann im fernen Italien. Sie waren vor dem Krieg mit dem nagelneuen Wanderer-Wagen nach Italien gereist, das war etwas Besonderes gewesen, und nun saß Eberhard schon Monate dort ...

Fotos ihrer Eltern standen auf dem Tisch und ein Ölbild der kleinen Elfriede, kurz bevor sie vom Scharlach dahingerafft wurde, war es gemalt worden, 1943, als man an nichts Böses mehr dachte. Fast acht Jahre wäre sie jetzt alt, das rechnete Katharina immer wieder nach.
Ein Kandelaber stand neben dem Schreibtisch, der war mit fünf Kerzen bestückt, die wurden nie angezündet. Es würde sich schon noch ein Anlaß finden. Nach dem Krieg, wenn wieder alles im Lot ist.

Dem Refugium angeschlossen war ein Wintergarten, der der Wohnung Licht gab. Von dort aus blickte man über das Flachdach des Sommersaals und die Terrasse in den Park, auf den von Rhododendren umgebenen Rasen und auf Tantchens weißgrünen Pavillon, den man 1936 hatte errichten lassen, damals, als alles besser zu werden versprach. Der Dorfzimmermann hatte ihn in drei Tagen zusammengenagelt, zu Tantchens Geburtstag, eine große Überraschung war das gewesen! Und nur ein einziges Mal war er benutzt worden.

Katharina saß gern im Wintergarten und sah auf den schwarzen Wald hinunter, der wie eine Wand hinter der Parkwiese stand. Hier saß sie oft mit ihrer Freundin Felicitas, die immer so hübsch lachte und allezeit plappernd fröhlich war – hier war man ungestört und irgendwie gleichzeitig in der Natur.
Felicitas mit ihrem strahlenden Aquamarin um den Hals, und Katharina mit dem goldenen Medaillon, im Wintergarten, hinter Kakteen und Geranien.
Felicitas, blond, ein hübsches kleines Gesicht mit spitzer Nase, war immer so vergnügt, und sie brachte mit all ihren Geschichten die schwerblütige Katharina zum Lachen. Allen Erlebnissen – und sie erlebte viel – vermochte sie etwas Lustiges abzugewinnen, und das teilte sie Katharina gestenreich mit, die sich nur wundern konnte über die Phantasie ihrer Freundin.
Hätte man unten gestanden auf der Terrasse, dann hätte man jedes Wort verstehen können, das hier oben gesprochen wurde, all diese Geschichten, und man hätte auch dort was zum Lachen gehabt.

Sie lachten viel, die beiden Freundinnen, aber manchmal stimmten sie sich auch herab, dann sprachen sie von Fritz aus Frankfurt, der bei Nacht und Nebel in die Schweiz hatte fahren müssen, und Felicitas hatte noch ganz andere Sachen auf Lager.

Es gab da auch ein paar Geschichten, über die sprachen sie überhaupt nicht, die behielt jede eisern für sich.
Sie stimmten sich herab, die beiden Freundinnen – aber dann drehten sie auch wieder auf. Felicitas hatte den Bogen raus.
Jetzt im Winter saßen sie nicht im Wintergarten, jetzt tranken sie in dem kleinen gemütlichen Wohnzimmer ihren Kaffee. Niedliche kleine Damensessel hatte Katharina angeschafft. An der Wand hing allerdings ein Gemälde von der Sternwarte in Treptow, das hatte Eberhard sich ausbedungen.
Neben dem Bild von der Sternwarte hingen allerlei Porträtpostkarten, Dürers Mutter und auch die Medea von Feuerbach.

Mitten in der Wohnung stand auf einem ausrangierten Blumenständer eine Porzellanfigur, «Die Kauernde» betitelt. Man sah sie sofort, wenn man eintrat. Eberhard hatte sie aus Berlin mitgebracht, KPM.
Felicitas ließ sich in diesen Tagen nicht mehr sehen, sie war schwanger, der kalte Wind und die glatte Straße? Wie leicht hätte sie stürzen können! Katharina saß allein in ihrem Zimmer und las, oder sie fertigte Scherenschnitte aus schwarzem Karton, meist Blumen und Vögel, die sie in ein Album klebte, zyklisch den Jahreszeiten gewidmet. Wenn sie fertig war mit so einem Kunstwerk, dann zündete sie sich eine Zigarette an und freute sich darüber.

Eberhard war in diesem Krieg weit herumgekommen, die schönen Tage in Frankreich, das stolze Griechenland … Und dann die Ukraine mit ihren weiten Sonnenblumenfeldern? Und: Weizen? Alles war immer gut gegangen, obwohl man ihm in der Ukraine schon mal eine Mine ins Bett gelegt hatte. Und jetzt Italien!
Von überall her hatte er Pakete geschickt, und Katharina leitete

so manches nach Berlin um an ihre Leute dort. Kriegten die denn so gar nichts? «Wir leben hier von unseren Karten», schrieben sie, und das tat Katharina leid. So war sie denn auch in den letzten Jahren immer wieder nach Berlin gefahren, um ihnen unter die Arme zu greifen. Und Berlin bot ihr das, was sie in Georgenhof entbehrte: Theater, Konzerte und auch Kino. «Rembrandt», dieser wunderbare Film.
Und in Georgenhof landeten dann Bücherpakete, groß und schwer.

Doch nun standen die Russen an der Grenze, wer hätte das gedacht, und Katharina hatte sich ganz zurückgezogen in ihr Refugium. Die Frage war, ob man nicht doch besser nach Berlin ginge, aber vor den Angriffen dort schreckte Katharina zurück. Außerdem: Eberhard hatte schon mal vorgefühlt, aber dort war gesagt worden: In diesen Zeiten muß jeder bleiben, wo er ist.
Im Gegenteil! Die Berliner hatten erwogen, nach Georgenhof zu ziehen und «in Ruhe alles abzuwarten». – In der Woche vor Weihnachten hatte man sich zuletzt gesehen, und beim Abschied hatte man geweint. Elisabeth – eigentlich ein ganz netter Kerl. Mit den verwachsenen Füßen ja auch nicht so einfach. Katharina hatte sich nicht getraut, Ernestine zu fragen, ob sie Peter mitnehmen könnte? – «Wo soll der denn schlafen?» wäre gefragt worden. Und da war das eben unterblieben.
Eine ausgewachsene Gans hatte Katharina ihr für die Festtage mitgegeben, Wladimir hatte geguckt, ob das auch richtig ist?, und das Tantchen hatte lange überlegen müssen, wie sie das verbuchen kann, daß da eine Gans weniger auf dem Hof umherläuft. Und ob man sich da nicht in die Nesseln setzt? Die Gänse sind schließlich abgezählt? Drygalski, dieser Obernazi, vielleicht kriegte der was davon mit? Der hatte seine Augen

doch überall. Aber schließlich – der Fuchs hätte es ja auch gewesen sein können.

Mit Wirtschaftsdingen wurde Katharina schon lange nicht mehr behelligt. «Ist Ihre Tante da?» wurde gefragt, wenn sie wirklich mal den Telefonhörer abnahm, nachdem es zwölfmal geläutet hatte, und das war ihr auch lieber so.
«Laß man, Kathi», war gesagt worden, «das macht das Tantchen schon ...», und dabei war es geblieben.
Auch wenn sie sich um irgend etwas hätte kümmern wollen, man hätte sie nicht gelassen. «Sie ist eine Träumerin», wurde gesagt, «sie macht alles verkehrt.» Mancher war allerdings auch der Meinung, sie sei «überkandidelt», und Eberhard von Globig wurde bedauert: Mit so einer Frau anzusitzen, das war gewiß ein schweres Schicksal. Ging spazieren, wenn andere vor Arbeit nicht aus noch ein wußten? Legte sich auf die Terrasse in die Sonne, wenn Arbeiter schweißgebadet den Roggen mähten? Las immerfort Bücher, war gar schon mal im Wald gesehen worden mit einem Malkasten, die von Efeu bewachsenen alten Eichen abzeichnend, und den Fluß, von Weiden begrenzt ...
«Das Grab von Elfie siehst du dir wohl nie an?» hatte das Tantchen gefragt, und das hatte einen Riß verursacht zwischen den beiden Frauen, der nicht mehr heilte.

Als sie mit Eberhard zum ersten Mal nach Georgenhof kam, hatte der Schwiegervater ihr im Wald die Ruinen des alten Schlosses gezeigt. Die Stufen des Portals und die nach hinten gekippten Säulen. «Nur um sich die Füße zu wärmen, haben die Franzosen das Schloß angezündet», hatte er gesagt. Er hatte sie immer gern «mein Töchterchen» genannt und sie um die Taille gefaßt. Und dann der Schlaganfall und lange gelegen, und nur Katharina hatte ihm die Kissen aufschütteln dürfen. Hatte an seinem Bett gesessen, und beide hatten geseufzt. Im Testament dann besonders bedacht: «Die Persianermütze, Kind, die gehört dir.» Die Mütze, die der Russe dagelassen hatte, weiß, aus dem Fell eines Lammes gemacht.

Man ließ sie in Ruhe, aber wenn die beiden Ukrainerinnen was auf dem Herzen hatten, wandten sie sich nur an sie. Sie durften sogar mal in ihr Zimmer kommen. Laut weinten sie dort, so laut, wie sie in der Küche sich gegenseitig anschrien. Katharina hatte ihnen Schlüpfer geschenkt, gestopfte zwar, aber noch sehr haltbar, und im letzten Sommer war sie mit ihnen an die Helge gelaufen zum Baden! Man hatte beobachtet, daß sie dort miteinander gelacht hatten! – Auch Röcke und eine Kostümjacke hatte Katharina hervorgekramt und den Mädchen gegeben, die ja so gar nichts hatten. Die karierte Kostümjacke, die Katharina in Cranz getragen hatte, damals, in dem Ostseecafé, «steige hoch, du roter Adler ...», in jenem einzigartigen Sommer, die Segelboote schräg auf dem strahlend blauen Meer? Diese Jacke trug jetzt Sonja, wenn sie ins Waldschlößchen zu den Fremdarbeitern ging, den blonden Kranz um den Kopf.

Ein Nachspiel hatte die Sache mit dem Ausflug an die Helge gehabt. Drygalski war am Ufer erschienen, mit seinen braunen Schaftstiefeln, und hatte sie zurückgerufen, also aus dem Wasser geholt, wie sie da schrien und spritzten. Er hatte gesagt, daß das Weiterungen hat: mit Ostarbeiterinnen baden gehen? Wo gibt's denn so was? Schwere Stunden hatte es gegeben, aber es war nichts danach gekommen. In Mitkau hatte der Bericht beiseite geschafft werden können. Sarkander hatte das arrangiert. Diese Ostarbeiterinnen seien schließlich freiwillig gekommen ins Deutsche Reich, das müsse berücksichtigt werden.

Immer schloß Katharina die Tür ihres Refugiums ab, von drinnen oder von draußen, je nachdem, und den Schlüssel gab sie nicht aus der Hand. Wenn jemand bei ihr klopfte, fragte sie gequält: «Ja, was *ist* denn …?», und sie öffnete die Tür nur einen Spalt. Wenn sie auch sonst keine besondere Meinung hatte, in allem nachgab und nie so richtig wußte, was die Glocke geschlagen hatte: hier blieb sie eisern. Irgendwo muß der Mensch auch mal allein sein dürfen. Das Haus war schließlich groß genug!

Das einzige, was der Tante blieb, in den Stunden äußerster Not: auf den Dachboden zu klettern und über Katharinas Zimmer hin und her zu laufen und mit den Füßen aufzustampfen, daß in Katharinas Ruhe hinein der Staub rieselte. Aber auch dann geschah es selten, daß Katharina sich bequemte.

Meistens lag Katharina auf dem Bett und besah sich in Kunstbänden die lieblichsten Madonnen oder las, oder sie schnitt aus schwarzem Karton Silhouetten für ihren Jahreszeitenzyklus. Das tat sie übrigens, ohne vorzuzeichnen! Felicitas wunderte sich darüber und erzählte es überall herum.

Auf dem Tisch hatte Katharina gern einen der von dem Nationalökonomen so hoch gerühmten Obstteller mit Äpfeln stehen. Hier stand der Teller mit den Äpfeln, dort die «Kauernde», und an der Wand hing die Medea von Feuerbach.

Gelegentlich hörte man Radiomusik aus ihrem Zimmer, der große Blaupunkt mit dem magischen Auge, und Zigarettenrauch drang durch das Haus. Lag sie schon wieder auf dem Bett und las?

Manchmal stand sie an der Tür und horchte, ob draußen einer an ihrer Tür horcht.

«Hier hat keiner was zu suchen», sagte sie, und sie machte

selbst sauber, obwohl sie sonst nirgends mal mit anfaßte. Hier oben empfing sie hin und wieder Peter, wenn er seine Schularbeiten gemacht hatte, lästig war ihr das, und das Heft schlug sie ihm um die Ohren, wenn er nicht sauber schrieb, aber sonst war sie nachsichtig. Geschichtszahlen? Mit denen kannte sie sich auch nicht aus.

Hauptsache, das Zeugnis war einigermaßen. «Du kannst machen, was du willst», pflegte sie zu sagen, «Hauptsache, das Zeugnis ist einigermaßen.» Wie hätte man sonst dem Vater unter die Augen treten sollen? Aber seit der Studienrat Dr. Wagner die Erziehungsgeschäfte in die Hand genommen hatte, kümmerte sie sich auch darum nicht mehr.

«Ist es nicht ein Bild?», dies Wort war gefallen, als sie damals mit Lothar Sarkander im Sommersaal stand und im Park die Familie picknicken sah, von Kohlweißlingen umgaukelt. Das war nun schon wieder so lange her. Lothar Sarkander, der Mann mit den Schmissen auf der Wange und dem steifen Bein hatte das gesagt, dieser Mann, der in Mitkau aufpaßte, daß der Familie von Globig nichts abging. Krisselige Haare hatte er, an den Schläfen leicht ergraut.

Neben ihr hatte er gestanden und auf das bunte Bild hingewiesen, das sich ihnen da draußen bot: die sich lagernde Familie, die Kinder, vor dem dunklen schweigenden Wald, und die weißen Schmetterlinge drüberhin. Das war in ihrem Gedächtnis geblieben, das konnte sie nicht vergessen.

«Ist es nicht ein Bild?»

Ein solches Wort hätte Eberhard nie herausgebracht. Aber die «Kauernde»? – Eberhard war es gewesen, der ihr die «Kauernde» geschenkt hatte. Oder hatte er die kleine Skulptur sich selbst gegönnt?

Sogar die Ukrainerinnen waren herangetreten an die Figur und hatten sie betastet. Felicitas stellte immer wieder Vermutungen an, wie teuer sie wohl gewesen sei, KPM, war sie nicht sogar signiert?

Leider benutzten Leute aus der Siedlung immer wieder den Park als Abkürzung, wenn sie nach Mitkau gingen, obwohl doch ein Schild aufgestellt worden war: Durchgang verboten! Besonders Drygalski tat sich dabei hervor, ging mit gewichtigen Schritten über den Rasen und spuckte links und rechts in den Rhododendron. An der Küche ging er vorüber und bog dann in den Park ein, spiegelte sich in den Fenstern des Sommersaals, guckte zu Katharina hinauf und verließ ihn auf der andern Seite wieder. Jetzt im Winter verunstaltete ein dunkler Trampel-Halbkreis ums Haus herum die weiße Schneedecke.
Manchmal hörte man ihn an der Küche mit den Mädels schimpfen, was die da machen, gleich wird er sie auf Trab bringen und so weiter, was ihn doch gar nichts anging.
«Laß ihn doch!» hatte Katharina gesagt, als das Tantchen ihr davon erzählte. «Dieser Mann hat gewiß auch seine Sorgen.»

Katharina sah auf den Trampel-Halbkreis hinunter, wenn sie im Wintergarten nach dem Thermometer guckte oder das Fenster öffnete, um ihren gefiederten Freunden Vogelfutter ins Häuschen zu streuen. Das Tantchen vorn blickte auf Peters Baumhaus, und Katharina sah hinunter auf den Halbkreis, der unten in den reinlichen weißen Schnee getrampelt war.
Eisblumen rasterten über die Fenster, und die Tür war mit grünen Decken gegen die kalte Luft verhängt.

Im Wohnzimmer, unter der Dachschräge, existierte eine Abseite, für Koffer und Bettzeug. An sich störend. Deshalb hatte

Katharina auch eine kleine, mit Blumen bemalte, kunstgewerbliche Truhe davorgestellt, über die sie eine Decke legte.
Auch die Abseite hielt Katharina verschlossen, dort lagerten spezielle Vorräte, von Eberhard nach und nach ergänzt, Zigaretten vor allem, Kaffee und Kakao und auch Seife, aus Frankreich – wenn es mal gar nichts mehr zu kaufen gibt. Likör, Kognak und siebzehn Flaschen italienischen Rotwein der Marke «Barolo Riserva».
Auch die Existenz dieses Vorratslagers war einer der Gründe, weshalb sie ihr Zimmer verschlossen hielt, man hätte die Bannware erschnuppern können, Tabak? Kakao? Seife?

Als Eberhard zum letzten Mal dagewesen war, im Herbst, mit schwerem Herzen und düsteren Gedanken, war er durch alle Zimmer gegangen, die Halle, das Billardzimmer und den Sommersaal – und dann hatte er hier oben bei seiner Frau Kaffee getrunken, wie früher so manches Mal, obwohl doch unten genug Platz war, wie das Tantchen sagte, da hat man ja bald gar nichts mehr voneinander ... Sie hatten nebeneinandergesessen und hatten geflüstert, während Eicheln auf das Dach des Sommersaals knallten. Die englischen Stahlaktien und die Reismehlfabrik. Mit den Aktien war es jetzt im Krieg nichts mehr, und die Rumänen? Gut, daß er das Gehalt hatte als Sonderführer, damit kam man einigermaßen über die Runden.
«Alles Halunken», hatte Eberhard gesagt. – Neben dem Ständer mit der «Kauernden» hatten sie gesessen und Musik gehört, Musik zum Träumen: der große Walzer aus «Bal paré»? Und: «Ich weiß, es wird einmal ein Wunder gescheh'n ...» – Hatten sie sich gar bei der Hand gehalten?
Eberhard hatte die Tür zur Abseite geöffnet und war hineingekrochen, um die Vorräte zu begutachten. «Immer schön vor-

sichtig sein ...», sagte er zu Katharina und steckte sich eine Zigarette in die verkokelte Meerschaumspitze seines Vaters. Mit einem Wolltuch rieb er die Schäfte seiner Stiefel blank.

«Immer schön vorsichtig sein», das sagte er auch in anderer Beziehung zu ihr und immer wieder. Wenn er seine Frau sah, sagte er: «Schön vorsichtig sein, Kathi?» Und sie sagte zu ihm: «Ja, und du auch!» Aber da unten in Italien war er ja weit vom Schuß.

Die Frage war, ob man Frau und Sohn nicht irgendwohin schickte, an den Bodensee vielleicht? Diese Frage stellte sich Eberhard, doch er kam zu keinem Schluß. Noch wäre es gegangen ...

Seit einiger Zeit hörte Katharina die Nachrichten, die über BBC kamen, unheimlich waren sie und ermutigend zugleich. Sie lag dann auf dem Bett – die Hand an ihrem Medaillon und den Mund offen – und lauschte den Botschaften von drüben, ruhig und sympathisch vorgetragen, sachlich und ganz ohne Häme. Sie stellte den Sender sehr leise. Wer konnte denn wissen, ob Drygalski da unten nicht wieder mal die Abkürzung nahm, um nachzuprüfen, ob die Ukrainerinnen sich auch wirklich im Kütnerhaus aufhielten, wie sie es nachts doch sollten? Und nicht womöglich im Waldschlößchen standen bei dem Gelumpe dort? Das interessierte diesen Mann immer so sehr, obwohl es ihn doch gar nichts anging.

Irgend etwas war ihm nicht geheuer an Georgenhof, obwohl doch alles ganz in Ordnung war. Seine eigne Frau lag in der Wohnküche krank auf dem Sofa. Und die lebten hier in Saus und Braus? Daß die saubere Frau von Globig nur ein einziges Mal gefragt hätte: «Wie geht's Ihrer Frau?»

Eberhard hatte seiner Frau geraten, das Radio immer auf den Deutschlandsender zurückzustellen, wenn sie BBC gehört hat. Besser ist besser. Da wäre dann nichts mehr zu beweisen.
Nach Bohnenkaffee roch es gelegentlich im ganzen Haus, dann gönnte sich Katharina da oben was.

Mitkau

An einem kalten Wintertag setzte sich Katharina die russische Persianermütze auf, ließ anspannen und fuhr mit der Kutsche nach Mitkau. In der Remise stand sie noch immer, die altmodische Kutsche, in der sie damals, im heißen Sommer 1931, als Jungvermählte vom Bahnhof in Mitkau abgeholt worden waren von Kutscher Michels, der dann später in Polen so ziemlich als erster «fiel». Der kleine Brautkranz hing noch immer hinten am olivrunden Fenster des Gefährts.
Aber nun war es kalt, und der Wind blies einen feinen Schneeschleier über die eisige Chaussee. Katharina hatte die Pelzdecke über die Knie gezogen, und der Wallach: klipp-klapp! zog die leichte Fracht munter dahin. Für das schwere Tier war die Kutsche eine Spielerei. Ein schweres, charaktervolles Tier, das seine Augen gern nach hinten drehte, wenn jemand einstieg.
Katharina benutzte das alte Gefährt ganz gern für ihre Stadtfahrten, und sie kutschierte es selbst, das hatte ihr Michels noch beigebracht. Wöchentlich einmal fuhr sie in die Stadt, das war ihr zur Gewohnheit geworden. «Das brauche ich», sagte sie.

Das Städtchen Mitkau, von einer dicken, schiefen Mauer umschlossen, lag an dem von Weiden gesäumten Fluß, der Helge, der sich durch Wiesen und Felder schlängelte. Eine eiserne Brücke spannte sich über das Flüßchen. Schwer hatte die Gemeinde an den Kosten dafür zu tragen, seit 1927 zahlte sie daran ab, und noch viele Jahre würde sie den städtischen Etat belasten!

Katharina fuhr dem Turm der Stadtkirche entgegen. Schon von weitem sah man linkerhand den grün gestrichenen Bogen der Brücke und geradeaus den Turm der Stadtkirche mit den Giebeln von Rathaus und Kloster. Ganz rechts war der Schornstein der Ziegelei auszumachen.

Als das Städtchen auf einer Briefmarke verewigt werden sollte – ein Olympiasieger im Speerwurf war Sohn der Stadt, und Hitler war zweimal hier gewesen –, setzte es der Gauleiter durch, daß auf der Briefmarke ganz groß die Brücke zu sehen war; Kirche, Rathaus und Kloster lagen wie Beiwerk daneben. GROSSDEUTSCHES REICH stand darunter. Der vergrößerte Entwurf des Postwertzeichens war im Vorraum des Rathauses in einem Glaskasten lange zu besichtigen gewesen. Wer sich auf dem Einwohnermeldeamt die Lebensmittelkarten holte oder Bezugscheine für Mangelware, der hatte das Bild betrachten können. Wer hätte das gedacht, daß unser Städtchen irgendwann einmal auf einer Briefmarke erscheint! Doch jetzt im Winter 1945 war der Kasten abgenommen worden. Nun war davon nicht mehr die Rede.

Die Helge war ein kleiner Fluß, fast nur ein Bach zu nennen, ohne Dramatik schwang er dahin. Die Klosterbrüder hatten einst eine Mühle mit ihm angetrieben, das Mühlrad war natürlich längst zerbrochen. Jetzt liefen Jungen dort Schlittschuh.

In einigem Abstand floß die Helge auch an Georgenhof vorüber. Die Globigs hatten immer mal vorgehabt, mit dem Ruderboot flußauf nach Mitkau zu fahren. Umgekehrt, das wäre leichter gewesen, sich hinuntertreiben zu lassen wer weiß wohin. Flußabwärts landete man irgendwann im Frischen Haff … Im Sommer konnte man gelegentlich trockenen Fußes von einem Ufer zum andern gelangen. Die Kinder sprangen von Stein

zu Stein, wenn sie zur Klosterschule mußten, dadurch sparten sie den Umweg über die Brücke. Jetzt hätten sie bequem übers Eis schliddern können, aber das war ja nicht nötig, weil der Schulbetrieb eingestellt worden war. In den Klassen saßen jetzt alte Menschen mit gefalteten Händen. Aus Tilsit waren die Leutchen gekommen, in einem geschlossenen Transport, und nun saßen sie hier und warteten darauf, daß irgend etwas geschehen würde mit ihnen. Zu Weihnachten war im Refektorium ein großer Weihnachtsbaum aufgestellt worden, und eine BDM-Gruppe hatte Lieder gesungen, Glühwein und braune Kuchen verteilt. An der Nordseite des Refektoriums war ein übergroßer Christophorus zu erkennen, der war von der einst so reichen Ausstattung des Klosters übriggeblieben.
Die Schule benutzte den zart eingewölbten Raum als Aula und zum Turnen, und nun saßen die Alten dort an langen Tischen und löffelten ihre Suppe.

Manchmal sah man die Alten im Kreuzgang auf und ab gehen, an den dort aufgestellten Grabsteinen entlang. Und manchmal saßen die Männer auch in den Fensternischen und spielten Skat. Das hatte ganz aufgehört, seit das Thermometer Tag für Tag nur Kälte anzeigte.

Katharina fuhr am zerstörten Bahnhof vorüber, dessen vom letzten Angriff noch rauchende Trümmer von Häftlingen aus der Ziegelei beiseite geräumt wurden, und hielt vor dem Rathaus. Backsteingotik 14. Jahrhundert! In keinem Kunstbuch verzeichnet, aber hübsch. Ein gotischer Treppengiebel neigte sich zum Markt hin, oben mit einer Eisenstange am endgültigen Herunterfallen gehindert. Vor dem Eingang stand eine granitene Säule, an der noch die eiserne Kette hing, mit der man im Mittelalter Übeltäter gefesselt hatte.

Katharina grüßte zwei alte Leute, die aus dem Rathaus kamen. Wie's ihnen geht, fragte sie. «Danke, es geht so hin», sagten die Alten, zwei Söhne im Osten vermißt, und die Tochter mit ihren epileptischen Anfällen kann man nie unbeaufsichtigt lassen. Hitlerjungen räumten die Straße von Schnee. Ein SA-Mann sagte ihnen, wie sie's machen sollen, und er fragte sich, was das wohl für einen Sinn hat, daß die Jungen sich mit Schneebällen bewerfen. Ob das wohl mit dem Ernst der Lage zu vereinbaren ist?

Vom Markt her kam eine Volkssturmeinheit marschiert, alte Männer in den unterschiedlichsten Uniformen mit Hut auf dem Kopf und langen Flinten auf dem Rücken. Auf den Armbinden stand: «Volkssturm».

Katharina legte ihre Pelzdecke über den Wallach, und das Tier setzte einen Äpfelhaufen in den frischen Schnee. Mit den Augen folgte er der Frau: Hoffentlich dauerte es nicht zu lange. Sie trug unter dem Arm einen in Zeitungspapier gewickelten toten Hasen, den wollte sie dem Bürgermeister bringen. Sie wurde auf dem Gang gegrüßt von hin- und hereilenden Sekretärinnen, jeder kannte sie, und alle wußten, daß sie mit dem Bürgermeister gut stand. Als Eberhard von Globig in der Ukraine noch Zuckerfabriken leitete, hatte es mal einen Transfer von Rohzucker gegeben, wovon die Stadt außer der Reihe reichlich bedacht wurde: Zusätzlich hatte noch so mancher gute Freund unter der Hand berücksichtigt werden können.

So pochte sie denn auch, ohne sich in Zimmer Nummer 1 anzumelden, an die Tür des Bürgermeisters, öffnete sie ohne weiteres und trat ein.
Der Bürgermeister, Lothar Sarkander, ein grader Mann mit

Schmissen im Gesicht und steifem Bein, saß am Schreibtisch, unter einem Hitlerbild und reinigte seine Pistole. Er wirkte abgearbeitet und sorgenvoll. Ein ruhiger, besonnener Mann, Volljurist vom Scheitel bis zur Sohle. Graumeliertes Haar bedeckte, sauber mit Brillantine frisiert, in vielen kleinen Wellen, eine hinter der andern auslaufend, seinen schmalen Kopf. Viel graues Haar war in der letzten Zeit dazugekommen. Für die neue Zeit hatte er sich eingesetzt, von Anfang an, nun aber war er «geheilt», wie man es nannte. Zu spät!

«Heil Hitler!» wurde nicht gesagt, statt dessen legte Katharina den Hasen auf den Schreibtisch – der sah aus wie ein toter Säugling. Sarkander schob die Pistole zusammen und tat sie in die Schublade und kam hinter dem Schreibtisch hervor. Er wußte von der Stöberjagd, die bei den Globigs veranstaltet worden war, denn er war ja um Genehmigung angegangen worden, und weil er sie ohne weiteres erteilt hatte, war damit zu rechnen gewesen, daß er Besuch bekommen würde aus Georgenhof und einen Obolus bekäme.

Und da war sie nun also, die Frau von Globig, Katharina, schwarzes Haar und blaue Augen, mit Wappenring am Finger, das goldene Medaillon um den Hals, die weiße Persianermütze auf dem Kopf: Sarkander gab ihr die Hand und zog sie an sich und küßte sie auf die Wange, und dabei warf er einen Blick auf den toten Hasen. Und dann wurde erörtert, wie's dem Gatten geht, im fernen, warmen Italien?

«Sei froh, Kathi, daß er in Italien ist! Da ist er weit vom Schuß!»

Sarkander mochte sich noch immer fragen, wieso er die Freundschaft zu dieser Frau nicht regelmäßig unterhielt. Aber er war ein rechtschaffener Mann, und er hatte Frau und Kind.

Im Sommersaal hatten sie gestanden, und die Familie hatte auf dem Rasen gesessen, Onkel Josef mit den Seinen. Die Türen des Saals zum Park hin weit geöffnet «Ist es nicht ein Bild ...», hatte er gesagt und auf das Picknick gewiesen. Und sie beide in dem dunklen Saal? fremd in ihrer Vertrautheit?
War Eberhard nicht dagewesen an diesem Tag? Oder war er nur eben einen Augenblick in den Wald gegangen, um mit sich ins Reine zu kommen?
Und sie hatten beide an diese andere, so ganz geheime Sache gedacht, von der eben doch so mancher wußte.

Wenn ich wüßt',
wen ich geküßt,
um Mitternacht am Lido ...

An den einen schönen Tag an der See, einen runden Hut hatte sie auf dem Hinterkopf getragen, wie eine Sonne, und er so ganz in Weiß? Die See, wie sie gleichmütig an die Buhnen geschlagen hatte, und in der Nacht die Lichter der Fischerboote?

Eberhard war nach Berlin gefahren, zur Olympiade, und er hatte sie nicht mitgenommen. «Das mußt du doch verstehen?» – Nein, das hatte sie nicht verstehen können. Und da war sie eben mit Sarkander an die See gefahren.

Sie setzten sich, und Katharina schlug die Beine übereinander – sie trug Reitstiefel – und steckte sich einen Zigarillo an. Die schönen Sommerfeste in Georgenhof ... Der Draht nach oben, für den Eberhard immer gesorgt hatte, daß der so hübsch funktionierte, funktionierte noch immer, trotz des Dazwischenfunkens von Leuten vom Schlage Drygalskis, dieses Proleten. «Die krieg' ich noch!» hatte er zu dem Bürgermeister gesagt.

«Ach, wissen Sie, Drygalski ...», sagte Sarkander, «lassen Sie die Leute doch in Ruhe.»

Die beiden tauschten Nachrichten aus, sie flüsterten also miteinander, obwohl sich niemand sonst im Raum befand. Die Panzerkolonne letzte Nacht, der zerstörte Bahnhof, die Häftlinge in der Ziegelei ... Auch von den Russen war die Rede, die an der Grenze standen, und daß sich dort Schlimmes zusammenbraute.
«Daß es soweit hat kommen können?»
Lothar Sarkander in seinem eleganten Anzug, das Parteiabzeichen am Revers, hatte Einblicke, der wußte, was die Glocke geschlagen hatte.

Ob das klug sei, Peter hierzubehalten? fragte Sarkander, stand auf und stakste im Zimmer auf und ab. Hätte man ihn nicht vielleicht doch lieber nach Berlin geben sollen?
Nun war es dazu zu spät?
Es könne sein, daß er in der nächsten Woche dienstlich nach Berlin müsse, da könne er ihn ohne weiteres mitnehmen?
Aber: Im ersten Krieg hatten sich die Russen doch ganz human benommen?
«Wir werden Mittel und Wege finden, euch rechtzeitig in Sicherheit zu bringen», sagte er. «Darauf kannst du dich verlassen.» Er legte ihr die Hand auf die Schulter, und sie drückte sich ein wenig an ihn.

Dann betastete er den blutigen Hasen und setzte sich wieder hinter seinen Schreibtisch, und die junge Frau ging getrost davon: So schlimm wird's schon nicht werden, dachte sie. Was sie nicht ahnte: Sarkander hatte seine Frau und seine Kinder schon im Herbst nach Bamberg geschickt.

Katharina ging hinüber zur Buchhandlung Gessner & Haupt am Markt, wo ihr der Buchhändler einen Kunstband zusteckte: «Deutsche Dome des Mittelalters». Das war ein Band aus der Reihe der «Blauen Bücher», den sie noch nicht hatte. Die Bände «Griechische Bildwerke», «Der stille Garten» und «Rembrandts Selbstbildnisse» besaß sie schon. Wenn man nur immer auf dem Quivive war, würde man die Reihe irgendwann vervollständigen können.

Der Buchhändler war bedrückt. Trotz seines Magenleidens hatte man ihn zum letzten Aufgebot gemustert. Für alle Fälle sollte er sich bereithalten, wenn die Sirenen dreimal heulten, Treffpunkt da und da, also nicht verreisen, immer erreichbar sein! Und wenn die Sirenen dreimal heulen, den Waffenrock anziehen und zum Treffpunkt eilen.

Und dann?

62 Jahre war er alt, und er hatte sich sein Alter ganz anders vorgestellt.

Die Glocke schlug an, als sie den Laden verließ, und der Buchhändler guckte ihr nach. Diese Leute haben es gut, dachte er und nahm eine Magenpille. In seinem Hinterstübchen stand ein offener Karton, in den schichtete er bibliophile Kostbarkeiten ein. Die Erstausgaben von Lessing und Goethe waren längst in Sicherheit.

Im überheizten Café Schlosser saßen Soldaten vor ihrem Heißgetränk. Mancher hatte ein Mädchen bei sich, die würden sich dann zu andern Soldaten setzen, wenn sie davonziehen mußten.

Hier traf Katharina Herrn Schünemann, den Nationalökonomen, der mit seinen Krücken sofort auf sie zuschwang und sie mit «gnädige Frau» anredete, Handkuß und so weiter, so daß

sich die Soldaten sehr wundern mußten: So etwas im sechsten Kriegsjahr?
Schünemann war inzwischen ganz richtig in Insterburg gewesen, das kleine Briefmarkengeschäft dort hatte er heimgesucht, und mit reicher Beute war er zurückgekehrt: Altdeutschland, die schwere Menge! Und er öffnete seine Tasche und zeigte die Neuerwerbungen vor, eine nach der andern. Was sie dazu sagt? fragte er sie, das hätte er gern gewußt, und sein verdorbener Atem hüllte sie ein. Ziemlich schäbige Dinger, so schien es Katharina, aber die Sache mochte ihre Richtigkeit haben.
Sie lehnte sich zurück, und Schünemann redete auf sie ein: «Wenn die Geldentwertung kommt – was meinen Sie, liebe gnädige Frau, was dieser Krieg kostet? –, dann steigen diese kleinen Dingerchen gewaltig im Wert. Auf diese Weise rette ich mein gesamtes Vermögen!» sagte er, und er machte ein spitzbübisches Gesicht, daß er gar nicht so dumm sei, sollte das bedeuten.
Katharina mußte an die Feldpostmarke denken, die er heimlich vom Umschlag gerissen und eingesteckt hatte. Sie fragte sich, wieviel die wohl wert sein würde eines Tages. Vielleicht dachte Schünemann in diesem Augenblick ja auch daran? Schnell zahlte er seinen Kaffee und schwang in seinen beiden Krücken davon. Auf nach Allenstein! Da war bestimmt noch allerhand zu holen.

Katharina machte noch eine Visite bei ihrer fröhlichen Freundin Felicitas, immer so lustig, immer so amüsant, und konnte so herrlich erzählen! Auch dort mußte ein Hase abgeliefert werden. Hochschwanger war die Freundin, und das Fleisch würde ihr guttun!
Das Haus lag hinter der Stadtmauer; am Ende der schiefwinkligen Straße waren frierende Gefangene gerade dabei, mit

Baumstämmen das Senthagener Tor in eine Panzersperre zu verwandeln. Andere nahmen Pflastersteine auf, um sogenannte Einmannlöcher vorzubereiten, für Volkssturmmänner mit Panzerfaust bestimmt. Das Erdreich war steinhart gefroren. Hier Löcher zu buddeln stieß auf Schwierigkeiten.

Die Freundinnen begrüßten einander laut und lebhaft, und auch der Kanarienvogel trällerte aus voller Kraft. Der Hase wurde in einen Kissenbezug gesteckt und ins Küchenfenster gehängt.
«Hauptsache, es gibt auch Gas!» wurde gesagt, sonst würde man ihn gar nicht braten können. Vielleicht in Essig einlegen? Aber Essig hatte man auch nicht.
Felicitas hatte gerade auf der Couch gelegen und Radio gehört.

> Ein Señor und eine schöne Señorita
> geh'n spazieren am Meeresstrand ...

Ein Glasschälchen mit Haferflocken-Krokant stand auf dem Tisch. Und in einem rosa Gläschen bekam Katharina einen grünen Likör angeboten.
Felicitas mit ihrem strahlenden Aquamarin um den Hals, und Katharina mit dem goldenen Medaillon.

Vom Fenster aus konnten sie sehen, wie die Gefangenen sich mit den Baumstämmen abmühten, ein alter Wachtmeister stand daneben mit langem Beutegewehr, die Hände in den Taschen. Um den Kopf hatte er einen Schal gebunden.
Es waren zweierlei Kategorien von Gefangenen, die sich da mühten: Franzosen in dicken Mänteln und Gefangene in gestreiftem Zeug, extra bewacht von einem SS-Mann, der sich in einen Hauseingang zurückgezogen hatte.

Das Senthagener Tor sah mit den Schneekappen auf den Zinnen ganz gemütlich aus. An die Franzosenzeit war zu denken, als die Davongekommenen der Großen Armee Anno 1812 hungernd und frierend um Einlaß in die Stadt baten. Von den Bürgern waren sie mit warmer Suppe empfangen worden: Württemberger waren es gewesen und Bayern, die die warme Suppe gekriegt hatten, nicht Franzosen, die Franzosen wurden abgewiesen, die sollten machen, daß sie wegkommen. Einem geschlagenen Feind hätte man ja eigentlich hochherzig gegenübertreten müssen. Aber die Franzosen hatten, solange sie noch obenauf waren, Kriegskontributionen erhoben, die Kirche als Pferdestall benutzt und in Georgenhof das alte Schloß niedergebrannt! Das hatte man nicht vergessen können.

«Was meinst du», sagte Felicitas, «ob die Russen es tatsächlich bis hierher schaffen?», und sie tastete ihren Leib ab und seufzte.
Ihr erschien es ganz unglaublich, daß die Russen an einer so kleinen, unbedeutenden Stadt wie Mitkau Interesse haben könnten. Hier sagten sich doch Fuchs und Has' gut' Nacht! Und wieso ein solches Nest verteidigt werden sollte, das war nicht einzusehen, was gab es denn hier zu verteidigen? Die beiden Frauen wußten nichts von den Munitionsdepots an der Helge. Die wußten auch nicht, daß im Waldschlößchen Ersatzteile der NSKK-Abteilung Nord lagerten.

Von Franz, dem Mann ihrer Freundin, hing ein Foto über dem Radio, ein «fescher» Leutnant, die Mütze mit der silbernen Offizierskordel fesch auf dem Leutnantskopf. Das Radio war ein französisches Gerät, das hatte er aus Frankreich mitgebracht, damals, im heißen Sommer 1940. Es war elegant geschwungen, stromlinienartig, so elegant wie kein deutscher «Rundfunkempfänger».

> Einmal wirst du wieder bei mir sein,
> einmal wirst du wieder treu mir sein …

Der Slowfox, der gerade gespielt wurde, veranlaßte die beiden Frauen wieder und wieder zu seufzen. Felicitas schüttete eine Schaufel Koks in den Ofen und lockerte die Glut. Vielleicht würde Franz ja eines Tages vor der Tür stehen? Wer konnte das wissen? Der lag in Graudenz, diesem elenden Nest. Hatte es dort in der Festung mit deutschen Drückebergern zu tun und mit Deserteuren. «Die werden natürlich alle erschossen», hatte er erzählt. Felicitas hätte ihn besuchen können, aber in diesem elenden Nest, wo es noch nicht einmal ein Kino gab?
Eberhard in Italien … da konnte nichts passieren. «Du hast es gut!» sagte Felicitas, und Katharina atmete tief auf. Ja, sie hatte es wahrhaftig gut.

Nun klingelte es, und ein nettes BDM-Mädchen trat ein, Heil Hitler, knickste und fragte, ob sie was helfen kann? Blau gefrorene Hände hatte sie. «Oh, hier ist es aber schön warm …»
Das Mädchen gehörte zum «Hilfsdienst für werdende Mütter», der von der Partei eingerichtet worden war. Die Jungen waren zum Schneeschippen eingeteilt: die Hauptstraße immer schön schneefrei halten, und die Mädels sollten werdenden Müttern unter die Arme greifen.
Ja, sie konnte helfen, einen Eimer Koks heraufholen, und hier sind die Lebensmittelkarten: Brot, Butter und Wurst einkaufen, aber aufpassen, daß nicht zu viel abgeschnitten wird, und das Wechselgeld immer schön nachzählen!

Katharina sagte, sie sei gerade beim Bürgermeister gewesen, aber als sie Näheres davon erzählen wollte, legte die Freundin den Finger auf die Lippen: psst! Im Nebenzimmer, hinter der Schiebetür, hatte sie eine Flüchtlingsfamilie aus Litauen sitzen, eine Frau und drei Kinder, die pflegten an der Tür zu horchen! Kleine Leute, die sich neuerdings auch in der Küche breitmachten und Felicitas' schönes Geschirr benutzten und ziemlich rüde wieder wegstellten.
«Und das Klo sieht aus!»
Daß die sich hier breitmachten, das Geschirr anstießen und das Klo nicht in Ordnung hielten, hatte mit «Volksgemeinschaft» zu tun. Das mußte man aushalten, das war klar, aber doch nicht so! Felicitas vermutete, daß diese Leute wohl noch nie ein normales Klo gesehen hatten. Im Osten? da gingen sie doch normalerweise aufs Häuschen?

In diesem Augenblick heulten die Sirenen. Felicitas umfaßte ihren Leib und sagte: «Oh! Das geht einem durch und durch ...»
Ob das wohl gut sei für das Kindchen?
Die beiden standen sofort auf, Radio aus, Kanarienvogel zudecken und Fenster auf Spalt stellen. «Daß man sich nicht mal ein paar Minuten in Ruhe unterhalten kann ...»
Im Luftschutzkeller roch es nach Kartoffeln. Es war ein gewölbter Keller, das Haus hatte in früheren Jahrhunderten zum Senthagener Tor gehört, hier waren in der Vergangenheit Arrestanten untergebracht worden, Herumtreiber oder Leute, die keinen Paß vorweisen konnten, zwielichtige Gestalten, die man abschieben mußte, damit sie sich woanders rumtreiben konnten.

Im Keller hatte sich schon die Hausgemeinschaft zusammengefunden, die dicke Flüchtlingsfrau mit ihren schreienden Kin-

dern, ein wenig an Heinrich Zille erinnernd, ein kranker junger Mann und eine alte kummervolle Frau.
Auch die Gefangenen drängten in den Keller, für die war das eine gute Gelegenheit, mal Pause zu machen. Der Wachtmann brummte ein bißchen herum, eigentlich geht das nicht, aber der wollte auch nicht so furchtbar gern draußen stehen, also setzten sie sich und tauten ein bißchen auf.
Die Gestreiften mußten draußen bleiben.

Die Franzosen guckten die beiden Frauen an, so elegant? so städtisch? Und die Frauen tasteten nach ihrem französischen Wortschatz. Die wußten zwar, was «Guten Tag» auf französisch heißt und «Ich liebe dich», aber sonst nichts.
Die Flüchtlingskinder betrachteten die Gefangenen eindringlich, und bald schon drängten sie sich an sie. Die Messingknöpfe an der Uniform ... Und die Männer nahmen sie auf den Schoß, was eigentlich nicht ging.
Ob diese Franzosen eine Ahnung davon hatten, daß Napoleon Kontributionen erpreßt hatte und die Marienkirche als Pferdestall benutzt?
Der junge kranke Mann, der in der Ecke saß, hätte wohl auch gern den Kindern übers Haar gestrichen, und er hätte durchaus mit den Franzosen sprechen können. Aber sollte er ihnen sagen, daß auch mal wieder bessere Zeiten kommen, immer schön den Kopf hoch halten? Das wußten die doch selber.
Dem Wachtmeister troff die Nase, der horchte in sich hinein.

Nach der Entwarnung gab es draußen einen Tumult. Der junge Mann war hinausgegangen zu den Gestreiften und hatte ihnen Brot gegeben. Das konnte nicht geduldet werden! Ob er weiß, daß das alles Schwerverbrecher sind? wurde er gefragt. – Wenn die Franzosen nicht dabeigestanden hätten, wäre es vielleicht schlimm ausgegangen.

Bevor Katharina nach Hause fuhr, mußte sie noch den dritten Hasen abliefern, den sollte der Pastor bekommen. Das hatte Eberhard noch geschrieben: «Vergiß den Pastor nicht, wer weiß, wofür wir den noch mal brauchen ...»

Der Pastor, der Brahms hieß, war ein doktrinärer Mensch, der gelegentlich, wenn es um Extrawürste ging, ganz unerwartet sehr altmodische Prinzipien herauskehrte. Als Elfriede damals starb, im Scharlach-Winter, hatte er was gegen ein Extragrab im Wald gehabt. Und es war schwierig gewesen, ihn umzustimmen. Ein einsames Kreuz? ein blumenüberwachsener Grabhügel mitten im Wald?

«Das gerät dann schnell in Vergessenheit ...», hatte er gesagt. Und: «Im Tode sind wir alle gleich» und all solche Sachen. Lothar Sarkander hatte sich eingeschaltet, der hatte das dann möglich gemacht.

Als die deutschen Soldaten 1939 nach Polen zogen, war angeregt worden, Brahms möge ihnen doch irgendeinen Segen spenden, in einer kleinen Feierstunde? wenigstens denen, die danach verlangten? Der Organist hatte schon Noten herausgesucht.

Nein, das war nicht seine Sache gewesen, das hatte er abgelehnt. Eine solche kirchenamtliche Handlung war in der Landeskirche nicht vorgesehen, und für Extratouren hatte er keinen Sinn. Da hätte man sich ja eine spezielle Liturgie zusammenzimmern müssen?

Es war ziemlich waghalsig gewesen, so etwas zu sagen, sogar die Partei hatte nachgefragt! Aber man hatte ihm das nicht wirklich übelgenommen. Kirche war Kirche, und Pastor Brahms rangierte unter «Querkopf», und das war doch auch irgendwie sehr deutsch? «Hier stehe ich und kann nicht anders ...?» Sarkander hatte darauf hingewiesen, daß auch Martin Luther ein Querkopf gewesen sei.

Katharina klingelte am Pastorat und reichte dem Pastor den Hasen, mit einer Art Knicks. Brahms sagte: «Sieht man Sie auch einmal?», drückte an dem toten Tier mit dem Daumen herum und sagte kaum «Danke!» Er habe so furchtbar viel zu tun, deshalb könne er sie nicht hereinbitten. In dieser Woche wieder sieben Gefallene? Bei den Frauen sitzen, und es gibt keinen Trost? «Gestern erst ... Aber es hat ja keinen Zweck.» – Und die zusätzliche Belastung durch die Alten im Kloster? Wie lange soll das denn noch gehen? Diese unhaltbaren Zustände?

Katharina ging hinüber in die Kirche.
In der Kirche war es – das kann man wohl sagen – eiskalt, und Katharina hielt sich nicht lange darin auf. Von dem Stammplatz der Globigs aus, der meistens leer blieb, hatte sie ein Bildnis von Jonas vor Augen, es hatte die protestantische Bilderstürmerei wie durch ein Wunder überlebt. Jonas mit dem Walfisch, eine alte, zum Teil vergoldete Schnitzerei aus dem 15. Jahrhundert, die sah sie immer so gern an, das fröhliche Gesicht von Jonas, wie er dem Walfisch zum Abschied noch ein letztes Mal zuwinkt ... Achtzehn Seitenaltäre waren bei der protestantischen Bilderstürmerei abhanden gekommen, zerhackt, verbrannt, und der Hauptaltar war dann von den Franzosen ohne weiteres verheizt worden. Allein der fröhliche Jonas mit seinem Walfisch hatte die Zeiten überstanden. Dem hatten nicht einmal die Franzosen was getan.
Katharina warf dem Missionsmohr ein Markstück in den Hut,

der nickte dafür mit dem Kopf. Mit alten Briefmarken wäre dem nicht gedient gewesen.

Unter dem Portal stieß sie dann noch einmal auf den Pastor. Der schob sie zurück in die kalte Dunkelheit. Was er noch sagen wollte ..., und er zog sie noch weiter ins Dunkle hinein, er hätte noch was auf dem Herzen ... und näherte sich ihr nachdrücklich, und dann machte er Andeutungen und rückte schließlich damit heraus, daß es einen Mann für eine Nacht zu verbergen gälte, einen Flüchtling ... Eine einzige Nacht? ob sich das machen ließe? Das sei allerdings was Politisches, deshalb auch zu niemandem ein Wort. Sie könne sich das in Ruhe überlegen und ihm dann Bescheid sagen ...

> Einmal wirst du wieder bei mir sein,
> einmal wirst du wieder treu mir sein ...

Katharina dachte auf dem Heimweg an die «Kauernde» und an Felicitas und an die Schummerstunden in ihrem gemütlichen Refugium. Ein fremder Mann? Für eine Nacht? Womöglich eine dieser gestreiften Existenzen?
Dem konnte sie nicht so ohne weiteres zustimmen. Da würde sie doch wohl erst einmal Eberhard fragen müssen? Aber – Italien? würde das nicht Ewigkeiten dauern? Sechs Wochen dauerte ein Brief? Und beim Telefonieren hörten alle möglichen Leute mit? «Zu niemandem ein Wort ...», hatte Pastor Brahms gesagt. Und in welchen Andeutungen wäre ihm das zu unterbreiten? Ein fremder Mann?
Andererseits, mußte einem solchen Menschen nicht geholfen werden? War das nicht Christenpflicht?

In der Horst-Wessel-Straße wartete bereits Dr. Wagner, den nahm sie mit hinaus, der hatte diesmal gar zwei Taschen dabei. Der Wallach guckte sehr nach hinten, als er in die Kutsche stieg.

Heute würde er dem Jungen mal mit ganz was anderem kommen. Postkarten, auf denen griechische Jünglinge dargestellt waren, hatte er eingesteckt: speerwerfende und Bogenschützen. Es sei nichts süßer als «pro patria mori ...», mit diesem Satz würden sie sich befassen müssen.

Der Maler

Peter saß in seinem Zimmer am Fenster und beobachtete die Siedlung mit dem Fernglas. Ein Haus neben dem andern, schnurgerade ausgerichtet … Eine alte Frau mit einer Tasche kam um die Ecke: Sie rutscht aus, und niemand bemerkt es. Autos fahren auf der Chaussee vorüber, Frauen schütteln die Betten aus. Liegt da und versucht hochzukommen, wie ein gestürztes Pferd. Peter sah mit an, wie sie da lag. Er hier oben – sie da unten … Wie hätte er ihr zu Hilfe kommen sollen? Irgendwann hatte er es satt. Und als er wieder hinguckte, war die Frau, dieser schwarze Haufen da, verschwunden.

Kalt war es, denn der Ofen zog nicht recht, und Peter wäre am liebsten ins Bett gekrochen, aber das ging nicht, denn die Tante hatte es an sich, plötzlich die Tür aufzureißen und nach dem Rechten zu sehen, besonders, wenn es still war bei ihm da oben. Es wäre nicht gegangen: daß er im Bett liegt und liest am helllichten Tage. Und so saß er denn am Fenster und guckte hinaus und ritzte in das Fenstereis Figuren.

Gegen Mittag trat die Sonne hervor, und sofort legte Peter alles beiseite und lief hinunter auf den Hof, wo aus dem Stall Sperlingsschwärme aufflogen. Er ärgerte die Ukrainerinnen, bis sie ihn mit dem Besen vertrieben, und warf den Hühnern was vor.

Der Hahn, ein feuerroter Geselle mit blauem Schwanz, hieß Richard, er war Peters Freund. Wenn Peter erschien, stellte sich

das Tier ein wenig abseits, so daß die Hennen ihn nicht sehen konnten, und dann bückte sich Peter und hielt ihm in der hohlen Hand ein paar Körner hin. Der Hahn, wie satt er auch war, pickte sie auf und schmiegte dann seinen Kopf in Peters Hand. Das war eine Freundschaft von gleich zu gleich.
Im Hühnerstall griff sich Peter ein frisch gelegtes Ei und trank es aus, auch das wäre der Tante nicht recht gewesen. Eier kocht man oder brät man – sie roh auszutrinken, das ist doch ekelhaft ... Auch von den Rübenschnitzeln, die den Kühen vorgeworfen wurden, aß er gern.

Der Pfau ließ sich nicht blicken, der hatte sich vor der Kälte in den äußersten Winkel der Scheune verkrochen. Selbst das Futter, das Peter den Hühnern vorwarf, konnte ihn nicht locken. Der saß ganz oben in einer Ecke und rührte sich nicht.

Der Taubenschlag war unbewohnt, da wehten noch ein paar Federn am Flugloch, aber alles war totenstill, in dem Schlag nisteten höchstens mal ein paar Schwalben. Der alte Herr von Globig hatte seinen Spaß an Vögeln gehabt. Der Pfau mit Radschwanz und Krönchen, ein Truthahn mit Familie. Gänse. Als er nicht mehr auf die Jagd gehen konnte, waren Tauben seine einzige Freude gewesen. Er lag auf der Terrasse und hielt ihnen Körner hin, und er freute sich, wenn sie sich gurrend auf seiner Decke niederließen und mit dem Kopf nickten.

Tauben: die schweren Körper und der elegante Flug. Daß das keine lieben Tiere waren, hatte der Alte natürlich auch bemerkt, zu ihm waren sie immer freundlich, aber untereinander hackten sie sich bis aufs Blut. «So wie die Menschen», sagte er dann, «da ist ja auch der eine dem andern sein Deibel.»
Immer hatte er mit seinem Vetter Josef in Albertsdorf geredet,

ob der sich nicht auch Tauben anschafft, sie könnten sich dann Nachrichten mit Hilfe der Tauben zukommen lassen, ganz ohne Porto und Verpackung!? Von Georgenhof nach Albertsdorf und zurück? Briefe ans Bein binden, der Ortssinn dieser Tiere ist ja enorm?
Aber was hätten sie sich denn für Nachrichten zukommen lassen sollen? – Außerdem: Es gab doch ein Telefon!
Als der alte Herr starb, waren diese Tiere sofort abgeschafft worden. In der Siedlung jedoch hatte sich dann jeder, der auf sich hielt, Tauben angeschafft, und die flogen dann in Schwärmen, mal nach links und mal nach rechts, wandten und wendeten sich.

Neben der großen alten Scheune, die seit dem Verkauf der Ländereien nicht mehr benutzt wurde, stand das Kütnerhaus, unten war die Waschküche, und oben wohnten die Ukrainerinnen. Mittels einer Leiter gelangte man hinauf. Peter ärgerte die Frauen gern, er hatte Spaß daran, so lange «Madga» zu ihnen zu sagen, bis sie ihn mit dem Aufwischlappen schlugen. Manchmal stieg er hinauf in ihre Kammer, wo sie ihre Holzkoffer stehen hatten und ihre Siebensachen in einem ausrangierten Schrank. An der Wand klebten bunte Postkarten, auf denen eine Primaballerina abgebildet war in den verschiedensten Posen. Er neckte die magere Sonja immer etwas mehr als die korpulente Vera, von der mysteriöse Gerüche ausgingen. Auch von Sonja gingen Gerüche aus, aber die waren nicht uninteressant. Wenn sie ihn zu fassen kriegte, dann war das allerdings kein Spaß, die schlug richtig zu.

Meistens stritten sich die beiden Frauen. Sonja kreischte, und Vera gab es ihr mit ruhiger Stimme zurück. Es kam aber auch vor, daß beide gemeinsam die melancholischen Lieder ihrer

Heimat sangen. Sonja grell die Oberstimme, Vera dunkel und samten sich sanft darunterhaltend. An die Sonnenblumen ihrer Heimat erinnerten sie sich gewiß und daran, daß sie freiwillig nach Deutschland gekommen waren, was eine große Dummheit gewesen war. Eberhard selbst hatte sie ausgesucht und sie gefragt, ob sie nicht Lust hätten, nach Deutschland zu kommen? Er könne das deichseln? – Das ganze Dorf hatte gesagt: «Seid kein Frosch! Geht doch! Deutschland! So was wird euch doch nie wieder geboten? Hier versauert ihr ja!» Und die Mütter hatten gedrängt, und Opa hatte «hum-hum!» gesagt. Und es war doch gar nicht so dumm gewesen, freiwillig zu gehen, denn ein paar Wochen später hätte man sie zwangsweise abtransportiert.
Nun lag die Heimat in weiter Ferne, die Rote Armee war dorthin zurückgekehrt. Daß die Mütter bei Nacht und Nebel wegen Kollaboration mit dem Feind in den Osten abtransportiert worden waren, davon wußten die beiden nichts. Kein Brief, kein Gruß – auch Brieftauben hätten da nichts genützt. Und nun saßen die Mädels in der Fremde und stritten und sangen. Und Sonja schlug derb zu, wenn Peter sie ärgerte.

Manchmal sah Peter dem Polen Wladimir beim Füttern zu. Die beiden braunen Stuten und der Wallach: bloß nicht den Pferden mit der Forke in die Beine stechen beim Ausmisten! – Das appetitliche Mischen des Futters: Hafer und Häcksel. Der Wallach blies das Häcksel weg, bevor er zu fressen anfing.
Als Peter noch kleiner war, hatte man ihn eines Tages beim Wallach in der Buchte schlafen gefunden. Das große Tier! Ungebetene Gäste drängte es gern an die Bande.

In der langen Remise standen jetzt nur noch der schwere Ackerwagen und die alte Kutsche. Als man sich von den Ländereien

trennte, waren alle anderen Geräte und Wagen verkauft worden.
Die Kutsche sah so ähnlich wie eine Berliner Droschke aus, sie war mit Lederverdeck versehen, und links und rechts neben dem Kutschbock mit Karbidlaternen in Messingständern. Die schmalen Räder hatten weißen Gummibelag, und hinten in dem ovalen Fensterchen hing der kleine Kranz. Die Kutsche gehörte zum alten Inventar, die war wohl schon immer dagewesen, aber der kleine Kranz hing hier erst seit 1932. – Wenn die Kusinen aus Albertsdorf kamen und «Verstecken» spielten, kroch Peter hinein, und dann konnten sie ihn lange suchen. «Bleib, wo du bist, und rühr dich nicht!»

Einmal hatte Peter mit der Luftpistole nach Krähen geschossen, eine fiel herunter, aber sie lebte noch, schlug mit den Flügeln und lebte immer noch, bis sie sich endlich streckte. Da kam Wladimir aus dem Kuhstall und sah den Jungen lange und ernst an.
Wenn schon töten, dann richtig. Mit der Axt kam Wladimir von Zeit zu Zeit und griff sich ein Huhn, und ein einziger Hieb genügte, um es zu erledigen. Da lief keines wie Störtebecker an den Genossen vorüber, Leben gab es hier nicht zu retten. Irgendwann kam ein jedes dran, und das ging ruck, zuck. Der Kater, der sich sonst nicht sehen ließ, kam dann sofort herbeigelaufen, der kriegte das mit, daß hier was zu erben war: Der Kopf gehörte ihm: Das war Gesetz und Recht.

Als Peter Ausschau hielt, ob das Baumhaus in der Eiche noch hält und ob er vielleicht mal hochklettern soll und einen Vorrat von Rübenschnitzel dort deponieren?, stoppte ein Bauernwagen auf der Straße, und ein kleiner Mann sprang herunter. Der Mann verabschiedete sich von dem Bauern, der ihn mitge-

nommen hatte, ging um das Gutshaus herum und betrat es von hinten durch die Küche, in der sich die Mädchen mal wieder stritten. Als sie ihn sahen, hörten sie auf zu schreien und betrachteten ihn stumm.
Der Mann sah etwas seltsam aus mit seinem langen Mantel. Aber als er den Schal vom Kopf gewickelt hatte, machte er einen ganz normalen, ja, einen pfiffigen Eindruck. Er lachte und sagte zu den beiden: «Was schreit ihr denn? So schlimm wird's schon nicht sein!»
Und dann nannte er sie «meine Damen» und fragte, ob er sich etwas aufwärmen darf.
Ihm wurde ein Platz am Küchentisch freigemacht, und er kriegte sogar einen Becher warme Milch vorgesetzt und ein Honigbrot dazu.

Woher, wohin? fragten die Frauen, und er fragte auch: woher? wohin?, und als dann das Tantchen kam, mit Brosche auf dem Pullover und Pulswärmern an den Handgelenken – woher? wohin? –, stand er auf und sagte seinen Namen und daß er Kunstmaler ist und wie wundervoll es sei, daß er sich hier aufwärmen darf, hier, in dieser urigen Küche, und so eine Gastfreundschaft findet man ja heutzutage nirgends: daß einem hier gleich Milch und Honig angeboten wird, so etwas hat er ja noch nie erlebt. Das habe ja fast biblischen Zuschnitt!
Er komme aus Düsseldorf, und er reise schon seit Monaten durch die deutsche Provinz und zeichne «das Stehengebliebene», wie er sagte. Der Bürgermeister von Mitkau habe ihn freundlich empfangen und ihn in seiner Stadt «schalten und walten» lassen. Und der sei es auch gewesen, der ihn auf Georgenhof hingewiesen habe, auf den Morgenstern hoch oben im Giebel, und daß hier nette Leute wohnten.
Woher – wohin: Das war die Frage.

Als er hörte, daß das Tantchen aus Schlesien stammte, sagte er, Schlesien kenne er wie seine Westentasche. Schon seit zwei Jahren arbeite er an dem großen Werk «Deutsche Provinz», in dem alles «Stehengebliebene» abgebildet sei, von der Partei werde es unterstützt, drei umfangreiche Mappen lägen bereits in Düsseldorf. In Schwaben hatte er das Werk begonnen, dann die Weser, Thüringen. Und eben auch Schlesien. All das war schon erledigt, nun war Ostpreußen an der Reihe, ausgerechnet im Winter, aber er sei schon fast durch. In den nächsten Tagen werde er das Werk mit Allenstein fortsetzen und in Danzig dann abschließen.
In Schlesien war er vor anderthalb Jahren gewesen, im Sommer! Da herrschte ja tiefster Friede. All die hübschen Kirchlein! Woher? wohin?

Königsberg sei ja jetzt im Eimer, aber er hätte sich dieser Stadt und ihrer Restbestände doch noch angenommen, und da sei noch allerhand zu holen gewesen. Noch so manches habe er retten können für die Nachwelt. Ausgebrannte Speicher, ein aus den Trümmern aufragendes Treppengeländer, und natürlich die Ruinen von Dom und Schloß. Die Engländer hätten ja saubere Arbeit geleistet, das könne man nicht anders sagen. Schöne Stadt, aber: «alles kapores.»

Und nun eben kam er aus Mitkau, dem kleinen Städtchen, das jetzt in Verteidigungszustand versetzt werde.
Man habe ihn dort festgenommen! Was er da zu suchen hat, sei er gefragt worden und ein paar Stunden eingesperrt in eine dreckige Zelle mit sechs Leuten zusammen, und nicht einmal einen Teller Suppe! Und nur, weil er die Panzersperre vorm Senthagener Tor abgezeichnet hat! Als ob er ein Spion wäre! Seine Zeichnungen habe man beschlagnahmen wollen. Hin und

her telefoniert. Der Bürgermeister habe ihn gerettet, tausendmal entschuldigt. Der habe ihm sogar einen Hilfspolizisten beigegeben.
Ihn einzusperren, wie einen Spion! Mit sechs Leuten in einer Zelle! Und mit was für Typen!

In Mitkau hatte ihn der Turm der Marienkirche von Südosten her interessiert, eine Ansicht, die noch auf keiner Postkarte abgebildet war. – Pastor Brahms – ein eindrucksvoller Mann, so eine Art Luther, aber weshalb hatte er ihn nicht eingelassen? Sich vierschrötig vors Pastorat gestellt? und nicht hereingebeten. «Was wollen Sie eigentlich?» gesagt, anstatt freundlich zu sein und ihn einzulassen? Die Pastoren seien selbst schuld, wenn ihnen die Leute wegliefen.

In der Kirche – sonst ziemlich kahl und düster – hatte er ein paar Kapitelle skizziert und die Kreuzblumen … und dann den ulkigen Jonas mit dem ulkigen Walfisch. Ob es von dem Bild ein Foto gäb'? Abzeichnen ließe sich so was nicht.

Der Maler hatte sich auch mit dem Kloster beschäftigt, mit dem zugigen Kreuzgang und dem altersschiefen Rempter. Greise waren hustend und spuckend darin umhergeschlurft. Das Refektorium mit dem Christophorus und der Kreuzgang.
Den holperigen Marktplatz mit dem Rathaus und den kleinen gemütlichen Häuschen drum herum hatte er von allen Seiten gezeichnet. Der Gasthof «Zur Schmiede» mit seinem geschwungenen Giebel. – Die große Brücke fand er weniger interessant, die alte hölzerne Brücke, mit dem holländischen Zug-Mittelteil wäre schon eher ein Motiv gewesen. Aber die hatte ja der neuen Zeit weichen müssen. Die hatte er nur skizziert, um dem Hilfspolizisten eine Freude zu machen.

Am leidigen Senthagener Tor habe es ihn erwischt, als er die Baumstämme zeichnete, die da quer vorlagen …
Er zeigte dem Tantchen das Skizzenbuch wie einen Ausweis vor, und sie identifizierte ohne weiteres die Mitkauer Bauwerke. Die Stadtmauer, das Senthagener Tor – so noch nie gesehen – und das Kloster mit klapprigen Greisen im Kreuzgang. Das wär' ja bald wie von Rembrandt …, sagte sie.
Aber «Rempter»? «Christophorus»? «Kapitelle»? «Kreuzblumen»? Von all dem wußte sie nichts. In ihrer schlesischer Heimat war alles so ganz anders gewesen. Viel lieblicher und fröhlicher als hier.
Und das Tor? Was seien das denn da für Gestalten drum herum?

Jetzt habe er auch Mitkau im Kasten, sagte der Maler. Danzig würde die letzte große Aufgabe sein, die er sich gestellt hatte. Erst noch Allenstein, dann Danzig und vielleicht Elbing, und dann würde er zusammenpacken und nach Hause fahren, «ins Reich», wie er sich ausdrückte, und dann mal richtig ausschlafen und sehen, was sich mit all dem Material sonst noch machen läßt.
Mal neugierig sei er, was er hier noch alles erlebe. Stundenlang im Gefängnis! Mit sechs Untermenschen in einer Zelle! Stundenlang! Arbeitsscheues Gesindel, Gelichter …

Auch die Mädels interessierten sich für seine Kunst, sie guckten ihm über die Schulter, aber das Tantchen sagte: «Na, was ist?», und da mußten sie weiterarbeiten, Kartoffeln schälen und aufwaschen und den gewaltigen Herd putzen, hinten und vorn.

Der Herd war es, der den Maler zum Zeichenstift greifen ließ, urig! – riesengroß, und diese Esse! Und sofort begann er ihn zu skizzieren, und er skizzierte auch die beiden Mädels, die sich da zu schaffen machten. Mit der rundlichen Vera beschäftigte er sich eingehender, die zeichnete er im Profil, worauf Sonja ins Kütnerhaus raste und ihre karierte Jacke holte.

Gewissermaßen amtlich fragte der Maler dann nach weiteren baulichen Besonderheiten des Hauses, die Keller? und ob sonst irgendetwas Bemerkenswertes, Zeigenswertes ...?
Der Keller konnte kurz abgetan werden, obwohl mit alten Gewölben versehen und einer Wappenzahl «1605» – hier war es dunkel und feucht. Wasser stand fußhoch in allen Räumen. Die gewendelte Treppe höchstens ... Wer hier wohl schon alles heruntergestiegen war, der Diener, nach Wein geschickt? Oder der Vogt, mit einer Laterne einen Holzdieb vor sich herschiebend? Existierte hier ein Verlies? Hatten hier Wilderer oder pachtsäumige Bauern hinter Schloß und Riegel vegetiert?
Jetzt gluckste dort Wasser, und grünlicher Schimmel kroch die Wände hinauf.
Er wisse jetzt, was es heißt, eingesperrt zu sein, sagte der Maler. Die Stunden im Gefängnis werde er nie vergessen. Mit sechs schrägen Typen in einer Zelle! Stundenlang! Arbeitsscheues Gesindel, Gelichter ... Steinhartes Brot habe man ihm angeboten. Die Leute seien drüber hergefallen – wie die Tiere! Und heisere Laute ausgestoßen ...

Dann wurde ein Rundgang gemacht durch das Gutshaus, das der Maler ein «Schloß» nannte. Das Billardzimmer, der eiskalte Saal in Weiß und Gold mit all den Kisten an der Wand. Und der Kamin in der Halle, in dem bereits ein Feuer brannte.
«Das ist ja ein veritables Feuer!» sagte er und rieb sich die Hände.
Katharina machte sich am Feuer zu schaffen, sie schlug mit

dem Handbeil Späne vom Kaminholz ab. Ihr Profil gegen die aufschlagenden Flammen. Heute hatte sie ihren Schlecht-Aussehe-Tag. An manchen Tagen sah sie so aus, daß alle Leute sagten: blendend! Heute wirkte sie unvorteilhaft, und sie wußte das, und sie nickte dem Gast nur kurz zu, sie hat zu tun, das sieht er ja. Das lange schwarze Haar nur eben mit einer Spange zusammengehalten. Und weil er sie sofort skizzierte, wurde sie unwillig und hielt sich das Kehrblech vors Gesicht.

Vor den Gemälden blieb der Mann stehen. Große und kleinere Formate, allesamt goldgerahmt. Sie waren 1905 zusammen mit dem Gut erworben worden, niemand hatte dafür Interesse gezeigt bisher, niemand sie je abgenommen und mal näher angesehen.

Die Pferdebilder im Billardzimmer, zwischen all den Geweihen, die Eberhard so liebte, überging er, aber eine Landschaft mit Kühen im Vordergrund, und in der Ferne die Türme Potsdams ... Das war ja etwas ganz Besonderes. Und so was vergammelte hier weitab in der ostpreußischen Provinz? Er notierte sich, daß er hier ganz unvermutet auf ein bemerkenswertes Bild von Potsdam gestoßen sei ... Das geht ja eigentlich nicht, daß das hier hängt ... Er kenne den Reichskonservator von Potsdam persönlich, der würde das bestimmt sofort erwerben ...

Das war ja alles sehr interessant, aber Katharina fragte sich: Wieso sollte man das Bild denn verkaufen? Es hing hier doch schon ewig.

Woher? Wohin?

Dann wandte er sich den großen schwarzen Porträts zu: Was mochte es mit diesen Monstren auf sich haben? Er nahm eines nach dem andern vorsichtig von der Wand und stellte sie nebeneinander. Schwer waren sie! Bloß nicht fallen lassen und die

Rahmen zerbrechen! «Um Gottes willen!» sagte das Tantchen, «Wenn das man gut geht!» Was würde Eberhard sagen?
Der Maler wischte mit einem Lappen über die Bilder hin, aber dabei trat auch nichts weiter zutage. Porträts waren es, kaum noch zu erkennen. Und keinerlei Beschriftung auszumachen, kein Wappen, keine Signatur. Das konnte ja weiß der Himmel wer sein. Alle tot, verreckt, verfault. Von Würmern gefressen...
Mit Watte und warmem Wasser könnte er der Sache auf den Grund gehen, sagte er. Gern würde er sich ein wenig nützlich machen und sich für die reizende Aufnahme, für das Honigbrot also und die heiße Milch revanchieren?

Peter brachte dem Maler Watte und Wasser, und dann rückte der den Bildern zu Leibe. Er tat das äußerst zart, tupfte hier ein wenig und dort, alles sehr behutsam.
«Das ist ja hochinteressant», sagte er, und er zeigte die schmutzigen Wattebäuschchen vor. «Aber sehr, sehr häßlich, diese Leute, diese Bilder werden Sie nirgends los ...»
Er säuberte die Augen, daran hatte er seinen Spaß. Nur die Augen wischte er frei, und sie strahlten aus der braunen Rembrandt-Sauce heraus. Und wie der Wallach die Augen nach hinten drehen konnte, wenn ihm etwas spanisch vorkam, so ließen diese alten Herrschaften nun den Blick in die Runde schweifen. Wo sie sich hier eigentlich befinden?, das fragten sie sich denn doch. Wachten auf aus ihrem hundertjährigen Schlaf und sahen sich um.
Der Maler hängte die Bilder wieder an die Wand, da hingen sie nun, die Alten. So bald würde sich niemand wieder für sie interessieren.

Das Tantchen sagte, sie hat oben auch noch ein Bild, ob er das mal sehen will. Das stammt noch aus ihrer schlesischen Heimat …
Ja, das wollte er, aber seine Zeit ist natürlich begrenzt, er kann sich hier nicht ewig aufhalten. Aber das will er, sich eben das Bild noch angucken. Das Tantchen lotste ihn nach oben, in ihr Reich, wie sie sagte, und er stand in ihrem Zimmer und bewunderte die Mahagonimöbel. Aber das Bild? das Ding da über dem Bett? Ein Pavillon in weißem Rahmen? Nein, das war wohl nichts. Ganz nett gemalt, Aquarell, aber doch wohl eher eine Laiensache. Ein hübscher Pavillon übrigens – aber das Bild, nein.

Bevor er ging, wies er auf das kleine Hitlerbild, das die Tante neben dem Sekretär hängen hatte, unauffällig in Art einer Federzeichnung verfertigt, und er sagte: «Den hängen Sie man jetzt ab.» Und dann wurde er direkt ärgerlich, ob sie denn nicht weiß, was das für ein Kerl ist? Sich den hinzuhängen! Daß ein denkender Mensch so etwas erträgt, diesen Österreicher vor der Nase zu haben, Tag für Tag?
Ob sie sich mal die Ziegelei in Mitkau angesehen hat. Nein? Die Leute, die da arbeiten? «Die haben kein so schönes Zimmer wie Sie …» In der Zelle habe er zwei von den armen Schweinen kurz sprechen können, habe ihnen sein Brot überlassen, wie die Tiere seien sie darüber hergefallen …
Und, was sie wohl glaubt, was die Russen dazu sagen, wenn sie das Bild sehen?

Er trat ans Fenster und wies auf die Siedlung. Das sei ja ein unerträglicher Anblick, Häuser, die im Gleichschritt marschieren …
Das Sekretär übrigens … eine wundervolle Arbeit, daß das hier so vergammle?

Als sie wieder auf den Korridor traten, war zu hören, daß gegenüber Katharina in ihr Zimmer witschte, die Tür abschloß, ritsch, ratsch! Das fehlte ihr noch, daß der bei ihr nach dem Rechten sähe!

Ob er wirklich meinte, daß die Russen womöglich noch nach Mitkau kämen? wollte das Tantchen wissen, als sie wieder in der Halle standen.
«I wo!» sagte der Maler lachend, das glaube er nicht, all die Panzer, die man ihnen jetzt entgegenschickte, das täten die Nazis doch nicht umsonst.
Aber das hörte sich so an wie: «Kann schon sein.»
«Die werfen sie glatt bis an den Ural zurück!»

Der Wind hatte nachgelassen, und die Sonne schien kräftig, von den Zweigen tröpfelte es sogar. Er trat hinaus ins Freie. «Ich fahr dahin, denn es muß sein ...», sagte er und begann unverzüglich mit dem Skizzieren des abgeknickten Morgensterns oben auf dem Giebel. Die Eiche mit dem Baumhaus drauf, das schiefe Tor in der brüchigen Mauer. Das Schloß, das gar kein Schloß war, zeichnete er so, daß es von dem schiefen Tor eingerahmt war. Und der Morgenstern stand in der Mitte ganz oben drauf.
Er hielt danach die beiden Ukrainerinnen fest, die, ein Tuch um Kopf und Schultern, zum Waldschlößchen hinübereilten, ihren Leuten alles zu erzählen. – Wladimir drehte in aller Ruhe einen Strick, der hatte das eine Ende an die Stalltür gebunden und seilerte es in die Länge. Am Gürtel hatte er Bindfäden hängen, die arbeitete er ein.

Peter sah zu, wie der Künstler das alles für die Ewigkeit festhielt. Schade, daß er die Bilder mitnehmen würde.

«Wie schön leucht' uns der Morgenstern ...» Ob er den Choral kennt, fragte er den Jungen. «Lieblich, freundlich ...» Die Venus. Manchmal könne man den Planeten am hellichten Tage sehen. Abends heiße er dann allerdings «Abendstern». «O du, mein holder Abendstern ...» Die Venus, jajaja.

Wer im Mittelalter einen Morgenstern auf den Kopf gekriegt habe, dem wären gewiß ganz andere Sterne erschienen ...

Schließlich sagte er: «Also dann, mein Freund» und steckte den Block ein. Er hielt einen der vorüberzuckelnden Wagen an und fuhr davon.

Woher? Wohin? Das war egal. Hauptsache: weg.

Daß er diesem Künstler nichts von den Ruinen im Wald erzählt hatte, ärgerte Peter: Die nach hinten gekippten Säulen hätten den Mann doch gewiß interessiert? Nun waren sie für immer verloren.

Vielleicht hätte er sich ja auch für das einsame Grab der Schwester interessiert, im Wald? Aber daran dachte Peter nun überhaupt nicht. An das dachte niemand.

Das Tantchen stand unschlüssig vor dem Telefon. Sollte sie oder sollte sie nicht? War es zu dulden, daß hier ein Mensch durch die Lande reist und alle Menschen aufhetzt? Adolf Hitler einen «Kerl» zu nennen? Mußte man nicht zusammenstehen hinter dem Führer? Gerade jetzt in dieser Zeit?

Wen riefe man an, wenn es ums Zusammenhalten geht, wer war dafür zuständig: die Gestapo oder die Kriminalpolizei?

Wie war die Telefonnummer der Gestapo? – Die Polizei stand im Telefonbuch. Würde ein solcher Anruf diskret behandelt werden? Mußte man bei so was vor Gericht erscheinen?

Dieser Mensch war jetzt gewiß schon über alle Berge.
Eventuell könnte man ja Drygalski um Rat fragen oder den Herrn Sarkander?

Katharina saß in ihrem kleinen Zimmer. Weshalb bin ich bloß zu dem Pastor gegangen, dachte sie. Als ob mich der Teufel geritten hätte. Einen wildfremden Mann aufnehmen? Und: Weshalb habe ich nicht einfach ‹NEIN› gesagt? Wenn Eberhard dagewesen wäre, wenn sie den hätte fragen können …
Es argumentierte in ihrem Kopf schon Stunde um Stunde hin und her. Und zu den Ängsten gesellten sich andere Ängste, die waghalsige Tour mit Sarkander an die See, die nie herausgekommen war. Gab es Leute, die etwas ahnten? Eberhard hatte nichts davon erfahren. Oder doch? Hatte es ihm jemand gesteckt? Es hatte sich Kälte zwischen ihnen eingestellt. Es war etwas verlorengegangen.
Weh, nun ist all unser Glück dahin?

Sie konnte sich den Mann, von dem der Pastor gesprochen hatte, den sie hier möglicherweise beherbergen müßte, nicht recht vorstellen, vielleicht jung? vielleicht alt? Irgendwie «abgerissen» oder mit einer Pistole in der Hand?
Eigentlich ganz interessant. Wer hätte es ahnen sollen, daß man so etwas erlebt? Was waren das für Zeiten?

In der Abseite würde er schlafen können. Sie schob die Truhe beiseite und öffnete das Türchen und stopfte allerhand Kissen und Decken hinein und probierte das Lager aus. Kroch auf allen Vieren hinein. Nach Tabak und Schokolade roch es dort allerdings.
Vielleicht zerschlüge sich die Sache ja auch. Kommt Brahms vorbei und sagt: Die Sache hat sich erledigt, liebe Frau? Der

Mann ist bereits gefaßt? Oder: Wir haben eine andere Lösung gefunden.
Ein bißchen stellte sie sich den Fremden, den sie beherbergen müßte, so vor wie den Maler da unten. Klein, fix und ein bißchen spitzbübisch. Oder handelte es sich gar um ein Skelett mit Dysenterie?
«Nein», sagte sie, «ich werde mich nicht darauf einlassen.»

Sie horchte hinunter ins Haus. Jetzt war der Mann anscheinend gegangen ... Hätte noch gefehlt, daß er hier eingebrochen wäre in ihre Kemenate wie so eine Art Gutachter! ... Die «Kauernde» hätte ihm vielleicht gefallen?
Sie blätterte in dem Album mit den Scherenschnitten. Wie gut, daß sie es ihm nicht gezeigt hatte, der Mann hätte gewiß abfällige Bemerkungen gemacht. Die kleinen Gebilde machte sie ja nur für sich, die gingen niemanden etwas an. Aber eben vielleicht doch?

Das Bild, das der Mann von ihr gezeichnet hatte, das Kehrblech vorm Gesicht? Sie hätte es ganz gern gesehen, doch nun war es zu spät. «Vielleicht war das das letzte Mal ...», dachte sie.
Sie nahm die Holzspäne und legte sie in den Ofen. Das Feuer war ausgegangen, es mußte ganz neu angeheizt werden.

Drygalski

Drygalski war Kolonialwarenhändler gewesen, die Weltwirtschaftskrise hatte ihm das Kreuz gebrochen, der Laden war unter den Hammer gekommen, und er hatte auf der Straße gestanden mit Frau und Kind. War herumgezogen, hatte Arbeit und Unterkunft gesucht, den Hut in der Hand! Süddeutschland, Westdeutschland – immer vergeblich; Köln, Görlitz, Bremerhaven, und dann hatte es ihn wieder zurückgetrieben in seine Heimat, in sein schönes Ostpreußen, wie er sagte, wo seine Wiege gestanden hatte.
Und dort war es dann die Partei der Nationalsozialisten gewesen, die sich seiner angenommen hatte: Er hatte im Gauheimstättenamt der Deutschen Arbeitsfront unterschlüpfen können.
«Oberwart» war er geworden, und so nannte er sich auch.
«Ich bin nun Oberwart», hatte er zu seiner Frau gesagt. Und die hatte aufgeatmet: Endlich ging es aufwärts.

Oberwart Drygalski vom Gauheimstättenamt, Zweigstelle Mitkau, lange arbeitslos und nun in fester Stellung. Braune Schaftstiefel trug er und ein Hitlerbärtchen. Mit dem Sieg der nationalen Revolution hatte das Hungerdasein ein Ende gehabt. Auf dem Dachboden seines Siedlungshauses standen noch Kartons voller Schreibhefte und Radiergummis aus seiner Kolonialwarenzeit und Kisten mit Seifenpulver, Handbürsten und Scheuertüchern, das stammte noch aus dem Bankrott.
«Der sieht aber auch aus!» sagten die Globigs und lachten hinter der Gardine, wenn er des Wegs kam: «Guck mal, da kommt

er wieder.» Als ob er durch Wind und Wetter eine sturmzerfetzte Fahne bergan tragen müsse, den Feinden entgegen, so schritt er dahin, und die Globigs saßen hinter der Gardine und lachten und nannten ihn einen Bonzen.

Drygalskis ganzer Kummer war, daß ihm das «von» vor dem Namen fehlte. «*Von* Drygalski». Wie sehr er auch durch den Schnee stapfte – es ließ sich per Ahnenforschung keine Verbindung zu dem deutschen Polarforscher herstellen, der monatelang durch die Antarktis gezogen war, die Dicke des Eises gemessen und die Richtung des Windes. Er hatte Briefe an ihn geschickt nach München, wieder und wieder – von «Drygalski» zu «*von* Drygalski», das war doch nur ein kleiner Schritt – ob es nicht vielleicht doch möglich sei, daß? – Alle diese Briefe waren unbeantwortet geblieben. Auch eine Amtshilfe über das Gauheimstättenamt München war erfolglos geblieben, und in Kirchenbüchern hatte sich nichts finden lassen.

Drygalski hatte sich für Wind und Wetter zu interessieren begonnen, er hatte sich einen Windmesser angeschafft, prüfte morgens und abends die Außentemperatur und schlug ans Barometer. Außerdem hielt er trotz der Kälte den Mantel offen, wenn er durch die Siedlung ging, und ließ ihn hinter sich wehen zum Zeichen, daß ihm das nichts ausmacht, diese Kälte. Obwohl er Senk- und Spreizfuß hatte, dachte er: Wir sind ein hartes Geschlecht. Und wenn er den Fremdarbeitern aus dem Waldschlößchen begegnete, zog er die Luft scharf durch die Nase.

Ihm als Oberwart hatte man in der Schlageter-Siedlung ein größeres Eckgrundstück zugewiesen, Ehrenstraße Nr. 1, und nun fühlte er sich verantwortlich für die Menschen, die hier

eingezogen waren, für die junge Gemeinschaft, die sich zu bilden begann. Die «Albert-Leo-Schlageter-Siedlung», ein solcher Name barg Verpflichtungen. Regelmäßig ging er von Haus zu Haus, sammelte freiwillige Spenden für das Winterhilfswerk ein – niemand soll hungern und frieren – und überprüfte im Sommer, ob die Gärten unkrautfrei, und im Winter, ob auch Schnee gefegt ist. Die Pforten nicht offenstehen lassen, sondern immer schön schließen abends, nicht wahr? Wie sieht denn das aus? Und: Schneemänner sind ja ganz lustig, aber vor jedem Haus einer? Irgendwann lassen die dann eben doch den Kopf hängen und sacken in sich zusammen ...
So drehte er jeden Tag seine Runde, wenn auch die Hunde ihn anbellten von Zaun zu Zaun.

Der Posten eines Oberwartes und das Eckgrundstück – nun hätte alles gut werden können, aber seit der Sohn in Polen sein junges Leben hatte geben müssen, war das Haus verdammt leer. Als Kind hatte der Junge immer so gern beim Wurstschneiden zugesehen, war die Treppe auf allen vieren hinauf- und hinuntergeklettert, später dann das Geländer heruntergerutscht ... Im neuen Haus, hier in der neuen Siedlung, hatte er oft stundenlang in seinem Zimmer gesessen und nachdenklich in die Weite geblickt. Die Sonnenuntergänge hatten schwärmerische Gedanken in ihm ausgelöst, die er dann in Reimform zu Papier brachte. Eines Tages war man dahintergekommen, daß er Gedichte macht, und da hatte es Ohrfeigen gesetzt. – Nun war es da oben sehr still. Das Zimmer wurde nicht mehr betreten.

Das Wohnzimmer der Drygalskis war eine «kalte Pracht» für alle Fälle, mit gewaltigen Sitzmöbeln war es versehen und einem runden Rauchtisch – man konnte ja nie wissen, wer in der Nr. 1 mal einkehren würde. Der Kreisleiter war schon dagewesen! Im Amtszimmer standen ein Rollschrank, ein Tisch mit Schreibmaschine und Telefon, in der Wohnküche das ausgesessene Sofa. Das Schlafzimmer mit den glattgestrichenen Betten. Über den Ehebetten hing das Bild des Jungen, Egon Drygalski, in Polen gefallen, im Vorwärtsstürmen sich einen Kopfschuß eingehandelt und sofort tot. Das Porträt hatte ein Kamerad vom Paßbild abgezeichnet, aber die netzartigen Hilfslinien, mittels derer der Maler eine gewisse Ähnlichkeit mit dem Gefallenen hatte herstellen können, waren über dem Gesicht noch zu sehen, die hatten nicht wegradiert werden können. Ein uraltes Waldmeistersträußchen klemmte unter dem Tannenholzrahmen, und einmal pro Monat wurde abgestaubt. Neben dem Bild hing ein Kruzifix, das war nun mal so. Das ließ sich die Frau nicht nehmen.

Drygalski sah nicht nur in der Siedlung nach dem Rechten, seit Jahren hielt er auch die Globigs unter Beobachtung. Zwar gaben die hundertjährigen Eichen der Globigs der Schlageter-Siedlung mit ihren nagelneuen Birken festen «Halt», wie der Bürgermeister es bei der Grundsteinlegung der Siedlung gesagt hatte, aber dieses merkwürdige Baumhaus da in den Zweigen der Eiche, aus dem irgendwelche Säcke heraushingen? Mit einem halben Motorrad vorne drauf? wahrscheinlich wohl sogar mit Nägeln im Stamm befestigt? Dem Jungen dort wurde jede Freiheit gelassen, zwar ein «Blondschopf», ein richtiger deutscher Junge, aber zum Hitlerdienst erschien er nicht, und die Mutter irgendwie weltfremd, die mußte dringend mal zusammengestaucht werden, aber die ließ sich nie blicken. Es mangelte an Gelegenheiten, ihr die Meinung zu sagen.

Wenn er daran dachte, wie er es *seinem* Sohn gezeigt hatte! Hart war er mit ihm umgegangen, so daß die Frau so manches Mal gesagt hatte: «Muß das sein?» Der Sohn quiekend die Treppe hinaufgerannt und oben in seiner Kammer geschluchzt?

«Der Frau von Globig ist alles egal», sagte Drygalski zu seiner Frau. «Die muß Wind von vorn haben. Und ihren Sohn werde ich mir mal kaufen ...»

Wind von vorn? Seit es dem Herrn Drygalski besser ging, ging es seiner Frau schlechter, zunächst immer nur so rumgeschlichen – «Nimm dich zusammen, Lisa» –, dann öfter mal hingelegt, und nun bettlägerig! Der Arzt kam ab und zu mit seiner Tasche, aber er ging achselzuckend davon. War denn gar nichts zu machen?

Der Sohn gefallen, die Frau kümmert dahin und im Keller neuerdings Ratten, wenn man die Spuren richtig deutete?

Der Georgenhof da drüben, von Efeu überwachsen, und der Morgenstern oben auf dem Giebel umgeknickt! – Was sollten denn die Leute denken, die hier vorüberfuhren. Auf der einen Seite die saubere Siedlung, Dach an Dach, schnurgerade ausgerichtet, schmuck und ordentlich, und gegenüber das Gutshaus, früher einmal gelb gestrichen, und nun klettert Efeu dran empor, und Gras hängt aus der Dachrinne?

Die Hofmauer müßte auch mal wieder repariert werden. Romantik ganz schön und gut, aber eine Mauer ist eine Mauer, und wenn sich Risse zeigen, muß man sie flicken. Und die Geräte endlich mal wegschaffen, die da schon ewig herumliegen, eine Walze und irgendwelche Eggen, alles kaputt und verkommen. Ein Pflug! Verrostet! Dieses Sinnbild einer neuen Zeit: verrostet? – Und das Hoftor hängt nur noch in einer Angel? Wenn das Tor offensteht, Tag und Nacht, wozu braucht man dann eine Mauer?

Man hatte angefragt, Heil Hitler, ob die Geräte nicht zum Alteisen gegeben werden könnten, zum Guß von Panzern und Kanonen, und da hatte das Tantchen geantwortet: «Das brauchen wir alles noch.» Hatte sogar noch hinzugefügt: «Wo denken Sie hin?»

Was sein eigenes Haus anging, da hatte Drygalski alles im Griff. Wenn bei ihm mal eine Tür klemmte, dann reparierte er sie jedenfalls sofort. Und für seinen Garten hinterm Haus machte er jedes Jahr einen regulären Plan: links Kohlrabi, rechts Stangenbohnen. Am Zaun die Beerensträucher, die müssen auch mal wieder beschnitten werden. – Nur die Ratten. Wie denen beizukommen war, das war einstweilen ein Rätsel.

Irgendetwas war nicht in Ordnung mit den Herrschaften da drüben. Steckten die Fahne der Bewegung nur dann heraus, wenn's unbedingt nötig war, und dann auch nur ein winziges, lappenartiges Dings.
Immer sah Drygalski hinüber zum Georgenhof, das große Haus hinter den Eichen, wie auf einer Insel stand es da. Wenn er Holz hackte hinter seinem Haus, sah er hinüber, oder wenn er die Kaninchen fütterte. Selbst während er seiner Frau die Suppe einflößte, guckte er aus dem Fenster, seit Wochen lag sie im Bett, blaß und leidend, Haferschleim flößte er ihr ein, und immer mußte man gewärtig sein, daß sie alles wieder von sich gab. Seit Monaten das Bett nicht mehr verlassen!
Ja, auch wenn Drygalski seiner Frau das Kissen aufschüttelte, hatte er einen Blick auf das herrschaftliche Anwesen da drüben, das gelbe Haus, in dem das Tantchen am Fenster saß und herüberguckte.
Vom Schreibtisch aus konnte er hinübersehen, wenn er telefonierte, auch vom Herd aus, wer da drüben aus und ein geht. So-

gar vom Klo aus sah er hinüber, wenn er die Hose schloß: und das Tantchen gab den Blick zurück, die ließ sich nicht lumpen.

Wenn Drygalski in die Stadt mußte, nahm er den Park gern als Abkürzung, obwohl das nicht viel brachte, er trampelte also um das Gutshaus herum. «Durchgang verboten!» stand auf einer zerborstenen Tafel zu lesen. Aber soweit kommt das noch, daß diese Leute sich hier Land separieren, um darin zu lustwandeln, was hieß denn «Durchgang verboten»? Der deutsche Wald war schließlich für alle da! Und dann rotzte er extra laut in den Rhododendron links und rechts. Im Sommer war es schon geschehen, daß er die gesamte Sippschaft beobachtet hatte, von der Straße aus, die Hände in den Taschen hatte er dagestanden, wie sie da auf einer ausgebreiteten Decke im Grase kampierte und Bowle trank, der Onkel aus Albertsdorf, Tanten und Kinder drum herum, in weißen Kleidern. Herübergewinkt hatten diese Leute zu ihm, als ob sie ihn provozieren wollten …
Immer fand er einen Grund, um das Haus herumzulaufen. Und jetzt im Winter hatte er sich einen Trampelpfad durch den Schnee angelegt, der im Halbkreis hinten um das Haus herumführte.

Die «Ostarbeiterinnen», der polnische Kutscher – alle immer wieder überprüft, nichts zu machen! Trugen ihr Fremdarbeiter-Abzeichen treu und brav, aber liefen dauernd zum Waldschlößchen hinüber, zu dem Ausländergesochs dort, den Tschechen, Italienern und Rumänen? «Die hecken da doch was aus!» sagte er zu seiner Frau. «Und klauen tun sie wie die Raben …» Und er nahm seine Pistole von der Wand und lud sie durch. Der Priester aus Mitkau, der sich bei den Drygalskis nie sehen ließ, obwohl sie doch auch katholisch waren, ging dort aus und ein, das war noch das Schönste!

Im letzten Sommer hatte Eberhard von Globig, in weißem Uniformjackett, mit dem Verdienstkreuz auf der Brust – ohne Schwerter –, einen Ritt durch die Siedlung gemacht, als ob er sie besichtigen müßte, hatte ganz freundlich gegrüßt (*zu* freundlich gegrüßt?), hatte sein Pferd am Schlageter-Brunnen trinken lassen, den guten Fellow, der dann auch noch hatte abgeliefert werden müssen, und sich zu Drygalski heruntergebeugt und sich erkundigt, wie's seiner Frau geht. (Eine Einladung, das Haus zu betreten, hatte er abgelehnt ...)
Aber: Immerhin: Er hatte ihm sogar ein Beutelchen braunen Zucker zukommen lassen und einen Kanister Sonnenblumenöl. «Kochen Sie Ihrer Frau mal was Gutes ...»
«Man muß sich diese Leute warmhalten», hatte Eberhard zu Katharina gesagt. «Man weiß nie, was noch alles kommt.»

Nun standen die Russen an der Grenze, die Sirenen heulten jeden Tag, und durch die Siedlung schrillten die Todesschreie von Schweinen. Alles Vieh schlachten und das Hab und Gut schon mal probeweise aufpacken, obwohl's streng verboten war, an Flucht zu denken. Wagen standen hinter den Häusern, große und kleine, mit Stroh und Dachpappe wetterfest gemacht. Jede Ritze luftdicht verschmiert ...
Wenn die Globigs nun auch schon packten? – Das wäre eine Gelegenheit, sie zu erwischen, dachte Drygalski. Dann könnte er sie fragen, ob sie etwa dächten, daß die Russen bis nach Mitkau kämen? Kein Vertrauen zur deutschen Wehrmacht? Im Herbst hatte man sie doch auch zurückgeschlagen?
Die Volksgenossen, die im Herbst aus dem Osten gekommen waren, aus Tilsit, aus Litauen und Lettland, konnte man nicht fragen, ob sie Vertrauen zur deutschen Wehrmacht hätten. Da hätte man die richtige Antwort bekommen oder gar keine.

Drygalski fragte seine Frau, ob sie noch was braucht, setzte die Mütze auf und stiefelte hinüber. Auf dem Georgenhof hing ein Schwein an der Leiter, der Pole weidete es aus, und die Mädchen gingen ihm zur Hand. Ihr Geschnatter unterbrachen sie sofort, als sie den Mann aus der Siedlung kommen sahen. Braune Schaftstiefel und ein Hitlerbärtchen?
«Na, Schweine schlachten?» fragte Drygalski, und er hätte beinahe, aus einer Laune heraus, der blonden Sonja in die Wange gekniffen: gesundes Volksgut, wie es schien.
Das Tantchen, das in der Küche Schmalz ausließ, fragte er, Heil Hitler, ob sie auch alles akkurat wiegt und abliefert?
«Jaja», sagte sie und wies eine Strichliste vor, «es wird alles abgeliefert.»
Eine Untertasse mit Wellfleisch hielt man ihm hin, ob er mal kosten will? Ja, er wollte das. Und er bat um etwas Salz und stellte sich zu dem Polen und guckte eine Weile zu, wie der die Fleischstücke in unterschiedliche Wannen warf, ob der das auch richtig macht. Und er dachte an seinen Kolonialwarenladen, wie er immer den Schinken so schön geschnitten hatte an der Schinkenschneidemaschine, und Kinder kriegten einen Zipfel Wurst? …
Auch Jago sah dem Polen zu, der war auf seine Weise an der Sache interessiert. Der Kater suchte, wie er es immer tat, das Weite. Er wußte, daß man ihn nicht vergessen würde.

Drygalski begutachtete den großen Ackerwagen, der breit und schwer auf dem Hof stand, und tatsächlich! An den Seiten war er bereits versteift, und mit einer Art Dach hatte man ihn versehen! Hier wurde also auch schon gepackt? Aber da er den Teller mit dem Wellfleisch in der Hand hielt, verkniff er sich eingehendere Erkundigungen.
Seit Fellow hatte abgeliefert werden müssen, hatten die Globigs

nur noch drei Pferde, zwei für den großen Wagen und den Wallach für die Kutsche?

Das Tantchen nahm die Gelegenheit wahr und erzählte ihm, daß ein sehr sonderbarer Kunstmaler dagewesen sei, der sehr sonderbare Reden geführt habe?
Kunstmaler? Wieso? Altertümer registrieren? bauliche Besonderheiten abzeichnen?
Aber warum hatte man den Mann denn nicht in die Siedlung hinübergeschickt, den Schlageter-Brunnen abzumalen? Das verstand Drygalski ja nun überhaupt nicht. Und er ging einmal ums Haus herum und dann wieder hinüber in die Siedlung und da den Brunnen angucken, der ein rechtes Schmuckstück war. Die Bronzeplakette schon ein wenig angegrünt ... Gott sei Dank gab es ja Fotografien von dem Denkmal, in der Zeitungsbeilage «Mitkauer Land» war es von allen Seiten abgebildet worden. Der Fotograf hatte sich große Mühe gegeben.
Aber, daß man dem Kunstmaler nichts von dem Brunnen gesagt hatte – das war ja nun wirklich die Höhe.

Auch Dr. Wagner hatte sich zum Schlachtefest eingestellt, im Gehpelz, mit Strickhandschuhen und schwarzen Ohrenschützern. Er hatte eine kleine Kanne mitgebracht und bat das Tantchen um ein wenig Wurstbrühe. Und da er standhaft blieb und keine Anstalten machte fortzugehen, bekam er in Gottes Namen seine Brühe und noch etwas Wellfleisch dazu. Die Schuhe schlug er gegeneinander, weil er kalte Füße hatte. Es war alles nicht so einfach.
Peter zerrte unterdessen den Weihnachtsbaum aus der Halle und warf ihn vors Haus. Der lichterheilige Baum hatte ausgedient. Er solle mal etwas flüssiges Schmalz auf die Zweige

gießen, wie sich die Vögel wohl darüber freuen würden! sagte Dr. Wagner zu ihm.

Sie stiegen hinauf in Peters Zimmer, von Hund und Kater gefolgt, um mit den Studien fortzufahren. Es wurden Holzkloben in den Ofen geworfen, und Katharina setzte sich dazu.
«Deutsche Dome»: Sie zeigte das Buch herum und erzählte von dem Maler, der dagewesen war, um alles aufzuzeichnen, jede Ecke und jeden Winkel. Der sich sogar für die Bilder in der Halle und für den maroden Morgenstern interessiert hatte ... Wie gut, daß es Menschen gab, die sich um so was kümmerten. Obwohl – wären Fotos nicht billiger gewesen? Alles abzuzeichnen war doch wohl sehr umständlich.

Wagner blätterte in dem Deutsche-Dome-Buch. Aha, Speyer, schon vor Zeiten von den Franzosen ruiniert; Worms, ausgeweidet wie ein Schwein. Und nun die Luftangriffe: So viel schon zerstört: Lübeck, Königsberg und München. – Was sonst noch alles zerstört worden war in letzter Zeit, zählte Dr. Wagner auf. Ganze Städte, Brücken, Museen mit allem Drum und Dran. Gemälde! Kostbare Bibliotheken auf dem Scheiterhaufen der brennenden Städte!
Wie gut, daß es Menschen gab, die sich noch darum bemühten, wenigstens im Kleinen zu retten, was zu retten ist!

> Auch das Schöne muß sterben! Das Menschen und Götter bezwinget,
> Nicht die eherne Brust rührt es des stygischen Zeus ...

Die Gedichte, die er im Kopf habe, könnten diese Terror-Gangster ihm nicht herausreißen, sagte Wagner ... Und er strich mit seinem silbernen Crayon im Echtermeyer Verse an, die es für

die Nachwelt zu retten gelte, die man also am besten jetzt gleich auswendig lernte.
Er rezitierte einzelne Gedichte in singendem Tonfall, wie die Alten es taten, und seine Augen füllten sich mit Tränen, und er nahm beide Hände vors Gesicht, um sich ein wenig auszuschluchzen: die Altersflecken und die großen Adern. Das Schicksal seines Vaterlandes ging ihm durch und durch, das konnte man sehen.

Katharina schob ihm den Teller mit Wurstbroten zu, sie war nicht bei der Sache, sie dachte an etwas ganz anderes. Es war so, als ob sie etwas fragen wollte. Aber das, was ihr auf dem Herzen lag, konnte sie hier jetzt nicht vorbringen. Ein unheimlicher Gast sollte eingeschleust werden in das Haus. Heute? Morgen? Übermorgen? Wenn überhaupt! In ihr Zimmer, genauer gesagt. Aber wie sollte das gehen? Sie überlegte hin und her.

… wo Finsternis aus dem Gesträuche
mit hundert dunklen Augen sah?

Um von ihr versteckt zu werden, hätte er auf jeden Fall die Halle durchqueren müssen – und das war doch ganz unmöglich. Die knarrende Treppe hinauf? Am Zimmer vom Tantchen vorüber? Die lag doch sowieso dauernd auf der Lauer? Und Jago, der Hund?
Auch durch die Küche wäre es nicht gegangen, in jedem Fall war die Halle zu durchqueren mit dem mißtrauischen Jago, und die knarrende Treppe. Je vorsichtiger man sich hinaufschleichen würde, desto lauter würde sie knarren, je heimlicher man vorginge, desto wilder der Hund sich anstellten.

Es blieb nur eine einzige Möglichkeit: vom Park aus über die Staketen der Kletterrosen in ihren Wintergarten steigen und dann ins Zimmer hinein.
Vielleicht war es ja ein alter Mann? Und der würde das dann gar nicht schaffen? – Das täte ihr dann leid. Das war dann höhere Gewalt.

Gegen Abend setzte sie sich ihre weiße Persianerkappe auf und fuhr nach Mitkau, sie würde mit Brahms sprechen müssen, ob sich die Sache nicht doch in letzter Sekunde absagen ließe?
Sie nahm Dr. Wagner mit, der das Kännchen mit der Wurstbrühe zwischen den Knien hielt. Der sah sie von der Seite an und freute sich darüber, wie forsch diese Frau die Zügel hielt.

Über den schwarzen Himmel fingerte Polarlicht wie eine weiße Hand: husch! Und ungewohntes Donnergrollen war zu vernehmen. Ein Gewitter im Winter?
Dem Herrn Wagner mochte ein Gedicht von Eichendorff durch den Kopf gehen, wie er da neben der schönen Frau saß, die Kanne mit der Wurstbrühe in beiden Händen.
Am Senthagener Tor mußte Katharina die Kennkarte vorzeigen, was sie in der Stadt will, wurde sie gefragt ... «Aha, die Frau von Globig. Und wer ist der Herr? Aha, Herr Dr. Wagner ...»
Ein Balken wurde zur Seite geschoben, und sie konnte durch das hallende Tor fahren.

Eisiger Wind fegte durch die Gassen Schneewolken vor sich her. Katharina dachte: Noch könnte ich zurück! Einfach umkehren und mich zu Haus aufs Bett legen, nichts hören, nichts sehen ... Einfach nicht hinfahren zum Pastor, der würde war-

ten und warten und dann aufgeben und sich sagen: Die Frau hat sich's anders überlegt ...
Ihr warmes Zimmer, die Bücher, das Radio ... Warum sich auf Wagnisse einlassen, die sie nichts angingen?

Sie setzte den Studienrat in der Horst-Wessel-Straße ab, hielt seine Hand eine Idee zu lange – er mochte das für aufkeimende Zuneigung halten ... Und dann zog sie die Klingel bei Pastor Brahms, der schon, die Uhr in der Hand, auf der Lauer lag. Der schwarze Kirchenklumpen neben dem Pastorat, von dessen Dach ein Schwall Schnee herunterrutschte.
Er begrüßte sie, und gleichzeitig sah er die Straße hinauf und hinunter, so spät noch ein Gast! Mit Pferd und Wagen! Was würden die Leute in der Nachbarschaft davon halten?
Er bat sie herein, wobei er sie mit einer Hand begrüßte, mit der andern hereinzog, hinein in seine dunkle, ungelüftete Studierstube.
An der Wand stand eine Kopiermaschine, an der hatte er gerade gekurbelt.

Ziemlich sofort setzte er ihr alles noch einmal ganz genau auseinander. Worum ging's? Einen flüchtenden, gehetzten Menschen, einen Verfolgten, unstet, von einem Versteck ins andere zu vermitteln, darum ging es. Einen gänzlich unbekannten Menschen männlichen Geschlechts also aufnehmen, dessen Schicksal einen im Grunde genommen nichts anging. Weiß der Himmel, was man dem angehängt hatte!
Nur für eine einzige Nacht einen Menschen beherbergen, der sich in keinem Gasthof sehen lassen konnte. Für *eine* Nacht, also eigentlich ja nur für Stunden, darum ging es. Und zwar in dieser Nacht.
Pastor Brahms wußte nicht, ob es sich um einen vom 20. Juli

handelte oder einen Deserteur? Oder vielleicht sogar um einen Kommunisten, der früher einmal der besitzenden Klasse die Fenster eingeworfen und den Heiland einen «Himmelskomiker» genannt hatte? Rotfront!? – Oder einen Juden? Das ganze Land war überzogen von flüchtenden Existenzen, durch die Städte durch die Wälder hetzten sie, in alten Fabriken und in Lauben hielten sie sich auf, kauerten in Kellern oder auf Dachböden?
Seine Gewährsleute hatten zu ihm gesagt: «Um Gottes willen, helfen Sie.» Das war alles, mehr wußte auch er nicht. Auch er würde den Fremdling in der Nacht zum ersten Mal sehen. Und am nächsten Morgen schon wieder woanders hinschicken.
Aber nichts würde sein wie zuvor!

Eine gewisse Kaltschnäuzigkeit war an dem Pastor zu bemerken, mag sein, wie's will … Katharina legte ihm eine kleine Wurst hin, von der schnitt er sich mit dem Taschenmesser sofort ein Stück ab und schob es wie Kautabak hinter die Kiemen. Sie saßen in der finsteren Studierstube, die Wanduhr: Blong! und auf dem Schreibtisch ein Kommentar zur Offenbarung des Johannes: Ich bin das A und das O, der Anfang und das Ende. Einen endzeitlichen Zyklus bereitete Pastor Brahms für die Alten im Kloster vor, jeden Abend nahm er sich ein anderes apokalyptisches Kapitel vor. «Und der Himmel wird aufreißen wie ein Buch …» Die Alten, die Kranken dort! Von sonstwoher zusammengekarrt, aus dem Osten! Kaum der deutschen Sprache mächtig, und nun im kalten Kloster, einer neben dem andern, und hatten doch auch bessere Tage gesehen? Im Refektorium lagen sie, von einem überaus zarten Gewölbe überwölbt, an dem blau-goldene Sterne klebten.

Über das Jüngste Gericht, das aufgerichtet werde, wenn alles vorbei ist, predigte er den Alten Tag für Tag, zur Rechten und zur Linken Gottes, und daß sich erst dann zeigen würde, wer zu leicht befunden werde und wer bestehen kann. Daß so mancher ausgespien werden würde in den feurigen Pfuhl!
Zu Katharina sagte er, als er sie zittern und zagen sah: «Es muß sein. Und zwar heute.»

Was das denn für ein Mensch sei? fragte sie, und ob das nicht gefährlich ist, gibt es da nicht irgendwelche Gesetze? Und ihr Mann, was der wohl dazu sagt, wenn er das erfährt, daß sie einem Menschen, einem *Manne* Unterschlupf gewährt? In ihrem Zimmer. Der sei immerhin Offizier? – Und: heute schon?

«Hören Sie», sagte der Pastor: «Es muß sein.»

Nachdem sie alles vorgebracht hatte, was sie bewegte, sagte sie plötzlich: «Ja». ES sagte «ja» aus ihr heraus, sie will es tun, den Mann aufnehmen, in Gottes Namen, und sie wurde für Sekunden ein anderer Mensch. Vielleicht sagte sie auch nur «ja», um endlich herauszukommen aus diesem dunklen Zimmer, mit dem Pastor vor sich, der da ihre Wurst kaute?

Er zog den Vorhang vor dem verdunkelten Fenster zurück und lugte, das Taschenmesser in der Hand, durch eine Ritze in den Hof. Den Zeigefinger legte er auf die Lippen: Ein Besuch der Frau von Globig, die sich sonst nie hier sehen ließ, am späten Abend? Was würde die Nachbarschaft davon halten? Lagen diese Leute nicht ohnehin schon auf der Lauer? – Brahms hatte es durchaus schon erlebt, daß jemand im Hof neben der Regentonne hockte, um zu erlauschen, was er mit seinen Gemeindemitgliedern zu besprechen hat. Aber bei fünfzehn Grad Kälte sich in den Hof zu hocken, das würde zu dieser Stunde wohl niemandem einfallen.

«Also gut.» – Das Taschentuch zog der Pastor hervor und schneuzte sich laut. So gehörte nun auch diese Frau zu der Stafette, mittels derer ein Menschenleben gerettet werden sollte. Von Hand zu Hand werde dieses Leben gereicht. Und zwar noch in dieser Nacht.

Wie Menschen über sich hinauswachsen! Darüber würde er eines Tages predigen. Noch nicht – aber es käme schon die Stunde, und sie käme bald!, in der er das verkünden könnte. Sich aus der Angst um das eigene Leben befreien wie Abraham den Widder aus der Dornenhecke?

Dann kam man auf das «Procedere», wie er sagte. Wie sollte der Mann und wo verborgen werden?

Obwohl Katharina nur eben «ja» gesagt hatte, sich selbst lauschend, ohne daß sie sich klar darüber war, was das bedeutete, stellte es sich heraus, daß sie schon ziemlich genau wußte, wie das anzustellen sei, einen Mann in den Gutshof zu schleusen und ihn dort zu verbergen, trotz des Tantchens, des Jungen und des Hundes Jago. Auch der Pole und die beiden Ukrainerinnen durften nichts merken, und der Herr Drygalski natürlich auf gar keinen Fall, dieser Schnüffler, der doch fast täglich ums Haus herumtrampelte und zu den Fenstern hinaufsah, ob sie auch verdunkelt sind.

Sie beschrieb dem Pastor, wie der Fremde auf dem Trampelpfad in den Park gelangen könnte und die Staketen hinaufklettern.

Mehrmals brachte Brahms durcheinander, was sie ihm darlegte: *ums Haus herum?* durch den Park? *die Staketen hinauf?* ... Die Frage war, ob der arme Mensch die Staketen überhaupt würde

hinaufklettern können, ob er kräftig genug sei? Und: «Trampelpfad?» fragte der Pastor, wie? wo? Das war doch alles sehr vage.
Katharina nahm den Rotstift zur Hand, mit dem der Pastor Anstreichungen in seiner Bibel vorgenommen hatte, und ein Stück Papier und fertigte eine Skizze an, und Brahms legte sie auf den Schreibtisch. Und dann dankte er ihr mit beiden Händen. Nun denn, so lassen wir den Dingen also ihren Lauf.

Als sie auf die Kutsche geklettert war, stand der Pastor noch einen Augenblick auf der Straße. Ob er sich einen Ruck geben und im letzten Augenblick sagen würde: «Ach wissen Sie, ich glaube, wir lassen das, wir werden eine andere Lösung finden!» Wer sich in Gefahr begibt, kommt darin um?
Nein, das sagte er nicht.
Der Wallach guckte hinter sich und zog den Zügel zurecht, wie lange soll er denn noch warten? Auch das Tier sehnte sich auf seine Weise auf den warmen Georgenhof zurück, denn ihm war kalt.

Und während der Pastor sich wieder seiner Kopiermaschine zuwandte, fuhr Katharina davon, klipp, klapp!, die dunkle Frau mit ihrer weißen Persianermütze. Sie fuhr hinter der Stadtmauer entlang und machte einen Bogen durch die dunkle Stadt. Zu Felicitas hinaufspringen, sich mit ihr beraten? Das Herz ausschütten? Was sie wohl dazu sagte? Eigentlich toll, was sie da vorhat? Felicitas hatte doch immer für alles Verständnis gehabt. Sie würde sie vielleicht bewundern für ihren Mut? Aber jetzt, in ihrem Zustand, doch auch andere Sorgen. Und der Mann in Graudenz mit all den Deserteuren, die da täglich erschossen wurden?

Oder Dr. Wagner? Mit dem alles in Ruhe durchgehen? Eigentlich ein ganz vernünftiger Mann? Immerfort Wurstbrote gegeben, ob sie sich mit ihm besprechen könnte? – Der Studienrat saß zu dieser Zeit in seiner Stube. Die Wurstbrühe hatte er sich aufgewärmt, ein Quarkbrot dazu gegessen. Der las im Livius. Vielleicht sollte man eine neue Übersetzung wagen?

Katharina fuhr über den Markt, an dem Gasthof «Zur Schmiede» vorüber. Das Kino war gerade aus, Menschen strömten heraus, lachten und hakten sich unter. «Der weiße Traum ...»

> Wer will noch mal Ringelspiel!
> Einen Taler, kost' nicht viel!
> Und der erste Preis
> ist a Pupperl ganz in Weiß!

Das Gefängnis. Das Rathaus. Lothar Sarkander, vielleicht säße der ja noch im Büro?
Nochmals fuhr sie an der Kirche vorüber. Das vertrocknete Blumenkränzchen schaukelte hin und her. Noch konnte man zurück? – Ja, noch hätte man alles rückgängig machen können. Noch war Zeit.
Hineinstürmen zu Brahms, weinen, und: «Ich kann es nicht!» rufen? – Der Mann hatte doch sicher für alles Verständnis? Vielleicht würde er selbst erleichtert sein?
Der Pastor hielt inne und lauschte: Kam denn die Frau zurück? Nein, denn es war bereits zu spät.

Am Senthagener Tor wurde sie wiederum angehalten. Sie mußte noch einmal ihre Kennkarte vorzeigen. «Ach so, die Frau von Globig – in dieser Kälte unterwegs?»
Ob hinten im Wagen einer säße, wollten sie nicht wissen.

Die Kirchturmuhr schlug sechs. Der Pastor drehte an seiner Kurbel: Bald würde der Fremdling an seine Tür klopfen. Da hieß es nun also warten. Er würde ihn in der Nacht weiterleiten, das war abgemacht, erst abfüttern, beruhigen und dann weiterschicken. Da lag die Skizze vom Georgenhof auf dem Tisch. Es konnte also nichts passieren.
Übermorgen abend, in aller Dunkelheit, würde man den Mann wieder in Empfang nehmen und dann weiterschicken.
Was waren denn vierundzwanzig Stunden?
Und dann in Zukunft die Finger lassen von diesen Dingen?

Georgenhof lag düster und drohend unter den Eichen. Katharina stieg aus und legte dem Wallach den Arm um den Hals.
«O Gott ...», sagte sie laut.
Das Tier drehte die Ohren nach hinten: Es war alles in Ordnung.

Der Fremde

Am Abend saß Katharina in der Halle mit Peter und dem Tantchen zusammen. Ums Haus herum wehte der Wind Schnee in großen Flocken, und er fauchte in den Kamin hinein.
Dann ließ der Wind auf einmal nach, und es war still. Die Mädchen waren nicht zu hören. Sie waren mit kleinen Schlachtefest-Gaben ins Waldschlößchen hinübergegangen, Kutteln, Gedärm, Nieren ... Die Jungens dort sollten auf ihre Weise an dem Überfluß des Hauses teilhaben. Ihnen sollte nichts abgehen! Wahrscheinlich schmurgelten sie jetzt schon dort, und der Rumäne spielte auf seinem Schifferklavier lustige Weisen.

Katharina nahm ein Tuch und ging von Bild zu Bild und wischte die Rahmen ab, dann setzte sie sich seufzend zu den andern. Sie guckte auf die Uhr, wieviel Stunden mochten ihr noch bleiben? Was hatte sie mit diesem Mann zu schaffen, der in das Haus einbrechen würde? Und warum? Wahrscheinlich doch selber schuld an seiner Misere?

Das versteht sie, sagte das Tantchen, daß ihr so hängerig zumute ist. Der liebe Eberhard so weit weg ... Und das Durcheinander in den letzten Tagen, die vielen Menschen! Das ginge hier ja zu wie in einem Taubenschlag. Es werde Zeit, daß endlich Ruhe einkehrt!
Ihr wär' jetzt nach einem kräftigen Schnaps zumute, sagte sie dann. Und als sie das sagte, «Schnaps», da wurde gelacht. Jaja, das Tantchen und – Schnaps! – Nach dem Betrieb der letzten

Tage: der verrückte Briefmarkensammler? die Geigerin? und gestern der Maler? Endlich mal alle viere von sich strecken. Endlich mal den lieben Gott einen guten Mann sein lassen. Andererseits, es wäre auch nicht so ganz verkehrt, wenn es jetzt an die Tür pochen würde und ein neuer Gast käme und brächte Leben in die Bude ... Da hört man doch mal, was in der Welt vorgeht.

Das Tantchen überlegte, ob sie es erzählen soll, daß der Maler so merkwürdige Andeutungen gemacht hatte? Ob sie wisse, daß in der Ziegelei Dinge passierten, die mit Recht und Gerechtigkeit nicht viel zu tun haben? Daß er es mit eigenen Augen gesehen habe, daß die Leute da geprügelt werden? Wahre Jammergestalten?
Und: das Hitlerbild solle sie abnehmen?
Was ging den Mann das an?
Ob man so was nicht anzeigen müßte? Den Anfängen wehren, sonst geht alles den Bach herunter. Der Führer – war er nicht der letzte Halt?

Von der Ziegelei hatte Katharina auch schon gehört. Von Felicitas' Fenster aus hatte sie die Männer gesehen, wie sie in der Kälte das Senthagener Tor verbarrikadierten. Und ihre Freundin hatte ihr von den Männern erzählt, daß die um Essen gebettelt hätten, von dem SS-Mann weggestoßen: Ihr Mann kannte diese Typen aus Graudenz. Der habe gesagt: «Gib solchen Leuten nichts, die wirst du nie wieder los, das sind doch alles Verbrecher! Die sind wie die Kletten, wenn du sie vorn rausschmeißt, kommen sie hinten wieder rein! Außerdem ist es verboten, wenn du das tust, handelst du dir sonstwas ein!»
Ja, von der Ziegelei hatte Katharina gehört, aber was hatte sie damit zu tun?

Eberhard hatte ja in einer dunklen Stunde davon gesprochen, daß im Osten nicht alles mit rechten Dingen zuginge. Auf einer Dienstfahrt hatte er mal was beobachtet … Oh, oh! Wenn der Wind mal drehte, käme allerhand auf uns zu …
Und nun saß er in Italien.

Daß bei dem Tantchen ein Hitlerbild hing, hatte Katharina überhaupt nicht gewußt. «Mein Kampf», das Buch stand im Regal, noch nie gelesen … – Der Onkel Josef hatte gesagt: «So verkehrt ist der Mann nicht …»

Einen Schnaps wollte das Tantchen haben … «Es ist alles nicht so einfach …» Katharina nahm aus der Schatulle ein Fläschchen und zwei Gläser und schenkte der Tante und sich was ein. Vielleicht würde ihr danach ein bißchen weniger «hängerig» sein. Peter bekam «Gänsewein» in sein Gläschen, und sie prosteten einander zu.
Der Junge fachte das Kaminfeuer derartig an, daß man schon meinen konnte, das ganze Haus werde abfahren.

Und dann nahm das Tantchen die Laute zur Hand und begann die Lieder ihrer Jugend zu klampfen und mit brüchiger Stimme dazu zu singen, die Erinnerungsbänder des Instruments hingen herunter, Sängertreffen zu Breslau … Ihr liebes Schlesien, nie, nie, werde sie die Heimat vergessen. Und wie sie hinausgeschmissen worden waren und wie der Raffke in der Tür stand, die Hände in den Taschen, und höhnisch gelacht! Sogar dem Gärtner gekündigt, den hätte er doch gut noch weiterbeschäftigen können, der hatte doch Frau und Kind! Auf seinen Holzpantinen hatte sie gestanden und mit ihm getanzt.

Am Brunnen vor dem Tore
da steht ein Lindenbaum;
ich träumt' in seinem Schatten
so manchen süßen Traum.

«Prost!» sagte sie, und die Frauen schenkten sich neu ein. Katharina tat einen tiefen Seufzer, und das fand das Tantchen komisch. Und sie sprach von Veranlagungen, daß *sie* immer alles leicht nehme. Und: Arbeiten, das sei eine gute Medizin.

Katharina sah zur Uhr. Sie stand auf und ging im Zimmer hin und her, und dann öffnete sie die Tür zum Sommersaal – «Huh! kalt!» riefen die andern beiden.
Der Mond war aufgegangen, riesig stand er hinter den Bäumen, und sein Schein fiel durch die hohen schmalen Fenster hell in den Saal ein.

Sie sah sich um, und es war ihr so, als hätte sie die vom Mond beschienenen Tapetenbilder des Saales noch nie gesehen. Ein Pärchen mit Flöte und Mandoline, tanzende Kinder und ein Soldat mit Mädchen auf einem sich bäumenden Pferd.
Sie sah sich das an, als müsse sie sich das zu guter Letzt noch einprägen.
Das Flötenkonzert zu Sanssouci – Hauskonzerte ...
Eberhard war nie nach Feiern gewesen, Tanzvergnügen waren nicht nach seinem Geschmack, und nun saß er in Italien und mochte dort sonstwas anstellen. Vielleicht säße ein schönes Kind bei ihm? Eins von diesen zierlichen dunklen Mädchen, die sich Blumen ins Haar steckten? Wer konnte denn wissen, was in dieser Stunde dort vor sich ging?
Sie sah Eberhard, wie er sich in einer ärmlichen Bauernstube von einem Mädchen Wein einschenken läßt. Vielleicht

erzählte er ihr von Georgenhof, und die glaubte ihm vielleicht gar nicht.

Es war lange her, daß sie mit Lothar Sarkander hier gestanden hatte, ganz unverhofft war das passiert, im Sommer war es gewesen, die Türen des Saals zum Park hin hatten offengestanden, sie hatten die Familie auf dem Rasen sitzen sehen, und er dann so gesagt: «Ist es nicht ein Bild? ...»
Die heimliche Fahrt an die See?
Man hatte sie im Strandpavillon sitzen sehen, sie mit einem breitkrempigen Strohhut, und er in weißen Hosen.
Hatte Eberhard denn nie davon erfahren?
Sie stieß mit dem Fuß gegen die Berliner Hab-und-Gut-Kisten und sagte: «Schade. Wie gut hätten wir hier Feste feiern können. Tanzen ...»

Peter kam ihr nach und machte Licht, breit fiel es auf den Schnee da draußen, und der Zauber war verflogen.
«Um Gottes willen, die Flieger! Verdunklung! Wenn das Drygalski sieht!» rief das Tantchen.
Sie knipsten das Licht also aus, schlossen die Saaltür und setzten sich wieder vor den Kamin.

Ehe das Tantchen ihr Instrument wieder in Gang setzen konnte, ging Katharina ans Telefon und wählte die Nummer von Sarkander, neun Uhr, es war noch nicht zu spät. Sie ließ es lange klingeln, aber niemand nahm ab. Und gut! Was hätte sie ihm sagen sollen?

Sie ging ins Billardzimmer hinüber, nahm ein Brettspiel aus dem Eckschrank und stellte es auf den Kamintisch: eine blanke Platte aus Eschenholz, mit Ahornintarsien verziert, und in

einem Kästchen die dazugehörenden gedrechselten Figuren, Hirten, Schäferinnen, Schafe. Gehörte das zusammen?
«Wie wird es gespielt?» fragte sie. – Und das wußte das Tantchen ja auch nicht. «Dieses Spiel ist schon sehr alt», sagte sie. Die Figuren stelle man gewiß aufs Brett, wie's grade kommt ...
In einem Lederbecher lagen drei weiße Würfel, und Katharina schüttete die Würfel aus dem Becher auf den Tisch. Eine Eins, eine Drei und eine Fünf.
Das gab zusammen neun? Was sollte das denn bedeuten?
«Vielleicht *Nein?*» sagte das Tantchen.
Das soll bedeuten, daß die Würfel gefallen sind, dachte Katharina und seufzte so laut, daß das Tantchen lachen mußte.

«Heinrich, der Wagen bricht!» Nein, der Reifen um ihre Brust gab nicht nach. Sie holte tief Luft.
«Wird schon werden», sagte das Tantchen. «Ich glaube, du rauchst zuviel.»

Katharina gab dem Jungen einen Kuß auf die Nasenspitze und sagte gute Nacht. Dann sammelte sie in der Küche allerhand Eßbares ein. Diese Nacht konnte sehr lang werden.

Als sie oben ihre Tür aufschloß, war es einen Augenblick, als sei sie erleichtert. Ihre kleinen Sessel, der Tisch mit dem Obstteller. Und die Bücher! Es war alles beim alten.
Doch es war keine Zuflucht für und für, hier würde sich noch in dieser Stunde ein Abenteuer ereignen, und das würde kein Spiel sein.
Katharina trat in den Wintergarten und sah hinaus. Es war alles ganz still. Der Mond war so klein geworden wie ein Brennglas, sein Licht warf den Gitterschatten der Eichen auf den Schnee.

Katharina legte sich auf das Bett, sie hatte ihre Stiefel nicht ausgezogen, und sie blätterte in einem Fotoalbum: der Wanderer-Wagen auf den Serpentinen des St. Gotthard, der Blick in das tiefe felsige Tal? Sie hatten immer auf eine Panne gewartet. Aber der Wagen hatte den Berg spielend leicht genommen. Drüben, in Italien, hatte es geregnet. *Hier* Sonnenschein, *dort* Regen. Und sie hatten gedacht, es würde genau umgekehrt sein. Eberhard, wie er in die Sonne blinzelte. «Mißglückt!» hatte sie mit weißer Tinte unter das Foto geschrieben.

Sie horchte in das Haus hinein: Jetzt gingen auch die andern zu Bett. Peter ließ den Hund noch kurz raus, dann schlug die Tür, und auch die Tür des Tantchens klappte.
Katharina horchte ins Haus, und sie horchte nach draußen. Und sie wußte nicht, daß auch das Tantchen an der Tür stand, drüben, und auch horchte und durch das Schlüsselloch guckte, aber es war alles dunkel.

Katharina legte das Album zur Seite. Sie hatte Angst. Ich habe die nackte Angst! dachte sie und guckte in den Spiegel. Es war ein Gefühl, das sie zuletzt in ihrer Schulzeit gehabt hatte, Berlin, als man ihr Mädchentagebuch gefunden hatte. Sie hatte etwas eintragen wollen, und da war es weg gewesen.

Die Hochzeit in der finsteren Kirche. Bis daß der Tod euch scheidet? Ob sie es mit Eberhard ein ganzes Leben aushalten würde: Steige hoch, du roter Adler?
Pastor Brahms hatte nicht gelächelt, er war sehr ernst gewesen: «Bis daß der Tod euch scheidet.»
Und der Traum in der Nacht davor? Von Eberhard hatte sie geträumt: Er hatte lange Damenhandschuhe angehabt und hatte gesagt: «Ich muß nach den Kühen sehen.»

Sie stand noch einmal auf und ging zu Peter hinüber. Das tat sie sonst nie, aber nun setzte sie sich an sein Bett und sah sich um in dem kleinen Zimmer. Die Eisenbahn, die sich durch Tunnels wand, Socken und Hosen auf dem Fußboden, Stiefel in die Gegend geknallt. Die Papierflugzeuge unter der Zimmerdecke. Was für ein ärmliches, kleines Leben?
In der Mitte des Zimmers stand die Spielzeugburg mit Rittern hinter den Mauern. Die Zugbrücke war hochgezogen.

Früher hatte sie jeden Abend mit den Kindern gebetet, so kannte sie es von zu Hause, aber als Elfie starb, war es dann aus gewesen mit dem Beten. Jetzt hätte sie es gern getan, breit aus die Flügel beide und nimm dein Küchlein ein ..., aber das ging nun nicht mehr. Sie brachte die Hände nicht zusammen und den Mund nicht auf.
Magische Worte standen ihr nicht zu Gebote, und Zaubersprüche hätten nicht gepaßt. Und das Kreuz hatte sie nie geschlagen.
Den Jungen mit hinübernehmen zu sich? So wie sie es früher bei Gewitter getan hatte? alles verrammeln? – Sie sah sich mit dem Drilling am Fenster stehen, der Junge daneben, auch mit einem Gewehr, und sie würden sich verteidigen bis zum letzten.
Sie guckte sich fest, und der Junge guckte sie an.
Er sagte nicht «Hast du was?» oder «Was ist los?» Er schwieg und sah seine Mutter an. Wie lange würde es dauern?
Endlich sagte sie «Gute Nacht», und das sprang ihr wie eine Kröte aus dem Hals.

Katharina hatte Angst, aber sie war auch ein wenig stolz darauf, daß sie sich durchgerungen hatte und «Ja!» gesagt zu dem Abenteuer, das es nun zu bestehen galt. Niemals hatte man ihr

irgend etwas zugetraut, und das, was nun geschehen würde, hätte man nicht für möglich gehalten. Sie selbst nicht! Nie im Leben. Stolz war sie, aber gleich daneben saß die Angst.
«Das ist die kalte, nackte Angst», sagte sie laut.
Und sie dachte auch daran, daß das eine Lüge sei, die nun Gestalt annehmen würde: Ging es ihr denn darum, einen Menschen zu retten, oder wollte sie es sich nur beweisen, daß sie sich etwas zutraute? Die Lust, etwas ganz Verrücktes zu unternehmen, so wie damals mit Lothar Sarkander. Würde man das Eberhard erzählen müssen, wenn alles vorüber war?
Wann würde denn alles vorüber sein?

Im Fotoalbum lag alles beschlossen: Der Gardasee – glatt und grün hatte er dagelegen; die weißen Boote. Der Straßensänger und das kleine Café. Eberhard hatte auf die Serviette Zahlen geschrieben und es ihr vorgerechnet: wie wundervoll das Geld sich mehrte auf dem Konto, die englischen Aktien, die Prozente aus Rumänien? Wie gut, daß man die Landwirtschaft los war …
Und sie hatten erörtert, was mit dem sich wie von selbst vermehrenden Geld anzufangen sei. Am Ende würde man gar mal mit der «Bremen» nach Amerika fahren?
Gott sei Dank hatte man das Gut nicht mehr am Hals! 4000 Morgen – Pferde, Trecker, Mägde, und jedes Jahr die Schnitter aus Polen?

Der Gardasee. Sie waren mit einem Boot auf die andere Seite gefahren, die Seite, die im Schatten lag. Und da drüben war gar nichts los gewesen! Aber einen schönen Ausblick auf das sonnige andere Ufer hatten sie gehabt.
«Eberhard als Kapitän!» stand unter dem Foto, er stand in dem Boot und hielt die Hand über die Augen.

Dann hatte Eberhard die Uniform anziehen müssen, und als «zurückgeschossen» wurde, war Schluß gewesen mit den englischen Geldern, und die Rumänen zahlten nicht. Statt dessen war dann das Offiziersgehalt eingetroffen, Monat für Monat, ganz von allein.
Aus Frankreich hatte er Wein und Schokolade geschickt, und aus Griechenland Zigaretten. Und aus Rußland braunen Zucker und Sonnenblumenöl.

Das Telefon auf dem Schreibtisch: Es fehlte jemand, mit dem sie jetzt hätte sprechen können. «Ja, bist du denn verrückt?» hätte Felicitas gesagt. Von da her war kein Verständnis zu erwarten. Oder doch? Felicitas hätte vielleicht sogar gelacht! «Du machst Sachen!»
Mit Wladimir, dem Polen, hätte sie vielleicht darüber reden können. Aber der war gegen Kommunisten und gegen Juden, und vom 20. Juli hatte er gewiß keinen Schimmer. Und dem wäre man dann ausgeliefert, auf Gnade und Barmherzigkeit. Der hätte einen dann in der Hand. Der würde sich dann an den Kamin setzen und die Puppen tanzen lassen.
Und das Tantchen? Hinübergehen und sagen: «Du, hör mal zu, ich muß dir was sagen …»
Und die hatte ein Hitlerbild bei sich hängen.

Drygalski fiel ihr ein – warum gab es niemanden, dem man sich hätte anvertrauen können?
Vor Drygalski hatte sie keine Angst. Es war ihr jetzt fast so, als spiele sie ihm einen Streich.
«Das kriegen wir schon», hätte er vielleicht gesagt und sie vor allem beschützt.

Drygalski saß zu dieser Zeit am Bett seiner kranken Frau. Er hielt ihre Hand. Und die Frau starrte an die Zimmerdecke, grau im Gesicht.
Die lustige Hochzeit, schon vorher immer so lustig – sie hatten es sich ausgemalt, in einem Klepperboot wollten sie zu Tal paddeln, aber das hatte sich dann nicht ergeben. Schon bald war der Junge gekommen, und dann? Immer nur hinterm Ladentisch stehen, ein Achtel Jagdwurst, damit man auf den grünen Zweig kommt? Die neue Wurstschneidemaschine angeschafft, «darf's etwas mehr sein?» und dann die große Pleite …
Es war kein Wucherer gewesen, der ihm das letzte Hemd auszog, es war das Finanzamt, dem man nicht gewachsen gewesen war.
Vorwürfe hatte sie ihm nie gemacht, sie hatte ihn immer nur angeguckt, ob er es auch schafft, etwas Neues zu finden?

Und nun die Flüchtlinge aus dem Osten, Lettland, Estland, einzeln, in Gruppen, zu Fuß, mit der Bahn oder im Pferdewagen. Er hatte sie bisher noch alle unterbringen können. In der Siedlung war bisher jeder untergekommen, mal hier, mal dort hatte er die Leute einquartiert. Jeder hatte welche nehmen müssen. Er hatte sich ein Schema gemacht, damit er die Übersicht behielt. Flüchtlinge: Manch zwielichtige Typen waren darunter, die gern mal was mitgehen hießen. Manche wuschen sich nicht oder meckerten herum. Aber auch altes, prachtvolles Volksgut, holzschnitten, aufrecht und unerschrocken. Deutsches Blut, das gerettet werden mußte. Die Heimat breitete die Arme aus.

Auch der Georgenhof würde belegt werden müssen. Das würde sich nicht vermeiden lassen. Es würde mit Takt geschehen. Vielleicht kämen einmal geeignete Leute. Vor kurzem der pensionierte Landrichter mit seiner Frau, der hätte zu den Globigs gepaßt, aber der hatte sich nicht lange aufgehalten, der war gleich weitergezogen. Hatte prüfend die Luft eingesogen und war weitergefahren. Keiner hielt sich lange auf. Ein paar Tage warten und dann auf und davon.

Drygalski hielt die Hand seiner Frau. Vielleicht, dachte er, sollte ich ihr was aus der Zeitung vorlesen. Das würde sie auf andere Gedanken bringen. Aber – «Absetzbewegungen». Wie sollte er ihr das erklären? Wie sollte man das verstehen?
Wie gut, das dachte er auch, daß unser Sohn schon in Polen gefallen ist, sonst müßten wir jetzt jeden Tag Angst um ihn haben.

Er ließ die Hand der Frau los – mal eben mit Mitkau telefonieren, ob morgen wieder welche kommen aus dem Osten, und dann die Listen durchgehen, wohin man sie stecken kann. Die meisten blieben ja nur ein paar Tage. Das war ein dauerndes Kommen und Gehen.
An der Treppe zögerte er einen Augenblick. Er ging hinauf und setzte sich in das Zimmer seines Sohnes und sah aus dem Fenster. Und er sah im Mondschatten die langen schwarzen Striche der von Schnee freigewehten Ackerkrume.

Drüben im Georgenhof trat Katharina an die Tür und legte das Ohr ans Schlüsselloch. Der Hund schlug an: Er hörte die Mädels, die schwatzend zurückkehrten von ihren Unterhaltungsfreuden. Sie heraufholen? Oder sich zu ihnen setzen? Das wäre nicht gegangen. Was will die denn hier?
Sie dort, wir hier – da gab es keine Gemeinschaft.

Sie ging in den Wintergarten, löschte das Licht, nahm den Vorhang zur Seite und sah hinunter in den dunklen, vom Schnee erhellten Park. Der Halbkreis des Trampelpfades auf dem Rasen zeichnete sich deutlich ab.
Sie legte sich eine Decke um die Schultern. Die Kakteen eingeschrumpft, die Pflanzen trocken.
Die großen und die winzigen Sterne, das funkelte und strahlte. Der Mond glitt höher und höher. Das Geäst der Eichen stand vor der leuchtenden Urzeitscheibe. Die Linien der Hand, Schicksalslinien, wie die Linien des Lebens.

Ein einsames Flugzeug brummte über den Nachthimmel. Der Pilot würde die Gehöfte liegen sehen, Georgenhof im Schnee. Auch die ordentliche Siedlung, ein Haus wie das andere, auch Mitkau mit den krummen Gassen. – Den Halbkreis des Trampelpfades im Schnee würde er vielleicht für ein Signal halten, für eine Botschaft, unverständlich und rätselhaft?
Vielleicht würde er ja auch den einzelnen Mann sehen, der gerade jetzt neben der Straße dahinschlich, einen Zettel in der Hand. Ein Mensch, der sich selbst verfluchte.

Katharina stand am Fenster, vom Mondlicht bleich beschienen. Wer würde es sein?
Ein vornehmer alter Herr vom 20. Juli, ein Offizier in Zivil, Schmisse an der Backe? Ein Herr alter Schule. In Friedenszeiten ausgeritten im Grunewald. Erster Weltkrieg, Zweiter Weltkrieg, dreimal verwundet. Ein solcher Mann würde wohl nicht die Staketen hinaufklettern können. Und würde er als Offizier denn auf allen vieren in die Abseite kriechen wollen?

Ein junger Offizier würde willkommen sein. «Zwei in einer großen Stadt», in dem Film kam ein junger Leutnant vor, tadellose Figur, Eisernes Kreuz: In Berlin ist er auf der Durchreise ... Und mit seiner Dreitage-Freundin trinkt er eine Tasse Kaffee.

Zwei in einer großen Stadt,
die ein gold'ner Traum verzaubert hat ...

Ein junger Leutnant, vielleicht aus irgendwelchen Ehrengründen desertiert? Aufgebraust und in der Tinte gelandet, wie junge Leute eben sind? nur eben einen Zivilmantel über die Uniform geworfen und durch die Dunkelheit gehetzt ... Wider Willen flüchtend, denn im Grunde war er doch *dafür*? War denn alles umsonst gewesen? Die Panzerkolonnen, nebeneinander, hintereinander, auf breiter Front durch die Weizenfelder des Ostens, und er hatte im Turm gestanden! Das waren Zeiten gewesen?

Vielleicht käme ja auch ein Zivilist, in schäbigem Anzug? Gestopfte Fingerhandschuhe. Vielleicht ein Künstler, der den Mund nicht hatte halten können, vielleicht ein Organist. Konnte das Morden nicht mehr ertragen und hatte sich falschen Freunden anvertraut und mußte nun sehen, wie er seine Haut rettete. Frau und Kinder zu Haus.
Vielleicht würde ja auch jemand Zuflucht suchen, der einem anderen Unterschlupf gewährt hatte? Ein ganz anderer Fall?

Sie setzte sich an den Schreibtisch. Zum ersten Mal hatte sie das Bedürfnis, etwas aufzuschreiben, das nur sie anging. Aber ihr fiel nichts ein. Was ging sie denn an? – Erst mal mußte man

dies hier jetzt hinter sich bringen, dieses Erlebnis, das einem später vielleicht niemand glauben würde! Und danach alles aufschreiben. Jede Einzelheit. Die Gefühle, die Spannung – ja, die Enttäuschung. Vielleicht war ja alles ganz anders?
Sie nahm die Schere zur Hand und versuchte, aus dem schwarzen Papier eine Blume auszuschneiden, wie sie das immer tat, wenn sie sich beruhigen wollte. Aber es wurde nur ein einziges Geschlinge, und sie warf das fort.

Sollte sie sich irgendwie zurechtmachen? Das Haar «richten»? Die Kerzen am Kandelaber entzünden? – Katharina wischte das Waschbecken im Bad sauber – würde es hygienische Probleme geben? Ein *Mann*? Und sie kroch wieder und wieder in die Abseite und machte sich dort zu schaffen, alles etwas wohnlicher machen: die Zigaretten, den Kakao und den Rotwein aus Italien, die siebzehn Flaschen «Barolo Riserva» – alles so weit wie möglich nach hinten stopfen. «Das ist etwas ganz Besonderes», hatte Eberhard gesagt. «Den trinken wir, wenn der Krieg aus ist.»
Sie stellte innen einen Koffer quer vor die geheimen Schätze, legte noch eine Matratze hinein: hier würde der Mann doch ohne weiteres schlafen können? Eine einzige Nacht? Schön warm war es neben dem Schornstein. Und direkt romantisch. Hier würde man ihn lange suchen können.
Die Abseite war abschließbar. Vielleicht müßte man ihn einschließen? Soviel zu fragen, soviel zu bedenken.

Katharina hörte im Radio die Nachrichten ab, leise, leise ... Von Abwehrkämpfen im Westen war die Rede, von Absetzbewegungen und von Terrorangriffen. Vom Osten kein Wort. Auch nicht über BBC. Aber irgend etwas lag in der Luft, das war zu spüren. Die Russen würden angreifen, eine brüllende Horde:

Rache! Aber wann? Morgen? Übermorgen? In einer Woche? In zwei Wochen? Wann? Mußte man denn jeden Tag damit rechnen?

Dies kleine Lied soll uns verbinden,
dies kleine Lied durch Raum und Zeit.
Dies kleine Lied, es soll dir künden,
daß ich bei dir, und bist du noch so weit …

Gegen Mitternacht bellte der Hund – Katharina war auf und ab gegangen und hatte sich gerade wieder in den Wintergarten gesetzt. Und als sie schon erleichtert dachte: er kommt nicht, er hat es nicht gefunden, Gott sei Dank, es war alles nur ein Spuk, – da hörte sie den Hund und sah einen Mann auf dem Trampelpfad, und der warf seinen Schatten im Mondlicht wie einen Zeiger auf den Schnee.

Katharina stellte die Kakteen auf dem Fensterbrett zur Seite und öffnete das Fenster. Sie blinkte ein-, zweimal mit der Taschenlampe. Und da hörte sie auch schon, wie jemand die Stakete ergriff, sie bog sich unter seinem Gewicht ein wenig. Und der Hund lief in der Halle umher und bellte wie rasend, wie er es sonst tat, wenn eine Ratte vorüberlief oder im Sommer ein Igel.

Vorsichtig, aber behende stieg der Mann zu Katharina herauf, und dann schwang er sich auch schon über das Fensterbrett. Brachte etwas Schnee mit herein und stand auf beiden Beinen. Wenn er hinuntergestürzt wäre, dann wäre alles aus gewesen. «Es war ein Dieb», hätte man dann sagen können, «ein Dieb in der Nacht. – Ich kenne den Menschen nicht.»

Katharina schloß das Fenster – kalte Luft war eingefallen –, und da spazierte er auch schon in ihrem Zimmer umher.

Ein unrasierter, kleiner Mann mit schwarzen Bartstoppeln und verwegenem Gesichtsausdruck: «Das hätten wir», sagte er und haute seine Mütze auf die «Kauernde». Sah an ihr herunter: schwarze Schaftstiefel? Lächelte: Eine Frau in Stiefeln?
Und dann zeigte er ihr die Hände, die er sich an den Dornen der alten Rosen blutig gerissen hatte.

Kein alter Herr, kein fescher Leutnant, kein Organist – ein einfacher, festgefügter Mann. Er trug eine Bauernjoppe, und eine Art Felleisen hatte er unter dem Arm, und Kälte brachte er mit sich. Er blieb mitten im Zimmer stehen und lauschte auf den Hund, der da unten bellte, und zeigte ihr seine blutenden Hände. Katharina holte Leukoplast und eine Schere und klebte die Risse damit zu. Und dabei traf sie sein Atem.
Als der Hund sich endlich beruhigt hatte, strich er einmal durch die Zimmer, prüfte die Türen, die Fenster, und dann stellte er sich an den Ofen.

Erwin Hirsch hieß er, und er war Jude, und er kam aus Berlin, und ihm war kalt. Aus Berlin kam er, und er wollte den Russen entgegenfliehen, beinahe wäre er entdeckt worden, in Mitkau, die Posten am Senthagener Tor! Pastor Brahms hatte ihn nicht gewarnt, der hatte kein Wort verloren über die Wache dort.
Um ein Haar wär' alles aus gewesen. Ein offenbar weltfremder Mann, dieser sonderbare Pastor ... über die Mauer hatte er hangeln müssen! Wie Josuas Kundschafter.
Und dann der weite Weg von Mitkau hierher! Über eine Stunde am Straßenrand entlang. Bei jedem Fahrzeug sich in den Graben schmeißen, daß ihn nur ja keiner sieht?
Er legte die Handflächen an die warmen Ofenkacheln, und nur allmählich wurde er ruhiger.

Auch Katharina zitterte, obwohl sie nicht fror. Sie stand vor ihm und dachte: Nun haben wir die Bescherung.

Daß er mit einer jungen Frau das Zimmer teilen würde, kam dem Mann nicht weiter sonderbar vor. Er hatte schon ganz was anderes erlebt. In Kellerverschlägen gehockt, in Wäschetruhen gelegen. Davon erzählte er jetzt. Vier Jahre lang war er bereits auf der Flucht! Aber er lachte nicht über all seine Abenteuer. «Stell dir das mal vor», flüsterte er, und Katharina gab ihm eine Zigarette nach der andern und wunderte sich nicht darüber, daß er sie duzte.

In dem Augenblick klingelte das Telefon. Sie schraken zusammen. Laut klingelte es! Unheimlich! Der Mann wich zurück, und Katharina nahm den Hörer ab, schnell, damit das Tantchen nicht womöglich gelaufen käme: «Was ist denn? Ist da was?»
Der Anruf kam vom Generalkommando in Königsberg – eine fremde Stimme fragte, ob Frau von Globig da sei? «Am Apparat? – Einen Augenblick? Nicht auflegen!» – Dann machte es Knack!, und dann hörte Katharina ganz von fern ihren Mann sagen: «Bist du es, Kathi? Hörst du mich? Kannst du mich verstehen?» – Er sitze gerade bei einem Glase Wein in seinem Quartier, hoch über dem Gardasee, und betrachte das Sternenzelt – «der Gardasee, weißt du noch?» –, der Bataillonschef habe Geburtstag … «Bist du allein?» – Und nun soll sie mal gut zuhören: «Sofort die Sachen packen und auf und davon! Ja? Wegfahren, alles stehn und liegen lassen … Gleich morgen früh! … Die Russen kommen! Am besten zu Tante Wilhelmine nach Hamburg!»
Und dann war die Verbindung auch schon unterbrochen.

«Das war mein Mann ...», sagte Katharina. «Merkwürdig, als ob er etwas ahnt ...» Und dann redete es aus ihr heraus, Eberhard, immer so förmlich, hölzern, abweisend ... Das, was sie nur empfunden hatte, aber niemals ausgesprochen, das pladderte aus ihr heraus.

Der Fremde war blaß geworden, und er beruhigte sich nur allmählich. «Es war mein Mann», sagte Katharina, «der ist in Italien.»
«Ja», sagte er, «so ist das in der Ehe», und er behielt es für sich, was er hätte sagen können.

Dann setzte er sich an den Tisch und gab flüsternd all seine Geschichten von sich: von Berlin, daß er sich dort schon seit Monaten verborgen gehalten hat, nun wolle er dem Russen entgegengehen ... Und Katharina gab ihm zu essen und zu trinken. Bratkartoffeln kalt, mit Blutwurst, die der Mann eigentlich nicht mochte. Auch einen Apfel gab Katharina ihm, er drehte ihn ein paarmal, lächelte und biß hinein.
Auf dem Stuhl saß er, auf dem Eberhard immer gesessen hatte. Aber Eberhard hatte hier immer nur wie vorläufig gesessen, hatte aus der Meerschaumspitze eine Zigarette geraucht, solange das eben dauerte.

Lange Geschichten erzählte er ihr, die Geschichten seines ganzen Lebens, und er machte das erstens, zweitens, drittens ab, er hatte das alles wohl schon oft erzählt. Endlich hielt er inne, und Katharina zeigte ihm die Abseite, daß er sich darin verbergen könnte. Probeweise untersuchte er den Unterschlupf, die Decken darin und die Matratze. «Ah», sagte er, «das ist ja wie im Mutterleib!» Und dann: «Es riecht hier gut ... Da sind wohl gute Sachen drin», und er blieb dort gleich liegen.

Jetzt im Winter hätte er dort gewiß gefroren, wenn nicht der Kamin gewesen wäre, an dessen Schornstein er sich schmiegen konnte. Die Auspolsterung mit Decken und Kissen. Auch eine Nachttischlampe hatte Katharina hineingestellt, die gab Licht und etwas Wärme. Nur vorsehen mußte man sich, daß kein Lichtschein unter den Dachpfannen hindurch nach draußen drang.
Er machte es sich bequem und wickelte sich in die Decken, und als Katharina die Tür schloß, sagte er: «Das erinnert mich an zu Hause, als Kinder haben wir uns auch solche Höhlen gemacht.»

Katharina legte sich auf das Bett und horchte, sie hörte das Blut in ihren Schläfen klopfen.
Jetzt wälzte er sich in der Abseite und räusperte sich.
Als endlich Ruhe eingetreten war, dachte sie an Eberhard: Alles stehen- und liegenlassen, hatte er gesagt, und: gleich morgen? Wie stellte er sich das vor? Wie sollte man das denn machen?
«Bist du allein?» hatte er gefragt.
Und der Mann in seinem Versteck dachte an die dunklen Tage, die vor ihm lagen. Es war ja eigentlich ganz ausgeschlossen, daß er es schaffen würde.
Hoffentlich ist bald Schluß, dachte er.

Der eine Tag

Am nächsten Morgen kroch der Mann lange nicht hervor aus seiner Höhle. Katharina saß im Sessel und horchte, aber aus der Abseite kam kein Mucks. Ab und zu war es ihr so, als ob er sich darin drehte und wendete, und manchmal hörte man ihn schnaufen.

Aus dem Nachtschrank nahm sie ihre Schmuckschatulle und probierte Ringe auf. Sollte sie sich denn ihre Perlenkette umlegen? Das Medaillon, das sie immer trug, nahm sie ab.
Das Radio anstellen? Besser nicht, das würde ihn aufwecken. Und wenn er bereits wach war, ihn aus seiner Höhle herauslocken. Und dann säße er da, und was sollte sie denn mit ihm anfangen?
Und dann der lange Tag!
Sie blätterte in einer alten Zeitschrift und horchte.

Man hatte sich zwar an ihr Eremitendasein gewöhnt: «Immer sitzt sie da oben herum ...», und das Tantchen sagte gelegentlich: «Sie hat zwei linke Hände» und: «Sie sieht die Arbeit nicht», und es geschah, daß man sie überging, wenn es was zu tun gab. Aber jetzt dachte Katharina: Ich könnte ja mal ein wenig mit anpacken, da unten. Und sie legte die Zeitschrift zur Seite und stand auf.
Sie schrieb einen Zettel: «Bitte sehr leise sein! Ich komme gleich wieder!», den deponierte sie vor seinem Türchen. Und dann ging sie rasch und geräuschlos hinaus, damit er nicht etwa

hervorkriechen würde aus seiner Höhle und «Halt!» rufen. Vielleicht war er ganz froh, allein zu sein?
Kam noch einmal zurück und schloß das Nachtschränkchen zu, in dem ihr Schmuck lag, und ging hinunter.

In der Halle war es kalt. Die Fenster standen offen, Sonja machte sauber. Peter saß am Tisch und sah in sein Mikroskop. Er hatte einen Tropfen von dem Heusud auf das Objektiv gelegt, ob sich schon etwas regt? Aber da lag noch alles still und stumm. Noch war die Welt nicht erschaffen, wie sehr er auch am Tubus drehte. Sonja, mit Kranz um den Kopf, durfte mal hindurchsehen, nein, da regte sich nichts.
«In der Ukraine haben wir viel größere Mikroskope», sagte sie und ging hinaus.

Katharina trödelte von einem Zimmer ins andere.
Im Billardzimmer, kalt, lagen drei Kugeln auf dem Tisch. Sie stieß eine an, die rollte an die Bande, kam zurück und lief ins Leere.
Das Geschirr einräumen: die Teller – alle angestoßen! – Aber was war dagegen zu machen?
Das Silber – sie zählte die Teelöffel, und das kam ihr komisch vor, es waren drei zuwenig! – Alle lagen fein in Samt gebettet eng nebeneinander, aber nicht vollständig! In der Tauentzienstraße hatte sie sich doch auf vierundzwanzig Personen eingerichtet?

Nun kam das Tantchen, und als sie sah, daß Katharina sich am Besteckkasten zu schaffen machte, rief sie: «Was machst *du* denn da? – Was soll denn das?» Und sie nahm ihr den Kasten aus der Hand.
«Teelöffel fehlen?» – Sie weiß es auch nicht, Teelöffel gehen

leicht mal verloren, die wischt man denn so mit dem Sauerkraut in den Abfalleimer ... Vielleicht sind sie ja noch in der Küche?

Oder etwa die Mädchen? – Aber die wohl nicht, die mußten ja damit rechnen, daß man sie kontrollierte ...

Und dann sah sie Katharina an und sagte: «Du siehst ja aus wie Glaube, Liebe, Hoffnung! Als ob du die ganze Nacht durchgetanzt hast ...»

Der Pfau war in der Nacht gestorben. Er war von seiner Stange gefallen und lag auf der Tenne. «Soll ich ihm nicht ein paar Schwanzfedern ausreißen? Als Zierde würden sie sich gut machen?» fragte das Tantchen.

Und noch etwa Neues gab es: «Denk mal – Drygalski horcht nun schon an den Fenstern!» – Sie habe Fußspuren entdeckt, vom Trampelpfad aus zum Saal hin, er sei also offenbar vom Park her auf die Terrasse gestiegen – deutlich die Spuren zu sehen. «Die habe ich natürlich sofort weggefegt. Womöglich steigt er eines Tages sogar zu dir hinauf!» – «Fensterln» nenne man das in Bayern.

Katharina faßte sich an den Kopf. Die Spuren! Daß sie daran nicht gedacht hat!

Peter besah sich inzwischen sein eigenes Auge, das von dem kleinen Spiegel übergroß in den Linsen reflektiert wurde. «Man sieht sein eigenes Auge», sagte der Junge. Und als er es ihr zeigen wollte, man könne sein eigenes Auge sehen, riesengroß!, schrie sie: «Nein!»

«Was ist denn los mit dir?» fragte das Tantchen. «Seit wann bist du so gereizt?», und sie ließ es sich von Peter zeigen, das eigene Auge, wie es einen anguckt, unverwandt und ernst.

Katharina schloß die Fenster und setzte sich an die Schatulle, die aufgestellten Fotos und die Tassen, alles wegschmeißen? alles kaputtschlagen? Hier hatte doch immer Eberhards kleine angekokelte Meerschaumspitze gelegen? Sie würde sich schon wieder anfinden … Sie nahm Eberhards Briefe heraus und ordnete sie der Reihe nach. Sie las sie nicht, sie kannte ja jede Zeile, ihr Blick glitt darüber hin, aber einzelne Worte sprangen doch heraus. Und ihr gemeinsames Leben glitt geschwind an ihr vorüber. Die frühen Jahre, und wie er ihr das Leben auf dem Lande schmackhaft gemacht hatte? «Du sollst mal sehen …!», so in diesem Stil. Wie sich seine Schrift verändert hatte in den wenigen Jahren. Das Kindliche war in die Männerhandschrift eingegangen.

Sie erinnerte sich an seine Angewohnheit, die Briefe nach dem Schreiben immer noch ein letztes Mal durchzulesen und flüchtig geschriebene Buchstaben zu ergänzen. Hier ein i-Punkt, dort eine Schleife unter das G, und dabei den kleinen Finger abspreizend? Als ob er es gutheißen müßte, was er da geschrieben hat? Und «siehe», es war alles gut?

Nichts war gut. Die englischen Stahlaktien, die rumänische Reismehlfabrik – alles Geld futsch. Und das Land auch. Und in dem «Wanderer» würde jetzt ein General herumkutschiert werden, von hier nach da.

O du lieber Augustin, alles ist hin?

Aber irgendwie auch Gott sei Dank! Wie hätte denn jetzt der große Betrieb regiert werden sollen – sie hatte doch keine Ahnung?

Sie horchte, ob sich oben irgendwas muckst. Daß der Fremde in völliger Verkennung der Lage vielleicht die Tür öffnet und oben auf der Treppe erscheint!? Auch er hatte nicht an die Fußspuren gedacht.

Also noch vorsichtiger sein.
«Mir lief es siedend heiß über den Rücken», so würde sie später davon erzählen. «Der Mann hatte nicht einmal die Spuren beseitigt!»
Später, wenn alles vorbei war.

Unter den Briefen fand sie Postkarten aus Berlin, Olympiade 1936, Eberhard war allein gefahren, «wegen der Pferde ...». Und sie hatte mit Lothar Sarkander die Tour an die See gewagt. Hotel «Isabelle». Lange waren sie an der See auf und ab gegangen, er hatte ihre Hand gefaßt, was er nicht sollte, und es war spät geworden.
Sie legte die Postkarten zu den Briefen. «Schade, daß Du nicht dabeisein kannst!» hatte Eberhard aus Berlin geschrieben.
Sollte sie in dieser Stunde an ihn schreiben? Alles schön und gut? Hier ist alles schön und gut? Stell dir mal vor, der Pfau ist tot? – Oder sollte sie Sarkander anrufen? Ihn an den einen schönen Tag erinnern? Er war so ganz anders gewesen als Eberhard.
Nein, es war wie eine Abmachung zwischen ihnen, der Tag wurde nicht erwähnt.

Das Tantchen kam mit einem Bündel Pfauenfedern wieder herein. Sie steckte sie hinter die Ahnenporträts. Ist es besser so? oder so?
Sie bot auch Katharina eine an, für ihre Wohnung oben. «Dies ist die schönste, soll ich sie dir hinauftragen?»
Und wieder rief Katharina lauter als nötig: «Nein!»
Brachten Pfauenfedern nicht Unglück? – Sie mußte an den alten Globig denken, der sich immer so eigen gehabt hatte mit dem Tier, und daran, wie Eberhard sie frischgebacken ihm zuführte, «dies ist meine Frau», und der sie dann abends immer

auf besondere Weise umarmt, und später, als er schon lag, nach ihr gegriffen …

Katharina bündelte die Briefe und tat sie in die Schatulle. Sie stellte sich zu den Mädchen in die Küche und sah ihnen zu, und die waren ganz verdutzt, das kannten sie nicht, daß Katharina sich zu ihnen stellt und ihnen zuguckt. Sonja rührte in der Suppe, und Vera bügelte die Wäsche.
Drei Teelöffel futsch? Sollte man eine Untersuchung anstellen? Das Kütnerhaus durchwühlen? – Es war ja sowieso alles ganz egal?
Sollte man die Polizei rufen?
Den Mädchen war es unbequem, daß Katharina bei ihnen stand, und sie suchten sie abzudrängen.
Und Katharina wußte ja auch gar nicht, was sie in der Küche eigentlich wollte.

Sie dachte an den Mann da oben.
«Ich werde die Zähne zusammenbeißen», dachte Katharina. Es ging ja nur um diesen einzigen Tag. In der Nacht noch würde er wieder nach Mitkau gehen und von Pastor Brahms weitergeleitet werden. Den Tag und eine halbe Nacht galt es zu überbrücken.
«Das Schlimme war», so würde sie später zu Felicitas sagen, «daß ich niemanden auf der Welt einweihen konnte. Niemand durfte es wissen.» Was Onkel Josef wohl für Augen machen würde? Und die Kusine in Berlin?
Die ganze Sache war ja eigentlich ein dolles Ding.

Nun fingen die Ukrainerinnen an zu singen mit ihren schrillen Stimmen. Weiß der Himmel, was das für Lieder waren. Vielleicht Aufrufe zum Freiheitskampf? Nein, sie sangen:

Isch waiß nisch was soll es bedeiten,
daß isch so traurich bien ...

Heinrich Heine: Das Lied hatten sie in der Schule gelernt. Eberhard hatte sich die beiden beim letzten Urlaub vorgeknöpft, daß sie seiner Frau beistehen sollten, hatte er zu ihnen gesagt. Aber das taten sie ja sowieso, denn Katharina war sanft in ihrer Art. Es hatte nie einen Streit gegeben, sie hatte den Mädchen abgetragenes Zeug geschenkt und dem Polen hin und wieder etwas Tabak.

Eine andere Sache waren die Ohrfeigen, die Eberhard verteilt hatte im ersten Jahr. «Man muß diese Leute von vornherein hart anfassen», hatte er gesagt. Und das hatten sie bestimmt nicht vergessen ... Die Mädchen waren doch freiwillig gekommen? Und dann Ohrfeigen? Damals hatte er noch gemeint, er müsse forsch auftreten. Das hatte sich dann gegeben.

Auf dem Hof stand Wladimir und hackte Holz. Er hatte wochenlang Holz gehackt, und er hatte es säuberlich zu einer Wand aufgeschichtet.

Noch immer trug er den Militärmantel und die viereckige Mütze. Einen gestickten Buchstaben trug er auf der Jacke: «P» = Pole. Weiß auf violettem Grund.

1939 hatte er den Einmarsch der Russen in Polen erlebt, er war von den Sowjets geschnappt und abtransportiert worden. Eine Nachbarin hatte ihn verraten, die hatte, ohne ein Wort zu sagen, auf das Kellerloch gezeigt: daß da ein polnischer Soldat sitzt. Aber im letzten Augenblick hatte er sich davonmachen können. Und dann war er bei den Deutschen gelandet. Auf einem Krad waren sie ihm entgegengekommen, und ins nächste Gefangenenlager hatten sie ihn gebracht.

Gern hätte Wladimir davon erzählt, daß die Russen seine Kameraden in einen Graben geschubst hatten und erschossen! Aber das behielt er für sich. Dem Tschechen im Waldschlößchen hatte er das mal erzählt, und damit war er sehr schief angekommen. Seitdem war Feindschaft zwischen ihm und dem Tschechen.

Im deutschen Gefangenenlager hatte er das Essen ausgeben dürfen, und dann war er zu den Globigs gekommen, und er hatte gleich das Sagen auf dem Hof. Ihm hatte Eberhard keine Ohrfeigen gegeben.
Wladimir tat seine Arbeit, und damit war es gut.
Er besaß eine mit Leukoplast geflickte Brille, die setzte er auf, wenn er in der Bibel lesen wollte, denn Wladimir war fromm. Ab und zu kam der Priester vorbei und sprach mit ihm. Wisperte so hinter der Stalltür ... Einmal hatte er ihm einen Brief gebracht, aus der Heimat. Ja, seine Leute lebten noch. Gleich hinter der Grenze, gar nicht weit. Aber unerreichbar ...

Schon seit Tagen verstärkte Wladimir den großen Wagen mit Brettern. Daß es bald auf die Reise gehen würde, hatte er mitgekriegt. Aus Gumbinnen hatten die Russen im vorigen Herbst nur mit Mühe vertrieben werden können, Luftlinie 60 Kilometer! Die schlimmen Fotos des Massakers, das sie angerichtet hatten, waren in allen Zeitungen zu sehen gewesen. Und das war nur ein Auftakt gewesen, sie würden wiederkommen.

Wladimir hackte Holz, die Mädchen sangen. Und das Tantchen hängte in der Speisekammer die Würste um, sie ordnete sie der Größe nach. «Das werden auch immer weniger», sagte sie laut. «Und die Äpfel müssen umgedreht werden, sonst kriegen sie Stellen!»

Jetzt kam Dr. Wagner, klopfte die Schuhe ab, sagte «Guten Tag» und schnappte sich Peter. «Mein Junge, heute sind die unregelmäßigen Verben dran. Komm gleich mit nach oben!» Für Äpfel hätte er auch Verwendung gehabt, aber die bot man ihm jetzt nicht an. «Was sollen denn die Pfauenfedern?» fragte er, «die bringen doch Unglück! liebe gnädige Frau ...», und Katharina warf sie sofort weg.

Sie stieg die Treppe hinauf und horchte an ihrer Tür: alles still. Und als sie aufschließen wollte, stellte sie fest, daß gar nicht abgeschlossen war. Es war offen!
Der Gast stand direkt vor ihr, am Ofen, hatte gerade die Jackentaschen nach außen gedreht und klopfte den Staub in den Kohlenkasten.
«Na, hast du Angst?» flüsterte er.
Ein bißchen verlegen war er, klein, aber festgefügt, mit groben schwarzen Drahtbartstoppeln. Blaß. Jude? Unter einem Juden hatte Katharina sich was anderes vorgestellt. Dieser Mann war keine phänotypische Karikatur! Nein, das schwarze Haar und dieses nette Zucken der Augen. – War es ein Zwinkern? Zwinkerte er ihr gute Laune zu: Wird schon werden? Oder dachte er an sonstwas? – Als er die Jackentaschen gesäubert hatte, kamen die Hosentaschen an die Reihe. Und dann sagte er: «Es ist ja bald vorüber ...», als müsse er sie trösten.
Nein, Angst hatte sie nicht – der Schrecken saß ihr in den Knochen! Die Tür nicht abgeschlossen! Weshalb? Um ihn nicht einzuschließen?
Er habe überhaupt nicht schlafen können, sagte er, kein Auge zugetan, wegen des Geruchs da drin, Schokolade! Tabak! Das sei wohl eine Art Schatzkammer? An den Krämerladen seiner Tante erinnerte ihn das, die Glocke an der Ladentür ...
Und nun endlich konnte er sich waschen. Jetzt um diese Zeit

würde das Wassergeräusch nicht auffallen, es hätte ja auch Katharina sein können. Er wusch sich endlos, und dann rasierte er sich mit Eberhards Apparat.

Katharina suchte ein Hemd von Eberhard hervor, wollene Unterhosen und Socken und reichte ihm das durch die Tür. «Ah!» sagte er, «frische Wäsche.» Auch Eberhards Gartenpullover mit dem eingestickten «EvG» warf sie ihm hin.
Sauber gewaschen und frisch rasiert setzte er sich schließlich an den Tisch. Brot, Eier, Butter und Wurst. Das seien ja Köstlichkeiten! sagte er, an die erinnere er sich kaum noch dem Namen nach ... Und er stopfte alles in sich hinein. Kaute mal nur rechts und dann wieder nur links, zeigte Katharina seine Zähne: «Hier, hinten links!», den Backenzahn habe er sich selbst gezogen!

Der lange Schlaf, das Essen und das abgeschabte Gesicht. Nur das Haar, es wucherte ihm im Nacken. Katharina überlegte schon, ob sie es ihm schneiden sollte ...
Er griff immer wieder nach den «Köstlichkeiten», wie er sagte. «Das sind ja Köstlichkeiten!» Sie lebten hier wohl wie die Made im Speck? «Hast du nichts Warmes für mich?»
Pastor Brahms habe nicht einmal erlaubt, daß er sich die Finger wäscht! Stück Brot in die Hand gedrückt und abgeschoben. «Jeder denkt in Deutschland nur an sich, Egoismus ist groß geschrieben. Nicht einmal die Hand hat er mir gegeben.»
Dann erzählte er von all seinen Fluchten, von einem Versteck ins andere, in Deutschland denke jeder nur an sich ... Und: mehr Angst als Vaterlandsliebe ..., und er flüsterte wieder sein Erstens, Zweitens, Drittens.
Es dauerte nicht lange, und der Mann erzählte von schlimmen Dingen, weit im Osten ... Und Katharina hörte das Unglaub-

liche nun zum ersten Mal in allen Einzelheiten. Nichts wußte sie von Aktionen, von Abholungen und Transporten. Oder doch? Hatte Felicitas nicht Andeutungen gemacht, Rätselgeschichten, die sie allesamt gar nicht so richtig mitgekriegt hatte?
Und Eberhard? Beim letzten Urlaub? Sie solle mal vernünftig sein? In Libau war er gewesen, und er wußte von Vorkommnissen zu berichten, die Katharina alle für sich behalten solle um Gottes willen.
Vorkommnisse, die man sich nicht vorstellen konnte.
«Ich bin froh, daß die Dienststelle aufgelöst worden ist», hatte er gesagt, obwohl dort doch Milch und Honig floß.

Der Fremde erzählte immerfort von solchen Vorkommnissen, und zwischendurch guckte er zum Fenster und horchte an der Tür.
Auf den Dielen hatte er die Stellen markiert, die nicht «knackten», und er ging mit weiten Schritten auf und ab, so als müsse er über große Pfützen schreiten, und dabei repetierte er das Unglück seines Lebens. So wie er da von einer Diele zur andern spazierte, so war auch sein Erzählen: Stück für Stück, lang oder kurz, immer sorgfältig bemessen und geformt und mimisch und gestisch gestützt, repetierte er alles, was ihm widerfahren war.

Früher einmal war es ihm gut gegangen, er war Buchbinder gewesen, in der Staatsbibliothek hatte er beschädigte Bücher restauriert, aber von heute auf morgen hatten sie ihn dann rausgeschmissen. In einem Keller hatte er noch ein wenig weitermurksen dürfen, bis auch das ein Ende hatte …

Die Frau! Die Kinder! – Der Archivar war zu ihm gekommen und hatte gesagt: «Es ist soweit, wir können Sie nicht mehr halten.» Hand auf die Schulter gelegt. «Lieber Herr Hirsch, wir haben nichts gegen Sie ...» Und dann hatte er ihm noch ein paar Tage lang Arbeit zukommen lassen, in sein Kellerloch hinein, und dann war Schluß gewesen. Von heut' auf morgen Schluß. Das Werkzeug hatte er ihm zurückgeben müssen.

Dann zählte er es wieder und wieder her, stoßweise und rhythmisch, was ihm alles widerfahren war, und seine Berichte hatten etwas Anekdotisches an sich, dramatisch durchgeformt, mit Akzenten versehen und von wirkungsvollen Gesten unterstützt. Er habe es satt! sagte er zu Katharina und sah ihr ins Gesicht, gründlich satt!

Etliches gab er doppelt und dreifach von sich. Das eine oder das andere hatte Katharina ja schon zur Kenntnis genommen.
Drei Jahre in verschiedenen Verstecken gelebt, und so weiter und so weiter, manchmal Wochen, manchmal auch nur Tage. Dachböden, Keller. Auch tagelang zu Fuß unterwegs, von einem Stadtteil in den anderen gewandert. Im Kino gesessen. Davon erzählte er immer wieder, und wie unterschiedlich es ihm ergangen war, das hatte er sich genau gemerkt. Hartherzige, unbarmherzige Menschheit ...
Seine Frau! Seine Kinder!
Ja, aber es gab doch auch Menschen, die dir geholfen haben, alter Freund, dachte Katharina, und sie lauschte zwischendurch – psst! –, ob über ihnen sich das Tantchen auf dem Dachboden zu schaffen machte?

Seine Frau. «Warum habe ich mich nur mit einem Juden eingelassen?» hatte sie gesagt. Die schönen Jahre vergessen und nur noch geklagt und nur noch geschimpft! Sogar vom Führer geredet! Und dann hatte sie ihn verlassen, war fortgegangen, mit

den Kindern. Und alles mitgenommen. «Dir ziehe ich das Bettlaken unter dem Hintern weg!» hatte sie gesagt. «Warum habe ich mich nur mit einem Juden eingelassen?» Und wenn er die Kinder streicheln wollte, losgeschrien: «Faß nicht die Kinder an!» Die ja nun Halbjuden. Auch nicht so einfach.
Todtraurig seien sie gewesen, daß sie nicht in die Hitlerjugend eintreten durften.

Während Katharina noch immer überlegte, wie ihr das hatte passieren können, daß sie die Tür nicht abgeschlossen hatte, sagte er wieder und wieder, er habe kein Auge zugetan, die ganze Nacht. Die Mäuse machten ihn nervös, sie huschten hin und her, piepsten, kratzten, er habe sich gar nicht getraut, zu gähnen, aus Furcht, daß sie ihm in den Mund hineinkröchen.
Es gab eine Stelle im Dach, durch die eisiger Wind pfiff. Und die Ritze befand sich direkt über seinem Kopf! Katharina reichte ihm etwas Strickwolle, damit er es schließen könnte, aber: «Wie soll ich das machen» – ungeschickt stellte er sich an. Folianten aus dem sechzehnten Jahrhundert konnte er flicken, aber eine Ritze im Dach? Ein Loch? Katharina kroch selbst hinein in die Höhle und verstopfte das Loch. Hätte nicht viel gefehlt, und er wäre ihr gefolgt.
Als sie wieder hervorkroch auf allen vieren, da mußten sie beide lachen. Das kam ihnen denn doch komisch vor.

Und dann erzählte er weiter von Kellerverschlägen, Dachböden und von seiner Frau.
«Ich bin ja selber schuld. Mein Vater hat mich noch gewarnt: Laß dich nicht mit einer Schickse ein!»

Irgendwann hob er den Kopf und sah Katharina voll an. «Wann kommen endlich die Russen? Wie lange mag es noch dauern?»

Was hielt die Rote Armee davon ab, endlich loszuschlagen? Und sie beugten sich über eine Landkarte: Keine hundert Kilometer entfernt saß sie, zum Sprung bereit, die Rote Armee.
Sollte er sie erwarten oder ihnen entgegengehen? das war die Frage. Aber bei dieser Kälte?
«Wär ich bloß in Berlin geblieben ...»
Den Russen entgegengehen? Die Hände heben und «Ich bin Jude!» sagen. Aber vielleicht machten die dann kurzen Prozeß, sagten: «Spion!» und legen ihn um? Oder: «Jude? Na, und? Das kann ja jeder sagen? Juden haben wir bei uns genug.»

Um ihn auf andere Gedanken zu bringen, erzählte Katharina von ihren Reisen, vom Gardasee – und von Italien.
Auch er war schon mal in Italien gewesen, und zwar in Venedig. Wie sonderbar! Eberhard und Katharina doch auch! Daß Goebbels aus dem Markusdom herausgekommen war, ganz in Weiß, hatten sie beobachtet, und der Fremdling ebenfalls. Sie mußten also direkt nebeneinander gestanden haben!
Warum war er nicht in Italien geblieben? das fragte er sich, und er schlug sich gegen den Kopf. Und Katharina dachte auch: Warum sind wir nicht draußen geblieben, den englischen Stahlaktien nachgezogen, oder nach Rumänien, als es noch Zeit war? – Aber gut, denn die Reismehlfabrik war eine Fehlsache gewesen, durch und durch, man hörte und sah nichts. Da hätte man dann in Rumänien herumgesessen.

Dann mußten sie still sein, denn auf dem Hof hörten sie Wladimir mit den Mädchen sprechen. Sie holten Holz und lachten dabei. Und dann flüsterten sie miteinander. Guckten sie hinauf zu Katharinas Fenster? Auch die Ukrainerinnen amüsierten sich gewiß darüber, daß Drygalski neuerdings an der Saaltür horche, wie das Tantchen es ihnen erzählt hatte.

Und auch sie sprachen vermutlich darüber, ob sie hier warten sollten oder ob es besser sei, der Roten Armee entgegenzugehen.

Als es da draußen endlich still wurde, sagte der Mann: «Hätt' ich doch ... wär' ich doch ...»
Und Katharina dachte: Wär' er doch ...
Sie studierten die Landkarte, Kopf an Kopf, wie weit es bis zur Grenze ist, wo mag der Russe stehen?

Zwischendurch griff der Fremde sich das Blaue Buch «Deutsche Dome», das auf dem Tisch lag. Jaja, die Deutschen, sagte er. Aus ist's mit der Herrlichkeit.
Er trat an die Bücherregale, golden bronzierte Konsolen? und zog einzelne Bücher heraus. Stefan Zweig? Damit solle sie sich man nicht erwischen lassen. Er legte das Buch neben die «Deutschen Dome». Auch ein Buch von Jakob Wassermann fand sich, «Das Gänsemännchen». Und Katharina hatte überhaupt nicht gewußt, daß diese beiden Dichter Juden waren.

Sollte sie ihm ihre Scherenschnitte zeigen? Oder die Fotoalben? Sie duzte ihn nicht, sie sagte «Herr Hirsch» zu ihrem Gast, und: Sie müsse nun nach unten, sonst falle das auf.
«Schon gut, Frau von Globig», sagte er. «Schon gut.» Und das sagte er so, als sei es lächerlich, daß sie eine «von» ist.

Sie ließ ihn allein. Schloß *zweimal* ab, ritsch, ratsch, und ließ ihn zurück, wie er da von einem Zimmer ins andere geisterte und seine Erlebnisse memorierte.
Sie setzte sich die weiße Persianermütze auf und lief in den Wald.
Bloß die Zeit rumbringen, dachte sie, nicht wieder schlimme

Geheimnisse zugeflüstert bekommen und endlose Geschichten von Frau und Kind.
Es war die Frage, ob es dem Tantchen nicht aufgefallen war, daß sie eben so ritsch, ratsch *zweimal* abgeschlossen hatte? Würde sie fragen, ob das neue Sitten sind?
Katharina lief bis an das Ufer der Helge. Das Eis lag glatt und grau vor ihr. Der Wind pfiff ihr um die Ohren. Nebelkrähen krächzten über sie hin. Am Ufer krumme Weiden. Und in der Ferne die große Brücke. Die würde der Fremde meiden müssen, bei seiner Flucht. Wahrscheinlich würde sie bewacht sein. Übers Eis gehen, das war sicherer, ein kleiner dunkler Punkt auf grauem Eis?

Am Ufer lag Holz in Raummetern gestapelt. Es hätte schon im Herbst abgeholt werden sollen. Nun wurde es immer weniger. Und das sah sie dann auch, daß das Boot nicht hereingeholt worden war, im Herbst, und nun war's vom Eis eingeschlossen und verrottete. So verludert alles, wenn kein Mann im Hause ist, dachte sie.

Sie ging am Ufer entlang, auf dem Eis. Der Wind pfiff ihr ins Gesicht. Immer weitergehen, dachte sie, fortgehen und nie wiederkommen.

Auf dem Rückweg kam sie am Grab der kleinen Elfriede vorüber. Sie warf einen kurzen Blick darauf. Für das Grab war ein Obelisk vorgesehen, und der Park sollte später auf das Grab hin umgestaltet werden. Und das war dann unterblieben. Pastor Brahms hatte recht gehabt mit seinen Vorbehalten. Wieso nicht auf dem Gemeindefriedhof das Kind zur Ruhe betten, dort, wo alle liegen? «Wollen Sie denn eine Extrawurst?» hatte er gefragt. «Der alte Herr von Globig liegt doch auch dort?»

Sie blieb stehen, und ihre Gedanken glitten zurück. Eberhard hatte das Kind weggeschoben, wenn es ihn umhalste.
«Ist es nicht ein Bild?» hatte Sarkander im Sommersaal gesagt. – Sie erinnerte sich in dieser Stunde auch daran, daß Lothar Sarkander einmal vor dem Grab gestanden hatte, und er hatte nicht gemerkt, daß sie das sah!

Sie machte einen kleinen Umweg. Bloß nicht so bald zu dem Mann da oben. Die Ruinen des alten Schlosses waren mit Schnee bedeckt. In den zugeschütteten Gewölben hätte sich kein Flüchtling verbergen können.
Sie hätte jetzt gern mit den Leuten im Waldschlößchen geredet. Es war doch sogar ein Italiener dabei ... Nie näher angesehen diese Leute. Vielleicht gebildete Menschen? Doch auch nicht freiwillig hier und gewiß auch einsam – so ganz ohne Frauen?
Nie groß beachtet.

Jetzt trat der Tscheche aus der Hintertür, der Mann mit seiner ledernen Mütze, und er erschrak, als er Katharina sah: Holz wollte er aus dem Wald holen, also stehlen. Katharina grüßte ihn und machte eine Handbewegung, als wolle sie sagen: «Bedienen Sie sich.»
Der Tscheche war nicht freundlich. Ins Gutshaus war er schon einmal vorgedrungen, und Wladimir hatte ihn fortgejagt.
Er kann sich ruhig Holz holen, sagte Katharina zu ihm.
Das tut er sowieso, sich hier Holz holen, sagte er. Das kann sie sich doch denken.
Katharina sah auf die Uhr, sie hätte gern noch etwas mit dem Mann gesprochen, aber der machte sich gleich an die Arbeit, knickte Äste ab. Sie sah ihm zu. Sollte sie ihm denn helfen?

Den Rasierpinsel, den der Mann benutzt hatte, faßte sie mit zwei Fingern an und warf ihn fort. Dann ging sie an die Tür und schloß sie noch einmal ab. Für alle Fälle.

Und dann stellte sie das Radio an, und da wurden Schlager gesendet, und sie schleuderte ihre Stiefel weg und tanzte von einem Zimmer ins andere.
Sie hatte es bestanden, das Wagestück, und niemand hätte ihr das zugetraut!

> Für eine Nacht voller Seligkeit,
> da geb' ich alles hin.
> Doch ich verschenk' mein Herz nur dann,
> wenn ich in Stimmung bin!

In der Nacht kroch sie dann in die Abseite. Das Papier einer aufgebrochenen Tafel Schokolade lag auf der Matratze, da hatte sich der Mann also bedient.
Sie knipste die Lampe an und mummelte sich ein. Dachziegel klapperten, und ein feiner kalter Luftstrahl traf ihr Gesicht. So etwa mußte es Forschern im ewigen Eis zumute sein.

Die Offensive

Noch in der Nacht brach es im Osten los. Ein unaufhörliches Rollen hinter dem Horizont, und der Himmel hell erleuchtet! Das war anders als die Bombardierung Königsbergs. Einzelne Bombeneinschläge konnten damals wahrgenommen werden, aus weiter Ferne. Dies hier war ein unaufhörliches Rollen, das auch zu hören war, wenn man sich die Ohren zuhielt. – Kein Zweifel, da wurde aus tausend Kanonen geschossen, kein Zweifel: jetzt ging es los.

Im Radio hieß es, daß die lang erwartete Offensive der Roten Armee nun losgebrochen sei. Aber niemand von den vertierten Untermenschen aus dem Osten werde je deutschen Boden betreten, sagte der deutsche Kommentator mit fester Stimme, das könnten sie sich gesagt sein lassen! Und vom Herrgott sprach er auch. Aber über diese ruhig verlesenen Trost- und Beruhigungsworte, ja, in sie hinein wurde von irgendwoher häßlich gelacht? «Nun hütet euch, ihr deutschen Frauen und Mädchen, jetzt werden wir euch alles heimzahlen!» rief eine quäkige Stimme, und dann wurde wieder häßlich gelacht im Hintergrund. «Wir werden euern Hochmut brechen.» Doch dann das Pausenzeichen wie gewohnt, ernst und deutsch: Üb immer Treu und Redlichkeit …

Und dann: Heiterkeit zur Morgenzeit, ein Reigen lustiger Weisen.

> Schau nicht hin,
> schau nicht her,

schau nur geradeaus,
mach dir nichts daraus,
schau nur geradeaus!

Das Tantchen kam im Morgenrock aus ihrem Zimmer heraus. Sie klopfte bei Katharina, ob sie das auch hört, dieses Rollen und Bersten?
«Jaja!» sagte Katharina, das hört sie auch.
«Hau ab, gleich morgen früh!» hatte Eberhard gesagt. Und zum Tantchen sagte sie: «Es wird wohl besser sein, wir machen uns auf die Socken?»
Da guckte das Tantchen sie an, wie sie noch nie geguckt hatte. Katharina. War das die Möglichkeit, daß sie aus ihrer Traumwelt aufgewacht war?

Das Tantchen stieg hinunter in der Halle und ging auf und ab. Türen öffnen oder schließen? das war die Frage. Koffer hinuntertragen? Jago begleitete sie, hinauf – hinunter, der wich nicht von ihrer Seite. Sie trat auch vor das Haus und lauschte, ob sie sich nicht vielleicht täuscht? und kam wieder herein. Holte ihre Koffer von oben, alle sauber beschriftet und mit Bindfaden zusätzlich noch verschnürt, und stellte sie mitten in die Halle und setzte sich drauf. So war man denn gerüstet, nun mochte kommen, was will.
Ja, man würde sich auf die Socken machen müssen, doch wie? und wann? – Es war alles nicht so einfach.

Endlich kam auch Katharina von oben herunter, unfrisiert und gähnend, und da saßen sie dann beieinander, und die Sammeltassen in der Schatulle klirrten. Nun würde man also packen müssen. Sie für ihre Person habe das längst besorgt, sagte das Tantchen.

Katharina sagte: «Erst mal noch nicht. Erst mal noch abwarten?» – Gepackt war ja schon, das große Gepäck, das hatte Wladimir bereits besorgt. Das lag schon auf dem Wagen. Es frage sich, ob man einige dieser Sachen vielleicht wieder vom Wagen herunterholt und andere dafür verstaut?
Wladimir wurde gerufen: Ob alles bereit sei? und ob man noch dies und das mitnehmen soll, was er meint?
Schon mal probeweise ein paar hundert Meter fahren, ob auch nichts runterfällt?
Ja, es war alles gepackt und verstaut und mit Segeltuch abgedeckt und festgezurrt mit Riemen und Seilen, das eine oder das andere konnte noch ausgetauscht werden: Eberhards Anzüge vielleicht gar nicht so nötig? Der hatte doch seine Uniform? Aber Bettzeug und Wäsche ...

Auch die Mädchen kamen in die kalte dunkle Halle gelaufen, wo sie ja eigentlich nichts zu suchen hatten, und schauten das Tantchen fragend an. Ob sie das hört, dies Grummeln und Bersten? Ja, sie hörte es, und Katharina hörte es auch. Nun ging es also los. Sollten sie sich darüber freuen? Sie zogen sich einen Stuhl heran und setzten sich zu den beiden Frauen. Sie alle hatten den Mund leicht geöffnet, damit sie besser hören können, und saßen zusammengesunken beieinander. Es war ja auch noch früh am Tage, erst mal abwarten, so schnell schossen die Preußen nicht!

Schließlich stellte sich auch Peter ein, einen Schal trug er um den Hals, denn er hatte noch immer geschwollene Mandeln. Emser Salz oder Formamint, das war die Frage. Das Tantchen hatte noch Eukalyptusbonbons vorrätig, davon gab sie ihm ab.
Ihn bewegte die Frage, ob er seine Eisenbahn einpacken soll?

Die Ritterburg? Und das Mikroskop? Seine Luftpistole hatte er sich hinter den Gürtel gesteckt.
Das Feuer im Kamin wollte nicht angehen, wie sehr Peter auch mit dem Blasebalg für frische Luft sorgte.
Die Frauen saßen fröstelnd beieinander und lauschten, Vera war es, die leise betete. Wladimir ging schon mal hinaus. Vielleicht konnte er noch das eine oder das andere festzurren?
«Wir machen erst mal so weiter», sagte das Tantchen, «bis man uns Bescheid sagt. – Du, Peter, räumst dein Zimmer auf, und ihr Mädels geht wieder in die Küche!» – Brauchte man nicht eine Genehmigung?

«Hast du was?» fragte das Tantchen Katharina, die ins Leere guckte. «Du siehst heute so anders aus? So jung?» Nein, Katharina hatte nichts. Sie kratzte sich am Kopf. Sie wunderte sich. Ein fremder Mann hatte bei ihr kampiert. Alles so schnell vorübergegangen, das Wagestück, war es wirklich vorüber? Oder kam da noch was nach? Würde es ihr anhängen?
Daß das so leicht gegangen war?
Es war ein Schemen, dachte Katharina.
Sie stellte sich ans Fenster, der Morgen graute, und da draußen gab es allerhand zu sehen: In der Siedlung standen die Menschen auf der Straße und horchten und erzählten einander, daß es in der Ferne donnert und blitzt.

Auf der Straße war es lebhafter geworden, einzelne Motorräder knatterten an Georgenhof vorbei – und da! man hatte es schon kommen sehen: Ein Kübelwagen der deutschen Wehrmacht raste die schneeige Straße heran. Es trug ihn aus der Kurve, und er stürzte den Abhang zur Siedlung hinunter. Ein General saß darin, und der war sofort tot! Peter beobachtete es mit dem Fernglas seines Vaters, einen General hatte er noch nie gesehen, die roten Biesen an den Hosen … Und nun sah er sogar einen toten! Eben noch den Fahrer angeschrien: Los, fahren Sie, fahren Sie schneller! – Ausgerechnet heute nicht bei der Truppe … Dann Kobolz geschlagen, sich gestreckt und – aus?

Fahrer und Beifahrer trugen den toten General in ein Siedlungshaus, den wackelnden Kopf hielt einer fest. Deutsches Kreuz in Gold. Vor dem Haus versammelten sich die Frauen aus der Siedlung und Kind und Kegel, und auch die Männer vom Waldschlößchen kamen gelaufen, die wollten auch den toten General sehen.

Drygalski scheuchte die Fremdarbeiter fort: Das war ja wohl die Höhe, daß die sich hier am Anblick eines toten deutschen Generals weiden wollten? Und die Frauen aus der Siedlung fragte er, ob sie nichts zu tun haben?

Die Frage stellte sich: Was nun? wo beerdigte man einen General? Vielleicht in die Heimat verbringen?

War das auch Heldentod?

Und: Was würde die Truppe da vorn nun machen, so ganz ohne Führung? Aber es gab ja gewiß nicht nur einen General.

Er telefonierte mit seinem Amtsapparat die Partei an, in Mitkau. Aber die Partei war nicht zuständig, auch die Ortskommandantur nicht und nicht die Polizei. Ein Rudel Hitlerjungen kam herbei, aber den toten General kriegten sie nicht zu sehen, wie sehr sie sich auch vor der Haustür drängten. Drygalski hielt ihnen eine kleine Rede. Er sprach von einer Bewährungsprobe, die es zu bewältigen gelte, und gab ihnen Instruktionen: Nach Mitkau sollten sie marschieren und sich melden. In diesen Tagen gab es wieder mal viel zu tun für die deutsche Jugend. Erst mal melden dort, das Weitere würde sich finden. Endlich kam ein Wagen und holte den Toten. Die Frauen falteten die

Hände, als man ihn einlud, und Oberwart Drygalski grüßte mit ausgestrecktem Arm.

Das Rollen hinter dem Horizont, das Beben des Bodens. Es stampfte und rüttelte, und man konnte einzelne besonders starke Explosionen voneinander unterscheiden. Wieviel Kilometer mochten es sein bis zur Front? Hundertfünfzig? hundert? oder fünfzig? Eigentlich ja noch sehr weit, aber *so* weit auch wieder nicht.

Nun kam aus Mitkau eine Reihe von Sankras, sie fuhren langsam vorüber, das rote Kreuz groß und breit auf dem Dach und an den Türen, einer hinter dem andern: Das Mitkauer Lazarett wurde evakuiert. Auch einzelne Pferdefuhrwerke suchten ihren Weg. Und ihnen entgegen flitzten zwischenhin die flinken Kräder der Melder.

Haltet aus! Haltet aus! Haltet aus im Sturmgebraus!

Aus der sich lang hinziehenden Sanitätskolonne scherte ein einzelner Soldat aus.

Sag beim Abschied leise Servus …

Es war der einhändige Pianist, der in Georgenhof mit der Geigerin so schön Schlager gespielt hatte, erst ein paar Tage her und doch schon bald nicht mehr wahr!
Er kam auf den Hof gelaufen und knallte die Hacken zusammen. Nur eben schnell mal eingucken, ob auch alles in Ordnung ist. Und ob Fräulein Strietzel noch da ist? Wenn sie noch da ist, dann wäre es am besten, sie fahre gleich mit, das ließe sich ohne weiteres deichseln.

Nein, die Geigerin war nicht mehr da, die war längst in Allenstein. Oder war sie sonstwo?

Eine Rote-Kreuz-Armbinde trug der Soldat jetzt, und während draußen ein Fuhrwerk hinter dem anderen Verwundete davonschaffte, erzählte er den Frauen, wie fabelhaft alles organisiert ist: «Sofort räumen!» war gerufen worden, und die Schwerverwundeten und frisch Operierten hatte man augenblicklich hinausgetragen aus dem Kreiskrankenhaus. Das medizinische Gerät mußte freilich zurückbleiben, die neuen Röntgenapparate zum Beispiel, die erst vor kurzem aufgestellt worden waren. Ob die Frauen sich vorstellen könnten, wie teuer so ein Ding ist? fragte er.

Er werde die Stunden hier nie vergessen! sagte er dann auch noch, die Abendstunden im Georgenhof. Und dann beugte er sich zu Katharina hinunter und sagte: «Sehen Sie zu, daß Sie hier wegkommen, noch ist's Zeit!»

Ging fort und kam noch einmal zurück. Eine Frage hätt' er noch, diese phantastische Leberwurst neulich, ob sie davon noch was hätten? Nun, wo alles den Bach runtergeht? – Ja, sie hatten noch was davon, schnell ein Stück abgeschnitten und ab die Post!

Er winkte dann noch von der Straße herüber mit seiner einen Hand und sprang auf das nächste Sanitätsauto und auf und davon. Was für ein lieber Mensch?

Am Nachmittag donnerte es noch immer hinter dem Horizont, aber ewig konnte man nicht in der Halle sitzen, man hatte noch dies und das zu tun. Die Vorhänge vielleicht noch waschen, bevor man davonging? Und alles gründlich saubermachen?

Dr. Wagner hatte es trotz des Durcheinanders gewagt, sich hinauszustehlen aus der Stadt. Dort wimmelte es ja wie in einem Ameisenhaufen, alles rennet, rettet, flüchtet ... Immer mit der Ruhe, nach dieser Devise hatte er gehandelt, nichts wird so heiß gegessen, wie's gekocht wird. Auf dem Richtweg hatte er sich trotz des Schnees bis zum Georgenhof durchkämpfen können. Und da saß er nun bei Peter am Tisch mit seiner ungeputzten Brille, das Schleifchen des Eisernen Kreuzes am umgeklappten Revers, und kaute an seinem Wurstbrot. Er saß hier zu Recht, er tat hier seine Pflicht, Schule geschlossen, einem deutschen Jungen Privatunterricht erteilen? Daran konnte man ihn nicht hindern.

Für den Volkssturm war er zu alt. Obwohl er sich noch ganz schön jung fühlte.

Gerade hatte er dem Jungen vorgemacht, was Trommelfeuer bedeutet: Er hatte mit allen zehn Fingern auf den Tisch getrommelt und zwischendurch immer wieder mit dem Handballen als schwere Artillerie auf die Tischplatte getrumpft. – Als Soldat müsse man hin- und herhüpfen können wie ein Hase! Er hatte seinen Jackenärmel aufgestreift und das Hemd und hatte seinen bloßen Arm vorgezeigt, wo eine längliche Narbe zu besichtigen war: Chemin des Dames 1916. Am besten in einen frischen Granattrichter springen: wo's *ein* Mal einschlägt, schlägt es so leicht kein zweites Mal ein. Begriffe wie «das Feuer vorverlegen» und «Feuerpause» erläuterte er, und das Wort «Materialschlacht» kam auch vor. Und: daß nicht jede Kugel trifft.

Auf dem Tisch lag der Handatlas, Chemin des Dames wurde aufgesucht, und außerdem wollte man denn nun doch sehen, aus welcher Gegend das Brüllen der Kanonen kam. Das mußte hier oben irgendwo sein.

Da wurde die Haustür aufgestoßen. Drygalski betrat mit seinen braunen Schaftstiefeln lauter als nötig, an dem erschrockenen Jago vorbei, ohne weiteres die Halle und schrie ins Treppenhaus: «Hallo, ist hier keiner?» Der Hund rutschte vor Schreck mit den Hinterpfoten auf den Fliesen aus! Heil Hitler!
Was all die Koffer sollen, die da mitten in der Halle stehen? fragte er. «Wollen die Herrschaften verreisen?»
Er hatte einen toten General abtransportieren lassen, das war ihm zu danken gewesen – alles so Sachen, an die sonst kein Mensch denkt, stundenlang telefoniert, rumgeschrien und für Ordnung gesorgt.
Nun schickte er sich an, die Treppe hinaufzusteigen zu Katharina, die, den Schlüssel in der Hand, sich über das Geländer beugte und, Heil Hitler, «Ja, was ist denn?» fragte.
Auch das Tantchen, das sich gerade mit ihren Zeitschriften beschäftigt hatte, ordentlich zusammengelegt und mit Bindfäden zu Bündeln geschnürt – zehn Jahrgänge! das waren doch auch Werte! –, öffnete ihre Tür. Was denn los sei, wollte sie wissen, Heil Hitler. Und auch Peter guckte aus seiner Stube heraus.
Drygalski hastete die Treppe hinauf und in der Dunkelheit des Korridors stolperte er über Peters Uhrwerkeisenbahn und schrie: «Was ist das hier für eine Wirtschaft!» und fußballte Peters Eisenbahnwaggons in die Gegend. «Das ist ja ein richtiger Saustall!»

Er brachte die Nachricht, ein Ehepaar aus dem Osten müsse untergebracht werden, das bedeute für die Globigs also Einquartierung, «und zwar zoffort! – Platz haben Sie ja genug …»
Am Nachmittag würden die Leute kommen, mit Sack und Pack, ein Zimmer müsse dafür geräumt werden, «und zwar zof-

fort!», man könne diese Leute ja nicht gut im Kuhstall unterbringen.
Er zog eine Verfügung aus der Tasche und zeigte sie vor. «Bei Nichtbefolgen ...» und so weiter. Und dann ließ er sich Elfriedes Zimmer zeigen, das seit zwei Jahren leer stand.
Die Puppenstube, mit Möbeln fein eingerichtet, das Puppentheater, in dem Kasper, Tod und Teufel über der Brüstung lagen, auch die Strickhexe, aus deren Bauch eine meterlange Schnur heraushing. Über der Tür ein weiß gerahmtes Bild mit nackichten Heinzelmännchen, die ein Blumengebinde in die Höhe heben.
Und an der Wand über dem Bett: «Lasset die Kindlein zu mir kommen», Markus 10, Vers 14, ein Stahlstich des Heilands, wie er den Kleinen die Wange tätschelt, und die Großen stehen nachdenklich seitab. Der stammte noch von den Großeltern.
Im Schrank lagen die Sachen des Kindes. Wäsche und Pullover, da hingen auch die Kleidchen, die schwarze Strickjacke mit der grünen Passe und den Silberknöpfen, die sie sich so gewünscht hatte. Motten schwirrten heraus.

Das Bett war weiß bezogen: Auf dem Kopfkissen das Foto des toten Kindes, krause Zöpfe und das Haar krisselig, und die Hände gefaltet um einen Maiglöckchenstrauß.
Na, wunderbar, das Zimmer sei doch groß genug, sagte Drygalski und zog die Vorhänge zur Seite. Fenster auf: mal ordentlich frische Luft reinlassen. Schön nett sein zu den Volksgenossen, die hier aufzunehmen waren, die hätten Schlimmes erlebt!

Am Fenster stand er eine Weile und lauschte dem Grollen. Hinter ihm das Tantchen und Katharina, die lauschten auch. Aber in der Siedlung stieg, wie immer, Qualm aus jedem Schorn-

stein. Da sah man die Menschen sogar Schnee fegen. Es hatte alles seine Ordnung.
Um was für Leute handle es sich bei der Einquartierung? fragte das Tantchen. Und wieviel Miete könne sie von denen verlangen?
Das ärgerte Drygalski, und er schrie was von Volksgemeinschaft! und der Ton, den er anschlug, war ganz unmöglich.
«Miete? Was denken Sie denn, diese Leute haben alles verloren!»
Ein Jammer, daß die Eisenbahnstrecke unterbrochen war, sonst hätte man die Flüchtlinge gleich weiterleiten können, ins Reich. Organisatorisch wäre das ohne weiteres zu machen gewesen!

Nun kam auch Studienrat Dr. Wagner aus Peters Zimmer, Heil Hitler, und stellte sich dazu.
Ob die Front halte? wollte er von dem Amtsträger wissen. Und in diesem Augenblick schwoll der untergründige Lärm im Osten an, es mochte ein Windstoß gewesen sein, der das Krachen der Detonationen verstärkt hatte.
«Was machen *Sie* denn hier?» schrie Drygalski. Hier in aller Ruhe im Warmen zu sitzen, wo draußen der Teufel los ist, das gehe aber nicht …

Dr. Wagner zeigte in östliche Richtung und riskierte es, den Amtsleiter um Rat zu fragen: Vom Ersten Krieg hatte er zwar seine Erfahrungen, Chemin des Dames, aber er wollte es denn doch genauer wissen: Wenn er sich nicht irrte, war das doch wohl Trommelfeuer, was es da zu hören gab? Von deutscher Seite, oder von seiten der Roten Armee, das war die Frage.
Sie lauschten nun allesamt, so wie man früher den Führerreden gelauscht hatte, aber die Frage des Studienrats blieb unbeantwortet. Die Flugzeuge, die jetzt über das Haus flogen, waren

jedenfalls deutsche. Die würden es den Russen schon zeigen. Fehlte nicht viel, und Drygalski hätte ihnen mit der Mütze zugewunken.

Drygalski hob die Versammlung auf. Er drehte sich zur weiteren Besichtigung des Hauses um, er müsse Katharinas Zimmer sehen …

«Das ist privat», sagte sie und drängte rasch an ihm vorbei und schloß sich ein.

Drygalski wollte die Treppe schon wieder hinuntersteigen, sagte dann aber doch: Nein, er müsse darauf bestehen … und pochte an die Tür: und Katharina ließ ihn notgedrungen ein, das Bett war noch ungemacht …

«Aha!» sagte Drygalski und schüttelte den Kopf, ungemachte Betten duldete er zu Hause nicht.

«Das ist ja eine richtige Wohnung! ein Schlafzimmer, ein Wohnzimmer und *noch* ein Wohnraum? Na, wunderbar! – Eigne Toilette?» Da könne der Junge ja notfalls bei ihr einziehen, und die Tante ebenso? Wenn weiterer Wohnraum gebraucht werde, dann müsse man eben zusammenrücken.

Sein Blick fiel auf die Bücher, die auf dem Tisch lagen. Heinrich Heine? Stefan Zweig? Heine war doch wohl Jude gewesen? Na, das war ja alles sehr, sehr interessant.

«Deutsche Dome allerdings …» Und er nahm den Bildband in die Hand und hielt ihn Dr. Wagner hin, der hinter ihn getreten war: «Mit *so was* sollten Sie sich beschäftigen!» rief er.

Auch Dr. Wagner wollte Katharinas Wohnung sehen, die Gelegenheit war günstig. Er stellte sich auf die Zehenspitzen: Auf dem Nachttisch lag ein geöffnetes Tablettenröhrchen? – Er konnte einen Blick auf die «Kauernde» werfen, ein Weibsbild, das ja wohl nackicht war? Unnatürlich war die Haltung – aber

der Künstler mochte sich etwas dabei gedacht haben. Die Medea an der Wand war ein ganz anderer Schnack als diese verdrehte Gestalt dort auf dem Podest.
Diese Frau lebte hier recht gemütlich, das war zu sehen: kleine Sesselchen, und auf dem Tisch ein Obstteller mit Äpfeln? Regale voll mit Büchern? Ein hübscher Wintergarten, jetzt von klarer kalter Sonne beschienen? Er dachte an seine eigene, sehr dunkle Wohnung in Mitkau, in der Horst-Wessel-Straße, an der immerfort Fuhrwerke vorüberfuhren zum Schlachthaus und sonstwohin, und er sah, wie schön es Katharina hier hatte.
«Manchen gibt's der Herr im Schlafe.»
Gewiß, er hatte es auch behaglich, sein zwar dunkles, aber geräumiges Studierzimmer, das Eßzimmer mit dem Seestück über dem Büfett, das Herrenzimmer und das Schlafzimmer ... und sogar noch eine kleine Kammer zum Hinterhof hinaus, in der seine Mutter gestorben war: Auf dem Fensterbrett stand noch immer ein Hyazinthenglas mit einer verwelkten Hyazinthe darin, das Wasser darin gewiß voll toten Planktons. Alles wunderbar, aber: Fuhrwerke fuhren vorüber, sehr oft! Es war oft nicht zum Aushalten!
Und hier? Hier hatte alles einen ganz besonderen Stil? Orangerote Stores? Warum hatte man sich keine orangeroten Stores gekauft? Und: ein Ausblick auf den Park?

Drygalski stieg wieder hinunter und besichtigte den Sommersaal – unbeheizbar und steht voll Kisten und Kasten? Und: «Nicht zu verdunkeln!», wie das Tantchen bemerkte. – Auch ins Billardzimmer wurde ein Blick geworfen, und er stieß eine der Kugeln an, und die traf sofort eine andere, und die knallte gegen eine dritte. War Drygalski denn ein Mann, der immer traf?

Die Halle inspizierte er so, als ob er die Möbel mit Kreidekreuzen für eine Auktion markieren müsse.
Aha, Bilder. «Sind das die werten Ahnen?»
Und die Ahnen guckten zurück mit ihren aufgerissenen Augen. Ahnen, die ihr Lebtag zum Deutschtum gestanden haben mochten.
In der Halle könne durchaus Stroh ausgebreitet werden für einen Sammeltransport, sagte er nachdenklich, das Waisenhaus von Tilsit stehe noch zur Belegung an ... Doch hier mischte sich das Tantchen schnell ein. «Aber die Toiletten», sagte sie, «die reichen für eine solche Belegung denn doch wohl nicht hin und nicht her.» Die vorhandenen seien sowieso dauernd verstopft, daran seien die beiden Ukrainerinnen schuld.

Drygalski stand in der Halle, genau in der Mitte, unter dem aus Geweihen verfertigten Kronleuchter, und sann nach, ob man den Sommersaal nicht doch irgendwie flottkriegen könnte und die Halle und das Billardzimmer ..., und die Frauen standen um ihn herum und überlegten, wie das zu verhindern wäre, und sie beobachteten ihn, wie er da stand und nachsann. X-Beine hatte er, der Amtsträger, das war nicht zu leugnen. – Komisch sei das, sagte Drygalski, der General da unten, daß der nicht inmitten seiner Soldaten gefallen sei, sondern durch einen Autounfall umgekommen. Gerade jetzt, wo die rote Flut anbrande – ein solcher Mann sei doch gewiß schwer zu ersetzen. – Das Leben habe er ihm ja nicht gerettet, aber doch irgendwie den Tod. *Er* sei es gewesen, der es veranlaßt habe, daß er in ein Haus getragen wurde. Und die Gemahlin benachrichtigt, in Hamburg. Sieben Kinder!
Der Fahrer werde gewiß zur Rechenschaft gezogen werden. Vielleicht wäre es besser gewesen für den, wenn er mit draufgegangen wäre.

Den Keller noch besichtigen? – 1605? – Mit dem Keller war nichts anzufangen, da stand das Wasser fußhoch. – Den hätte man ja auch schon längst mal trockenlegen können! «Unter uns gesagt.»
Eine richtige Schluderwirtschaft war das. Naja, diese Adeligen.

Er stand noch immer in der Halle, neben den bereitgestellten Koffern, und das Grummeln schwoll an und ab. Und er mochte an seine eigene Frau denken, was mit der anzufangen sei, wenn's ernst wird. Auf dem Hof der Ackerwagen der Globigs – ob man auf dem Wagen nicht noch eine Lagerstatt unterbringen könnte für seine Frau? War doch riesengroß, das Ding? Dafür ein paar Kisten und Kasten herunternehmen. Menschen gingen schließlich vor?

Als Drygalski endlich ging, Heil Hitler – das ganze Haus atmete tief durch –, sagte er noch, wenn Peter wieder gesund sei, die Mandeln abgeschwollen, dann solle er sich einreihen bei der Hitlerjugend! Und zwar «zoffort»!
Der Hund Jago rollte sich wieder ein, wenn er auch die Ohren spitzte, und das Tantchen beugte sich über ihre Koffer – es war alles nicht so einfach – und trug sie erst mal wieder hinauf in ihr Zimmer.
Katharina schloß sich ein. Und jetzt erst, als sie die Tür hinter sich geschlossen hatte, standen ihr die Haare zu Berge. «Es hing am seidenen Faden», sagte sie laut. Wenn Drygalski nun einen Tag eher gekommen wäre und den Juden entdeckt hätte! Dann wäre alles aus gewesen. Was für eine Fügung, daß der Mann schon in der Nacht weitergezogen war. Noch ehe die Front aufbrüllte, war er davongehuscht. Wo mochte er jetzt stecken? Am Ende käme er womöglich noch einmal zurück? Vorm Feuerwall wie vor einer Dornenhecke zurückgeschreckt?

Sie warf sich aufs Bett.
Das Wagestück war vorüber. Oder kam da noch was nach? Würde es ihr anhängen?
Katharina nahm von ihrem Nachtschrank das Röhrchen mit den Tabletten. Davon nahm sie eine, und dann war schon bald alles gut.
«Es hing am seidenen Faden.»

In diesem Augenblick rief Onkel Josef aus Albertsdorf an. Er hielt den Hörer zum Fenster raus, ob sie das hört? Und ob sie weiß, was das bedeutet?
Und er riet ihr, sich sofort auf den Weg zu machen. Sie selber blieben wohl in Albertsdorf, die drei Töchter und Hanna mit ihrer Hüfte ... Der könne man eine Flucht nicht zumuten.
«Den Kopf werden uns die Russen schon nicht abreißen.»
Und sofort nahm Katharina noch eine Tablette aus dem Röhrchen. Davonfahren mit Sack und Pack? Würde das nicht wie Flucht aussehen?

Der Baron

Am Nachmittag wurde Elfriedes Zimmer dann von einem baltischen Baron und seiner Frau besetzt, Hitlerjungen trugen ihnen die Koffer, Heil Hitler. Die Puppenstube und das Kaspertheater konnten ruhig stehenbleiben, das alles störte nicht. Ob das Mädchen damals in *diesem* Bett gestorben sei, wollte der Baron allerdings wissen, und er nahm das Porträtfoto der Leiche vom Kissen und drückte es dem Tantchen in die Hand. Das hatte hier ja nun wohl irgendwie ausgedient?
Die Frau Baronin kniete sich unterdessen vor das Theater, zog den Vorhang auf und zu und legte die Kasperfiguren in den Kasten. «Ja, der Teufel!» sagte sie, «der ist immer dabei.»
In der Puppenstube stellte sie die Stühle richtig hin. Ein runder Tisch, und im Sessel räkelte sich ein Herr, der räkelte sich da schon lange.

Der Baron saß im Sessel und sah seiner Frau zu. So geschickt! So anstellig! «Tatkraft», das war das richtige Wort. Zupackend war sie, die Frau, und sie ließ sich nicht so leicht ins Bockshorn jagen. Sie schob das Sofa neben das Bett. Das Bett würde für ihren Mann sein, sie selbst würde auf dem Sofa schlafen, das war irgendwie selbstverständlich.
«Das macht mir gar nichts aus.»
Das Bett müsse man nur frisch beziehen, das sei wünschenswert, dann wär' alles in Ordnung. Das Bettzeug stamme doch wohl nicht noch von damals? Das war doch wohl kein Leichentuch?

Der Baron, der kein Junker war, sondern Buchhalter einer chemischen Fabrik, benahm sich, als sei er in diesem Haus ein alter Bekannter. «Das kriegen wir schon!» sagte er und ließ seine Frau weiterwirtschaften. Er mußte sich erst mal umsehen, wo man hier gelandet war. Er ging von Zimmer zu Zimmer und regte an, diesen alten Ohrensessel da lieber woanders hinzustellen und die Schatulle auf die andere Seite. Und Katharina nannte er «gnädige Frau» und gab ihr, als es sich machen ließ, einen Handkuß alter Art. Er schnappte sich den Kater, und dieses Tier, das sonst immer nur auf der Flucht war vor den Menschen, schmiegte sich an ihn, und er hielt es fest im Arm.

Eine große Attraktion für das Haus war der schwarze Papagei, den die Leute mitbrachten. Allzu vertraulich durfte man nicht sein mit dem Tier, dann hackte er zu. Manchmal reckte er die Flügel, erst rechts, dann links, und manchmal rief er «Lora!» in die Gegend, manchmal auch «Alte Sau!» Den Kater guckte er ruhig an. Der guckte ihn auch an, der hatte die Pfoten unter sich gezogen. Man würde sehen, wie sich die Dinge entwickelten. Immer ruhig Blut! Daß man dem Vogel Walnüsse gab, war dem Kater nicht recht, obwohl der die doch gar nicht mochte. Die Walnüsse hatte der Baron in seiner Jackentasche, und er knackte sie, immer zwei gegeneinander.
Ein Papagei? Die Mädchen kamen immer wieder aus der Küche herbei: So was hatten sie noch nicht gesehen: ein Papagei! Sie griffen nach ihm, aber der guckte sie nur schief an. – In ihrer Heimat hätten sie freilich noch viel größere Papageien gehabt ...
«Nun aber wieder an die Arbeit gehen», sagte das Tantchen.

Die Frau des Barons trällerte durchs Haus, schnatterte mit den Mädchen in ihrer Sprache, lief zu den Pferden: der riesengroße Wallach und die beiden flinken Braunen. Peter zeigte ihr den

toten Pfau, den man nicht beerdigen kann, weil der Boden gefroren ist, einstweilen auf dem Misthaufen deponiert; die Hühner und den Hahn, wie zutraulich der Hahn ist und daß der jedes Wort versteht. Und Wladimir hatte ein längeres Gespräch mit ihr, weiß der Himmel, worum es sich handelte.
Als sie ins Haus ging, ruppte er ein bißchen an seiner Mütze. Der kannte sich aus mit Herrschaft.

Der Baron spazierte ein wenig im Park umher, sog die Luft ein, als ob sie hier besonders gesund sei. Diese Anlage lasse jeglichen Gestaltungswillen vermissen, sagte er zu Peter, der ihn begleitete. Der Fluß! Den müsse man doch irgendwie mit einbeziehen? Und er zeichnete mit seinem Stock einen Plan in den Schnee, wie er sich die Neugestaltung des Parks vorstellte.
Da wären ja auch irgendwelche Ruinen. «Habt ihr die schon bemerkt? Die liegen hier so einfach herum?» Hier eine breite Schneise schlagen, auf die Ruinen zu ... Und am Fluß ein Teehaus, das böte sich doch an? Es gäbe Menschen, die kämen auf nichts, dabei liegt alles so klar auf der Hand?

Der Baron hatte einen sehr schweren Koffer mitgebracht, den ließ er nicht aus den Augen. Er enthielt Material über seine Heimatstadt. Er hatte alles gesammelt, was von ihr zeugte: Stadtansichten, sehr alte und nagelneue, Prospekte, Bücher, Speisekarten. Fotos (die Nikolaikirche von allen Seiten und das Schaffer-Giebelhaus am Markt). Und das alles hatte er in diesem Koffer. Auch Ahnenpapiere waren dabei, seine Familie konnte er über Jahrhunderte hinweg zurückverfolgen. Die Ahnen waren aus Deutschland gekommen und hatten bei der Zarin Schutz gesucht, die seinerzeit die Tatkraft guter Deutscher schätzte. Was lag näher, als nun zurückzukehren ins Reich?

Er zeigte Peter dies und das, machte ihm den Unterschied klar zwischen Stammbaum und Geschlechterfolge.
Er zeigte Peter auch eine Art Chronik seiner Heimatstadt, die er selbst im Erzählstil formuliert hatte, prall vom Leben alter Zeit: «Was einst unser war» stand auf dem Manuskript, über dem er in den letzten Jahren jede freie Minute gebrütet hatte. Von den Gebräuchen der Kaufmannschaft war darin die Rede, daß die früher auch Schwäne gegessen hätten, auf ihren Festgelagen, und von der Einführung von Lokomobilen auf den großen Gütern.
«Alles dahin! dahin!» rief er in die Gegend. Die Baronin bat Peter, seine Eisenbahn auf dem Flur lieber nicht umherfahren zu lassen, das störe ihren Mann, am besten, er packe sie weg. Und Peter tat das auch sofort.

In seinem Zimmer saß der Baron, der Eduard mit Vornamen hieß, und sortierte mit klammen Fingern die Papiere, die er samt und sonders Gott sei Dank im letzten Moment noch in den Koffer gesteckt hatte, er tat es mal so und mal so herum, und seine allerletzten Eindrücke von seiner Heimatstadt notierte er, um Gottes willen, bloß nichts vergessen, und er leckte dazu seinen Bleistift an, den kleinen Finger mit dem Siegelring hielt er abgespreizt. Manikürt war er, wie die anderen Fingernägel auch. Das Auf und Ab der Generationen … Wer weiß, wann man wieder zurückkommt in die Heimat! Irgendeiner mußte es doch aufschreiben, was da geschah an Wohl und Wehe, und jetzt geschieht an gewiß Schrecklichem, Zeugnis ablegen für alle Zeit.
Auch: was man ihnen angetan hat, den Balten, getreulich verzeichnen, immer schon, und nun schon wieder! Zur Zarenzeit herbeigerufen, dann von den Bolschewisten massakriert! Und die Deutschen jetzt, die hatten auch ganz schön gehaust. Das

alles sollte überliefert werden, das *mußte* überliefert werden, unbedingt. Dafür fühlte er sich persönlich verantwortlich. Späteren Geschlechtern Zeugnis ablegen auf durchaus unterhaltsame Art.

In einem Bücherregal fand sich eine Broschüre aus Eberhards Wandervogelzeit: «Wege und Straßen im Baltikum, ein Wanderbuch». Abbildungen von Alleen und verschwiegenen Pfaden, manch kleiner verwunschener Tümpel und große Findlinge unter Birken. Und hinten drin eine größere Karte zum Aufklappen!

Das war ja eine Kostbarkeit! Der Baron erwartete ohne weiteres, daß Katharina sie ihm schenkte, wo er doch die Heimat verloren hatte, und ihr kann dieses Büchlein doch ganz gleichgültig sein! Aber Katharina klappte die Karte zusammen und nahm die Schrift mit in ihr Zimmer.

Den Sessel stellte er neben den Ofen. Und da saß er dann, den Kater an seiner Seite, und sortierte seine Papiere. Der Papagei in seinem Käfig verhielt sich abwartend. Der sah alles ganz genau.

Hin und wieder stand der Baron auf und blickte aus dem Fenster, den Kater unter dem Arm, und er sah auf die Chaussee hinab, auf der sich der Verkehr belebte. Wann würde man hier wegkommen? Man saß hier ganz schön in der Falle.

Der Wind rüttelte am Fenster. Oder waren das die Detonationen?

Manchmal rief der Baron die ranke Sonja herbei und zeigte auch ihr, wie interessant die Chronik ist, die er da schreibt, und bat in ihrer Sprache um eine Tasse Kaffee, und ob noch was von dem Honig da sei? Ein Honigbrot wäre jetzt nicht verkehrt. Als

Balte sprach er Russisch, und er sprach es so elegant aus, als sei es Französisch, und Sonja guckte nicht schlecht, als er sie so höflich bat und sie ganz ohne weiteres um die Knie faßte und dazu mit seinen Goldzähnen sehr freundlich lachte. Alt war er, das war nicht zu leugnen, aber ein fröhlich' Herz klopfte in seiner Brust.
Ob sie ihm wohl eine Wanne «warm Wasser», bringen könnte? fragte er, und dann kniete sich seine Frau vor ihm hin und beschnitt ihm die Fußnägel, einen nach dem anderen.

Peter zeigte dem Baron seine Chronik von Georgenhof, diesen Aufsatz, zu dem ihn Dr. Wagner angeregt hatte. «Gut!» stand in roter Tinte unten drunter.
Dieses Elaborat sei ja sehr schön! sagte der Baron. Aber er sollte mal hier sehen: Er selbst habe schon einhundertvierundsechzig Seiten beisammen, das achtzehnte Jahrhundert habe er bereits hinter sich gelassen …
Und er hätte sich wohl noch eingehender geäußert, wenn Dr. Wagner nicht von nebenan gekommen wäre und den Jungen gemahnt: «Mein Junge, nun komm, wir wollen weitermachen, du störst den Herrn Baron.»
Er hatte sich inzwischen überlegt, ob man nicht gemeinsam «Hermann und Dorothea» durchnehmen könnte. Das wär' doch jetzt ganz passend.
Die blaue Schleife sollte er man abmachen von seinem Elaborat, hatte der Baron noch gesagt. Die stehe mit seinem Aufsatz in keinem Zusammenhang! Und er hatte den Jungen gebeten, ihm Katharinas kleine Broschüre noch einmal kurz zu bringen, «Wege und Straßen im Baltikum, ein Wanderbuch». Er wolle noch mal eben schnell etwas nachschlagen darin.

Dann schloß der Baron die Tür ab, setzte den sich buckelnden Kater auf den Boden und zählte sein Geld; der Wappenring an seinem Finger. All sein Geld hatte er abgehoben von der Bank, als es noch ging, obwohl Freunde ihn gefragt hatten, ob er meint, daß das richtig ist? Jetzt trug er es bei sich in einer Innentasche seines Mantels. Nun konnte ihm nichts mehr passieren.

Am Abend traf man sich in der Halle am Kamin, mit Jago, dem Hund, dem Kater und dem Papagei, die Flammen schlugen hell auf! Auch Dr. Wagner wurde dazugebeten. Woher? Wohin? Der Baron, der sich sofort in Eberhards Gewohnheitssessel setzte, erzählte von seiner Chronik und davon, daß er seine Ahnen weit zurückverfolgen konnte. Seine Frau trat hinter ihn und püschelte ihm die Schuppen vom Jackenkragen.
Auch Dr. Wagner hatte Ahnen, aber die standen irgendwie nicht zur Debatte. Er trug zwar einen Spitzbart, aber der Baron verwahrte ein reguläres Monokel in einer der mit Flanell ausgeschlagenen Westentaschen. Das benutzte er, wenn er sich Gehör verschaffen wollte. Dagegen kam der Studienrat nicht an. Tantchens Schlesien, ganz schön und gut, aber was seine Heimatstadt anbetraf, da lagen die Dinge doch ganz anders.

Sein liebes Königsberg! sagte Dr. Wagner und strich den Spitzbart nach vorn. Am Pregel in einem kleinen Restaurant gebratene Flundern gegessen … Und dann das Tuten der großen Schiffe vom Hafen her …
Da nahm der Baron sein Monokel hervor und musterte den Studienrat, und die Sache war wieder im richtigen Gleis: Mit den Flundern mochte es sich verhalten, wie es will. – Ein Ochse am Spieß! In seiner Heimatstadt hätte man Ochsen am Spieß gebraten! Und in früheren Zeiten Schwäne gegessen, übrigens

auch Pfauen! Was man sich heute gar nicht mehr vorstellen kann.
«Nu brat' mir einer einen Storch», sagte Dr. Wagner laut und deutlich, und danach war es eine Weile ganz still.

Er habe in Cranz mal den deutschen Kronprinzen gesehen, sagte der Baron, vor dem Krieg, überschlank und ganz in Weiß … Die Kurkapelle hatte Walzer gespielt, und der Kronprinz weiß auf einer weißen Yacht von jungen Damen umgeben. «Ein richtiger Windhund!» sagte er. Katharina von Globig, die mit der Baronin auf dem Sofa saß, hatte keine besonderen Beziehungen zum Kronprinzen, aber als Berlinerin paßte es ihr nicht, daß der Balte den Kronprinzen einen Windhund nannte. Was Cranz anging, das Ostseebad, da hatte sie so ihre eigenen Gedanken. Steige hoch, du roter Adler! Es hatte blutigen Dorsch zu essen gegeben, und unter dem Bett hatte ein nicht ausgeleerter Nachttopf gestanden. – Die angekokelte Meerschaumspitze: mit dem Trinkgeld hatte Eberhard geknausert, Apfeltorte mit Schlagsahne, da hatte er noch schnell einen Groschen eingesteckt, bevor der Kellner kam.

Während die Männer sich miteinander befaßten, bewunderte die Baronin Katharina, das schwarze Haar, die blauen Augen. Sie ließ sich sogar ihre Hände zeigen! Was sie für schöne Hände hat … Da mußte Katharina an die Hände des Buchbinders denken, die sie mit Leukoplast beklebt hatte. – Sie überlegte, ob sie diese Frau nicht mal zu sich nach oben in ihr Zimmer einladen sollte: Hier vorm Kamin kam man nicht recht zu Wort. Frauen sind so ganz anders? Die Geschichten, die der Baron zum besten gab, mochte seine Frau schon oft gehört haben. Aber sie war nachsichtig mit ihrem Mann. Sie ließ sich nichts anmerken.

In der Nacht gab es dann andere Unruhe im Haus. Zuerst dachten die Globigs, sie hören nicht recht ... Aber während über den schwarzen Himmel Lichtreflexe zuckten, war aus Elfriedes Zimmer klar und deutlich die Stimme des Barons zu vernehmen: «Alte Sau!» hörte man ihn schimpfen, und damit meinte der feudale Herr ganz offensichtlich seine junge Frau! Was die Frau darauf antwortete, war mehr ein Jaulen. Und der Mann klar und markig: «Alte Sau!», und es wurde rumort und hin und her gegangen, bis das Tantchen an die Wand klopfte, zuerst zaghaft, dann sehr energisch. Und da war dann Ruhe im Schiff.

Die Flüchtlinge

Der Wind pfiff aus Westen, er heulte ums Haus und rüttelte an dem maroden Dach. Das Trommelfeuer war vor lauter Krach kaum zu hören. Sollte der Kelch an uns vorübergegangen sein? fragten sich die Leute. Aber nein, es grummelte noch.
Ein harter kalter Eisregen fuhr in die Eichen. Und dann kam der große Treck! Zunächst nur ein paar Wagen, einzeln, still für sich, dann dicht an dicht, einer hinter dem andern. Man sah sie schon von weitem heranziehen über die Brücke, in endloser Reihe, mit flatternden Planen, durch Mitkau hindurch, durchs Senthagener Tor fuhren sie, und an Georgenhof vorüber. Wagenkolonnen, die eisern zusammenhielten, Rittergüter, mit einem Treckführer per Pferd vorneweg. An den Wagen hatten sie den Namen ihres Dorfes stehen, damit man sich nicht verliert. Und einzelne Gefährte, komfortable und sehr kümmerliche. Ackerwagen, über und über bepackt, und hier und da sogar ein Auto mit Benzinfaß hinten drauf.
Still zogen sie dahin, nur das Knirschen der Räder war zu hören und das «Hoho – Hü» der Kutscher, meist Frauen. Die Pferde rutschend, mit Dampfstrichen aus den Nüstern, hinter den Wagen zwei, drei Pferde zur Reserve. Oben auf den Wagen kleine Hütten, solide oder nur eben rasch zusammengetischlert, mit Dachpappe oben drauf oder Teppichen. Heuballen für die Pferde an Stricken unter dem Wagen hängend. Junge Mädchen zu Fuß, mit Kindern an der Hand, nebenher. Und unter den Wagenachsen liefen Hunde mit. Einzelne Fußgänger zwischendurch, mit Rucksack und Kinderschlitten. Den Kopf hielten sie gesenkt.

Den Kragen hochgeschlagen. Fahrräder, Kinderwagen, Handkarren.
Wo hatte man so etwas je gesehen?

War es eine Täuschung, oder flog Herr Schünemann, der Nationalökonom, zwischen all den Wagen auf seinen Krücken vorüber? Hob er eine Krücke zum Gruß empor? Die Tasche an einem Riemen über den Rücken geschnallt. Bayern 3 Kreuzer stumpfblau und der Mecklenburger Büffelskopf? 4/4 Schilling fleischrot?

Am nächsten Tag sah man Herrn Dr. Wagner und den Balten am Billard stehen. Sie rauchten und machten Konversation ganz comme il faut. Der Baron in seinem karierten Anzug und Wagner mit seinem dritten Schlips, den kleinen Orden am Revers. Der runde Ofen, der noch aus dem 19. Jahrhundert stammte, gab einigermaßen Wärme ab. Sie zirkelten ihre Stöße am «Bi-jar», wie der Baron sagte, und stützten sich auf das Queue. Standen auch mal am eisverkrusteten Fenster, hauchten ein Loch hinein und sahen auf den «Zug der Zehntausend», wie Studienrat Wagner die Flüchtlingsschlange nannte. Xenophon: Verräter wurden lebendig begraben. Den Rauch ihrer Zigaretten bliesen die beiden Herren wechselseitig in die Luft, überkreuz und manchmal auch aus der Nase. Wie der Dampf, den die Pferde da draußen zischend aus den Nüstern ausstießen, so sah das aus.
Manchmal zählten sie mit: Eine Kolonne mit dreihundert Wagen! Wie in Frankreich 1940, die Belgier, wie sie vor den Deutschen flohen.

Der Baron war mal in Paris gewesen, vor langer Zeit, davon erzählte er jetzt, Wanzen in den Hotels, und die dreckigen Klos?

Unbeschreiblich! Die Franzosen seien ausgemachte Schweine! Durch die Bank. Einer wie der andere. Die jungen Frauen übrigens nicht so leichtblütig, wie man als Fremder annahm. Von «freie Bahn» hatte keine Rede sein können. Da hatte mancher schon auf Granit gebissen. Die waren alle aufs Heiraten aus. All die schlüpfrigen Geschichten, die man sich so erzählte, erstunken und erlogen. Und doch, sagte der Baron, er erinnere sich da an den Frühling 1932 … «Also, ich kann Ihnen sagen …»
Wagner war auch in Frankreich gewesen im Ersten Krieg, er war durch schlammige Gräben gerobbt, der hatte von französischen Kokotten keine Ahnung. Aber als Student hatte er italienische Friedhöfe besucht, mit seinem Freunde Fritjof – «Gallia omnis est divisa in partes tres …». Und die Grabinschriften hatten sie nicht lesen können, trotz x Semester Latein! Das mache ihm noch heute zu schaffen, obwohl er sich schon längst entschlossen habe, darüber zu lachen. – Fritjof, dieser frische, braungebrannte Junge, kraftvoll und elastisch, dann ja auch gefallen.

Geburt und Grab – ein ewiges Meer …

Ach ja, Goethe … Er mußte es noch irgendwo liegen haben, das winzige Exemplar von Goethes Faust, das ihn als Kriegsfreiwilligen 1914 ins Feld begleitet hatte. Wo lag es bloß? Das würde er wieder zu sich stecken, wenn es auf die große Wanderschaft ginge. Würde auch er die Heimat verlassen müssen? – Zunächst einmal wurde «I wo!» gesagt.
«14/18 haben wir die Russen doch auch kirre gekriegt …»

Oberwart Drygalski stand an der Chaussee, ob auch alles seine Richtigkeit hat. Er führte Strichlisten, und von den Treckführern ließ er sich die Bescheinigungen zeigen, ja, sie dürfen trekken, Herkunftsort, Zielort, Anzahl der Gespanne. Manchmal stieg er auf die Wagen, ob sich zwischen dem Hausrat nicht vielleicht ein Soldat verborgen hat? Auch wies er Flüchtlinge ein, jedes Haus mußte welche nehmen, einzelne Leutchen und ganze Familien. Es war ja nur für ein, zwei, höchstens drei Tage, länger hielt sich niemand auf. Es mußte gerecht verfahren werden, und dafür war Drygalski der richtige Mann.

Zwischendurch ging er auch mal nach Hause, wie's der Frau geht. Legte Holz auf die Ofenglut, zog ihr die Bettdecke zurecht und stellte ein Glas Wasser hin.

Er selbst würde keine Flüchtlinge aufnehmen können, die kranke Frau ... Das Dienstzimmer wurde für all die Akten und fürs Telefonieren benötigt. Der Rollschrank an der Wand, der Schreibtisch mit dem Telefon?

Ein einzelnes junges Mädchen fand sich ein, das hatte niemanden mehr auf der weiten Welt. Hieß sie Käte? oder hieß sie Gerda? Dicke rote Backen hatte sie. Drygalski zeigte ihr die Dachkammer und die schöne Aussicht, die man nach Norden hat, den Georgenhof und im Westen das weite Feld, jetzt mit Schnee bedeckt: Der Wind fuhr darüberhin. Und auf die Chaussee, jetzt Wagen auf Wagen ... In dieser Kammer hatte sein Sohn gehaust, das war nun auch schon Jahre her, und das erzählte er dem Mädchen. In Polen gefallen. An der Wand noch der Tisch, an dem er sich aufs Technikum vorbereitet hatte. Eine Mappe mit Zeichnungen lag in der Lade, nie wieder angesehen. Auch Skizzen von der Albert-Leo-Schlageter-Siedlung, wie man sie verschönern könnte. Und der Entwurf eines Weihespiels, von dessen Existenz Drygalski keine Ahnung hatte.

Das Flüchtlingsmädchen trug Hitlerjungen-Skihosen unterm geblümten Rock und einen Mantel mit gesteppter Faltenpasse von vor dem Krieg noch, der wohl ihrer Mutter gehört hatte. Ihre Leute hatte sie gleich zu Beginn der Flucht verloren, war

eben mal in ein Bauernhaus gegangen, um etwas Milch zu erbitten, und da war es auch schon passiert. Ihr Dorftreck war weitergefahren, ohne auf sie zu warten!
Sie nickte, als Drygalski ihr vorschlug, erst mal hierzubleiben. Sie könne sich ein bißchen nützlich machen, Essen kochen, Geschirr abwaschen, immer schön zusammenhalten und so weiter: Sie seien jetzt eine kleine Gemeinschaft. Die Haustür stets geschlossen halten! Und auf die Frau aufpassen, sie waschen und ihr Suppe einträufeln ab und zu.
So gut hatte es das Mädchen noch nie gehabt, ein Wasserklosett und ein eigenes Zimmer? Zu Hause mit der kleinen Schwester in einem Bett geschlafen?

Peter kletterte in sein Baumhaus, die Armaturen und das Steuerrad, und sah den Trecks nach, weit ausholend kam die lange Schlange aus dem Osten, und wie ein großes S schlängelte sie sich in die weiße Landschaft davon, der verschleierten Sonne entgegen.

Auch die Fremdarbeiter standen an der Straße und sahen sich das an. Sie zeigten sich gegenseitig, was das für Wagen sind und was daraus werden soll, und guck mal den da!
Da mußte Drygalski natürlich einschreiten. Sich weiden am deutschen Unglück, das konnte nicht geduldet werden. Aber diese Leutchen ließen sich nicht wegscheuchen, die nahmen kaum die Hand aus der Tasche.
«Habt ihr nichts zu tun?» – «Nein, wir haben hier nichts zu tun.»
Für diese Fremden war der Flüchtlingstreck ein Zeichen der Hoffnung. Und sie lachten sich gegenseitig zu: Bald geht's nach Hause. Drygalski hatte über sie keine Macht. Aber vielleicht doch? Vielleicht käme man ihnen doch irgendwie bei? Mal eine Hausdurchsuchung machen, was da alles zutage tritt? Und er

telefonierte mit dem Arbeitsamt, ob die Leute da wissen, daß dieses Pack auf der Straße herumsteht und nichts tut?

Auch auf Georgenhof ließ er sich sehen, manchmal schaute er sogar mehrmals am Tag nach dem Rechten dort. Heil Hitler. In seiner amtlichen Eigenschaft mußte er das tun, obwohl sich nichts verändert hatte in der Zwischenzeit. Mit dem Tantchen sprach er, und die sah auch alles ein. Es war ja alles nicht so einfach! Aber an *einem* Strang mußte man ziehen. – Er sagte zu dem Tantchen, was er für eine Verantwortung trägt, und er weiß schon bald nicht mehr, wo ihm der Kopf steht … Und er wischte sich den Schweiß von der Stirn, obwohl ihm kalt war. Ganz nebenbei gab er dem Tantchen eine hübsche Bescheinigung fürs Trecken. Weil das Tantchen immer so verständig war.

Was noch an Bodenraum vorhanden war in dem großen Haus, notierte er ebenfalls, wer konnte denn wissen, wie sich die Sache entwickelte – die Siedlung war schon voller Flüchtlinge, jedes Haus hatte seine Gäste, aber Georgenhof – das Haus war ja riesengroß, hatte hier denn alles seine Richtigkeit? Hier mußte doch noch viel Platz sein? – Der eiskalte Saal, in dem die Kisten aus Berlin standen. Nein, das konnte man niemandem zumuten. – «Wann werden die Dinger abgeholt?»

Das Tantchen hatte für alles Verständnis, sie redete ihm gut zu. Daß man auf Georgenhof Massen von Menschen aufnehmen könnte, glaubte sie nicht. Und um ihren guten Willen zu beweisen, erzählte sie ihm von dem Maler, daß der abfällig über den Führer gesprochen hätte.
Sie machte Drygalski auch auf das Waldschlößchen aufmerksam, das war doch mal ein Hotel gewesen?! Dort ließen sich doch gewiß noch Menschen unterbringen in Hülle und Fülle? –

Lediglich der Seitenflügel war den Fremdarbeitern eingeräumt worden, im Seitenflügel war nichts zu machen. Aber der Tanzsaal und die vielen Hotelzimmer?
Daran hatte Drygalski natürlich auch schon gedacht, aber auf das Waldschlößchen hatte die Reichserfassungsstelle des NSKK die Hand gelegt, da war nichts zu machen, die hatten dort Ersatzteile eingelagert, Fahrradklingeln und Autohupen. Irgendwo mußten sie ihr Zeug ja lassen, Felgen und Gestänge. Auch die Wimpel und Tribünenteile des letzten Gaurennens durch das Mitkauer Land lagerten dort: Die Transparente «Start» und «Ziel» bewahrte man dort schon seit Sommer 1939 auf. «Gleich nach dem Krieg geht's wieder los!» wurde gesagt. Reichssieger war man noch nicht geworden, aber nach dem Krieg? Mußte das nicht mit dem Deibel zugehen?
Drygalski telefonierte mit dem Gau, und die sahen das auch ein, aber im Augenblick war nichts zu machen.

Wenn es um «Wohnraum» ging, war Drygalski unerbittlich, es ging hier schließlich um Höheres! «Und zwar zoffort!» Menschen ohne Dach überm Kopf, hungrig und frierend, denen mußte er Obdach verschaffen. Hier hatte sich Volksgemeinschaft zu bewähren.
Peter sollte sein Zimmer für alle Fälle schon mal räumen, er würde drüben zur Mutter gesteckt werden, das war die einfachste Lösung, das Kabinett lud ja direkt dazu ein. Es war doch das Natürlichste von der Welt, den Sohn zur Mutter zu stecken?
Ja, die nächsten Flüchtlinge würde man im Zimmer des Jungen unterbringen. Hatte man noch Bettgestelle irgendwo? Der Dachboden würde nicht zu belegen sein, da rieselte Schnee durch die Ritzen der Dachpfannen. Die Bescheinigung, die Drygalski ausgestellt hatte, faltete das Tantchen zusammen und verwahrte sie sorgfältig.

Wenn Drygalski jetzt an zu Hause dachte, wurde ihm warm ums Herz. Das junge Mädchen war anstellig. Wer weiß, vielleicht würde sie eines Tages «Vater» zu ihm sagen? Wohl eher «Opa», was? Einerlei. Man kümmerte sich um dieses Kind, dessen Eltern sich verkrümelt hatten. Jetzt würde alles leichter zu ertragen sein. Das Haus immer schön saubermachen und der Frau Suppe einflößen, und wenn es nötig ist, sie auch mal waschen und so weiter. Wie hatte er das bloß all die Zeit über hingekriegt, so ganz allein?
Es war doch etwas Besonderes, abends nach Hause zu kommen und die Beine unter den Tisch zu strecken, in der warmen Küche, und die Suppe steht auf dem Tisch? Was für ein schöner Anblick, das junge Ding am Herd stehen zu sehen mit seinen dicken Backen. Drygalski blieb gern etwas länger sitzen in der Küche bei ihr, er ließ sich alles mögliche erzählen, aber dann mußte er eben doch wieder hinaus in die Kälte und die Treckwagen kontrollieren.
Vielleicht würde sich in Mitkau noch etwas Süßes auftreiben lassen für das Kind?

Dr. Wagner kam jeden Tag. Er ließ es sich nicht nehmen, mit dem Jungen Vokabeln zu üben und Geographie, wo Heidelberg liegt mit dem berühmten Schloß, «von den Franzosen zerstört! Merk dir das, mein Junge …», und der Bodensee, dieses herrliche Gewässer, der mal gänzlich zugefroren war, und ein Mensch ritt hinüber ans andere Ufer und wußte gar nicht, daß er übers Eis reitet? Hinterher umgekippt und bums! war er tot?
Oder die andere Geschichte, von dem Bergarbeiter, der unter Tage erstickt und Jahrzehnte später ausgegraben, jung und frisch wie damals, mit rosigen Wangen also, und die Witwe inzwischen uralt?

Die kleine Gesellschaft, die sich abends zusammenfand, paßte ganz gut zusammen; die Balten und Dr. Wagner, Katharina, die stille, nachdenkliche Schöne, und das Tantchen, das gar nicht so dumm war, sondern durchaus das eine oder andere beitragen konnte zur Unterhaltung? – Man setzte sich ans Feuer, erzählte, stritt, raunte ..., es war so, als ob man sich schon ewig kannte! und ewig zusammenbleiben würde!
Zusammenhalten! das war die Forderung des Tages. Der Baron in seinem großkarierten Anzug trug an den Abenden wahrhaftig ein Cachenez, sobald er sich sehen ließ, kam der Kater gelaufen. Meistens trug er ihn bereits unter dem Arm.

Das Tantchen zog sich an den Abenden ein besonderes Kleid an und eilte in die Küche und holte ein Glas Schattenmorellen, und die Herrschaften ließen das Glas umgehen und bedienten sich lachend. Sein liebes Königsberg! sagte der Studienrat, am Pregel in einem kleinen Restaurant gebratene Flundern gegessen ... Und dann das Tuten der großen Schiffe vom Hafen her ...
Der Baron klemmte das Monokel ein ums andere Mal ins Auge und dachte an den Sommer 1936, an das Häuschen in Dünaburg und an seine junge Frau, wie sie vom Bootssteg ins Wasser gesprungen war, die See wie gleißendes Silber?
Wagner seinerseits erinnerte sich an eine Fahrradtour mit seiner Mutter durchs Weserbergland. Nun auch schon lange tot.
«Haben Sie denn nie ans Heiraten gedacht?» fragte der Baron.
«Ach, wissen Sie», sagte Dr. Wagner, «wie das so ist, erst immer hinausgeschoben, und dann war es eines Tages zu spät.» Und er dachte an eine Wanderung mit seinen Jungen, wie sie so wild über das Feuer sprangen ...

Er mußte auch an 14/18 denken, an den Schützengraben. Da war es auch manchmal ganz romantisch gewesen. Nach seiner

Verwundung – im Lazarett, die herrlichen Körper der jungen Soldaten, durch Narben quer rüber freilich arg entstellt? Und er schickte sich an, den Ärmel aufzukrempeln und die Spuren seiner Verwundung vorzuzeigen.

Am Anfang des Krieges habe er immer so wunderbare Briefe von seinen Schülern gekriegt, sagte Dr. Wagner, von der Akropolis hoch droben, aus Dänemark, aus dem Kaukasus und aus Burgund ... Der Strom sei jetzt versiegt. Seit Stalingrad ließen sich die Jungen seltener vernehmen. Aber er habe sie alle in einem Ordner gesammelt, und hin und wieder lese er darin. Er beabsichtige, den Briefen Fotos der Jungen beizugeben, das sei dann wie ein Totenschrein ... Und nach dem Krieg würde er das Ganze herausgeben zum Gedenken des jungen Blutes.

Katharina saß mit der Baronin seitab auf dem Sofa, mit ihrem schwarzen Pullover und den schwarzen Hosen war sie in der Dunkelheit kaum auszumachen. Ab und zu leuchtete die Glut ihrer Zigarette auf. Und die Baronin guckte sie von der Seite an, vielleicht würde man hier eine Freundin gewinnen können? Mal die Nägel von Grund auf polieren oder die schweren Flechten kämmen? Sie näherte sich Katharina, aber Katharina rückte zur Seite. Sie war ein Mensch, der seine Freiheit brauchte.
Unter den großen alten Ahnenbildern, die gar keine Ahnen waren, saßen sie beisammen. Und die Ahnen blickten mit hellen Augen auf die Gesellschaft herab. Waren sie verwundert?

Dr. Wagner und hob sein Glas und sagte:

> «Ihr glücklichen Augen,
> was je ihr gesehn,

es sei wie es wolle,
es war doch so schön ...!»

«Ja», sagte das Tantchen, «das wollen wir geloben ... Von wem ist das?»
Alle saßen sie am Kamin, die Frauen, der Baron mit Papagei und Kater und Peter, still. Der war noch zu jung, um fürs Gespräch zugelassen zu werden. Aber er durfte dabeisein, und er hörte sich alles an. Ob er stolz sei, einen so großen Namen zu tragen? wurde er gefragt.

Der Baron las aus seiner Heimatchronik vor, wann die Stadt gegründet worden war und von wem, und dann, interessanter werdend, wie die Russen gehaust hatten, als sie das Baltikum besetzten, 1919, die Stadtverordneten erstochen und in einen Brunnen geworfen! Eine ganz spezielle Pfeife schmauchte er dazu, eine solche Pfeife hatte Peter noch nie gesehen. Einen derartig großkarierten Anzug auch nicht.
Studienrat Wagner mit seiner dritten Krawatte, den Kopf in die Linke gestützt und mit knöchernen Fingern seinen Spitzbart gegen den Strich streichend, lauschte nicht gerade hingerissen, aber doch interessiert den Erzählungen des Barons. Wie das deutsche Freikorps dort aufgeräumt hatte, das hatte er so noch gar nicht gewußt. Nicht gefackelt und die Roten verjagt.

Ob der Baron diese Aufzeichnungen noch überarbeiten werde? fragte Dr. Wagner, hier und da scheine ihm noch der letzte Schliff zu fehlen?
«Nein», sagte der Baron, «was ich geschrieben habe, das habe ich geschrieben.»

Dr. Wagner hatte in Mitkau in seinem Schreibtisch noch die Gedichte seiner frühen Jahre, warum an einem solchen Abend nicht mal die eine oder die andere Kostprobe abgeben? Warum nicht?
Die Flammen im Kamin überflackerten den Kreis und machten den Herrschaften glänzende Augen. Daran hatte auch die Flasche Barolo ihren Anteil, die Katharina spendierte. Dafür wurden sogar die alten Gläser aus dem Schrank genommen.
Der Papagei steckte seinen Kopf unter den Flügel, und die Katze lag auf dem Schoß des Barons. An Boccaccio war zu denken und an Dante. Die hatten doch auch am Feuer gesessen und sich Geschichten erzählt?

Spät in der Nacht senkte man dann doch die Stimme bis hin zum Gewisper: Von Juden wurde geredet.
«Das rächt sich ...»
«Ich halte nichts von diesen Brüdern, aber ...»
«Naja, Schwamm drüber ...»

Man hatte nicht gedacht, daß es einmal so gemütlich werden könnte auf Georgenhof. Daran würde man auch später noch denken! – Eigentlich schade, daß Eberhard nicht da war. Wo steckte er jetzt? Ob er an Georgenhof dachte? an Katharina und an seinen Sohn Peter?

Zum Schluß spielte Dr. Wagner die Mondscheinsonate, 1. Satz, so wie er sie noch nie gespielt hatte, und dann ein kleines Stück in einem ganz anderen Ton, und man vergaß zu fragen: Was ist das denn?
Wagner mit seinem krummen Rücken und dem dritten Schlips unter dem Spitzbart. Das Stück hatte er noch nie gespielt. Das stammte wohl aus letzten glücklichen Stunden? Sommertage

im Harz. Wintertage mit der Mutter. Der Herbst mit seinen bunten Blättern. Der Rundgang unter der Stadtmauer, ein weiter Blick ins Land …

Er soll's noch einmal spielen, sagte der Baron, der sonst während des Spiels von Dr. Wagner immer nur zu hüsteln pflegte. Aber da hatte Wagner schon das Klavier zugeklappt.

Ein Lehrer

Am nächsten Tag verabschiedeten sich die Balten. Dem Tantchen sprach der Baron seine Bewunderung aus für ihre Umsicht und all das Rennen und Tun und Machen, und er sprach sie mit ihrem Namen an: «Frau Harnisch», sagte er also, «Sie sind eine fleißige Frau», und er klopfte ihr auf den knochigen Buckel. Katharina erhielt viele schwere Handküsse, und dem dabeistehenden Peter gab er einen leichten Backenstreich: «Immer schön der Mutter beistehen, ja?» Er winkte auch den Ahnen an der Wand zu, die mit aufgerissenen Augen das Geschehen verfolgten.

Dann ging er in die Küche und hielt den beiden Mädchen eine längere Ansprache. Redete er ihnen ins Gewissen? Sie sollten immer schön auf die gnädige Frau aufpassen? Und immer zusammenhalten? so in dieser Richtung? Beiden steckte er fünf Mark zu, wofür sie sich mit einem Knicks bedankten.

Die dünne Sonja zog er sogar ein wenig an sich.

«Lora!» rief der Papagei. Und: «Alte Sau!»

Studienrat Dr. Wagner stand schon vor der Haustür. Und während unten auf der Straße, unter dem Grollen des Horizontes, Wagen an Wagen vorüberzog – «Gute Nacht, Mutter, gute Nacht ...», gaben sich beide Männer dort oben die Hand, von Mann zu Mann. Jetzt nicht auf den letzten Drücker noch hopsgehen! Ohren steif halten und so weiter. Und in Wuppertal gibt es eine Adresse, die soll man sich mal einprägen, über die kann man Verbindung aufnehmen, wenn alles vorüber ist.

Der Baron hatte bestimmte Pläne, er wußte ganz genau, was er wollte, und seine Frau auch. Möglichst weit nach Westen würden sie ziehen. Bremen? Warum nicht? Vielleicht dort irgendwo aufs Land?

Dr. Wagner hatte noch keine konkreten Vorstellungen. «Walle wie die Woge, ruhelos wankend.» Er würde sich treiben lassen, nichts Gewaltsames unternehmen und in Ruhe und Besonnenheit an seiner Vollendung arbeiten. Mit einer weit ausholenden Handbewegung wies er auf das ostpreußische Land, das da zu seinen Füßen lag, in das sich der Flüchtlingswurm jetzt hineinbohrte. Dem Schicksalsrad nicht in die Speichen greifen. Gott sei Dank, so mußte man sagen, war seine Mutter ja schon tot. Zur rechten Zeit dahingegangen. Die lieben Alten, eine glücklichere Generation!

Das baltische Ehepaar stand kaum an der Straße, die Rucksäcke auf dem Buckel, Koffer neben sich und den Papageienkäfig in der Hand, da hielt auch schon ein Auto, scherte aus der Kolonne aus und hielt. Ob sie mitfahren wollten? Aber sicher wollten sie das! «Dann man immer rin in die jute Stube!» sagte der Fahrer. Den Koffer freilich, dieses schwere Dings – der würde ja einen Achsbruch verursachen! –, den würde man auslassen müssen. «Tut mir leid!» Und ein bißchen beeilen müsse man sich, soviel Zeit habe man nicht, hier auf der Fahrbahn herumzustehen?

Was war mit dem schweren Koffer anzufangen? All die Chroniken und das halbfertige Manuskript? Sollte man ihn auf dem Gutshof deponieren? Bis es wieder andersrum kommt? – Was konnte schon passieren? Waren nicht erst in der letzten Nacht wieder Panzer nach vorn geführt worden? Also schleppte die Baronin den Koffer wieder hinauf und ins Haus hinein. Wagner, der immer noch in der Tür stand, nahm ihn in Empfang. Ja, er würde das Seine tun, er würde den Koffer hüten wie seinen Augapfel, darauf könnten sie sich verlassen.

Eben das Heimat-Manuskript noch herausfingern? Lag es nicht obenauf? Aber da hupte der fröhliche Fahrer auch schon! Der Mann kam dann sogar um sein Fahrzeug herum, um den beiden hereinzuhelfen. Blieb am Wagenschlag stehen, bis alles seine Richtigkeit hatte.
Der Baron winkte den Fremdarbeitern, die nebeneinander auf der Terrasse des Waldschlößchens standen und die Abschiedszeremonie mit wachen Augen verfolgten, souverän zu. War das eine Art Ehrenbezeigung? Und ab ging die Post.

Daß der Balte mit seiner Frau davonzog, ließ die Globigs traurig zurück. Es war immer so gemütlich gewesen, die stillen Abendstunden am Kamin, so gebildete Leute, man war richtig aufgelebt. Diese Leute hätte man gern für immer dabehalten! Selbst das Tantchen seufzte tief auf, ja, es stimmte, sie hatte immer viel gearbeitet in ihrem Leben, da mußte sie dem Baron recht geben. Der hatte den Nagel auf den Kopf getroffen. Und sie band sich eine Kittelschürze um: Oben auf den Schränken mußte auch noch der Staub weggewischt werden, Peter hielt ihr die Leiter. Alles sauber und ordentlich hinterlassen, wenn man womöglich auch noch auf Wanderschaft würde gehen müssen …

Am nächsten Tag wurde allerhand telefoniert. Onkel Josef in Albertsdorf sagte: «Was, Baltendeutsche? Diese Leute haben alle einen Fimmel.» Und: Baron? wenn das man stimmte. – «Bleibt bloß zu Haus. Wir bleiben ja alle hier. Jetzt weggehen, das ist das Verkehrteste, was man machen kann.» Außerdem *könne* er gar nicht fort, da er das ganze Haus voll Menschen habe. Leute von sonst woher, die wie die Raben stehlen. Balten seien gottlob nicht darunter.

Es seien in der Nacht wieder eine Reihe von Panzern vorübergekommen, Waffen-SS, er denke, die werden's schon richten. So dumm sei der Hitler nicht, daß er die Russen ins Land läßt. Der lasse sie vielleicht ein Stückchen hinein, aber dann ziehe er den Sack zu.

Doch nach Berlin fahren? Diese Frage diskutierten die Globigs wieder und wieder, nach Wilmersdorf? und Katharina telefonierte lange und eingehend mit ihrer Kusine. Denen immer so schöne Pakete geschickt, immer wenn sie gerade nicht daran dachten ... Anitas Konfirmation, und kurz vor Weihnachten die Gans? Und Elisabeth monatelang hier wohnen lassen, als sie sich aufs Physikum vorbereitete? Und in den Ferien immer und ewig die Kinder? Auf den Pferden herumgeritten wie doll und verrückt? Drei Kreuze gemacht, wenn sie wieder wegfuhren?

Man könnte ja wenigstens den Jungen nach Berlin schicken, wurde wieder und wieder erwogen. Aber als das zur Sprache kam, hieß es dort: «Ja, natürlich, aber wie denkt ihr euch das? Wo Elisabeth doch immer so Schwierigkeiten mit den Füßen hat? Zwei Operationen, und noch immer nicht besser geworden? Und wo soll er überhaupt schlafen? ... Und dann müßte er hier ja auch zur Schule gehen ... und zum Dienst ...» Es war alles sehr schwierig. Es ließ sich irgendwie nicht machen.

Das Tantchen fragte, was mit den Kisten werden soll, verdammt noch mal, die nun schon monatelang im Saal ständen. Eine Verantwortung dafür könne niemand übernehmen, das sei ihnen doch wohl klar?

Die Berliner sagten darauf, das seien doch ganz solide Kisten, was solle damit schon passieren, und ein Inhaltsverzeichnis be-

finde sich oben drin, und ein Duplikat des Verzeichnisses sei bei ihrem Anwalt deponiert, damit Mißverständnisse erst gar nicht aufkämen.
Und dann fragten sie, ob die Kisten nicht vielleicht per Pferdewagen nach Berlin zurückgeschafft werden könnten? Mit einer einzigen Fuhre wäre das doch getan? Per Zug konnte man Mitkau ja nicht mehr verlassen, aber mit dem Pferdewagen müßte das doch gehen? Die gesamte Tisch- und Bettwäsche, das Unterzeug, die Anzüge, die Kleider? Das Silber!
Sogar die Familienbibel hatten sie eingepackt. Wer hätte es auch ahnen können, daß es einmal *so* kommt? und die stammte aus dem 17. Jahrhundert.
«Inhaltsverzeichnis?» sagte das Tantchen. «In der Not lernt man die Menschen kennen», und sie hielt den Telefonhörer aus dem Fenster, damit sich die Leute davon überzeugten, was die Glocke geschlagen hat: Der Wind wehte von Osten allerlei deutliches Gerumpel heran.
«Seid ihr noch am Apparat?» wurde da gefragt.
Diese Leute waren weltfremd! Ein Inhaltsverzeichnis dem Anwalt übergeben! Über so was konnte man ja nur lachen! Die gesamte Tisch- und Bettwäsche? Das Unterzeug? Anzüge? Kleider? Das Silber! – Nachdenklich stand das Tantchen vor den Kisten und stellte Überlegungen an, was da wohl sonst noch alles drin war? Vielleicht Kognak? Es war alles nicht so einfach? Nein, von Mitkau nach Berlin per Pferdewagen, das waren ja hunderte von Kilometern! Da fielen die Pferde ja tot um!
Im übrigen war der Wagen ja bereits beladen mit der eigenen Habe. Wladimir hatte alles sauber aufgeschichtet, Kisten und Kasten und Koffer, alles mit Wäscheleinen festgezurrt. Er hatte die Pferde sogar mit Winterbeschlag versehen lassen. Gar nicht gedacht, daß man diesem Manne so vertrauen konnte. Abends saß er in der Küche und las in der Bibel? Man hatte eben den

Fehler gemacht, alle Leute aus dem Osten über einen Leisten zu schlagen. «Polnische Wirtschaft.» Sogar die großen Milchkannen hatte er unterbringen können. Warum das denn?? Nun, sie waren mit ausgelassenem Schmalz gefüllt und mit Mehl und Zucker.

Es kamen neue Flüchtlinge, ein zittriger Dorfschullehrer namens Hesse mit seiner Frau, die Helga hieß, Heil Hitler, und zwei Jungen, denen die Eltern die Namen Eckbert und Ingomar gegeben hatten.

Peter mußte sein Zimmer räumen, er zog zu seiner Mutter, wie Drygalski es angeordnet hatte. Bevor er sein Zimmer verließ, schoß er die Papierflugzeuge mit der Luftpistole ab. Die Wellington, die Spitfire und die Me 109. Eines nach dem andern segelte zu Boden. Dann öffnete er das Fenster, zündete sie an und ließ sie hinausgleiten in Richtung Baumhaus. Sehr naturgetreu stürzten sie auf den Hof. Seine Eisenbahn schichtete er in Kartons, die Ritterburg wurde in die Ecke geschoben, und das Mikroskop nahm er mit hinüber. In dem Heusud regte sich was, da tillerten Rädertierchen umher. Ob die noch größer wurden? Paßten am Ende nicht mehr auf das Objekttischchen?

Fremd standen die Flüchtlinge mit ihrem Gepäck in der Halle und rührten sich nicht vom Fleck. Donnerwetter, ist das hier aber groß! Das ist ja eine Art Schloß?

«Und wer macht das alles sauber?» wurde das Tantchen gefragt. – Ewig und drei Tage seien sie schon unterwegs! Und alles zurückgelassen! Der Mann hatte die Steinsammlung des Dorfes zurückgelassen, mit Steinbeilen, Schabern und Klingen! Alles fein numeriert, und die Frau ihren schönen Garten, mit Dahlien jedes Jahr, Levkojen, Malven, Phlox, alles systematisch angelegt, Fruchtfolge sogar und Schattengare.

Der Mann sah beschädigt aus, das lag daran, daß er vor drei Jahren einen Schlaganfall erlitten hatte. Ziemlich sofort sprach er davon, daß er morgens beim Frühstück, als er an nichts Böses dachte, zur Seite gesunken war, den Mund verzerrt!
«Und ich hab gedacht, er macht Spaß!» sagte die Frau.
Er trug eine starke Brille und ein Parteiabzeichen und sah aus wie der Großvater seiner beiden Söhne, die auch beide eine Brille trugen.
Seine Frau hingegen machte einen forschen Eindruck. Weißes Haar, nach hinten gekämmt, von einem Schildpattreif zusammengehalten.
Sie strich ihm das Haar aus der Stirn – hatte er eine Wimper im Auge? muß immer so blinzeln? –, pinselte ihm die Ohren aus und zog ihm die Krawatte gerade. «Umgesackt bin ich», und er habe zunächst an nichts Böses gedacht, sagte der Mann und nannte das Ereignis einen Schlagfluß. Die Frau habe gemeint, er macht Spaß!

«Schluß mit der Jammerei!» rief sie. Noch ehe sie den Mantel abgelegt hatte, lief sie von Topfblume zu Topfblume, knipste hier was ab und richtete dort was auf. Und – täuschte man sich? – es war so, als ob die Blumen aufatmeten unter dieser Zuwendung. Hatten sie denn so lange auf eine liebende Hand gewartet?

Sie holte ihre Lebensmittelkarten aus der Handtasche und wollte sie Katharina geben, sie würden hier wohl mitessen müssen, zum Kartoffelschälen sei sie ohne weiteres bereit! Einen Kolonialwarenladen gab es weit und breit nicht, man hätte wegen jeder Kleinigkeit extra nach Mitkau tippeln müssen, jeden Tag die eisige Straße entlang …
«Nein, die Karten brauchen sie nicht abzugeben», sagte Katha-

rina, «die behalten sie man schön.» – Aber das Tantchen kam gelaufen. «Karten? aber natürlich ...» Sie seien hier ja kein Wohlfahrtsinstitut. Zwei Erwachsene, zwei Kinder? Der Baron hatte immer tüchtig zugelangt, und dann hatte er sich zwischendurch noch gern was aus der Küche geholt. Das wollte man nicht noch einmal erleben. Der hatte die Karten gar nicht erwähnt. Lebensmittelkarten, der wußte gar nicht, was das ist.
«Na, denn kommen Sie man mal mit nach oben», sagte das Tantchen.

Das Tantchen zeigte ihnen Peters Zimmer: Sie würden sich schon wohl fühlen dort! Vom Boden wurde ein Bettgestell geholt, Matratzen und alles frisch bezogen. «Sie sollen mal sehen, Sie werden sich bei uns wohl fühlen!» sagte das Tantchen.
Die beiden Jungen kamen in Elfies Zimmer, wo sie sofort mit dem Kaspertheater zu spielen begannen, die Puppen also gegeneinander schlugen und dauernd den Vorhang auf- und zuzogen, bis die Schnüre rissen. Ob sie die Pantoffeltierchen mal sehen wollten, fragte Peter sie. Nein, das wollten sie nicht. Die interessierten sich für die «Kauernde», und ob sie schon dicke Brillen trugen, sie guckten doch genau hin, und sie machten hä-hä-hä!

Die Frau lief in die Küche und erbat für ihren Mann eine Wärmflasche. «Oh! was für einen wundervollen Herd haben Sie hier!» – Sie hätte direkt Lust, einmal Nockerl zu machen. All die kupfernen Töpfe und Pfannen, der Größe nach geordnet? Alle mal mit Sidol putzen! Das würd' ihr Spaß machen ... Herrlich! In so einer herrlichen Küche möchte sie auch mal regieren. – Die Mädchen freuten sich über die Begeisterung dieser Frau, und sie waren auch ein bißchen stolz auf die Küche, die sie sich so genau noch gar nicht angesehen hatten, als ob ihnen das alles gehört, so taten sie, aber als die gute Frau die Speisekammertür öffnen wollte, stand denn doch urplötzlich das Tantchen da.

Also wieder hinaufhasten zum Ehegespons, der bereits ungeduldig war, wo sie denn bleibt. «Helga!» Der Mann nahm die Wärmflasche in Empfang und bat darum, daß sie ihm den Stuhl ans Fenster schiebt. «Wo warst du denn so lange?» Er hielt die Hände hinter die Ohren, was es da ist, das sie zu ihrer Entschuldigung vorbringt.

Man richtete sich ein, die Hesses hatten jeder nur einen Rucksack mit und ein bißchen Gelumpe. Es sei alles so schnell gegangen! «Die Steinbeile!» rief Herr Hesse, «die Schaber!» Alles hatte er zurücklassen müssen.

Daß Georgenhof ein richtiges Gut war, wenn auch ein abgewracktes, machte der Frau zu schaffen. Und sie flüsterte es Katharina ins Ohr: *Gutsbesitzer?* ob sie nicht lieber sofort wegmachen wollten? Junker murksten die Roten doch gleich ab. Da fackelten die gewiß nicht lange! Gutsbesitzer seien denen ein Dorn im Auge! Am besten abhauen, solange noch Zeit ist! Alles einpacken und weg! Gleich morgen!
Sie selbst war auch unruhig, wie lange würde man hier noch herumsitzen? Sie bekämen Bescheid, war gesagt worden. Draußen ein Wagen hinter dem andern, und sie saßen hier herum?

Drygalski, Heil Hitler, half den Hesses ein wenig beim Einrichten, der hatte im Moment nichts Besonderes zu tun. Die Trecks kamen auch ohne ihn aus dem Osten, und nach Westen zuckelten sie weiter. Da brauchte er nicht weiter einzugreifen. – Er strich um Katharina herum, so als ob er ihr was er-

zählen wollte. Katharina war das gar nicht recht. Seine braunen Stiefel, wenn sie die schon sah! Wer konnte denn wissen, wo überall er damit herumgelaufen war!
Peters Bücherkiste trug Drygalski eigenhändig hinüber in ihre Wohnung, den Karton mit den Zinnsoldaten und der Eisenbahn. Die Jacken und Mäntel: jedes Stück nahm er in die Hand: ob man das noch braucht – so ungefähr, und ob man das da auch noch braucht. Könnte man den vielen Flüchtlingen davon was abgeben?

Eigenartig: die kleine Truhe in Katharinas Schlafzimmer? Hatte die vorher nicht woanders gestanden?
Die «Kauernde» würde man vielleicht besser etwas aus dem Blickfeld rücken? Ob das gut ist, wenn der Junge sie dauernd anguckt? Unten die Ahnenbilder, und hier oben eine «Kauernde»? Das paßte doch nun wirklich vorn und hinten nicht zusammen. – Daß der Künstler, der die «Kauernde» so voll und sinnenfroh gebildet hatte, Parteigenosse war und bei Hitler ein und aus gegangen, wußte er nicht. Davon hatte dieser Mann keine Ahnung.

Peter hüpfte auf den Ehebetten der Eltern herum. In der Tür stehend, sah ihm Drygalski dabei zu. Er betrachtete den Jungen, blond mit schmalem Kopf, ein richtiger deutscher Junge, der gewiß noch mit der Knarre in der Hand seine Heimat verteidigen würde, wenn's hart auf hart kommt, wie sein Sohn es getan hatte in Polen und dabei ins Gras gebissen!
«Wie alt bist du? – Zwölf?» Naja, das war ja wohl doch noch ein bißchen zu früh, um sich ins Kampfgetümmel zu stürzen. Im Moment ja auch dicke Mandeln, mit so was war nicht zu spaßen. Auch sein Sohn war blond gewesen, aber auf den Betten war er nie herumgesprungen.

Drygalski knipste Katharinas Radio an: auf Kopenhagen war es eingestellt. Ausländische Sender abzuhören war doch verboten? Nachrichten auf dänisch? Gab es denn nicht deutsche Sender genug? Mußte es denn unbedingt Kopenhagen sein? – Aber: In Kopenhagen stiefelten deutsche Soldaten durch die Straßen, saßen in den Cafés und aßen Schlagsahne, das war nun mal eine Tatsache. Es gab ja sogar eine dänische Waffen-SS, die kämpfte Schulter an Schulter mit ihren deutschen Kameraden gegen die Bolschewisten? Dänen, Holländer, Franzosen, Slowaken, ja sogar Russen! Ukrainer! Kosaken! – Mann an Mann. Ganz Europa war aufgestanden gegen die Rote Gefahr. Es wurde eisern zusammengehalten.
Und so auch hier: Die Flüchtlinge so herzlich aufnehmen, wie's überhaupt nur geht, das taten die Globigs augenscheinlich, das würde ihnen gutzunehmen sein.
Aber: Wer einen dänischen Sender einstellt, war von dem nicht zu vermuten, daß er auch gelegentlich mal BBC hört? Aus Versehen möglicherweise? – Kopenhagen? Da ist BBC doch nicht weit. Drygalski war sich nicht schlüssig. Am besten, man erkundigte sich mal beim Kreisleiter und ließ sich Direktiven geben.
Sie soll mal ehrlich sein? fragte Drygalski. Bestimmt husche sie doch auch mal über BBC hinweg?
Katharina schob die Truhe wieder vor die Abseite und schnupperte: Tabak? Schokolade? Nein, es war nichts zu riechen.

Der Wintergarten gefiel dem Oberwart. Was für eine wundervolle Aussicht. Alles was recht ist! Im Sommer gewiß herrlich! Jetzt ja natürlich trostlos. Er sah auch auf seinen Trampelpfad hinunter und wunderte sich über das Halbrund, daß das so ebenmäßig war. Wie von einem Zirkel geschlagen! Frau Hesse, die sich mit hineingedrängt hatte in Katharinas Wintergarten, beanstandete die Kakteen und die Blumen. Die Tradiskantia, der Efeu! Was für einen traurigen Anblick boten sie! Eingestaubt und voll toter Fliegen? Das mußte unbedingt mal alles umgetopft werden.

Drygalski wollte schon anfangen, von dem schönen Anblick zu sprechen, den die Familie Globig dargeboten hatte, auf dem Sommerrasen gesessen und Kaffee getrunken? So einträchtig und zufrieden. War es vor dem Krieg gewesen? – Daß das ein Bild gewesen sei, sagte er nicht.
«Die Laube haben Sie wohl nie benutzt?»
Katharina drängte ihn zur Tür. Ob noch irgendetwas wär'?

Mit seinem Flüchtlingsmädel habe er leider Pech gehabt, sagte er beim Hinausgehen. Hübsch und an sich ganz patent und willig. Eigentlich ein nettes Mädchen, hätte alles von ihm haben können. Er hatte schon gedacht, diesem Mädel könne man eine Heimstatt bieten ... für immer! Aber: Sie war in Hitze verfallen! Unversehens. Und ziemlich sofort. Hatte ihm aufgelauert, wenn er in den Keller ging, und so weiter. Durch und durch verdorben! Da hatte natürlich sofort eingeschritten werden müssen. Augenblicklich sei das Luder auf die Straße gesetzt worden, «zoffort»! Bei so was mache er kurzen Prozeß. Eigentlich schade, ein sonst ganz nettes Mädchen und durchaus propper. Man hätte sie gern dabehalten.
«Dieses Mädchen hätte alles von mir haben können ...» Traurig, wie sie dann da an der Straße stand, so einsam und allein ... Seine Frau, so siech sie auch war, hatte was mitgekriegt von der Sache. Und da war das dann unhaltbar geworden.

Auf dem Korridor lauerte der kranke, zittrige Herr Hesse dem Oberwart auf, Heil Hitler, er heiße Hesse und sei seit 1939 in

der Partei, und er schilderte ihm die Symptome seines Schlaganfalls und wie es dazu gekommen war und wie ihm dabei zumute gewesen sei. Seine Frau habe ihm erzählt, sein Mund habe absolut schief gestanden! Die habe zuerst gedacht, er mache bloß Spaß! – «Wenn ich meine Frau nicht gehabt hätte!» rief er, und dann fragte er sich und den Herrn Drygalski: «Was sollen wir jetzt hier bloß machen? Wir haben einen Einweisungsschein nach Danzig, aber die Bahnstrecke ist doch jetzt unterbrochen?» Was er meinte, was sie jetzt machen sollten? Hier gäb' es doch gar nichts für sie zu tun? Und er könne sich doch nicht gut an die Straße stellen?
Drygalski sagte: «Das kriegen wir schon.» Es gäbe da irgendwelche ärztlich betreuten Auffanglager, da werde für alles gesorgt. Und während er das sagte, überlegte er, ob es wirklich solche Lager gibt und ob das nicht was wäre für seine eigene, ständig kranke Frau? Es war anzunehmen, daß es so was gab, die Partei ließe sich gewiß nicht lumpen.

Herr Hesse ließ noch nicht so bald ab von Drygalski: Er habe noch was auf dem Herzen: Seine Sammlung altgermanischer Artefakte, ob man nicht noch eben schnell einen Wagen hinschicken könnte und das rausholen aus der Wohnung? Unersetzliche Beile und Schaber? Vielleicht einen Trupp zu allem entschlossener Hitlerjungen?
«Wie?» fragte er Drygalski.
Aber der Amtsträger hatte gar nichts gesagt, der hing seinen eigenen Gedanken nach.

Zu zweit standen dann die Hesses an ihrem Fenster und sahen dem Zug der Flüchtlinge nach, und sie bemerkten, daß der Fußboden zitterte. Und die Frau sagte zu ihrem Mann: «Am besten, du legst dich erst mal etwas hin …»

«Ich hätte wenigstens das Steinbeil mitnehmen sollen», sagte er, das werde er sich ewig vorwerfen, «das Ding mit dem Loch ...»
«Aber wieso?» sagte seine Frau, «das wird doch alles von der Partei weggeschlossen und verwahrt, bis wir wieder zurückkönnen.»
Daß sie sich, wie der Baron und seine Frau es getan hatten, an die Straße stellten und sogleich mitgenommen werden würden, war ganz undenkbar. Da hätte keiner angehalten. Aber Drygalski würde schon für alles sorgen.

Nun erst einmal essen. Zu Tisch! zu Tisch! Die Hesses bauten sich in einer Ecke auf, ob auch sie gemeint sind damit? Ja, auch sie waren gemeint. «Aber natürlich!» rief das Tantchen, und sie erlaubte den Jungen, auf den Messinggong zu hauen, der an der Wand hing, von einem Messingelefanten im Rüssel gehalten.
Herr Hesse wischte Teller und Löffel am Tischtuch blank, und dann wurde emsig gelöffelt. Hühnersuppe würde bei ihnen zu Hause mit Eierstich angemacht, sagte der schlürfende Dorfschullehrer. Die gelben Fettaugen obenauf interessierten ihn. Zählte er sie gar?
Peter zeigte den Jungen auf den Silberlöffeln die Stempel. Und auf den Tellern die Bäume, den Weiher mit Kranichen und das Boot mit einem Fischer, der gerade sein Netz aus dem Wasser zieht.
Hesse sah seine Frau an: Wie er das aushalten soll, wenn hier soviel gequatscht wird am Tisch! ob ihm das mal einer sagen kann? Jugend hat den Mund zu halten, so war es doch von alters her.
Wenn er als Kind den Mund aufgemacht hätte bei Tisch, hätte er vom Vater gleich eine an'n Ballon gekriegt.
Und dann erzählte er es, wie er sich gefühlt habe, als er zur Seite sank. Er hätte gedacht: Nun ist alles, alles aus. Der Tisch-

runde erzählte er es und seiner Frau und seinen Kindern, die das doch miterlebt hatten. Die Frau war es doch gewesen, die sofort zum Dorfarzt geradelt war, der ihren Mann dann gerade eben noch hatte retten können. Davon konnte die Frau allerhand erzählen, den Bericht ihres Mannes vervollständigte sie damit. Der das dann seinerseits alles voll und ganz bestätigte. Nicht auszudenken, wenn er allein zu Hause gewesen wäre! Hätte doch sein können?
Drei Jahre war es nun schon her, daß er umgekippt war. Der Tag war im Kalender rot angestrichen. Jedes Jahr einen Strich mehr! Man stelle sich vor, er hätte die Sprache verloren oder wäre gelähmt! Was hätte dann aus seinen Steinbeilen werden sollen?

Die beiden Jungen waren etwas jünger als Peter, sie ließen nichts anbrennen. Eckbert und Ingomar: Man konnte es beobachten, daß sie den Vater auf dem Korridor nachahmten, wie er so dahinschlurfte. Früher hatten sie von ihm wohl so manche Ohrfeige bekommen, früher, als er noch bei Kräften war.
Peter lief mit ihnen durch das ganze Haus, die ließen absolut nichts anbrennen. Für seine Pantoffeltierchen interessierten sie sich nicht, aber sie hämmerten auf dem Klavier herum, schlugen auf den Gong und setzten das Grammophon in Gang. «Si, si, si, schenke mir einen Penny ...» Der nasse Keller wurde inspiziert, in dem gluckste es – konnte sein, daß hier unter den Gewölben einmal Schwerverbrecher an Ketten geschmiedet waren und auf ihre Hinrichtung warteten? Peter schloß hinter den beiden die Tür zu, rasselte mit den Schlüsseln und ließ sie eine Weile im Dunkeln stehen ...
Auf dem Dachboden lagen Walnüsse zum Trocknen. Die großen alten Schränke wurden inspiziert: ein Husarentschako noch aus der Kaiserzeit? Das Hochzeitskleid der Mutter? Ein aufklappbarer Zylinder?

Sie spielten «Verkleiden», und sie konnten überhaupt nicht verstehen, wieso Katharina plötzlich weinte, als Peter in ihrem Hochzeitskleid die Treppe herunterkam und Eckbert mit Eberhards Zylinderhut.

Auch die Kutsche stand jetzt auf dem Hof, Wladimir hatte sie aus der Remise herausgezogen und verstopfte die Ritzen mit Stroh, dichtete die Fenster in den Türen ab. Peter setzte sich schon mal probeweise hinein. Das war ganz gemütlich. Er freute sich darauf, mit der Mutter in dieser Kutsche wegzufahren, gen Westen, wann war es denn endlich soweit? Die beiden Jungen krochen neben ihn, und sie fanden es auch ganz gemütlich.
«Bleib, wo du bist, und rühr dich nicht!»

Den kleinen Abhang hinterm Haus fuhren sie auf dem Schlitten immer wieder hinunter. Nach kurzem Spiel zogen sie nach vorne um und fuhren den Abhang zur Chaussee hinunter. Die Kutscher der vorübertrottenden Fuhrwerke schlugen mit der Peitsche nach ihnen, und dann hielt auch schon ein Auto an: Ob sie nicht klug sind? In dieser ernsten Zeit Schlitten zu fahren und auf die Chaussee hinunter? Wie leicht kann da was passieren?

Peter zeigte den Jungen auf dem Hühnerhof, wie zutraulich der alte Hahn ist, und in die große Scheune stiegen sie, wo noch altes Heu lag, in dem sie dann herumtobten. Und um ein Haar wäre einer der Jungen durch die Heuklappe auf die Diele gestürzt!
«Bloß nicht meinem Vater sagen! Dann kriegt der sofort wieder einen Schlag!»
Auch ins Kütnerhaus stiegen sie hinauf, zu den Ukrainerinnen. Doch die zogen die Burschen am Ohr wieder aus ihrer Bude

heraus. Daß dort allerhand stand, was vorher nicht dort gestanden hatte, sah Peter sofort. Die Frage stellte sich, ob die Kisten im Saal überhaupt noch unbeschädigt waren?

Die fremden Jungen riefen zu Wladimir hinüber: «Polacke!» Da schnappte der sie sich und schlug ihnen welche hinten vor, kräftiger als nötig. Man konnte nur hoffen, daß Drygalski das nicht gesehen hatte. Deutsche Jungen von einem Untermenschen gezüchtigt?

War es ein Zufall, daß der Pole den Hesses am Abend nur nasses Holz brachte für ihren Ofen?

Sie liefen durch den Wald, an der Schloßruine vorüber, zum Fluß hinunter, wo der alte Kahn lag. Dort schlidderten sie über den Fluß ans andere Ufer und sahen den langen Treck über die Brücke heranziehen.

Sie liefen auch zu den Fremdarbeitern ins Waldschlößchen. Die hatten doppelstöckige Betten, und es war dort ziemlich eng. Der Tscheche wollte sie sofort raussetzen, aber die andern waren freundlich zu den drei Jungen. Wie stark sie sind, fragten sie und befühlten ihre Muskeln. Der Rumäne brachte ihnen das Rauchen bei und zeigte ihnen, wie Geld verschwindet, das eben noch auf dem Tisch gelegen hat. Marcello, der Italiener, sang ihnen zur Mandoline ein neapolitanisches Liedchen vor. Er hatte die Wände mit nackten Mädchenbildern vollgemalt, gegen die die «Kauernde» gar nichts war.

Der Tscheche schnitzte ihnen Dolche. Und er zeigte ihnen, wie man jemandem mit einem Messer die Kehle durchschneidet.

Rumänien? Keine Ahnung, wo das lag.

Der sehnlichste Wunsch der Jungen wäre es gewesen, wenn sie bei diesen Leuten mal eine Nacht hätten schlafen dürfen, aber das würde natürlich nicht gestattet werden.

Am besten ganz bei ihnen bleiben, das wäre nach ihrem Geschmack gewesen, mit ihnen davonziehen und ein Abenteuer nach dem anderen bestehen.
Eine Pfauenfeder brachten sie den Leuten mit, und die wurde ohne weiteres akzeptiert. Eine Pfauenfeder hatte denen noch gefehlt. Nun war es richtig gemütlich.
Natürlich durchstreiften die Jungen auch das ganze Waldschlößchen, den getäfelten Speisesaal mit einem einbeinigen Flügel in der Ecke, die mit Brettern vernagelte Kaffeeterrasse und auch die Räume mit den Ersatzteilen des NSKK. Hier eignete sich Peter blankes Gestänge an, das konnte er für sein Baumflugzeug gut gebrauchen.

Das Tantchen wunderte sich, daß die Hühner auf einmal keine Eier mehr legten. Dafür herrschte jetzt bei den Leuten im Waldschlößchen Fettlebe.
«Haucht ihr mich mal an?» sagte die Frau des Dorfschulmeisters zu ihren Jungen. «Ihr raucht doch nicht etwa?»
Ob sie wüßten, daß das sehr ungesund ist?
Der Lehrer warf die Bettdecke von sich, unter der er sich wärmte, und er schimpfte! Warum seine Frau die Jungen nicht besser beaufsichtigt! Donnerwetter noch mal! Seit Jahren hat er es verhindert, daß sie rauchen, und nun fielen alle Schranken! Fehlte noch, daß sie mit einer Buddel Schnaps ankämen!

Peter kletterte mit ihnen in das Baumhaus hinauf und stattete es mit dem blanken Gestänge aus. Ein Rückspiegel ließ sich anbringen, aber die Hupe ließe man besser fort.
Sie guckten sich den Treck an von hier oben, einzelne Menschen, zu Fuß; Pferdewagen, hochbepackt. Leute mit Fahrrad, andere mit Schlitten. Sie zählten die Wagen, bei zweihundert hörten sie auf.

Sie sahen auch einen Zug Gefangener, aus der Ziegelei kamen sie, in gestreiften Mänteln und Holzpantinen, traurige, sich dahinschleppende Gestalten. Links und rechts bewacht von Soldaten mit Gewehr im Anschlag.
Oben am Fenster erschien das blasse Gesicht des hinfälligen Herrn Hesse, der sah diese Leute auch. Er reinigte sich die Zähne mit einem Hölzchen, und dann klopfte er gegen die Fensterscheibe. Sie sollten mal sofort herunterkommen von diesem Baumhaus da, was das überhaupt soll? Brechen sich noch alle Knochen? Und dann hatte man den Salat? Genügte es denn nicht, daß er selbst fast zu Tode gekommen wär'? Aus heiterem Himmel? – Die gestreiften Leute da – das waren gewiß Volksschädlinge, mochte der Himmel wissen, was die verbrochen hatten …

Die Frau sah sich draußen um. Einmal ums Haus lief sie, und dann fragte sie: ein so großes Anwesen und kein Garten? «Haben Sie denn gar keinen Garten?»
«Wir haben einen Park», sagte das Tantchen.
«Ja, aber ein so großes Grundstück und keinen Garten?» Und sie erzählte von all ihren Dahlien, von den Knollenbegonien, die jetzt im Keller verrotteten, und vom Gemüse. Pferdebohnen! Junge Erbsen! Porree! – Im Stall hingen Harken, Sensen und Spaten an der Wand. Wie gern würde sie im Frühjahr einen Garten anlegen! – Im Frühjahr?

Frau Hesse, die mal einen Erste-Hilfe-Kurs absolviert hatte bei den Braunen Schwestern, bemerkte, daß Peter es im Halse hatte. Und sie sagte: «Komm mal her!», sah ihm in den Hals, massierte ihm den Kehlkopf und gab ihm ein paar Tropfen. Und siehe da, am nächsten Morgen war alles wieder gut.
«Diese Frau kann wohl hexen», sagte das Tantchen. Daß sie die

Topfblumen umstellte in der Halle, die Kakteen ins Dunkle und irgendwelche dürren Zweige in ein Weckglas, die blühten dann auf …, war ihr nicht recht. Und sie war kurz davor, alles wieder umzustellen, aber irgendwie sah es in der Tat so besser aus. Die dunkle Halle hatte ein freundlicheres Aussehen bekommen. Besonders, wenn die Sonne hineinschien.
Was den Katarrh anging, den sie Peter weggehext hatte – das war vielleicht gar nicht gut? Was sollte man nun Drygalski sagen, wenn der wieder Hitlerjungen suchte zum Helfen?

Katharina und die Lehrersfrau mochten sich. Sie setzten sich zusammen. Frau Hesse kriegte ihre gute Bluse aus dem Rucksack hervor und ihren Beiderwandrock, und Katharina steckte die silberne Brosche an, die sie aus Italien mitgebracht hatte. Es wurden Patiencen gelegt. Zuerst unten in der Halle, aber dann zogen sie hinauf in Katharinas Boudoir, und die Tür wurde abgeschlossen. In der Halle gingen dauernd Leute raus und rein, und alle ließen die Türen offenstehen. Hier war man ungestört. «Helga!» rief der Mann. «Wo steckst du denn?» Aber er rief vergeblich, da kam keine Antwort, sosehr er auch die Hände hinter die Ohren legte: Helga saß bei Frau von Globig hinter der verschlossenen Tür und spielte Karten. Und dann spielten sie auch bald nicht mehr, sondern sie erzählten sich das, was Frauen sich so erzählen, wenn sie beisammensitzen. – Katharina öffnete ihren Kleiderschrank, und Frau Hesse machte «Modenschau», der Plisseerock und all die Hüte. Katharina hätte gern ihr Geheimnis preisgegeben, es lag ihr auf der Zunge zu sagen: «Stellen Sie sich vor, in dieser Abseite hat ein Mann gelegen! Das Rosenspalier ist er heraufgeklettert», aber sie hütete sich, sie behielt es eisern für sich. Was sich hier ereignet hatte, mußte ein Geheimnis bleiben. Das würde man notfalls ins Grab mitnehmen müssen.

«Helga!», rief der Mann, «wo steckst du denn?» Es war ihm kalt! und das war doch bestimmt nicht gut …
Auch die beiden Jungen waren nicht in Sicht, die trieben sich mal wieder bei den Fremdarbeitern herum. Er mußte also selbst aufstehen und den Stuhl näher an den Ofen heranrücken. Warum das Ding nicht zog, war ihm schleierhaft. Wenn er nun einen zweiten Schlaganfall kriegte, würde seine Frau schuld daran sein. In den Spiegel sah er, und er zog den Mund schief, wie das damals gewesen war, an dem harmlosen Sonntagmorgen!
Mit seinen Schulkindern hatte er einmal einen steinzeitlichen Webstuhl gebaut. Darüber hatte sich der Schulrat anerkennend geäußert. Gott, wie viele Jahre war das nun schon wieder her? Alles war schon so lange her. Im Lehrerseminar, wie er damals mit seinen Kameraden des Nachts über die Mauer gestiegen war … Es war Sommer gewesen, und die Mädchen hatten vor den Häusern gesessen. Mit denen rumgeflachst und nachts dann über die Mauer gestiegen. Damals hatte er sein Hütchen gern schräg aufgesetzt.

In der Küche wurde nicht gesungen. Die Mädchen waren still, taten schweigend ihre Arbeit. Als das Tantchen kam, um zu fragen, ob alles in Ordnung ist, drängte sich Vera an sie und fragte, ob sie sie mal sprechen könnte?
«Hier? jetzt gleich?» fragte das Tantchen. Und dann ging sie mit der so sehr reifen jungen Frau, die freiwillig aus der fernen Ukraine nach Deutschland gekommen war, um hier was zu erleben, weit weg von den Sonnenblumenfeldern ihrer Heimat, nach oben in ihr Zimmer und setzte sich in den Lehnsessel am Fenster.
«Was gibt's?»
Vera weinte zunächst ausdauernd und sagte dann unter Händeringen: Sie kriege ein Kind … Was soll sie bloß machen?

«Ein Kind?» sagte das Tantchen. «Wieso das denn? Und nun jetzt?» – Was gedächte sie zu tun? Eben das wollte Vera vom Tantchen wissen. Aber die wußte das ja auch nicht.
Es war nicht herauszubekommen, ob einer der Fremdarbeiter im Waldschlößchen der Urheber des Malheurs war, der Tscheche oder Marcello, der lustige Italiener? Oder gar Wladimir? – Nein, der biedere Pole schied aus. Der Tscheche? der guckte immer so giftig? und der war ja sogar mal bis ins Haus vorgedrungen ... Der trug gewiß ein scharfes Messer bei sich. Dem war alles zuzutrauen.
Egal, ob Tscheche, Pole oder Italiener. Um einen Fall von Blutschande handelte es sich jedenfalls nicht. Und Vera gab keine Auskunft in dieser Angelegenheit. Sie weinte.

Frau Hesse wurde zu Rate gezogen, sie hatte zwar Peter rasch helfen können, aber in diesem Fall waren ihre ärztlichen Künste nicht ausreichend. Eine Fußverstauchung hätte sie durch Anlegen eines Kreuzverbandes beheben können und einen Schnitt in den Finger, aber in die Angelegenheiten einer unerwünschten Schwangerschaft mischte sie sich nicht ein. Das war bei den Braunen Schwestern nicht diskutiert worden. Einem Menschen das Leben zu schenken, das sei doch wunderbar? Wieso sollte man das verhindern?
Nicht so schwer heben, das war ihr Ratschlag, und nicht von einem Hocker herunterspringen, sonst gibt es einen Abort.
Daß Vera immer wieder von einem Hocker sprang, wo und wann es nur irgend ging, hörte man durchs ganze Haus.
Vielleicht hilft Johanniskraut? fragte das Tantchen. Aber woher Johanniskraut kriegen? Und wogegen sollte es helfen?

Mit Katharina legte Frau Hesse Patiencen, mit den Ukrainerinnen flüsterte sie, und ihrem Mann kochte sie Nockerln, wofür er sie, trotz seiner großen Schwäche, unterm Kinn kraulte, obwohl, wie er sagte, die Nockerln nach Sidol schmeckten.

Als Frau Hesse von den Problemen des Hauses Drygalski hörte, setzte sie sich ihren Hut auf und ging hinüber und redete mit der Frau. Heil Hitler. Eine Frau in den besten Jahren und liegt im Bett? Lange und eindringlich führte sie ihr vor Augen, daß man sich zusammennehmen muß! Sonst kommt der Mann auf andere Gedanken! Sie redete von dem wundervollen Haus der Drygalskis und wie schön sie es eingerichtet haben. Und sie zeigte auf das Bild des gefallenen Sohnes, der Ähnlichkeit mit Peter hatte, wie sie fand, und auf das Kruzifix, wo sie das herhat?

Und, o Wunder, frisches Blut zirkulierte in den Adern der Frau. Sie setzte sich auf und verlangte einen Spiegel. Und am nächsten Morgen stand sie in der Küche und briet ihrem Mann zwei Setzeier auf Speck!

Eine Frau müsse um ihren Mann kämpfen, hatte Frau Hesse ihr ins Ohr geflüstert, und: sie sähe doch noch immer ganz gut aus? Habe einen verschmitzten Zug um den Mund? Den gälte es zu kultivieren? Einfach aufstehen und dem Manne mal ein verschmitztes Lächeln schenken! Und das tat die Frau denn auch. Drygalski wäre bald in die Knie gesunken vor diesem Wunder. Aber als er die Eier aß, die sie ihm briet, wurde er auch wütend. Wieso denn das auf einmal? Hatte es womöglich all die Zeit gar nicht so schlimm mit ihr gestanden? Hätte ihm also jeden Tag Eier braten können und mal eine Lungwurst mit grünem Kohl? Er rackert sich ab und macht sich Sorgen? Betütert sie von vorn bis hinten? Hätte sich beinahe noch was eingehandelt wegen diesem Mädchen da, wie hieß es noch? Die Hitze war über sie gekommen, und umhalst hatte sie ihn, in der Kellertür, bei drängendem Leibe.

Drygalski ging um sein Haus herum und spuckte in die Büsche. Nein. Er hatte sich zum Narren halten lassen, und das nahm er nicht hin!

Abends am Kamin, in gemütlicher Runde, zu der man die Hesses notgedrungen gebeten hatte, erzählte Lehrer Hesse dem Studienrat Dr. Wagner, wie nett er immer zu den Dorfkindern gewesen sei, alles immer im Guten versucht, obwohl auch Strenge zum Lehrerhandwerk gehöre, und daß der Schlaganfall ihn ausgerechnet an einem Sonntag ereilt hatte! Ohne Vorwarnung, morgens, beim Frühstück!
«Wir haben zuerst an nichts Schlimmes gedacht», sagte die Lehrersfrau, «aber als ihm dann der Speichel aus dem Mund troff …» Da habe sie gedacht: Halt mal, stop! und sei sofort zum Arzt geradelt … Ja, und nun saß er da, die Hände im Schoß, sie hatte ihm eine Decke um die Beine gewickelt, und so saß er nun da, mit welken Beinen. Und in früheren Jahren hatte er den Felgumschwung am Reck vollbracht und den Grätschsprung über das Pferd?

Sein liebes Königsberg! sagte Dr. Wagner. Am Pregel in einem kleinen Restaurant gebratene Flundern gegessen … Und dann das Tuten der großen Schiffe vom Hafen her, so «buhht-buhht-buhht …» Er hatte seine Gedichte mitgebracht, weshalb sollte er sie nicht darbieten? Am Kamin sitzen und Gedichte deklamieren, das war Geselligkeit in altem Stil. Hund, Katze, zu Füßen des lebensspendenden Feuers? Und die Kinder mit großen Augen?
Er behandelte den neuen Gast höflich, es war ja im Grunde ein Kollege … die Frau ja auch ganz nett, in ihrem handgewebten rostroten Rock. Aber als der Mann dann wieder und wieder von seinem Schlaganfall erzählte, guckte er gen Himmel, und seine

Blicke trafen sich mit denen Katharinas. Es blieb ihm verborgen, daß auch der Dorfschulmeister seine Blicke gen Himmel sandte, wenn auch aus anderen Gründen: Das hat ihm noch gefehlt! dachte der, ein Stupidienrat! und Gedichte!
Wagner beließ also die Gedichte in der Tasche. Im übrigen hatte er das Teleskop mitgebracht aus der Schule. (Steht da so herum und wird von niemandem je genutzt?) Da er nun mit seinen Gedichten nicht landen konnte, ging er mit den Jungen hinaus ins Freie, um Sterne zu beobachten. Aber der Himmel war bedeckt.
«Tür zu!» rief der Lehrer.

Wagner sagte also auf Wiedersehen: In diesen Zeiten gehöre ein jeder in seine eigenen vier Wände. Er versuchte es: er führte Katharinas Hand an seine Lippen, wie der Baron es wieder und wieder getan hatte, aber sie entzog sich ihm mit einem Ausdruck des Widerwillens.
Das Teleskop ließ er in Georgenhof. Das konnte er ja nicht gut dauernd hin- und herschleppen.

Er dachte auf dem Heimweg an Katharina – dieser Frau hätte er gern seine Gedichte vorgelesen, oben in ihrem Boudoir, zu ihren Füßen sozusagen, wie die Alten es getan hatten. Das eine da besonders, das ihm so gut geglückt war. Seiner Mutter hatte er es zum Muttertag geschenkt. «Caput Mortuum ...» Daß es die Frauen sind, die das Leid der Welt tragen. Gott, wie lange war das schon wieder her, daß die Mutter dahingegangen war. Die gütige Frau!
Wenn er auch die Sterne nicht sah, so war er sich doch sicher, daß ein gütiger Vater seine Hand über ihn hielt. Das Donnern in der Ferne paßte zu seiner Stimmung. – Götterdämmerung! – Das hatte etwas Großartiges an sich.

Daß man auch ihm irgendwelche Leute in die Wohnung setzte … Dieser Gedanke erfüllt ihn mit Sorge.

In der Nacht lag Katharina angezogen auf dem Bett und lauschte auf das Grummeln in der Ferne. Sie spürte die Erschütterungen, und die Gläser auf dem Waschtisch klirrten leise. Sie mußte mit jemandem sprechen, aber mit wem? Mit Pastor Brahms? Ob alles in Ordnung ist? Gleich morgen auf die Flucht gehen? Sich den Weiterungen entziehen, wenn sie sich denn einstellten …

Lothar Sarkander war nun schwer zu erreichen, immer war er gerade nicht da, wenn Katharina ihn anrief. Was hätte er auch sagen sollen?
«Sie können sich doch denken, daß der Bürgermeister jetzt alle Hände voll zu tun hat …», hieß es. – So war früher nicht mit ihr gesprochen worden.

Katharina öffnete die Abseite. Warum hatte sie sich darauf eingelassen? Und: Warum hatte sie den Mann nicht dabehalten? Wer A sagt, muß auch B sagen? – Sie war froh gewesen, ihn wieder los zu sein, das war die Wahrheit.

Polizei

Am nächsten Tag Morgen kam ein Anruf aus Mitkau, von der Polizei, Katharina lag noch im Bett, als es klingelte – man habe im Klosterhof einen Mann aufgegriffen, einen Juden! und der habe nach längerem Leugnen gestanden, von ihr in Georgenhof versteckt worden zu sein? ob das der Wahrheit entspricht?

Und kurz darauf rief auch der Bürgermeister an, Lothar Sarkander, der all die Tage nicht zu erreichen gewesen war, um Gottes willen! Und er wollte diesmal nicht an frühere Zeiten erinnern, vom Sommersaal kein Wort, sondern er sagte ganz direkt: um Gottes willen … Er habe gehört, man habe ihn kontaktiert … «Wie konntest du nur, Kathi …»

Die Polizei sei bereits bei ihm gewesen, flüsterte er in die Muschel, den Pastor hätten sie schon abgeholt!

«Wie konntest du dich nur auf so etwas einlassen … Du mußtest dir doch sagen, daß diese Leute über Leichen gehen!»

Man habe einen Zettel bei dem Mann gefunden! eine Wegbeschreibungsskizze, bei der es sich eindeutig um Georgenhof handelte … «In einem solchen Fall Schriftliches von sich zu geben, das ist sträflich! – Wie warst du bloß naiv …»

Man habe dem Mann die Skizze vorgelegt, und da habe er alles zugeben müssen. Ja. Habe noch versucht, sich rauszureden, aber die Skizze!

Gegen Mittag erschien, von Jago heftig verbellt, ein Kriminalbeamter, ein stiller, kummervoller Herr im Ledermantel. Er kam in einem DKW gefahren, er fuhr «vor» und stellte den Wagen direkt vor der Haustür ab. Heil Hitler. Die ganze Belegschaft saß am Tisch um eine dampfende Suppe herum. Die Hesses, das Tantchen und auch Dr. Wagner. Katharina schenkte mit ruhig Blut die Suppe aus, und das machte sie sonst doch nie?

Als Wagner erfuhr, daß es sich um einen Kriminalbeamten handelte, legte er den Löffel hin und schob den Teller zur Seite. Er hielt es für besser, hier nicht weiter zu stören, sondern sofort den Rückweg nach Mitkau anzutreten, obwohl er doch gerade erst gekommen war. Hier entwickelten sich Dinge, mit denen er nichts zu tun hatte? Die Gedichte, die er Katharina hatte zustecken wollen, schob er in die Tasche zurück und schritt rüstig davon. Nicht den Richtweg benutzte er, der war vereist, und einen Sturz, eine gebrochene Hüfte wollte er sich nicht einhandeln auf den letzten Drücker. Ohne zu zögern und aufrecht ging er dem Strom der Pferdewagen entgegen.
«Ist es noch weit?» fragte ihn ein kleines Mädchen. Wohin? dachte er und zuckte mit den Schultern.

Die Tischgesellschaft war aufgestanden, und die Ukrainerinnen kamen aus der Küche herbei. Der Beamte hatte ein Foto, das hielt er Katharina unter die Nase, und er fragte sie, ob sie diesen Mann kennt? Der habe angegeben, von ihr versteckt worden zu sein in einer Abseite, oben im ersten Stock. «Gibt es in diesem Haus eine Abseite? Oben im ersten Stock? – Und wußten Sie, daß das ein Jude ist?»
Auch das Tantchen stand auf und sah sich das Foto an, und auch die beiden Ukrainerinnen, die wollten auch alle wissen, ob Katharina den Mann kennt. Und was es mit der Abseite auf sich hat.
Auch die Hesses schoben sich vor. «Wie? Was?» fragte der Leh-

rer. «Was ist los?» War es endlich soweit? War die Abreiseverfügung gekommen?
«Eckbert! Ingomar!»
Sollte es endlich auf die Reise gehen?

Auch Drygalski stellte sich ein, Heil Hitler, der ließ die Haustür offenstehen, kalt wehte es herein. Auch er wollte das Foto sehen, der Beamte hatte es bereits weggesteckt, und er zog es wieder hervor. Drygalski betrachtete das Foto, ob Katharina den Mann kennt, fragte er Katharina: «Kennen Sie diesen Mann?» Er selbst hatte ihn noch nie gesehen, obwohl er sich in dieser Gegend doch so gut auskannte. Und auch das Tantchen mußte passen.
Ja, Katharina hatte den Mann gesehen, das sagte sie klar und deutlich.
Siehste, das hat er sich doch gedacht, daß hier was nicht stimmt! sagte Drygalski. Mit seinen braunen Schaftstiefeln stand er breitbeinig da, und er hätte gern eine Reitgerte in der Rechten gehalten, mit der er an den Schaft hätte klopfen können. Eine Zeitlang läßt man sich täuschen, aber dann kommt alles raus. Einen sechsten Sinn mußte man haben, das war der ganze Witz. Und er sagte es dem Kriminalbeamten: «Den Braten hab ich schon längst gerochen», er habe immer schon das Gefühl gehabt, daß hier was nicht stimmt.

Nun mußte der Tatort besichtigt werden. Die ganze Gesellschaft setzte sich in Bewegung und stieg als Kavalkade in den ersten Stock hinauf. Drygalski stieg die Treppe als erster hinauf, er wisse hier Bescheid, sagte er. Drygalski also vorneweg, dann aber doch vom Kriminalbeamten überholt, die schmale Treppe, die Dunkelheit. Die Hesses und die Mädchen aus der Küche folgten, das Spültuch noch in der Hand.

Als letzte stieg Katharina die Treppe hinauf, und sie hielt sich am Geländer fest. Sie hatte es nicht so eilig.
Oben stand die ganze Meute und sah zu, wie sie da so langsam Stufe für Stufe hinaufklimmt. Sie gab den Schlüssel her, und die Tür wurde aufgeschlossen; das ungemachte Bett, ein offenes Pillenröhrchen und eine angebrochene Flasche Wein auf dem Nachtschrank. War es hier zu widernatürlicher Unzucht gekommen? Die «Kauernde», wenn man sich so was schon hinstellt? Um Gottes willen?

Der Beamte trat mitten in das Zimmer und sah sich um. Kein Zweifel, dies war das Schlafzimmer der Frau von Globig. Daneben das Wohnzimmer, und dort drüben das Bücherzimmer mit dem Bett des Sohnes. Goldbronzierte Konsolen?
Im Wintergarten öffnete er das Fenster und sah das Spalier hinunter. «Und am Spalier ist er zu ihnen heraufgeklettert? Die Kratzspuren hatte er noch an den Händen, sie waren sorgfältig verpflastert.» – Naja, wenn's ums Leben geht, dann klettert man eben auch mal ein Spalier hinauf.
Drygalski schob sich vor und sah auch in den Park hinunter, auf den getrampelten Halbkreis im Schnee. Und er sagte, er weiß alles ganz genau: Ihm sei das gleich so komisch vorgekommen, neulich, bei der Bestandsaufnahme leeren Wohnraums, da habe die Truhe ganz woanders gestanden …
Ob das wahr ist, die Sache mit der Abseite, fragte der Kriminalbeamte. Das konnte doch eigentlich gar nicht sein? Aber doch, es konnte sein. Eine Abseite?

Drygalski ließ sich nieder auf die Knie und schob sich schnaufend hinein in das Loch. Eine Matratze? Kissen? Decken? und hier: Eine Nachttischlampe? Beleuchtung in einer Abseite? Und dann begann er unter der Schräge zu wühlen wie ein Eber nach

Trüffeln, und: «Hier!» Er warf dem Beamten Schokoladentafeln vor die Füße. «Und hier!» Tabakpäckchen, Zigaretten – auch die Weinflaschen ließ er herauskullern! «Hier, italienischer Wein!»

«Wein aus Italien ...», sagte er anklagend zu dem Beamten. Und dem war alles klar.

Katharina stand neben der «Kauernden» unter den Zweigen der Zimmerpalme. Das Tantchen in der Tür, die Hesses und die beiden Mädchen aus der Küche. Herr Hesse sagte laut und deutlich, ja, auch ihm sei das komisch vorgekommen, immer diese Abschließerei, und ihm sei so gewesen, als sei der Radioapparat gelaufen, öfter als normal und mitten in der Nacht. Er wies auf seinen Schlaganfall hin und wie schwer ihm die Behinderung zu schaffen mache und wie dringend er Ruhe braucht. Die linke Seite sei taub, und manchmal sei ihm so komisch zumute. Seiner Frau sei es zu danken, daß er überhaupt noch auf zwei Beinen steht. «Der Speichel troff dir aus dem Mund», habe sie gesagt, und da sei ihr alles klar gewesen.

Drygalski mischte sich in die Vernehmung ein. Der Beamte war ihm denn doch etwas zu höflich, lächelte so konziliant? Sollte man diese Frau nicht schärfer anfassen? – Einen Judenbengel zu beherbergen, von sonstwoher. Ja, von woher eigentlich? War da vielleicht ein ganzes Nest aufzudecken? Waren hier etwa seit Wochen Juden aus und ein gegangen? Hätten sich totgelacht über den Schicksalskampf des deutschen Volkes? und gefressen und gesoffen? Barolo Riserva, Giacomo Borgogno?

«Und Sie haben dem Mann die Hand gereicht? – Ja? Haben Sie ihm die Hand gereicht? Vielleicht in demselben Augenblick, in dem ein deutscher Soldat an der Front sein Leben ließ?»

Er betrachtete das ungemachte Ehebett. «Widerlich ist das!» Eine deutsche Frau, und sich einlassen mit einem Juden! «Ist das nicht widerlich, Herr Kommissar?»
Was ihr sauberer Mann machte, das wollte er wissen. Italien? Aalt sich in der Sonne, während das Deutsche Reich um seine Existenz kämpft?
«Das ist doch kein Zufall, daß der ausgerechnet jetzt in Italien ist.»
Er nahm Eberhards Foto vom Nachttisch und warf es auf das Bett, und da lag es dann, und die angebrochene Weinflasche auf dem Nachtschrank, und in der Tür standen all die Leute und fragten sich, was wohl aus dieser Sache wird.
An sich war ja alles sonnenklar.

Dem Beamten war das Gewese nicht recht, er hatte Katharina eigentlich zunächst von Felicitas grüßen wollen und dann so langsam von hinten herum sich dem Fall nähern, die Sache eruieren. Er hatte so seine eigenen Gedanken.
Er betrachtete das Etikett der Weinflasche und nahm das Pillenröhrchen in die Hand. Und dann schloß er das Fenster im Wintergarten und nahm das Buch «Deutsche Dome», zur Hand. Ja, es war fast so, als wollte er Katharina trösten, vielleicht ist alles nicht ganz so schlimm? «Wir reißen niemandem den Kopf ab …»? Erst mal alles in Ruhe untersuchen. Vielleicht hatte der Kerl sich ja auch alles ausgedacht? Aber das Spalier hinaufklettern? in die Abseite kriechen? Und die Skizze, mit Rotstift sauber ausgeführt? Von Katharinas eigener Hand?
«Was wir verloren haben» hieß die Broschüre, die er aus dem Regal zog, es war das Straßburger Münster darauf abgebildet. «Immer dran denken», stand als Widmung darin. Und: «Alles umsonst!»

Katharina stand am Türpfosten. Drygalski mied ihren Blick, er betrachtete den Haufen Tabak und die Schokolade, alles, was er da aus dem Versteck geholt hatte, was hier nun auf dem Boden lag, Leckereien, mit denen sie den Juden gefüttert hatte … Diese Luxusgüter würde er Alten und Kranken zuführen müssen, das war ihm klar. Er wollte schon lange mal im Kloster nach dem Rechten sehen.
Er knipste das Radio an, BBC? – Nein. Da war nur das Zeitzeichen der Deutschen Seewarte zu hören und anschließend der langsam gesprochene Wehrmachtbericht zum Mitschreiben, für die Leute, die schwer von Begriff waren.

Hier war nun nichts mehr zu holen. Alles machte kehrt, und alle gemeinsam gingen sie hinunter in die Halle. Herr Hesse zog sich in sein Zimmer zurück, der mußte dringend seine Tropfen nehmen.
Der Beamte hielt Katharina beim Hinuntergehen nur eben mit zwei Fingern am Ellenbogen. Aber er blieb an ihrer Seite. «Wie konnten Sie bloß so was tun, Frau von Globig … einen Juden verstecken?» flüsterte er ihr zu. «Hat Ihr Mann von der Sache gewußt? Einen Juden!» – Man werde ihren Mann in Italien vernehmen müssen, ein Fernschreiben sei schon abgegangen. Den würde es gewiß auch interessieren, daß dieser Mann einen Tennis-Pullover von ihm getragen habe, am Monogramm sei es festgestellt worden: «EvG». Der würde gewiß sonstwas denken. – Sonstwas? Hatte sich denn hier *sonstwas* ereignet?
Es könnte sein, daß sie dem Pastor gegenübergestellt werde, den man schon habe wegschließen müssen.
«Einem Juden zu helfen … Was war das aber auch für ein Subjekt, was haben Sie sich bloß dabei gedacht? Wenn's ein Verbrecher gewesen wäre …»

«Es war ja nur eine Nacht», sagte Katharina.
Ihre Tür im ersten Stock stand nun weit offen.

In der Halle sah sich der Beamte noch ein wenig um, machte sich an der Schatulle zu schaffen, die Briefe dort würde man alle lesen müssen. Die Sammeltassen, der Drahtrahmen mit dem Foto des zaristischen Offiziers ... Alles sehr merkwürdig. Naja, diese Gutsbesitzer, das war eben doch eine ganz andere Welt.

Peter war nicht mit nach oben gegangen, der kriegte auch so alles mit, der stand am Billardtisch und rollte die Kugeln gegen die Bande.
Die aufgereihten Jagdtrophäen, Gehörn, Geweih, eins neben dem andern, und der ausgestopfte Sauenkopf, das stammte alles noch von dem alten Globig.
Katharina nahm ihr Medaillon vom Hals und legte es in die Schale vor dem Kamintisch, zog den Mantel an und setzte ihre weiße Pelzkappe auf. Sie nahm den Jungen in den Arm und guckte ihn ernst an. Würde es lange dauern?
«Wird sie bald wiederkommen?» fragte das Tantchen den Beamten, und sie tat das so laut, als sei Katharina schon fort.
Der Hund Jago schnappte nach der Hand des Beamten.
«Willst du wohl?» sagte der und wischte sich die Hand ab.

Im Waldschlößchen standen die Fremdarbeiter auf der Terrasse. Der Tscheche mit der ledernen Mütze, der Italiener mit dem Badoglio-Hut und der Rumäne mit Zahnschmerzen. Sie lachten. Waren diese Leute denn schadenfroh? Sie guckten hinter sich und riefen ihre Kameraden herbei, hier gab es was zu sehen!

Als Katharina bereits in das Auto gestiegen war, lief das Tantchen noch hinter ihr her und sagte: «Den Schlüssel, Katharina! Den brauchst du doch jetzt nicht mehr.»
Vera steckte ihr im letzten Augenblick noch Brot und Wurst zu. Die wußte, wie es ist, wenn man abgeholt wird und nicht einmal ein Stückchen Brot hat!
Das Auto fuhr davon, und die Ahnen in der Halle rissen die Augen auf.

Die Hesses drängten sich um Drygalski, wären sie bloß schon längst weitergezogen! Ob sie morgen weiterziehen dürften? fragten sie den Oberwart.
«Warum denn nicht?» sagte Drygalski. «Worauf warten Sie denn noch?»
«Ja, müssen wir denn nicht auch noch vernommen werden?» fragte der Schulmeister. Da er nichts verbrochen hatte, wäre er liebend gern vernommen worden. «Und die Verfügung? Ist denn die Verfügung schon da?»
«Wären wir bloß nicht hierher gekommen», sagte die Frau. Aber das war ja höhere Gewalt gewesen. Drygalski war es gewesen, der sie eingewiesen hatte.
«Ich will Ihnen mal was sagen», sagte Drygalski, der noch ein wenig in den Schränken kramte, «am besten ist es, Sie gehen sofort auf die Straße und machen, daß sie fortkommen. Zoffort! Hören Sie? Zoffort!»
Und dann ging er selbst fort, seiner Frau Mitteilung machen von dem unerhörten Ereignis.

Seine Frau trug an diesem Tag eine weiße Bluse, und sie hatte sich die Nadel angesteckt, die ihr der Mann in Braunlage spendiert hatte. Sie hatte mächtig eingeheizt, und Suppe der guten alten Art stand auf dem Tisch. Ein Stück Schokolade konnte

man ihr jetzt schenken. Aber das tat er nicht, er aß sie selber. Und sie staunte und lobte ihren Mann.
Die Frau von Globig verhaftet? Und sie sagte es laut und deutlich: «Das hat diese Frau nicht verdient.» – Da schmiß Drygalski die Tür.

Inzwischen rollten Pferdewagen auf den Gutshof. Der Treckführer hielt dem Tantchen eine Bescheinigung unter die Nase, daß sie in dieser Nacht hier rasten dürften.
Frauen und Kinder sprangen von den Wagen und strömten ins Haus, ob sie sich irgendwo waschen könnten? Und ernste Männer verhandelten mit Wladimir um Achsenschmiere.
Die Pferde wurden ausgespannt und kamen in die große alte Scheune, tief seufzten sie auf. Und auch die Kühe, die an Strikken hinter den Wagen hergeführt wurden, kamen unter Dach und Fach. Herdbuchvieh edelster Sorte! Blutige Hufe hatten sie. Die Lehrersfrau mischte einen Eimer Wasser mit Essig, Salbei und allerhand andern Zutaten und wusch ihnen die Füße.

Peter stand in der Halle. Die weiße Kappe der Mutter. – Ein fremder Mann hatte bei seiner Mutter gewohnt? Er hatte gar nicht gedacht, daß seine Mutter so was hinkriegt …
Er war ein bißchen stolz, daß sie das hingekriegt hatte.
Im Stall traf er den Polen.
Legte der ihm die Hand auf die Schulter? Zog ihn an sich? Trost?
Nein, der schüttelte den Kopf.
Die beiden Ukrainerinnen erzählten den Treckleuten, was hier passiert war. Und Sonja sagte, das hätte sie gar nicht gedacht, daß die Frau so mutig ist. Aber wegen eines lausigen Juden sich in solche Gefahr begeben? Die Frauen weinten und erzählten

immer und immer wieder, was sie soeben erlebt hatten. Schokolade hatten auch sie lange nicht gegessen.

«In der Nacht fahren wir», sagte Wladimir, und er sagte das zu Vera.
Es grummelte und stampfte hinter dem roten Horizont, und dazwischen gab die Pauke das Zeichen für große Musik.

Aufbruch

Hört, ihr Herr'n, und laßt euch sagen,
unsre Glock' hat zwölf geschlagen!
Zwölf, das ist das Ziel der Zeit,
Mensch, bedenk' die Ewigkeit!

Gegen Mitternacht sagte das Tantchen: «Jetzt geht's los!» Sie schaute auf ihre Armbanduhr, wie man das am Altjahrsabend macht.

Auf Katharina warten? Wer konnte denn wissen, wie lange das mit ihr noch dauerte? Sarkander hatte gesagt: «Das kann lange dauern, sehr lange. Auf die brauchen Sie nicht zu warten, fahren Sie lieber gleich los. – Wir sorgen schon für sie, wenn sie wieder herauskommt.»

Auch Frau Hesse riet sehr zum Aufbruch, wenn sie könnten, würden sie gleich mitfahren, aber vier Personen und noch immer keinen Schein?

«Wenn die Frau von Globig kommt, dann kümmern wir uns um sie.»

Das Tantchen hatte Onkel Josef angerufen, und der hatte gesagt: «Ja, das ist gut, kommt mal alle her … Wir haben Platz genug. Wir fahren nicht weg, wir bleiben alle hier. – Wir freuen uns auf euch. In dieser Zeit muß man zusammenhalten.»

Auf Katharinas Schicksal wurde nicht weiter eingegangen. Onkel Josef hatte schon von anderer Seite gehört, daß sie in Mitkau «sitzt». Das brauchte man am Telefon nicht zu besprechen. «Die

arme Kathi», sagte er immerhin, obwohl er immer Vorbehalte gehabt hatte gegen sie. Der arme Eberhard irgendwie …
«Ihr kommt nach Albertsdorf und verschnauft ein bißchen, und von dort aus könnte ihr in aller Ruhe ausforschen, was mit ihr ist.»
Der gute Josef! da hatte man doch jetzt ein Ziel vor Augen, da wußte man doch, wie's weitergeht. Unrecht getan hatte man ihm mit diesem und jenem. War eben doch ein guter Kerl.

«Wie konnte sie uns das nur antun», sagte das Tantchen zu Frau Hesse, «einen Juden! … Stürzt uns alle ins Unglück!»
Und zu Peter sagte sie: «Wir lassen die Mutter nicht im Stich, das mußt du nicht denken, sie kann ja jederzeit nachkommen, wenn man sie aus dem Gefängnis entläßt. Ein einzelner Mensch schlägt sich viel eher durch.»
«Es wird in ihrem Sinne sein, wenn wir jetzt fahren. – Einen Juden verbergen, wie konnte sie das nur tun … Stürzt uns alle ins Unglück! Nur schnell davon, sonst ziehen sie uns noch mit hinein.»
Von «Mitwisserschaft» hatte sie schon mal gehört. Trat das jetzt in Kraft?

Peter zog zwei Hosen übereinander, Hemden, Pullover, alles doppelt und dreifach, er putzte seine Schuhe, und Wladimir spannte die beiden Braunen vor den Ackerwagen und den Wallach vor die Kutsche. Das Tantchen zog auch alles mehrfach übereinander. Geld, das sie schon vor Wochen in Mitkau von der Bank geholt hatte – immer nach und nach, jeweils 500 Mark –, stopfte sie in ihre Taschen. Das war das Betriebskapital des Gutes. Der Sparkassenbeamte hatte ihr zuletzt noch zugezwinkert. Diese Frau ist nicht von gestern, mochte er gedacht haben.

Um Mitternacht verließen sie Georgenhof: Nachts würde man schneller vorankommen! Dieser Meinung war auch Wladimir. Es mochte sein, wie es will, jetzt mußte zusammengehalten werden. Man war doch ein vernünftiger Mensch!
Einen schlimmen Finger hatte er. Frau Hesse schmierte Zugsalbe drauf und verband ihn sorgfältig.
Sie gingen noch einmal von Zimmer zu Zimmer – alles sauber und ordentlich –, und dann verließen sie das Haus.

> Wir fahren in die Weite,
> das Fähnlein weht im Wind.
> Vieltausend uns zur Seite,
> die ausgezogen sind …

Das Tantchen kutschierte die Kutsche, mit dem Wallach kannte sie sich aus. Und der Wallach guckte kaum mal nach hinten, der kannte das Tantchen. Für das große Tier eine Spielerei: ein so leichtes Gefährt!
Einen Augenblick lang war noch erwogen worden, die Kutsche ganz dazulassen. Auf dem Ackerwagen wäre noch Platz gewesen? Und: Wie sieht denn das aus? Eine altmodische Kutsche zwischen all den Bauernwagen? Vielleicht lachten die Leute darüber: mit einer Kutsche auf die Flucht gehen?
Aber dann entschloß sich das Tantchen, die Zügel selbst in die Hand zu nehmen, auf den Kutschbock zu klettern und die Bremse loszudrehen. Das Kutschieren kannte sie noch aus Kindheitstagen in Schlesien. Damals hatten sie ein Eselsgespann gehabt. Das Foto: sie und ihre drei Schwestern, alle in Weiß im Eselwagen. Sehr oft waren sie nicht im Park auf und ab gefahren mit dem Tier, der Esel hatte seinen eigenen Kopf gehabt.

Sie setzte sich eine Soldatenmütze auf und schlang einen Schal um den Hals. Der Wallach zog sich den Zügel zurecht und rollte die Augenbälle, ja, alles war verstaut: ein durch und durch gutmütiges Tier, auf das konnte man sich jederzeit verlassen. Da konnte man ohne weiteres «hü!» sagen und schnalzen, und schon zog es ab.

Den schweren Wagen mit zwei Pferden zu kutschieren, das hätte sich das Tantchen nicht zugetraut, das war nicht so einfach, da gingen die Zügel über Kreuz! Das hätte sie nicht gekonnt. Aber dafür hatte man ja Wladimir, den in so vielen Situationen bewährten, gutmütigen Polen.
Wladimir hatte seine viereckige Militärmütze aufgesetzt, und Vera setzte sich neben ihn, mit Wattejacke und Filzstiefeln angetan und dem Holzkoffer an der Seite, mit dem sie schon aus der Ukraine gekommen war, es war nicht viel dazugekommen in den Jahren. Ab jetzt würden sie zusammenbleiben, für immer und ewig, das sah man ihnen an. In ihrem Leibe wuchs schließlich was heran.

Sonja blieb zurück, die hatte es sich anders überlegt. Die hatte sich an diesem Tag Zöpfe geflochten und die karierte Jacke angezogen. Sie wolle lieber in aller Ruhe auf die Russen warten, sagte sie. Sie würde auf alles aufpassen, den Hund, die Katze, und dann würde sie auch den Hesses zur Hand gehen können, und alles Weitere würde sich finden. Schließlich müsse ja auch mit Katharina gerechnet werden, sagte sie zum Tantchen, so als ob die überhaupt nicht daran gedacht hätte.
«Vielleicht erscheint die ja doch eines Tages wieder auf der Bildfläche?» sagte Frau Hesse. «Meistens kommt es ganz anders, als man denkt. Und wenn sie dann in ein leeres Haus zurückkehrt? Das wäre doch nicht auszudenken?»

Ein wenig ungeduldig war sie, weil Drygalski noch immer keine Reisebewilligung gebracht hatte.

Das Tantchen setzte sich mit der Kutsche an die Spitze, und dann fuhren sie auch schon in die Dunkelheit dahin.
Leider ging gleich als erstes bei der Ausfahrt aus dem Hof die linke Glasscheibe der Kutsche zu Bruch, das in den Angeln hängende Tor war schuld! Warum hatte man es auch nicht repariert! Aber das war nun nicht zu ändern. Es zog nun allerdings erheblich. Peter stellte eine Strohgarbe vor das Fenster und einen Koffer. Nun konnte er nur noch nach rechts hinausgucken, aber das genügte ja auch.
Der schwere Wagen folgte ächzend und knarrend, mit all den Kisten und Kasten, mit den wohlgefüllten Milchkannen unter der Plane: Schmalz, Zucker und Mehl, den Federbetten, den Kleidern von Katharina und Eberhards Uniformen. Nur immer voran, in der Nacht würden sie ein gutes Stück hinter sich bringen, die Chaussee wie leergefegt! Eine feste Plane hatte Wladimir über alles gezogen und festgezurrt. Der kannte sich aus, der meisterte jede Situation.
Mit Wladimir hatte man ein gutes Gefühl. Dem konnte man vertrauen.

Sonja folgte dem kleinen Konvoi ein paar Schritte, doch dann kehrte sie um. Auch Jago folgte ein Stück, aber auch er drehte um. Er hatte es sich anders überlegt. Mitfahren ins Ungewisse? Die Herrin? Wo steckte sie? Die konnte man doch nicht im Stich lassen.
Der Kater ließ sich gar nicht erst blicken. Auch die Krähen flogen nicht auf, die saßen in der Eiche und zuckten mit der Schulter, und der Hund ging ins Haus.

Das Tantchen blickte nicht zurück. Die Straße führte leicht bergab, da mußte etwas gebremst werden, nicht zu stark, sonst würde der Wagen ausbrechen … Und hinter ihnen verschwand Georgenhof: vor dem rötlichen Horizont eine dunkle Silhouette.
Das Tantchen guckte sich nicht um, und man blickte ihr auch nicht nach. Nicht einmal die Fremdarbeiter im Waldschlößchen lupften den Vorhang, die sich doch sonst für alles interessierten. Die schliefen dem nächsten Tag in aller Ruhe entgegen.

Das Tantchen, dick eingepackt, mit der Soldatenmütze auf dem Kopf, die Beine in einem Fahrersack, links und rechts Strohbündel. Und der Wallach ein so gutmütiges Tier. Sie nahm einen Schluck aus der Flasche. Aber auf der Straße war sie denn doch erschrocken über den eisigen Wind und über die Dunkelheit. Gott sei Dank schien der Mond, und es lag Schnee, da konnte man sich ein wenig orientieren.

Peter bedeckte sich mit dem Stroh, kalt war es, aber auszuhalten. Das Fernglas hatte er um den Hals, die Luftpistole im Gürtel, das Mikroskop neben sich und Tantchens Koffer und Taschen. Obenauf lag ihre Laute. Die Kusinen in Albertsdorf … «Versteck im Dunkeln» hatte man miteinander gespielt. Bleib, wo du bist, und rühr dich nicht! Auf die Kusinen in Albertsdorf freute er sich.
Das Tantchen sah nach vorn, und er starrte durch das ovale Rückfenster, an dem verdorrten Blumenkranz vorbei, nach hinten. Er sah die beiden Braunen, die mit dem schweren Ackerwagen folgten, und als Schemen nahm er Wladimir und Vera auf dem Bock wahr.
Der eisige Himmel, von funkelnden Sternen bedeckt, und sie fuhren knirschend über den gefrorenen Schnee dahin. Im

Rücken den roten Horizont. Das Grummeln in der Ferne hatte schon seit Tagen etwas nachgelassen. Ob die Mutter nicht doch noch kommt? das war die Frage. Rennt hinter dem Wagen her: Halt! Halt! Warum fahrt ihr ohne mich los?

Die Büsche und Bäume an der Seite, die Spur im Schnee. Sie zuckelten dahin. Und dann holten sie, im Schnee als schwarzer Klumpen zu erkennen, einen fremden Packwagen ein, man brauchte nur auf ihn zu achten, der fuhr immer vorneweg, da konnte nichts schiefgehen.

Erst einmal zu Onkel Josef nach Albertsdorf. Dann würde man weitersehen. Mit Josef würde man alles besprechen können. Ein bißchen wunderlich der Mann, aber im ganzen doch das Herz auf dem rechten Fleck. Mit der hüftkranken Frau ja auch nicht einfach.
Das Tantchen hatte einen Plan, sie würde zunächst in Richtung Elbing fahren und dann nach Norden abbiegen, ans Haff! Sie würde das mit Onkel Josef besprechen. Hanni hatte ja auch ein gesundes Urteil.
Saßen in Elbing nicht schon die Russen?

Stunde um Stunde fuhren sie gemächlich dahin, es begann zu schneien, und es schneite in dicken Flocken, im Wind wedelten sie wie ein Vorhang hin und her, und auf der Straße kräuselten sie sich. Der Straßengraben war schon vollgeschneit, der war schon nicht mehr zu erkennen. Es war anstrengend, den fremden Packwagen da vorn im Auge zu behalten. Peter stieg zu der Tante auf den Bock, und wenn der Wallach ausrutschte, rief er: hö! hö! hö!
Manchmal kam ihnen ein Auto entgegen, ein Lastwagen mit abgeblendeten Scheinwerfern, ein Motorrad und einmal sogar

ein Panzer. Um Platz zu machen, lenkte der Packwagen vor ihnen ein wenig zur Seite, und da rutschte er auch schon in den Graben!

Anhalten? Helfen?

Peter wollte abspringen. Aber das Tantchen sagte:

«Nein, nur immer weiter und weiter. Dazu haben wir jetzt keine Zeit.»

Peter sah, wie die Leutchen um den Wagen herumkrochen, riesengroß ihre Schatten im Schein der Taschenlampen, aber dann war auch schon wieder alles dunkel.

Wladimir hielt an, der wollte den Leuten helfen, er blieb ein wenig zurück. Das Tantchen fuhr langsam weiter und hielt schließlich an. Hier mußte die alte Mühle von Johannsens stehen. Bei gutem Wetter konnte man die von Georgenhof aus erkennen. Und von der Mühle aus würde man Georgenhof sehen können.

Bald schon war Wladimir wieder hinter ihnen, die Sache hatte sich erledigt.

Je länger sie fuhren, desto mehr Wagen stießen von links und rechts dazu. Das Tantchen folgte jetzt einem mit Gummirädern bereiften Anhänger, der hatte Katzenaugen hinten dran. Wenn man die Taschenlampe kurz aufblitzen ließ, dann leuchteten sie rot in der Finsternis.

Der Morgen graute, hinter ihnen schloß Wladimir dicht auf, der ließ niemand Fremdes dazwischen. Bloß nicht auseinanderkommen! Man würde sich ja nie wiederfinden!

Ein einsames Flugzeug flog über sie hin. Hatte der Mann da oben in seiner Maschine Licht an? Hielt er den Daumen auf dem Bombenauslöseknopf? War das Maschinengewehr auf die Straße gerichtet?

Zu dieser Zeit lag Katharina in einer kalten Zelle des Polizeigefängnisses auf ihrem Strohsack. Sie konnte nicht schlafen, den Mantel hatte sie über sich gebreitet und zwei Decken. Auf dem Hof machte ein Posten seine Runde. Der leuchtete die Fenster ab, und wenn es ihre Zelle traf, erschien der Gitterschatten auf der Wand. An einen Film mußte sie denken, in dem das auch vorkam, daß eine Frau im Gefängnis sitzt, und der Gitterschatten fällt an die Wand.
Aber dies war kein Film. Der Schlüssel wurde ins Schloß gestoßen, und sie mußte aufstehen und mitkommen; Eisentreppen, Gittertüren. Und dann saß sie in einem warmen Verhörzimmer auf einem harten Stuhl. Der Beamte an seinem Schreibtisch zeichnete Akten ab.
Endlich wandte er sich ihr zu. Ob das stimmt, daß sie einem Juden Unterschlupf gewährt hat, wurde sie gefragt, und die Zeichnung wurde ihr gezeigt, mit dem Pfeil darauf, «Georgenhof», und den Angaben, daß der Mann das Spalier hinaufklettern soll. Sie hatte das alles schon zugegeben, und es war auch alles schon aufgeschrieben worden.
Daß das ganz, ganz schlimm ist, sagte der Beamte, und er wollte wohl gern wissen, ob es zu Annäherungen gekommen war in ihrem Zimmer. Ob sie gewußt hat, daß das ein Jude ist? – Und dann hielt er ihr einen längeren Vortrag über das Volk Israel, und er bezeichnete diese Leute als dreckige Schmeißfliegen und Verbrecherpack.
Es gab ja nichts zu leugnen, Ausflüchte boten sich nicht an. Daß sie es nicht geahnt habe, sagte sie, von einem Juden habe sie nichts gewußt. Sie habe sonstwas gedacht. Und sie überlegte, ob sie das wohl gemacht hätte, einem Mann Unterschlupf gewähren, wenn sie gewußt hätte, daß es sich um einen Juden handelte. Und sie sagte das auch, und sie fragte den Beamten, ob er tatsächlich meint, daß sie einen Juden ver-

borgen hätte, wenn sie das gewußt hätte, wen man ihr da schickte …

«Ja, was haben Sie denn gedacht, wer das sein könnte? Ein Deserteur vielleicht? Oder ein Staatsfeind?» Er möchte nicht sagen, daß das noch schlimmer gewesen sei …

Sie dachte an Pastor Brahms, daß der ihr das aufgeredet hatte. Er habe ihr das aufgedrängt, sagte sie. Wäre sie denn auf so was gekommen? Ihr Mann an der Front …

«An der Front?» sagte der Beamte. «Schön warm in Italien sitzt er.» Und dann drang er in sie, und er wollte wisse, ob es da oben in ihrem Zimmer zu Weiterungen gekommen wäre? Zu blutschänderischem Treiben? «Haben Sie Alkohol getrunken? – Sie hatten ja einen ganz schönen Vorrat … Hat er Sie angefaßt? Ist er zudringlich geworden? – Stehen Sie mal auf!»

Endlich trat ein anderer Beamter ins Zimmer. Es war der Mann, der sie geholt hatte. Er brachte sie zurück in die Zelle. Und in der Zelle stand kalt gewordener Kaffee, und da lag auch ein Stück Brot. Sie hätte gern gesagt: «Bleiben Sie hier, bleiben Sie noch ein wenig bei mir …» Aber da hatte er die Tür schon zugeworfen und hatte abgeschlossen.

Die beiden Wagen aus Georgenhof fuhren dahin. Nach Stunden passierten sie eine Kreuzung. «Albertsdorf 7 Kilometer» stand auf dem Wegweiser. Also rechts ab. Bei Onkel Josef konnte man verpusten, bei Onkel Josef war man zu Haus. Vielleicht lag hier ja schon eine Nachricht von Katharina vor? Mit Josef würde man alles besprechen können. Dann würde man weitersehen. Ans Haff werden wir fahren, dachte das Tantchen, erst in Richtung Elbing, dann abbiegen und ans Haff.

Onkel Josef war immer kurz angebunden gewesen zu ihr, ja, so war es gewesen. Wenn er mal nach Georgenhof kam, zu Geschäften, allein oder sonntags mit der ganzen Familie. Man eben mal: wie geht's? wie steht's? hatte er zu ihr gesagt, das war aber auch alles gewesen.

Gegen Morgen erreichten sie Albertsdorf. Das Hoftor war mit einer schweren Kette verschlossen. Obwohl man sich doch angemeldet hatte, war hier alles zu! Hier schlief man fest.
Wladimir wickelte sich aus den Decken und öffnete das Tor, und er wurde sofort von dem Hofhund angefallen. Mit der Peitsche verschaffte er sich aber schnell Respekt.
Der ganze Hof stand voll fremder Wagen. Da machte sich schon mancher fertig zur Weiterfahrt.
«Hier ist kein Platz mehr», sagten die Fremden. Die wußten nicht, daß sie zur Familie gehörten.
Die beiden Wagen wurden schließlich neben das Silo gestellt, einer links daneben, der andere rechts. Die Stallungen waren bereits mit Pferden vollgestellt. Aber für den Wallach und die beiden Braunen fand sich noch ein Plätzchen. Wladimir mischte Hafer und Häcksel und gab den Tieren zu trinken.
Dann holte er Vera, und sie setzten sich zu kriegsgefangenen Franzosen ins Heu. Ganz romantisch war das, beim Schein der Stallaterne. Wladimir holte aus dem Wagen eine Flasche Wermut, die ihm ja eigentlich gar nicht gehörte, und zog die Plane, mit der der Wagen bedeckt war, noch einmal richtig fest. Dann becherten sie drauflos. Sogar der Wachmann beteiligte sich daran. Er war schließlich auch nur ein Mensch.

Das Tantchen klopfte an die Haustür. Peter ging um das Haus herum, aber da war auch alles verschlossen. Es dauerte eine Zeit, bis jemand kam und sie hereinließ. Da breitete niemand die Arme aus: «Kinder, da seid ihr ja …» Kein prasselndes Kamin-

feuer und kein gedeckter Tisch wartete auf sie. Eher ein Achselzucken der grundsätzlicheren Art.
Die ganze Familie war bereits ausgeflogen, das war jetzt zu erfahren. Die waren abgefahren, obwohl sie doch hatten bleiben wollen! Es war ein Glück, daß Frau Schneidereit, die hier das Haus hütete, das Tantchen überhaupt erkannte. So früh am Tag schon Besuch?
Zögernd wurden sie hereingebeten. Man eben eine Tasse heißer Tee und ein Stück Brot mit Zwiebelquark wurde ihnen gereicht. Nur kurz Rast machen, dann würde es weitergehen.
Ja, der Onkel war auf und davon! Kurz nachdem er mit Georgenhof gesprochen hatte, hatte er den Telefonhörer auf die Gabel geworfen und hatte ins Haus gerufen: «Die Globigs kommen! – Das hat uns noch gefehlt!»
Der Anruf hatte den Anstoß gegeben, er war sofort mit den Seinen davongezogen, das war jetzt zu erfahren. Sieben Wagen mit Sack und Pack!
Er hatte gerufen: «Kinder, los-los-los! wir fahren auch.» Wochenlang gezögert und immer «I wo» gesagt, und dann konnte es ihm nicht schnell genug gehen. Im Misthaufen noch Papiere verbrannt und rumgeschnauzt und alle Wagen derartig überladen, daß die Pferde es kaum schafften. Sie kriegten die Wagen nicht vom Hof! Und dann die Pferde gepeitscht bei der Ausfahrt …

Einen Brief hatte Onkel Josef für das Tantchen nicht auf den Tisch gelegt. Die meisten Türen waren verschlossen und die Betten abgezogen.
Das Tantchen krümmte sich also auf ein Sofa, und Peter legte sich in das Zimmer der Kusinen. Auch sie hatten keine Briefchen dagelassen.
Drei Puppenstuben in der Ecke, jede hatte eine bekommen,

damit sie sich nicht streiten. Und darüber hing ein Bild von den dreien, von demselben Maler gemalt wie das Bild von Elfie, das bei Katharina hing.
Während sie sich ausruhten, spannten die anderen Flüchtlinge ihre Pferde ein und verließen einer nach dem andern den Hof.

Gegen Mittag drängte auch das Tantchen zum Aufbruch. Alle fremden Wagen hatten den Hof verlassen, sie waren längst auf und davon. Wladimir kroch aus dem Heu hervor, auch die Gefangenen waren bereits weitergezogen.
Sofort stellte Wladimir fest, daß Veras Holzkoffer fehlte! Die Plane war unangetastet, soweit man sehen konnte, aber der Holzkoffer war fort! Immer wieder sah er nach, auf dem Kutschbock hatte er gestanden, und nun war er fort? Das konnte doch nicht sein?
Auch Vera konnte es nicht fassen, sie stimmte nicht gerade ein Wehgeheul an, aber sie weinte doch sehr. All ihr Hab und Gut. Gestohlen! Die Bilder der Eltern weg! Alles futsch!
Wladimir schimpfte in die Gegend und malte es sich aus, was er mit dem Dieb machen will, wenn er ihn kriegt, er schrie es der Tante auf polnisch ins Gesicht. Bauch aufschlitzen! Augen ausstechen! Anderen hatte er mitten in der Nacht aufgeholfen, als sie im Graben lagen, und da stahl man ihm hier den Koffer!

«Wenn ich den Hund kriege!» sagte Wladimir in seiner Sprache und stieß gräßliche Flüche aus, und Vera weinte still vor sich hin.

Wenig später fuhren sie dann auch los. Auf der Elbinger Chaussee knirschte ein Wagen hinter dem andern vorüber. Sie versuchten, sich in den langen Zug einzureihen, das Tantchen vorneweg.

Es dauerte, bis sie sich in die Wagenreihe schieben konnten. Ganze Dorfgemeinschaften mußten erst vorübergelassen werden, bis endlich ein alter Mann seine Pferde stoppte. Der zeigte ihnen mit der Peitsche: Los! Los! Jetzt ist's Zeit. Er wunderte sich wohl über die sonderbare Kutsche, die da an der Kreuzung stand. Das Gefährt erinnerte ihn vielleicht an alte Zeiten? Ein Wappen an der Tür? Hatte ihn das milde gestimmt?
Als sich dann aber noch Wladimir mit dem schweren Wagen vorschob, wurde bereits von hinten mit den Peitschen geknallt. «Was ist denn da vorne los?» Die Leute wollten schließlich zusammenbleiben, die waren straff organisiert. Wenn man sich hier aus den Augen verlor, war Feierabend.

Auf Georgenhof nahm inzwischen Sonja alle Schlüssel an sich. Sie öffnete dem Tschechen die Tür und fragte die Hesses, wie lange sie eigentlich noch bleiben wollten. Zu essen rückte sie nichts mehr heraus. Da mußte Drygalski geholt werden, und da ging's. Ob sie weiß, daß er sie ganz schnell hopsnehmen kann, fragte er Sonja, sie und ihren Galan? Ja? Sie soll mal «zoffort» ins Kütnerhaus, sonst passiert was. Der Tscheche war schon fort.

Rast

Gegen Abend erreichten sie die kleine Stadt Harkunen. In der Hauptstraße links und rechts stand Wagen an Wagen, einer hinter dem anderen, und aus den Fenstern guckten Frauen heraus, die sich ein Kissen untergelegt hatten. Lange mußte man zurückdenken: Als Hitler zum Gau-Tag hier durchkam, da hatte ein ähnliches Gewimmel geherrscht. Auch Kaiser Wilhelm war hier einmal empfangen worden, mit Girlanden und weiß gekleideten Jungfrauen.

Das Tantchen fuhr die Kutsche auf den voll belegten Sportplatz, direkt vor ein Fußballtor. Hier gab BDM heiße Suppe aus. Wladimir lenkte den schweren Ackerwagen in eine Seitenstraße.
«Morgen früh um fünf Uhr fahren wir weiter!» sagte das Tantchen zu Wladimir. «Und paß auf, daß nicht noch mehr gestohlen wird!»
«Ja gut, um fünf», sagte der, und sie soll sich keine Sorgen machen.
«Wir warten hier auf euch», sagte das Tantchen, «hier auf diesem Sportplatz, und um fünf Uhr kommt ihr her, und dann fahren wir weiter. Um fünf Uhr, pünktlich!»
Parteileute gingen zwischen den Wagen von einem zum andern, Heil Hitler, mit Papieren, die mußten ausgefüllt werden. Sie fragten die vielen Leute, ob sie was brauchten und ob alles in Ordnung ist. Ein ziemliches Durcheinander herrschte auf dem Platz, aber sie schafften das schon, sie würden das

hinkriegen. Die Leute waren im großen und ganzen vernünftig. Meckereien hielten sich in Grenzen.
An Tantchens Kutsche hatten die Ordner zu bemängeln, daß sie irgendwie den Weg versperrte, das ginge aber nicht! Ob sie denn nicht ordnungsgemäß eingewiesen sei? – Nein, sie war nicht eingewiesen worden, sie hatte sich da einfach hingestellt.
«Das geht aber nicht, hier kann nicht jeder machen, was er will!»
Auch hier in dieser Situation, so ungewöhnlich sie auch war, konnte man nicht machen, was man wollte, auch hier mußte alles seine Richtigkeit haben. Sonst würde ja alles in einem unvorstellbaren Chaos enden.
«Das müssen Sie doch verstehen!»
Also nochmals los, und der Parteimann ging vorneweg und wies ihr einen Platz an, direkt im Windschutz der Turnhalle. Er hatte wohl auch Mitleid mit der Kutsche – was für ein altertümliches Gefährt. Aber ein Wappen auf der Wagentür! – das hatte schließlich was zu bedeuten.

Das Tantchen bedankte sich für die Einweisung, sie sagte auch «Heil Hitler!» Und: «Dritte Straße rechts steht ein Ackerwagen mit einem Polen und einer Ukrainerin, die gehören zu uns, wenn was ist», und sie sagte noch einmal «Heil Hitler», und der Parteimann tippte sich an die Mütze, der wußte nun Bescheid.
Die Frage war nur, ob Wladimir es um fünf Uhr mitkriegen würde, daß sie den Platz gewechselt hatten? Peter stellte sich eine Weile vor das Fußballtor, das Fernglas vor der Brust und die Luftpistole im Gürtelbund, aber ewig konnte er da auch nicht stehen.
«Junge, was stehst du hier herum?» wurde er gefragt.
«Das machen wir schon, deinem Wladimir Bescheid sagen, wenn er morgen kommt, darauf kannst du dich verlassen.»

Der Zufall wollte es, daß eine junge Kriegerwitwe aus Mitkau mit dem Tantchen gemeinsam Suppe faßte. Sie kannten sich nicht, sie hatten sich noch nie gesehen, aber aus Mitkau? So was schweißt zusammen.

Die junge Frau war in einem spontanen Entschluß bloß eben auf ihr Pferd gestiegen und war losgeritten, hatte alles stehen und liegen lassen, sie hatte weiter nichts bei sich als ein kleines Bündel. In einem Beutel um den Hals trug sie das Eiserne Kreuz ihres Mannes, der in Demjansk gefallen war. Allen zeigte sie das Kreuz, und sie sei fortgeritten, weil es nach Russen gerochen habe!

Und dann schwang sie sich auch schon wieder auf ihr Pferd und ritt los. Die hielt es hier nicht mehr. «Vielleicht komme ich noch durch ...»

Unterdessen ging Peter in die Stadt: eine lange Hauptstraße, Marktplatz und Kirche. In der dritten Straße rechts stand ganz richtig der große Ackerwagen, und die beiden Braunen wedelten mit dem Schwanz, als er da erschien. Peter gab Wladimir Bescheid, daß sie nicht vor dem Fußballtor stehen, sondern an der Turnhalle! Und dann suchte er eine Drogerie, weil er seine Zahnbürste vergessen hatte. Hier mußte doch irgendwo eine Drogerie existieren?

Er fragte Einheimische, ob es hier eine Drogerie gäbe? – Die Einheimischen sahen anders aus als die Treckleute, die nun «Flüchtlinge» genannt wurden. Die Einheimischen gingen mit Aktentasche ins Büro, und in einem Café saßen Damen mit Hut. Peter wurde freundlich Auskunft erteilt. Eine Frau nahm ihn sozusagen bei der Hand, begleitete ihn, damit er die Drogerie auch findet, und fragte ihn, ob er meint, daß die Russen auch noch hierher kommen? Sie hat solche Sorge, was soll sie bloß machen?

«Bist du denn ganz allein?»
Gern hätte Peter von seiner Mutter erzählt, daß die abgeholt worden sei, aber vielleicht nachkommt …

An der Drogerie standen die Menschen Schlange, Heil Hitler, es dauerte, bis Peter endlich seine Zahnbürste kriegte. Er kaufte auch gleich noch Zahnpulver und ein Stück Seife, für die man eigentlich in die Kundenliste eingetragen sein mußte, aber bei ihm als Flüchtling machte man eine Ausnahme. Er nahm auch noch ein Tütchen italienisches Süßholz mit, das kostete fünf Pfennig und schmeckte angenehm nach Lakritze.
Nun konnte ihm nichts mehr passieren.
«Tür zu!» rief der Drogist.
Das Süßholz würde er vor dem Tantchen verbergen müssen, das war Geldverschwendung gewesen.

Neben der kleinen weißgekalkten Kirche standen altertümliche Grabkreuze, schief im Boden, und neue aus frischem Holz. Ein Mann brachte ein Bündel, das war ein totes Kind. Der Pastor kam und sagte: «Legen Sie es da hin, ich kümmere mich darum.» Drehte sich nochmals um und fragte: «Wie heißt es?» Schrieb das auf einen Zettel und steckte den Zettel dazu.
Da lag das Bündel dann unter dem zugigen Portal, und der Zettel flog davon.

In der Kirche fummelte einer an der verstimmten Orgel herum:

> O Ewigkeit, du Donnerwort,
> o Schwert, das durch die Seele bohrt,
> o Anfang sonder Ende …

Peter betrachtete die schiefen Kreuze. Hatten die Toten darunter gekrümmtes Gebein? So wie der Christus in der Kirche von Mitkau? die Füße so gekrümmt übereinander? Hatte Elfie auch gekrümmte Füße in ihrem Gab, oder lagen sie gerade nebeneinander?
Leichenschweiß. Hatte man ihr die Füße mit warmem Wasser abgewaschen? Den ganzen Körper mit einem warmen Schwamm? Das Haar ein letztes Mal gebürstet und zu Zöpfen geflochten?

> O Ewigkeit, Zeit ohne Zeit!
> Ich weiß vor großer Traurigkeit
> nicht, wo ich mich hinwende …

Er erinnerte sich nicht mehr, wie seine kleine Schwester überhaupt ausgesehen hatte.
Auf ihr Grab war noch kein Stein gesetzt worden. Das könne man ja immer noch machen, hatte es geheißen. Kein Stein auf dem Grab? Kein Name, nichts?
Einen Maiglöckchenstrauß hatte man ihr in die Hände geschoben.
Wer würde je nach ihr suchen?

Neben der Kirche war eine Kneipe, davor zwei zum Strunk beschnittene Linden. In der Kneipe gab es Dünnbier. Zwei Männer torkelten über die Straße, sie hatten einen taumelnden Menschen in ihre Mitte genommen. Auch das waren Flüchtlinge. – «He hätt runde Fäut!» sagte einer zu Peter, und der verstand überhaupt nicht, was der damit meinte.

Die Frau, die ihn zur Drogerie geleitet hatte, begegnete ihm dann noch einmal, und da konnte sie nicht an sich halten, und sie sagte: «Armer Junge, daß du hier so ganz allein umherläufst? Hast du denn gar niemanden auf der Welt?» Und sie lud ihn ein, mitzukommen in ihre Wohnung, sie habe noch ein Stück Kuchen, das werde ihm gewiß schmecken.

Die Frau wohnte zwei Treppen hoch mit Blick auf einen Hinterhof, die Wanduhr zeigte auf vier und machte binge-bangebung-böng!, und dann saß Peter auf dem grünen Troddelsofa und ließ sich Kuchen vorsetzen und erzählte lange Geschichten davon, was er alles durchgemacht hat. Sein Dorf – «Sie kennen es nicht» – sei in der Nacht von Russen eingenommen worden, erzählte er, und er habe sich in den Holzschuppen gehockt, die Russen draußen, so geduckte erdbraune Gestalten, vorbeigeflitzt und er sich in eine Ecke gedrückt und nicht gerührt, das Herz habe ihm im Halse geschlagen!

Die Frau hörte ihm gespannt zu. Und er erzählte immer weiter von «erdbraunen Gestalten», die geduckt vorbeigeflitzt wären, und von dem Geschrei der Frauen, und er dann in der Nacht bei 25 Grad Kälte durch den Schnee gerobbt, bis er endlich die deutschen Linien erreichte, wo ihn ein Offizier persönlich beglückwünscht habe.

Nun kam der Opa von nebenan und machte «hm, hm» über seinen Geschichten, der hörte sich das an, und da wurde es dann auch schon Zeit – «O weh! ich muß ja weg!» –, daß Peter sich dünne machte. «Seine Einheit» warte schon auf ihn, sagte er und rückte die Luftpistole gerade. Die Frau schenkte ihm noch ein Weltkrieg-Buch, das ihn gewiß interessiere. Es waren sehr altmodische Bilder darin von altmodischen Soldaten. Und das Buch hatte ihrem Sohn gehört, der jetzt in Karelien sitze …

«Hm, hm», machte der Mann. «Erdbraune Gestalten?»

Vielleicht stimmte das ja, was der Junge erzählte.

In Georgenhof klingelte um diese Zeit das Telefon. Die Hesses hatten den Kamin angemacht, die saßen gemütlich beieinander. Es war der Schullehrer, der endlich den Hörer abnahm und «Was?» in den Hörer schrie, «Wie? – Das Generalkommando?» Ein fernes Rauschen, eine ferne Stimme: Er konnte ja nichts verstehen! Frau Hesse nahm ihrem Mann den Hörer aus der Hand, aber auch sie konnte nichts verstehen, sie war ratlos. Es war Eberhard von Globig, der am Gardasee versuchte, mit seiner Frau Kontakt aufzunehmen. «Ah – Herr von Globig ...», sagte Frau Hesse – für einen kurzen Augenblick hob sich der Vorhang. «Ihre Frau ist nicht mehr da ... Wir wissen nichts ...» Aber da war schon wieder Schluß. Was hätte sie auch sagen sollen. – «Im Keller ...», krächzte es noch, und dann war Schluß.

Was hatte er mit «Keller» gemeint? Frau Hesse nahm eine Taschenlampe und stieg die Kellertreppe hinunter. Da stand Wasser, weiter war da nichts zu sehen.

Gegen Mittag kam Lothar Sarkander. Heil Hitler. Nein, er wolle sich nicht setzen. Nur kurz, nur kurz ... Er ging durch die Zimmer und sah sich alles an. So manches Mal hatte er hier gesessen, das Billardzimmer, der Kamin. Auch den Sommersaal öffnete er, in dem der Frost glitzerte. Hier blieb er einen Augenblick stehen und blickte in den stillen, ernsten Park, und dann stieg er langsam hinauf in den ersten Stock, hier also hatte Katharina gelebt. Und gegenüber die Tochter? Elfie? War das Foto noch vorhanden, das auf dem Kissen gelegen hatte? Er öffnete den Kleiderschrank, in dem noch ihre Sachen hingen ...

Die Hesse-Jungen standen hinter ihm in der Tür. Und als er die Strickliesel an sich nahm, der Herr Sarkander, sahen sie sich an. Ob der das durfte, hier so einfach was einstecken? Würde man das dem Herrn Drygalski melden müssen?

Über Katharina hatte er nichts Näheres in Erfahrung bringen können. Soweit bekannt, saß sie in der Königsberger Straße im Polizeigefängnis. Wahrscheinlich mit Gesindel zusammen, Huren, Megären und Bettelweibern. Gott sei Dank hatte man ihr Brot mitgegeben, im letzten Augenblick! Brot und Schmalz und Wurst.
«Das ist sehr gut!» sagte er, und sein Schmiß auf der Backe zuckte.
Pastor Brahms jedenfalls sei schon abtransportiert worden. Er habe anscheinend zu einer Untergrundorganisation gehört, sagte er, und er flüsterte dabei: Eine Sache im großen Stil. Den machten sie gewiß einen Kopf kürzer.
«Ach! Nun sagen Sie bloß …», sagte Frau Hesse und nahm die Hand unter das Kinn. «Aber Frau von Globig? Die ist doch ganz harmlos? Die ist doch sicher da nur so hineingerutscht?» – «Der werden sie jetzt natürlich ganz schön zusetzen.»
Wagner solle versuchen, ihr noch Sachen zu bringen, sagte Sarkander, und dann ging er fort, mit seinem steifen Bein.

Drygalski schaute auch mal vorbei, Heil Hitler. Für den war das keine Neuigkeit, daß die Globigs davongefahren waren. Das hätten sie längst machen sollen, dann wäre die ganze Sache mit dem Juden nicht passiert.
Er hatte ihnen ja schon vor Tagen eigenhändig eine Pauschalgenehmigung ausgestellt, und das Tantchen hatte sie gar nicht annehmen wollen!
Was mit den Kisten werden sollte, die im Sommersaal standen, das interessierte ihn. Auf das Verbergen eines Juden stand doch Vermögensentzug? Vielleicht schon jetzt sicherstellen? Was mochten sie enthalten?
Ob Sonja sich noch mausig mache, oder solle er sie wegschaffen.

Ein Kontrollgang in Katharinas Wohnung, wie leise er auch auftrat, brachte nichts weiter ein. Er kroch in die Abseite hinein, aber da lag keine Schokolade mehr, und auch der Tabak war fort.
Die Jagdgewehre nahm er mit, die würde er dem Volkssturm übergeben. Munition dazu fand er allerdings nicht.

Gegen drei Uhr, «zur gewohnten Zeit», wie er sagte, kam Dr. Wagner.
«Was? Alles ausgeflogen?» sagte er, «ohne ein Wort zu sagen? Keinen Brief hinterlassen, nichts? – Wir waren doch schließlich befreundet?»
Er setzte sich zu den Hesses nach oben in Peters ehemaliges Zimmer. Wie oft hatte er hier gesessen und mit dem Jungen geredet. «Füllest wieder Busch und Tal ...» Nein, die Zeit war nicht vergeudet worden, sie hatten das Beste draus gemacht.
Gern wäre er mit ihnen gefahren, aber es war wohl kein Platz mehr gewesen auf den Wagen? – Hatte man nicht im Worte gestanden? Nun würde man sehen müssen, wo man bleibt.
Er für sein Teil hatte sich jedenfalls nicht davongemacht. *Er* hätte die Globigs nicht im Stich gelassen. Diesen Trost hatte er.

Frau Hesse sagte: «Wir fahren auch los, sobald die Verfügung da ist. Irgendwie kommen wir hier schon weg.» Drygalski habe ihr zwar gesagt: «Fahren Sie sofort los, hauen Sie ab!», aber er hatte ihr kein Papier in die Hand gegeben, das war der Haken. Und wenn sie dann gestoppt und kontrolliert würden, ständen sie da.
Sie hatte Katharinas Radioapparat zu sich gestellt, den konnte man ja jederzeit wieder in ihr Zimmer zurücktragen.

Ich pfeif' heut' Nacht
didel-dudel-dadel-dü
vor deinem Fenster,
und komm' ganz sacht
didel-dudel-dadel-dü
zu dir hinein …

«Was sagen die Nachrichten?» fragte Wagner. Doch als Herr Hesse ihm Auskunft geben wollte, winkte er ab. Was sollte es schon Neues geben.
Er hatte hier nun nichts mehr zu suchen. Das Teleskop, wo war es? Mußte er es nicht zurückbringen? Hatte er es nicht zu treuen Händen ausgeliehen? Es war verschwunden, das suchte man sehr vergeblich.
Die Hesse-Buben hatten sich über Peters Eisenbahn hergemacht. Sie schickten die Züge sausend in die Kurve.

Sonja stand in der Küche, der Tscheche mit der ledernen Mütze stand im Hof. Mit Wurstbroten für Katharina, nach denen Wagner fragte, konnte sie nicht dienen. Nein, damit hat sie nichts zu tun. Die Herrschaft hat alles mitgenommen. Sie schloß die Küche zu. Für Katharina war sie nicht mehr zuständig.

Herrn Hesse ließ der Keller keine Ruhe. «Da ist nichts», hatte seine Frau gesagt. Das konnte ja gar nicht sein. Er raffte sich auf, um der Sache auf den Grund zu gehen. Er hatte schließlich als junger Mann den Felgumschwung am Reck geschafft und die Grätsche am Pferd? Er raffte sich also auf und ging hinunter, die Taschenlampe in der Hand, zog die Schuhe aus und krempelte die Hosenbeine auf. Die Wendeltreppe runter, ins Wasser steigen, Gang entlang – eingewölbt war er und länger, als man gedacht hatte. 1605. Lagerte hier Wein?

«Komm da lieber wieder raus!» rief ihm seine Frau zu, und ihre Stimme hallte. «Das ist bestimmt nicht gut, was du da machst! Das kalte Wasser?» Sie hielt die Jungen zurück, die auch sehen wollten, was es mit dem Keller auf sich hat. «Du holst dir noch den Tod?»

Herr Hesse untersuchte alles ganz genau, aber da war nichts. Kein Wein, kein nichts, kein gar nichts. Genau wie es seine Frau gesagt hatte. Am Ende des Ganges war der Keller zugemauert. Ein Fluchttunnel aus alter Zeit? Führte er zum Schloß hinüber?

Das Wasser stand hier schon lange, der Grund war glitschig und glatt, und da! Hesse rutschte aus und fiel ins Wasser. Er wollte noch seine Jungen rufen und seine Frau: «Helga!», aber es war schon vorbei. Dachte er an Levkojen, Malven und Phlox in diesem letzten Augenblick seines Lebens? Oder an all seine Steinbeile und Schaber? Es zog ihm den Mund schief, es gurgelte noch ein wenig, und ein paar Blasen stiegen auf, und dann war's still, und die Lampe im Wasser erlosch.

Wladimir

Am nächsten Morgen wartete das Tantchen vergeblich auf den Polen. «Um fünf Uhr», hatte man gesagt, aber kein Wladimir ließ sich blicken. Peter lief umher, von Wagen zu Wagen, die bereits einer nach dem andern den Platz verließen ... Er suchte den Polen. Von der Kutsche aus hielt er Ausschau: Er stand auf dem Kutschbock und hielt Heerschau über das murmelnde, von blitzenden Taschenlampen und Stallaternen durchzuckte Gewimmel, das sich hier eingefunden hatte.

Irgendwann mußte der Pole doch um die Ecke biegen? das fragte sich auch das Tantchen. Ließ er sich denn Zeit? Komm, ich heut' nicht, komm' ich morgen? Er würde tüchtig welche auf den Deckel kriegen, das stand fest, dieser Mann, der es doch immer so gut gehabt hatte bei den Globigs, und läßt einen hier warten? – Sie schickte Peter wieder und wieder aus, aber Peter fand Wladimir nicht. Den Wagen fand er nicht, und Wladimir fand er auch nicht. Auch Vera war nicht zu entdecken.

Vielleicht war Wladimir ja mit seinem Finger zum Arzt gegangen? Nietnagelentzündung? Auch kein Kinderspiel. Aber morgens, in aller Herrgottsfrüh?

Die Frauen an der Gulaschkanone fragte er, Heil Hitler!, ob hier ein Mann mit viereckiger Polenmütze erschienen sei; auch den Amtmann von der Partei, der hier für Ordnung sorgte.

Kinder, die mit Schneebällen warfen, fragten: ob er nicht mitspielen will? Nein, einen Polen mit eckiger Mütze hatten auch sie nicht gesehen.

Vielleicht hatte man den Polen nicht auf den Platz gelassen, weil er fremdvölkischen Blutes war?
«Ja, laßt ihr diese Burschen denn frei herumlaufen?» fragte der Parteimann. «Diesen Leuten ist doch nicht über den Weg zu trauen.»
Es kam dem merkwürdig vor, daß man diesen Ostleuten soviel Vertrauen entgegenbrachte. Er würde sich doch tatsächlich mal erkundigen müssen, ob das überhaupt geht. Er komme nachher mal vorbei, aufnehmen die Sache, alles ganz genau.
Peter kehrte zur Tante zurück: «Der ist nirgends zu finden ...»
«Das kann ja gar nicht sein», sagte das Tantchen, «ich werde mal selbst nachsehen ....» Und dann fiel es ihr ein: «Aber natürlich, der hat ja gar keine Uhr! Der kann ja gar nicht wissen, wann es fünf ist!»
Aber auch das brachte die Sache nicht voran, schließlich war die Kirchturmuhr von überall zu hören. Zum Schluß machte sich das Tantchen mit ihren Gummiüberschuhen denn auch selber auf, und sie fand auch ziemlich sofort die dritte Straße rechts, in der Wladimir den Wagen abgestellt hatte. An dem Platz lag ein Haufen Pferdeäpfel. Das war alles. Von dem Wagen keine Spur!
Alles Rennen durch die Gassen der kleinen Stadt war vergeblich, keinen Winkel ließ sie aus. Und als sie zum Sportplatz zurückkehrte, den bereits Wagen um Wagen verließ – der Wallach ließ bereits die Blicke nach ihr schweifen –, war auch dort kein Wladimir zu sehen. Es hätte ja sein können.
Kein Zweifel, Wladimir war fort.

Es war klar: Der Pole war auf eigene Faust weitergefahren, wer weiß wohin? Dieser Mensch hatte sie im Stich gelassen. Wollte sich mit seiner Buhle absetzen, vielleicht ins Heimatland durchschlagen? Seine Schäflein ins Trockene bringen? Dort ein neues Leben anfangen? Aber wie sollte er sich denn ins Heimatland durchschlagen, da stand doch überall der Russe!

Das Tantchen lief zum Bürgermeister, Heil Hitler, aber das Büro hatte geschlossen! Von da zur Polizei, Heil Hitler, auch da war nichts zu machen. Die Polizisten hatten mit Betrunkenen zu tun, die mit ihren «runden Füßen» über die Straße torkelten. Bis morgen würde sie warten müssen, da würde man sich ihrer annehmen. Jetzt ginge es wirklich nicht. Auf dem Rückweg guckte sie noch einmal in die dritte Straße rechts. Nichts war zu sehen. Da stand bereits ein anderer Wagen, dort hatten sich Fremde breitgemacht.

Sie ging zu dem Parteimann, der auf dem Sportplatz das Sagen hatte, und der riet ihr, am nächsten Morgen Anzeige zu erstatten, das unbedingt tun. Auf jeden Fall Anzeige erstatten! «Die finden den Polacken ganz bestimmt.»
Eigentlich unverantwortlich, diese Ausländer frei herumlaufen zu lassen … Daß das überhaupt angängig sei?

Jetzt mußte der Wallach was zu fressen haben, und das Futter war auf Wladimirs Wagen! Was sollte man dem armen Tier vorlegen? Alles lag auf Wladimirs Wagen: die Anzüge, das Bettzeug, das Schmalz, und die Wäsche!
Der Hafer!
Da sah das Tantchen, daß hinten auf der Kutsche ein Heuballen hing, der da vorher nicht gehangen hatte. Das hatte Wladimir also immerhin noch getan, an den Wallach hatte er gedacht. Der hatte sogar einen Sack Hafer festgebunden! An das Tier hatte er gedacht, bevor er sich fortstahl. So ganz schlecht, von Grund auf, ist kein Mensch …
Wahrscheinlich hatte er das Futter schon in Albertsdorf bei

Onkel Josef umgeladen. Als man noch an nichts Böses dachte! Der hatte also schon dort bereits alles sorgfältig geplant!
«Ist es die Möglichkeit!» rief das Tantchen, und ihr zitterten die Hände. «Diesen Leuten ist man einfach nicht gewachsen!»
Und nun fielen ihr wieder und wieder Sachen ein, die auf dem großen Wagen verstaut waren und nun für immer verloren! Die Kleider! Die Tischwäsche! Das Silber! – Das ganze Silber! Die Betten und die Kannen mit Schmalz und Zucker. Die Fotos! Und all die Akten von Georgenhof. Die englischen Stahlaktien und die Verträge mit der rumänischen Reismehlfabrik allerdings nicht. Die hatte das Tantchen in ihre Handtasche gesteckt.
Sehr merkwürdig, daß auf dem Hafersack der Stempel von Albertsdorf zu sehen war. Albertsdorf? Dann hatte Wladimir den also dort organisiert? «Geklaut», auf deutsch gesagt? – Es war alles nicht so einfach.

Auch den Wallach fragte sie, was er dazu sagt, daß Wladimir sie im Stich gelassen hat. Sie hätte sich gern an seinem Halse ausgeweint. Aber der Wallach schlug mit dem Schweif und drehte seine Augen gen Himmel: Was nun wohl noch alles kommt, mochte er denken. Wird die Alte am Ende noch zudringlich?

Peter saß in seiner Strohschütte. Durch das zerbrochene Fenster schneite es herein. Er versuchte, einzelne Flocken mit dem Objektträger des Mikroskops aufzufangen, er spielte also Haschen mit den eisigen Kristallen, aber vergeblich. Die Flocken, die er eingefangen hatte, schmolzen augenblicklich dahin.

In der Turnhalle durften sie sich waschen, Heil Hitler, dort gab es sogar warmes Wasser, das wurde mit der Kelle aus der Gulaschkanone ausgegeben. Wo sonst die Barrenturner Seitgrät-

sche mit Unterschwung übten, stand nun die NSV und sorgte für Ordnung. Auch Krankenschwestern waren zur Hand. Heil Hitler. Hier hätte sich Wladimir seinen kaputten Finger ohne weiteres verbinden lassen können, wahrscheinlich sogar umsonst. Aber der hatte seine eigenen Gedanken gehabt.
An langen Tischen wurden die Flüchtlinge mit Kaffee versorgt. Es waren nicht mehr so viele wie am Vortag. So mancher hatte schon in aller Frühe das Weite gesucht. Aber es langten andere an, müde und durchgefroren. Und bald war der Platz schon wieder besetzt.
Einige Wagen kamen sogar aus Richtung Elbing, von der Feldpolizei zurückgeschickt, weil kein Durchkommen mehr ins Reich.

Ein Mann von der Partei ging von einem Tisch zum andern, Heil Hitler, und redete den Leuten gut zu. Wie es Pastor Brahms auf dem Missionsfest in Mitkau von einem zum andern zog, so legte der Parteimann den Menschen die Hand auf die Schulter. Heil Hitler. Der redete ihnen gut zu. Das Chaos werde sich bald lichten, man werde Mittel und Wege finden. – Wie Pastor Brahms tat er das, der nun bereits in Königsberg in einer Einzelzelle saß mit *zwei* Riegeln vor der Tür, das rechte Auge blaugeschlagen.

Als es endlich acht Uhr war, ging das Tantchen zur Polizei, Heil Hitler. Dort mußte sie natürlich erst mal warten, die Schlange der ratsuchenden Volksgenossen war lang. Als sie endlich dran war, wurde sie sehr freundlich behandelt. Ein älterer Polizeibeamter bot ihr sogar einen Stuhl an! Und dann – «von Globig? von Globig aus Georgenhof?» – stellte sich heraus, daß der Polizist Eberhard kannte! Er war dem Herrn von Globig mal begegnet in einer kniffligen Situation, von der er hier nicht weiter reden will. Der Herr hatte für ihn die Hand ins Feuer gelegt, und das mußte man anerkennen …

Das Tantchen zeigte all ihre Papiere vor. Auf die Fluchtbescheinigung hatte Drygalski unten drunter geschrieben: «Dieser Frau ist jede Hilfe zu gewähren.» Das wirkte sich günstig aus, und der Beamte sagte: «Den Polen kriegen wir, darauf können Sie sich verlassen.» Diese Sache würde natürlich vorrangig behandelt. Per Telefon werde er die nächsten Ortschaften darauf hinweisen: da kommt ein Pole mit viereckiger Mütze auf einem grünen Ackerwagen, der hat eine korpulente Frau bei sich, eine Ostarbeiterin. Den unbedingt festhalten, den sofort verhaften und den Wagen sicherstellen! Heil Hitler!

Das Tantchen unterschrieb das Protokoll, und dann erzählte sie dem Beamten, der eigentlich noch was anderes zu tun hatte, was alles auf dem Wagen verstaut war: Die Kleider! Die Bettwäsche! Das Silber! – Das *ganze* Silber! Schließlich wurden Rufe aus der Menschenschlange laut von hinten, was da vorn los wär, «das dauert ja ewig».

Daß der Pole auch an seinem Finger zu erkennen wäre, «der Zeigefinger der rechten Hand ist verbunden», fügte sie noch hinzu, und der Beamte schrieb das noch zwischen die Zeilen.

Peter hatte sich inzwischen aufgemacht und schlenderte die Hauptstraße entlang, an den Wagen vorüber, die hier aufgereiht waren, groß und klein, schwer und leicht. Einzelne Treckwagen scherten aus, die wollten weiterfahren, andere kamen gerade an und freuten sich über einen guten Platz. Es herrschte reges Leben und Treiben. Flüchtlingsfrauen gingen von Haus zu Haus, ob sie sich mal waschen dürften, und Hitlerjungen schaufelten Schnee zur Seite.

Vielleicht würde er ja Wladimir entdecken? dachte Peter. Möglicherweise hatte der ja nur mal eben mal den Platz gewechselt? Die Luftpistole würde aber wohl keinen Eindruck auf ihn machen.

Oder Onkel Josef? Der mußte hier doch auch irgendwo stekken? Vielleicht liefen ihm hier die Kusinen plötzlich über den Weg? Hallo? Wo kommt ihr denn her?
Und er tribunalisierte in Gedanken, was er sie alles fragen würde. Warum sie nicht auf ihn gewartet haben und so weiter und so fort, und daß sie ihn schwer enttäuscht haben!

Aus dem Stadtcafé hörte er Klaviermusik. Er war noch nie in einem Kaffeehaus gewesen, jetzt ging er hinein, schlug den massiven Windfang-Vorhang zur Seite, Heil Hitler, und in der muffigen Wärme sah er unter dem Zigarettenqualm Soldaten aller Waffengattungen und Frauen mit Hut, und am Klavier saß der Einarmige!

> Sag' beim Abschied leise «Servus»,
> nicht «Lebwohl» und nicht «Adieu»,
> diese Worte tun nur weh …

Kein Zweifel, es war der Obergefreite Hofer aus München.
Peter legte ihm die Hand auf die Schulter, und der Soldat hörte sofort auf zu spielen und setzte sich mit ihm an einen Tisch. «Der Peter!» Was für ein Zufall!
Er hatte für das Lazarett, das längst weitergezogen war, Mullbinden und destilliertes Wasser organisieren sollen, und nun hatte er alles beisammen, hätte an sich schon wieder auf Achse sein müssen und hinterhermachen, au weh! die Leutchen warteten ja auf ihn. Aber: «Wenn ich ein Klavier sehe, kann ich nicht widerstehen.»
«Und mit dem verrückten Tantchen bist du unterwegs?» fragte er. – Das gefiel Peter nicht, daß er «verrücktes Tantchen» sagte. Die war doch eigentlich ganz in Ordnung?

Ziemlich sofort wurde gefragt, ob Peter noch mal was von der Geigerin gehört hat? «Was mag aus ihr geworden sein?» fragte der Soldat. «Sie wollte ja nach Allenstein, und da sitzt doch längst der Russe ... Sie ist bestimmt schon hopsgegangen. Der Russe fackelt nicht lange, da wird ihr die Geige nicht viel genützt haben.»
Und dann sprach er vom «Bürsten» und erzählte Peter, der in seinen jungen Jahren von all dem keine Ahnung hatte, daß diese Frau gar nicht ohne gewesen sei, unwahrscheinlich anschmiegsam und so weiter und so fort, und er erwähnte sogar, daß sie mit dem Oberarzt in Mitkau ohne weiteres «ins Bett» gegangen sei.
«Ein wildes Früchtchen!»
Dann gab er Peter alle möglichen Ratschläge, wie man Frauen rumkriegt, *er* kriege jede rum! Seiner jungen Frau in München würde er keine Vorwürfe machen, wenn sie sich mal «einen Stift setzen läßt».
«Was nützt das schlechte Leben?»
Dann sagte er zu Peter, wie sauwohl er sich in Georgenhof gefühlt habe, der Kamin, der Sommersaal ... Und er beschrieb Peter alles mögliche, von dem dieser keine Ahnung hatte: Von einer Hausorgel sprach er, von kristallenen Leuchtern und endlosen Zimmerfluchten ... Das hörte sich alles sehr gut an, doch Peter wunderte sich: Wovon redete der Mann? Eine Hausorgel in Georgenhof?

Der Obergefreite Hofer kam auch auf die Ukrainerinnen zu sprechen. Vera bezeichnete er als dicke Vettel und Sonja als «kleines freches Luder». Sonja, mit einem Kranz um den Kopf und roter Nase, daß er mit der wohl auch gern mal huschihuschi gegangen wäre ...
«Im Grunde sind sie doch alle gleich.» Und Wladimir ist mit

dem Wagen abgehauen? das wär' typisch. «Diese Ostleute klauen doch wie die Raben.»
Und dann zog er eine angekokelte Meerschaumspitze aus der Tasche, ein Schnitzwerk war darauf zu sehen: Mann und Frau, und zündete sich eine Zigarette an ... Und er erzählte von seiner Zeit in Polen, von Warschau, von dunklen Seitenstraßen. Und von Läusen und Flöhen.

Die Sache mit den erdbraunen Gestalten brachte Peter hier nicht vor, und daß er durch den Schnee gerobbt sei. Während der Obergefreite Hofer vom «Umlegen» sprach, er müsse dringend mal wieder einen «wegstecken», guckte er aus dem Fenster auf die Straße. Wenn jetzt Dr. Wagner vorüberkäme? Nichts verstehend und doch an allem interessiert? Füllest wieder Busch und Tal? – Zogen sie denn da draußen alle vorüber? Einer hinter dem andern? Der Briefmarkenmann, sich in den Krücken schwingend; Drygalski mit schwerem Schritt – «Sei stolz, ich trage die Fahne» –; der Vater in seiner weißen Uniform und ein Trupp Häftlinge mit der Mutter in ihrer Mitte? Und alle schwer an einer großen Kette tragend?
Und er dachte an das bunte Bild, das in Elfies Zimmer über der Tür gehangen hatte, an die nackichten Heinzelmännchen, die ein Blumengebinde in die Höhe heben. Das war keine Kette, es waren Blumen gewesen.

Inzwischen hatte Hofer die Meerschaumspitze in die Tasche gesteckt, hatte sich wieder ans Klavier gesetzt und hottete mit seinem linken Arm irgendeinen Jazz vor sich hin. Das dauerte so lange, bis ein Mann Heil Hitler! zu ihm sagte und ihn fragte, ob das geht, in dieser schweren Zeit? Wo draußen auf der Straße all die Flüchtlingswagen stehen, und er spielt hier «Niggerjatz»?

Der Mann hatte ein Glasauge, der hatte weiter hinten im Lokal gesessen und schon eine ganze Weile den Kopf geschüttelt.
Und Peter wurde gefragt, was er hier zu suchen hat, und daß er erst zwölf ist und sitzt hier im Café? Da wird er der Hitlerjugend mal Bescheid sagen, die wird sich dann schon um ihn kümmern.
Ob das die deutsche Jugend ist? fragte er die Umsitzenden, die hier im Café herumsaß und mit den Kaffeetassen klapperte, wo die Heimat ums Überleben kämpft?

Da stand Hofer auf, Heil Hitler, und da sah der Mann, daß er nur einen Arm hatte. Und Hofer klappte das Klavier zu und fragte den Mann: was *er* hier überhaupt zu suchen hat, hier in der warmen Stube, hinterm Ofen, weit vom Schuß? Er soll sich an die Front scheren und so weiter. Und er drängte ihn ab, rief: «Zahlen!» und holte sein Portemonnaie aus der Tasche und öffnete es nach der Art von Einarmigen mit Daumen und Zeigefinger. Er wundere sich darüber, daß einem Verwundeten nicht die kleinste Freude gegönnt wird, sagte er zu den Damen mit Hut, die hier herumsaßen.
Peter wollte ihm helfen beim Öffnen des Portemonnaies. Aber Hofer verwehrte ihm die Hilfestellung und bezahlte zwei Mark und fünfzig für sein Bier und für Peters Schaumspeise. «Was bin ich froh, daß ich keinen *Bauchschuß* habe!» sagte er und schrieb seine Feldpostnummer in aller Eile auf den Bierdeckel, wenn mal was ist, und er benutzte dazu einen silbernen Drehbleistift – auch der kam Peter bekannt vor.

Dann rief er «Horrido» und entschwand durch den Windfang nach draußen. Schade, auch diese kleine Freude hatte man ihm verdorben.

Der Junge ging zum Frisör nach nebenan und ließ sich die Haare schneiden. «Heil Hitler», sagte er, aber der Frisör war Holländer, und der antwortete nicht.
«Darf's auch eine Rasur sein?» fragte der Mann. Das war spaßig gemeint, denn auf Peters Wangen zeigte sich nur ein wenig Flaum. Er pfiff eine vaterländische Melodie, die sich sehr nach einem Volkslied anhörte.
Fünfzig Pfennig kostete der Haarschnitt, und das wäre schnell abgemacht gewesen, wenn Peter nicht von erdbraunen Gestalten erzählt hätte, die geduckt an seinem Versteck vorübergelaufen wären, und da wurde der Holländer denn doch ein bißchen nachdenklich. Er machte den Klappermann mit Kamm und Schere und guckte sich Peter im Spiegel an. Daß ein junger Mensch schon so viel mitgemacht hat? Und, das fragte er sich in diesem Augenblick auch, wie würde es sein, wenn er nach Hause kommt? Würde man ihn nicht zur Rechenschaft ziehen? War er nicht freiwillig nach Deutschland gegangen, um den Moffen die Haare zu schneiden?
Er bürstete Peter den Kragen ab und sagte: «So long!»
Vor der Tür wartete der Mann mit dem Glasauge. «Ich hatte genau so einen Sohn wie du bist», sagte er. «Laß dich nicht verlottern, hörst du.»

Diesmal war es die Tante, die zu spät kam. In den Läden waren allerhand Waren freigegeben worden, und da hatte sie Waschpulver gekauft, ohne Marken!
Dabei hatte sie einen netten Herrn kennengelernt, wie sie jetzt erzählte, Guten Tag!, der ihr behilflich gewesen war, und mit dem dann noch ein bißchen geklönt. Der Herr kam auch aus Schlesien, war also ein Landsmann, die Welt ist ein Dorf.
«Gott sei Dank, Junge, daß du schon da bist! Geh du mir bloß nicht auch noch verloren!»

Etwas gehbehindert sei der Mann, ziehe das linke Bein ein wenig nach, aber das mache ja nichts. Es gibt eben überall gute Menschen.

Und dann setzte sich das Tantchen zu Peter in die Kutsche, sie machten es sich gemütlich und vesperten. Es gab so manche liebe Seele, die ihnen dabei aufmerksam zuguckte, an den Fensterscheiben zeigten sich die lieben Seelen, blaß, und das Tantchen zog den Vorhang zu.
Danach schrieb sie eine Postkarte an die Leute auf Georgenhof. Daß sie Onkel Josef nicht mehr angetroffen habe und sich nun bereits auf dem Weg zum Haff befinde. «Denkt mal, Wladimir ist fort! – Liebe Grüße an Katharina!» setzte sie noch hinzu, und sie kam sich dabei sehr mutig vor: Hoffentlich würde sie durch diese Grüße nicht in Schwierigkeiten geraten.
Die Berliner bekamen auch eine Karte, von wegen der Kisten in Georgenhof, dafür könne nun niemand mehr garantieren. Warum sie die nicht schon längst abgeholt hätten?
Auch an Eberhard wollte sie schreiben, Feldpostnummer sowieso. Sie setzte mehrmals an. Wie konnte sie es ihm beibringen, daß sie Georgenhof verlassen hatten? Und die Sache mit Katharina? Erst mal noch nicht abschicken die Karte, erst mal warten, wie sich die Sache entwickelt?

Katharina saß in einer Zelle ganz für sich allein, wie in einem Wartezimmer. Sie hatte ihren schweren Mantel an und die weiße Pelzmütze auf dem Kopf. Die Füße hatte sie auf den Schemel gelegt, und sie drehte die Daumen. Ihrem Atemhauch sah sie nach, denn es war kalt.
Hinter den grauen Scheiben des Zellenfensters war ein Stück grauer Himmel zu sehen. Sie hatte auch schon auf dem Sche-

mel gestanden und aus dem Fenster geguckt, auf den Marktplatz, die Kirche dahinter und das alte Rathaus. Wenn sie Sarkander gesehen hätte, dann hätte sie gewinkt, aber Sarkander hätte sie nicht gesehen. Ob er es wußte, daß sie hier saß? Guckten denn nicht auch andere Gefangene aus dem Fenster, hoffte nicht jeder auf irgendwas?

In ihrer Sache war nicht viel gesprochen worden. Der Beamte hatte ihr immer wieder den Zettel mit der Wegeskizze unter die Nase gehalten, und sie hatte genickt.
«Tja», hatte der Beamte gesagt, «Frau von Globig, das ist schlimm.» Und: «Was haben Sie sich bloß dabei gedacht? – Und ausländische Sender haben Sie auch gehört?»
Ob es zu blutschänderischem Verkehr gekommen sei bei dieser Gelegenheit, das fragte er nicht mehr. Dem war die ganze Sache unerquicklich, der dachte bereits an seine eigene Haut.

Eberhard war im fernen Italien bereits wiederholt vernommen worden. Der Kommandeur hatte lange und ernst mit ihm geredet. Zunächst unter vier Augen, dann hatte sich der Führungsoffizier dazugesetzt. Heil Hitler.
«Ihre Frau hat einem Juden Unterschlupf gewährt? Stimmt das?» Und: «Mit englischen Stahlaktien haben Sie den Feind unterstützt?» – Das wog schwer. Mit einer Degradierung würde wohl zu rechnen sein. Das Offiziersgehalt wäre dann futsch.

Einen Juden versteckt in ihrem Zimmer?
Eberhard rechnete nach und fand heraus, daß es jener Abend gewesen sein mußte, an dem er mit der kleinen Italienerin ein Glas Wein getrunken hatte.
Nach dem Krieg, wenn alles ausgestanden war, dann mal wieder nach Italien fahren. Und Georgenhof? Das Gut wieder in

Schuß bringen und Schwamm drüber. – Diese Judensache? Auch darüber würde Gras wachsen.
Da war auch noch anderes, an das Eberhard dachte. Katharina? Daß sie sich weggebogen hatte von seinem Kuß, als sie Abschied nahmen, und er hatte sich dann auch weggebogen und sie angeguckt: Was das denn da für eine Frau ist, die sich nicht einmal einen Wangenkuß geben läßt zum Abschied?
Das Hoftor reparieren, den Morgenstern richten. Ordnung ins Leben bringen, das würde vordringlich sein.

Die Alten

Am nächsten Tag ging das Tantchen wieder auf die Polizei, Heil Hitler. Sie hat es bald satt! sagte sie zu Peter, und der freundliche Polizist hatte auch genug von ihr.
«Es ist alles nicht so einfach.»
Vielleicht käme Wladimir ja doch noch wieder zurück? Das war die Frage. Vielleicht lag irgendein Irrtum vor? Er hat es ja vielleicht nur gut gemeint?
«In diesem Fall würde ich die Sache mit Stillschweigen übergehen», sagte das Tantchen. Jeder Mensch macht mal eine Dummheit.
«Hörst du, mein Junge? Wir tun so, als wenn nichts gewesen wäre.»
Die Verwünschungen, die man in die Gegend geschickt hatte, würde man freilich nicht zurückholen können.

Tantes neuer Bekannter, der gehbehinderte Schlesier, stellte den Wallach, der immer sehr nach hinten guckte, wenn er kam, in der Feuerwache unter, die konnte man sogar abschließen! Er sagte den Leuten dort: «Das geht schon in Ordnung!» und schaffte sogar Stroh herbei.
Der Mann hatte allerhand Beziehungen. Er würde vielleicht sogar ein Zimmer besorgen können für seine neuen Freunde. Aber das war gar nicht nötig, da hätte man ja gleich in Georgenhof bleiben können. Man wollte hier ja keine Wurzeln schlagen, man wollte ja weiter, immer weiter?

Am Morgen stellte er sich zum Frühstück ein, Gesellschaft leisten in dieser schweren Zeit, das war ja selbstverständlich! Er hörte sich in Ruhe an, was alles mit dem großen Wagen verlorengegangen war, und er half dabei, die in der Kutsche verbliebenen Koffer umzupacken. Allerhand überflüssiges Zeug aussortieren, die ganzen Sommersachen! Weg damit! Lächerlich, womit man sich abschleppte mitten im Winter.

«Und im Sommer? Was machen wir dann? – Weiß der liebe Himmel, wo wir im Sommer sind!»

«Da sind Sie gewiß längst wieder zu Hause», sagte der Herr. Aber das glaubte das Tantchen nicht so recht. Georgenhof würde sie nie wiedersehen. Georgenhof *wollte* sie auch nicht wiedersehen. Weit über zwanzig Jahre mehr oder weniger geopfert? Für nichts und wieder nichts? Nicht mal ein anständiges Gehalt hatte sie bekommen? Mehr so eine Art Taschengeld hatte man ihr gezahlt. Und waren denn Marken für sie geklebt worden? Versicherung, Sterbekasse? Letzte Groschen hatte sie nicht im Strumpf.

Immer hatte sie außen vor gestanden, ihr ganzes Leben lang. Damals, als sie aus dem Elternhaus hinausgesetzt wurden von dem Raffke, wie der so hämisch an der Straße stand! Damals hätte sie vielleicht Lehrerin werden können. In der Laube immer so gern Schule gespielt. Es hatte sie niemand bei der Hand genommen, außer dem alten Globig: Du kommst zu uns, hatte er gesagt, ja, so war es gewesen. Und das war wie eine Befreiung gewesen! Aber kein Gehalt gezahlt, mehr so gelegentlich was hingelegt, was sie sich dann nehmen durfte, und zu Weihnachten einen Muff oder Strickhandschuhe.

Später, als Eberhard den wundervollen «Wanderer» kaufte, dunkelblau, mit geteilter Frontscheibe … Er hätte sie doch gut einmal mitnehmen können?

«Sieh mal, Tantchen, was für einen schönen Wagen wir haben»

gesagt und gehupt, als sie aus dem Tor fuhren. Nach Süden! Ans Meer! Ins Gebirge! Nach Italien wäre sie auch ganz gern mal gefahren …

Der Schlesier sagte, ach, wie gern würde er mal wieder schlesischen Plusterschinken essen! Er brachte ein Glas eingelegte Gurken mit, das war doch mal was anderes. Auf schlesische Art eingemacht! Und Peter bekam einen Napf Kunsthonig. Das Zeug schmeckte extrem süß, das war für die Zähne sicher nicht das Beste. Viel konnte man nicht davon essen.

Ob er nicht sein Mikroskop verkaufen will? oder eintauschen? fragte ihn der Schlesier. Und er schenkte Peter ein paar blankgeputzte Gewehrkugeln, polnische, belgische und auch deutsche. Aus Kupfer und aus Messing waren sie, eine hatte sogar eine Öse hinten dran, die hätte man sich um den Hals hängen können.

Peter hätte sich gern eine Sammlung solcher Kugeln angelegt, und der Schlesier versprach es, er würde noch welche besorgen können. «Ich kenne einen Mann, der welche beschaffen kann, wenn man ihm vielleicht ein Stück Speck gibt?» Der habe zu Hause einen ganzen Schrank voll davon. – Ob Peter vielleicht einen finnischen Dolch haben möchte? fragte er sogar. Wär' ihm damit gedient?

«Möchtest du einen finnischen Dolch haben?»

Für den Einkauf von Brot erwiesen sich die Urlaubermarken, die das Tantchen von dem Nationalökonomen in Georgenhof bekommen hatte, als unentbehrlich, fünf, sechs Bogen! Das Tantchen hatte sie damals eigentlich ablehnen wollen, hatte dann aber doch beherzt zugelangt, als er sie ihr lächelnd hinhielt. Woher er sie eigentlich hatte, das hatte der Mann nicht gesagt. Neu sahen sie aus, die Dinger, und ein wenig anders.

Die kamen ihr nun zugute.
Einmal sah sich der Bäcker die Marken etwas genauer an – da merkte das Tantchen, daß etwas damit nicht stimmte. Von da an war sie vorsichtiger, schickte mal Peter hin oder den schlesischen Herrn, und immer zu einem andern Bäcker. Der Bäkker an der Post war am wenigsten mißtrauisch, das war ein gutmütiger, dicker Mann mit rotem Gesicht. Bartels hieß er, und er wurde «der Postbäcker» genannt. Sein Meisterbrief hing in goldenem Rahmen über der Tür. Der knipte mit seinem dicken Daumen so viele Marken ab wie nötig und schob das warme, duftende Brot in aller Seelenruhe über den Tisch. Der erkundigte sich sogar – woher? wohin? – und Peter konnte ihm was von erdbraunen Soldaten erzählen, die geduckt an ihm vorübergestürmt seien.

Die Hauptstraße hinauf – hinunter ging Peter, an den Reihen der Wagen vorüber. Vielleicht war Wladimir ja doch noch zurückgekommen und stand hier, als wenn nichts wär'? Es tut mir leid, die Sache war so und so ...?
Ein Bauer pißte unter seinen Wagen, wo sollte er es sonst tun? Die Leute machten etwas Platz.

Aus dem Stadtcafé war kein Klavierspiel zu hören. Da wurde gerade gelüftet. Ein Offizier mit Ritterkreuz trat hinein, Heil Hitler. Der kam gleich wieder heraus, der hatte wohl gedacht, er könnte hier im Warmen sitzen und Kaffee trinken? und nun sind alle Fenster aufgerissen, und es wird gelüftet?
Ritterkreuz: Mit einem Panzerkeil, entschlossen vorangetrieben, hatte er eine russische Abteilung vernichten können, und nun kriegte man hier keinen Kaffee?
Den Mantel hatte er vorn auseinandergebogen, damit man den Orden auch sieht.

Peter hatte das Glück, von ihm angesprochen zu werden.
«Junge, gibt es in diesem Nest *noch* ein Café?»
Peter hätte ihn gerne zur Bahnhofsgaststätte begleitet, aber das wollte der Ordensträger nicht. Der wollte in einem Kaffeehaus sitzen mit Klaviermusik und seine Zigarette rauchen und vielleicht von einer jungen Dame angesprochen werden, die ihn fragt, woher er das Kreuz hat? Und der dann ein Stück Roggenmehltorte spendieren und fragen, ob sie sich hier auskennt und was sie so macht, den lieben, langen Tag?
Er hatte davon gehört, daß in diesem Kaffeehaus Musik gemacht werde. Und nun wurde hier gelüftet?

Der holländische Frisör stand am Ladenfenster und machte den Klappermann. Vielleicht dachte er an die erdbraunen Gestalten, von denen Peter ihm erzählt hatte, daß die geduckt an ihm vorübergelaufen seien? Und Frauen hatten geschrien? – Vielleicht dachte er auch an sein Heimatdorf, wo man ihn bei seinem letzten Urlaub schief angesehen hatte?
Sein Freund Jan hatte das Glück, ein paar Tage festgesetzt worden zu sein, weil er hämisch gegrinst hatte, als man ihm den Hitlergruß entbot. Und der hatte das schriftlich! Das würde eines Tages zu Buche schlagen. Eines Tages! Freuen tat man sich auf die Heimat, und man fürchtete sich gleichermaßen davor.

Im Schreibwarengeschäft, Heil Hitler, gab es Rätselhefte im Feldpostformat. Für die Soldaten an der Front, wenn sie im Graben saßen und den Feind erwarteten. «Kluges Köpfchen» hießen die und «Gripsmassage». Es gab auch Briefmarkenhefte zu kaufen. In Klarsichtumschlägen waren sie zu besichtigen: sauber sortiert wie ein Skatblatt. Hundertundfünfzig Stück für eine Reichsmark. «Republik Österreich» und «Freistaat Danzig», ge-

braucht und ungebraucht. «Generalgouvernement»-Marken, die fast nur aus Aufdruck bestanden.
Peter wollte schon eines dieser Hefte kaufen, er hielt es lange in der Hand, so daß die Verkäuferin schon ungeduldig wurde. Herr Schünemann hatte das doch geraten! Geld anlegen, Briefmarken kaufen!
Peter ließ es schließlich bleiben, denn auch das Porträt des Führers ließ sich in den Sortimenten ausmachen!

Das Süßholz in der Drogerie war ausverkauft. Heil Hitler! «Warst du nicht schon einmal hier?» fragte ihn der Drogist. Dem kam das seltsam vor, daß ein fremder Junge zweimal hintereinander Süßholz kaufen wollte, wo das Zeug doch schon ausverkauft war?
«Ich bin Flüchtling ...», sagte Peter. Er kam sich verlassen und einsam vor, als er das sagte, und er sagte es hier zum ersten Mal. Und der Drogist machte sich auch so seine Gedanken. Der klappte den Kasten auf, ob sich nicht doch noch ein Tütchen Süßholz aus Italien darin finden läßt.

Durch das Schaufenster hindurch sah Peter auf der andern Straßenseite das Tantchen mit dem schlesischen Herrn gehen. Das Tantchen mit schwarzem Hut, Muff und Gummiüberschuhen. Der Herr ein wenig hinkend. Wer hielt sich hier an wem fest? Hatte der Mann sich eingehakt?

Aus Mitkau trafen erste Wagenladungen alter Menschen ein. Das Kloster dort war geräumt worden. Auf offenen Pferdewagen transportierte man die Leutchen: dick eingepackt saßen sie auf Stroh. Im Takt wackelten sie mit dem Kopfe, als ob einer mit der Handharmonika lustige Weisen spielte. Das hatten sie auf ihre alten Tage nun doch nicht gedacht, daß sie noch einmal auf die Reise gehen müssen, mit Kanülen wie Igelstacheln nach allen Seiten? Künstlichem Darmausgang und Pneumothorax? Schlecht zu Fuß und Schwierigkeiten beim Wasserlassen?

In Mitkau war es doch gar nicht so übel gewesen, dort hatte man sich doch schon eingewöhnt? «Weshalb läßt man uns denn nicht in Ruh'?»

An ihr schönes Tilsit dachten sie gewiß auch zurück. Im Sommer immer so schön vorm Haus gesessen und den Pferden zugeguckt, wenn sie in die Schwemme geritten wurden.

Vielleicht war alles falsch gewesen?

In Tilsit hatte immer die Sonne geschienen. In Tilsit standen immer Sonnenblumen am Zaun.

Die Einheimischen standen Spalier, als die Wagen mit den Alten eintrafen, einer nach dem anderen. «Heil!» wurde nicht gerufen. – Gott im Himmel! Das war vielleicht eine Fuhre, die armen Menschen! Hustend und spuckend! Die hatten sich ihren Lebensabend gewiß anders vorgestellt. Wie wird es mit uns sein, wenn wir erst mal alt und schwach sind? fragten sich die Zuschauer. Und die einheimischen Alten im Kirchstift, die davon hörten, daß sie Zuzug bekommen sollten, fragten sich, wann schaffen sie *uns* fort? Herr, lehre mich, daß es ein Ende mit mir haben muß …

Manch ein Passant dachte wohl auch: Schauderhaft! Sollte man diese siechen Menschen nicht erlösen? Unnütze Esser, unwertes Leben? – «Friedhofsgemüse», dieses Wort machte die Runde.

Schon kamen Ärzte in weißen Kitteln, Heil Hitler. Nichts war vorbereitet, nichts organisiert … Im Kino die Stühle rausreißen? – Nein, da wurde Einspruch eingelegt, das Kino brauchte man noch, die Leute wollten ja auch mal auf andere Gedanken kommen. Mal was Lustiges sehen und mal aus vollem Herzen lachen?

Liebling, was wird nun aus uns beiden,
werden wir glücklich oder traurig sein?
Werden sich uns're Wege scheiden
oder gehn wir ins Land der Liebe ein?

Da mußte wieder mal die Schule herhalten, da war ja Platz genug. Der Rektor rang die Hände, und die Kinder liefen jubelnd durch die Straßen.
Der Ortspastor ließ sich sehen, wie der Postbäcker vor seinem Laden stand er im Portal seiner Kirche, und in der Tat: Man hob auch hier wieder Tote von den Wagen, die Brotration fest in der verkrampften Hand, und legte sie ihm vor die Füße. Die Frage war, wie man sie unter die Erde bringt? Erst mal draußen hinlegen, einen neben den andern; wenn sie auftauten, dann stänken sie gewiß.
«Gebim-gebim-gebim» machte die Glocke. «Um achtzehn Uhr treffen wir uns zur stillen Andacht», sagte er zu Vorübereilenden, die es nicht glauben konnten, daß Tote vor der Kirche lagen. Das ging dann von Mund zu Mund.

Auch Peter sah sich die Alten an, die da auf den Wagen saßen und nun heruntergehoben wurden. Und schon wurden die Wagen gewendet, um den Rest dieser Leute aus Mitkau zu holen. Man konnte die Alten doch nicht in die Hände der Russen fallen lassen? Es fiel Peter ein, daß er ja mit den leeren Fuhrwerken zurück nach Mitkau fahren könnte, in Georgenhof mal kurz eingucken und sofort wieder mit zurückfahren? Die Leutchen dort mal überraschen? Die Hesses und Sonja. Und Jago, den Hund?

Das Vaterhaus noch einmal ansehen, mit ganz anderen Augen? Und am nächsten Tag mit dem letzte Schwung der Alten zurückkehren?
Vielleicht könnte man auch noch was mitbringen von Zuhaus. Peter dachte an die neue Lokomotive, die er zu Weihnachten geschenkt bekommen hatte – die hätte er ganz gern gehabt. Und er dachte auch an die Scherenschnitte seiner Mutter. Die hatte er sich noch nie so richtig angesehen.

«Du bleibst hier», sagte das Tantchen, obwohl der schlesische Herr ihr sehr zuriet: Peter könnte doch noch Wurst holen und Schinken. So gern möchte er mal wieder Schinken essen? «Wissen Sie noch? Schlesischer Plusterschinken?»
Peter freute sich schon, daß er endlich einmal jemand auf seiner Seite hatte, aber das Tantchen sagte: «Du bleibst hier!»
Nein, nicht nach Mitkau fahren, das Kapitel war abgeschlossen. Dafür durfte er ausnahmsweise mal ins Kino gehen.
Das Tantchen gab ihm die fünfzig Pfennig für den Sperrsitz und fragte hinterher: «Na, wie war's?» Sie schwärmte noch immer von Benjamino Gigli, den hatte sie in ihrer Jugend mal gehört, und der schlesische Herr konnte sich daran erinnern, daß auch er für ihn geschwärmt hatte.
«Vergiß mein nicht!» sang er ihr vor, und in der Tat, er hatte eine schöne Stimme.

Gigli! Das waren noch Zeiten gewesen! – Der Schlesier lud das Tantchen zum Essen in den Ratskeller ein. Hackbraten mit Salzkartoffeln gab es dort für 50 g Fleischmarken und 10 g Fett, die das Tantchen ohne weiteres spendierte. Heil Hitler. Sie zog sich extra eine andere Jacke über, in dem Kleid konnte sie sich nicht gut sehen lassen, das mußte dringend mal gebügelt werden. Ihre guten Sachen lagen auf Wladimirs Wagen. Die gol-

dene Brosche mit den goldenen Pfeilen in jede Richtung steckte sie sich an. Es war lange her, daß sie von einem Herrn zum Essen eingeladen worden war. Genau genommen war dies noch nie der Fall gewesen.
Spät am Abend kam das Tantchen zurück, und sie war verstört.
«Laß mich in Ruhe!» sagte sie zu Peter, als der fragte: «Na, wie war's?»
Es war eben alles nicht so einfach.

In Mitkau saß Dr. Wagner am nächsten Morgen still in seiner Studierstube, als er von der Räumung des Klosters erfuhr. Ein großer Teil der Greise war schon fortgekarrt worden. Nun sollte der Rest noch weggeschafft werden.
Er saß am Schreibtisch, vor sich das marmorne Tintenfaß. Tinte war stets genug dagewesen, aber die Gedichte, die er sich schuldig war, hatte er immer noch nicht vollendet, Rilke und Stefan George hatten ihm dazwischengefunkt. Und da hatte er gesagt: «Lassen wir das.»
Leider hatte ihn ja auch die Mutter so gar nicht unterstützt. Die Blätter, die er ihr dann und wann auf den Stopfkorb gelegt hatte: nur eben flüchtig angesehen. Und nie etwas dazu gesagt.

Er sah sich das Album an, in das er Fotos seiner Schüler eingeklebt hatte, und er versah die Bilder der Gefallenen mit einem Kreuz.
Er zählte die Zahl seiner Schüler zusammen, die durch seine Hände gegangen waren. Eine lange graue Kolonne sah er vor sich, den Kopf hielten sie gesenkt ... Und er dachte an manch hellen Kopf, aber auch an Dumpfheit, die sich nicht mitreißen ließ von Anmut und von Würde.
Auch an die endlose Reihe von Stunden mußte er denken, die

er über sie ausgegossen hatte. Wie einen Rosenkranz hatte er sein Wissen dahergebetet, Tag für Tag und Stunde für Stunde. Jahr für Jahr immer dasselbe? Erlösung war ihm nicht zuteil geworden.

Er riß sich aus der Betrachtung los, zog Wanderschuhe und Wanderhose an und wickelte die Gamaschen drüber, und dann machte er sich in seinem Gehpelz auf den altbekannten Weg zum Kloster: die Horst-Wessel-Straße hinunter über den Markt an der Kirche vorüber. Auf dem Markt kam ihm die Organistin entgegen. Da klappte er aber doch schnell den Kragen auf! Diese Frau hatte ihm noch gefehlt! Sie hatte ihm den Zutritt zur Orgel verwehrt, damals, als die Mutter eben gestorben war, er hatte sich an dem Instrument recht ergehen wollen in seinen Variationen: es-Moll, und dann über Ges-Dur nach B? Das hatte sie ihm verwehrt, und er war auf den schillernden Klang seines Klaviers angewiesen gewesen, und nebenan die tote Mutter auf dem Bett.

Am Rathaus ging er vorüber und an dem kleinen Gefängnis. Zweiter Stock, zweites Fenster von links? Dort war ein bleiches Gesicht auszumachen. Dort wurde gewinkt. Aber Dr. Wagner sah gerade nicht hin. – Er ging über die große neue Brücke, die noch immer nicht abbezahlt war, an der Pioniere jetzt Sprengladungen anbrachten, am nicht enden wollenden Zug der Flüchtenden vorüber. Nicht mit flatternden Haaren zogen sie dahin, nicht schlichen sie sich bei Nacht und Nebel über irgendwelche Grenzen, nein, mit Sack und Pack zogen sie vorüber, stets den vorgeschriebenen Abstand haltend. Feldgendarmerie zeigte ihnen den Weg. Tief unter ihnen lag der graue, glattvereiste Fluß mit den eingefrorenen Stegen, auf denen Frauen im Frühjahr ihre Wäsche ausklopfen würden.

Vor dem Kloster standen die Leiterwagen, mit frischem Stroh ausgelegt. Alte Menschen wurden hinaufgehoben, Männlein und Weiblein getrennt, allesamt in Schwarz; sie wurden geschoben, gesetzt und gelegt. Jeder mit ein paar Habseligkeiten, und mancher mit einem Apfel in der Hand, einer Spende des Roten Kreuzes, wie Reichsäpfel anzusehen, und die Krückstöcke wie Zepter. Und als sie dann alle saßen und lagen, wurde noch einmal Stroh herangebracht und über sie gedeckt. So mochte es angehen.

Der Transportführer sagte zu Dr. Wagner: «Na, was ist? Steigen Sie mit auf? Sie könnten den zweiten Wagen übernehmen ...»

Und da entschied er sich: Sofort weg! was immer kommen mag. Das Abbrennen der Stadt mit ansehen zu müssen, zusammenbrechende Häuser, Soldateska außer Rand und Band, von einem Haus ins andere stürzend und sich Geschmeide zeigend, das ihnen zwischen den Fingern herunterhängt? und sich womöglich von einem Russen den Leib visitieren lassen?

Das mußte vermieden werden.

Er stieg also auf, und da die Wagen unweit der Horst-Wessel-Straße warten mußten, bis das Tor zur Durchfahrt freigemacht worden war, stürzte er in seine Wohnung und warf den Rasierpinsel in die Luftschutztasche, in der er alles aufbewahrte, was ihm lieb und teuer war: Geld, Papiere und das frühe Bild seiner Mutter, in Goslar auf der Kaiserpfalz gemacht: Wie sie da auf der Mauer sitzt, den Rock weit um sich her gebreitet.

Und auch das Bild seines Vaters, eines Mannes, den er nie gesehen hatte, und von dem er nichts weiter wußte.

Hinaus! Hinaus ins weite Land! Ein letzter Blick, die Steppdecke von seinem Bett gegriffen, die Schlüssel in den Briefkasten geworfen und fort!

Ja, er hätte es vorgezogen, mit den Globigs davonzuziehen. Aber es hatte nicht sein sollen. Man hatte ihn nicht aufgefordert, das war nun einmal nicht zu ändern. Hatte sich nicht ein familiäres Verhältnis herausgebildet? Gehörte man nicht zusammen? «Es ist vielleicht besser so», sagte er laut. «Vielleicht ist es wirklich besser so.»

Als er an Georgenhof vorüberfuhr, machte er einen langen Hals. Dem Soldaten neben ihm sagte er: «Dort liegt Georgenhof.»

Drygalski war nicht zu sehen, und auch nicht die Fremdarbeiter im Waldschlößchen, das man im Frieden mal hätte besuchen sollen, bei warmem Wetter, zu Kaffee und Kuchen. Treckwagen standen auf dem Hof, und fremde Menschen gingen aus und ein. «Auf Georgenhof habe ich viele schöne Stunden verlebt», sagte er leise zu sich selber, derweil sich bereits die ersten gelben Eiszapfen unter dem Wagen zeigten. Der Koffer des Balten! der fiel ihm jetzt ein, die Heimatchronik … Eben stürzte er in das Haus hinein, und er nahm ihn an sich. Der würde zu retten sein! Um Gottes willen, wenn er den nun vergessen hätte! Stand er denn nicht im Wort?

Peter streifte umher. Durch die Hauptstraße, die nach Adolf Hitler genannt worden war, fuhren weißgestrichene Panzer mit Waffen-SS in weißer Tarnkleidung. «Rechts ran!» wurde gerufen, und die Pferde vor den Treckwagen stiegen hoch.

Sie fuhren den Russen entgegen, die tapferen deutschen Soldaten. Waren denn die Reserven unerschöpflich? Vor der Stadt hielten sie auf freiem Feld, auf dem noch Reste eines Jahrmarkts standen, und freundliche SS-Männern spendierten den Kindern Bonbons. Ein Junge hatte Glück, der durfte sogar hinaufklettern auf den Turm.

Dann fuhren sie ab, die schweren, unförmigen Dinger. Klein

war das Gebiet, auf dem sich die Deutschen zusammengedrängt sahen, und es wurde immer kleiner! Desto leichter zu verteidigen! stand in der Zeitung. Keine Angst!
In der Hauptstraße lag noch lange der blaue Dieselqualm der Kampfmaschinen.
Jetzt gaben auch die restlichen Läden alle Waren frei.

Vielleicht war dies der richtige Zeitpunkt weiterzuziehen. Das Tantchen meldete sich ab bei dem Polizisten, der ihr alles Gute wünschte. Sowie er was hört über diesen Wladimir, meldet er sich. Er hatte momentan sehr viel zu tun: Allerlei Diebstähle waren gemeldet worden – da gab es Leute, die gingen von Haus zu Haus und plünderten! –, und sogar ein Mord war passiert!

Am nächsten Morgen wurden französische Kriegsgefangene durch den Ort geführt. Mit Schals um den Kopf, die Hände in den Taschen. In dem dichten Schneetreiben sah das ein bißchen so aus wie 1812. Im Gleichschritt marschierten sie, still, mitten auf der Straße, und der Wachmann mit seiner langen Flinte ging hinterher, im gleichen Schritt und Tritt. Einer, links vorn, trug eine Laterne, damit die Autos wissen: da kommt ein Trupp Franzosen, bloß nicht überfahren, diese Leute. Das sind anständige Kerle, gegen die haben wir nichts.
Die Frauen mit ihren Einholenetzen sahen ihnen nach. Ein alter Mann versuchte Schritt zu halten, daß er im vorigen Krieg in französischer Gefangenschaft war, wollte er ihnen sagen, und er holte Zigaretten aus der Tasche und hielt sie ihnen hin.
Zigaretten, nein, Zigaretten hatten sie genug, sie zogen ja sogar den Wachmann mit durch. Die Zigaretten soll er man behalten.
«Bon jour!» rief er ihnen nach. Beim Bauern hatte er gearbeitet, 1917, am Fuße der Pyrenäen, und zum Frühstück hatte es Rotwein gegeben. Das war an sich eine schöne Zeit gewesen.

Peter hatte die Franzosen schon in Albertsdorf gesehen, wie sie mit Wladimir zusammen den Wermut tranken. Sollte man sie fragen, wo Wladimir steckt? Kaltblütig den Wagen stehlen? Von den beiden Braunen hatte man sich nicht einmal verabschieden können.

Ehe Peter noch daran dachte, die Franzosen auszufragen, waren sie schon in der Schneedämmerung davon.
Das Tantchen sagte: «Da bist du ja. Unseres Bleibens ist hier nicht mehr länger.»

Der schlesische Herr ließ sich nicht mehr blicken, und es war gar nicht so einfach, den Wallach wiederzubekommen. Der sei schon verkauft! sagte man ihr. Der Herr Sowieso habe ihn gestern verkauft. Und der Schlüssel zur Feuerwache war momentan gerade nicht zur Hand.
Das Tantchen wollte schon zur Polizei laufen, da sagte man ihr, sie könne das Tier ja zurückkaufen, man mache ihr einen schönen Preis?

Also legte das Tantchen das Geld hin und zog mit dem dankbaren Tier ab. Es schlug mit dem Schweif und guckte durchaus nach vorn!
Dieser Mann sei ein richtiges Schwein gewesen, sagte das Tantchen zu Peter. Der stammte ja auch nicht aus ihrem lieben Niederschlesien, sondern aus *Ober*schlesien, wo's von Polacken wimmle.
«Es ist alles nicht so einfach.»

Von den Nachbargefährten auf dem Sportplatz verabschiedete man sich, Heil Hitler, und von dem Parteimann, dem das Wappen auf der Kutschentür so imponiert hatte, ohne daß er sich's

hätte anmerken lassen. Heil Hitler. Und dann hieß es hü!, und der Wallach legte die Ohren an.
Nie! nie wieder würde sie sich so reinlegen lassen, sagte das Tantchen laut. «Dieser miese Kerl!»
Das hatte sie auch zu den Leuten an der Feuerwache gesagt, aber die hatten geantwortet: «Wenn Sie das noch einmal sagen, wird das Weiterungen haben.»

Auf der Hauptstraße kamen ihnen die ersten Trecks aus dem Westen entgegen. Zurück! Zurück! hatte es vor Elbing geheißen. Hier geht es nicht weiter. Wenn die Leute das vorher gewußt hätten, dann hätten sie ja gleich dableiben können. Von den Kutschböcken beugten sich die Frauen zum Tantchen hinüber, das immer stur nach Westen fuhr: «Zurück! Hier geht es nicht weiter.»
Aber das Tantchen wollte ja gar nicht nach Elbing, die hatte ganz andere Pläne. Und mancher tat es wie sie, der fuhr weder nach Osten noch nach Westen, der wollte sein Heil am Haff suchen, und dort übers Eis auf die Nehrung.
Am Haff würde man ja vielleicht auch die restlichen Urlaubermarken abkaufen können?

Daß in diesen Stunden auch Onkel Josef mit den Seinen durch das Städtchen fuhr – Richtung Osten, nach Haus! nach Haus! –, war nicht zu ahnen gewesen. Albertsdorf, so viele schöne Jahre dort verlebt ... Mit Frau und drei Töchtern. – Nie wieder würde man etwas hören von ihm.

Unterwegs

Sie zuckelten unter dem grauen Schneeschleier langsam dahin, der Wallach hatte sich am Hafer gesättigt, der war kaum zu halten, aber die Wagenreihe konnte nicht überholt werden, einer hinter dem anderen. Warum die so langsam fuhren, war ein Rätsel. Am Straßenrand lagen Tote, manche saßen erstarrt an einem Chausseebaum; Greise, die nicht weitergekonnt hatten, und kleine Kinder.

Peter war sehr müde. «Das macht die frische Luft», sagte das Tantchen, «leg dich man hinten rein», sie schafft das schon allein. «Sind wir bis hierher gekommen, dann kommen wir auch noch bis ans Haff!»

Sie korkte eine Flasche auf, setzte an und nahm ein paar Schluck, und sie tat das so, als sollte sie dabei fotografiert werden. «Tantchen in Aktion.» Daß auch so etwas in ihr steckte, hätte keiner gedacht.

Peter lag im Stroh, von Decken und Mänteln bedeckt. Er war müde, vor Müdigkeit war er fast bewußtlos, eisig und schwitzig. Und wenn er sich bewegte, weil es irgendwo drückte, dann machte ihn das nur noch müder und er sank sofort wieder zurück, und er vergaß, wo er war.

Ab und zu gab's Halt, Militärlastwagen fuhren vorüber, in die entgegengesetzte Richtung. Danach ging's weiter. Immer wieder mußte angehalten werden. Man hörte das Schimpfen der Menschen, Rufen ... Das Tantchen schimpfte auch, ja, sie fluch-

te sogar, und ab und zu ein Schluck aus der Pulle. Über das Haff und dann die Nehrung entlang, dieser Weg nach Westen war noch offen.
Das Tantchen auf dem Kutschbock. Sie stellte sich vor, daß man Wladimir aufgreifen würde und gebunden vor sie hinstellen – zu Straßburg auf der Schanz' – und was sie dann sagen würde … «Er hat zwar alles umsichtig vorbereitet, aber er hat uns im Stich gelassen.»
Und dann zählte sie es sich her, was alles auf dem Wagen gelegen hatte. Aber sosehr sie auch nachdachte, ihr fiel nur ein, daß Wladimir eine schwere Kommode in Georgenhof im letzten Augenblick noch wieder abgeladen hatten. Georgenhof, die Krähen auf der Eiche und der schiefe Morgenstern.

Was Katharina wohl sagen würde eines Tages: «Das Tantchen hat es ganz allein geschafft … Sie ist über sich hinausgewachsen.» – Es war ein Frohlocken in ihr. «Wie wach das Tantchen war!» würde Eberhard sagen. Und: «Sie hat unserem Peter das Leben gerettet.» Und die Aktentasche mit den Papieren und Fotos …
Das Fotoalbum aus der Ukraine: Ausritt in weißer Uniform. Ein Gruppenfoto, und im Hintergrund, kaum zu erkennen: mit Tinte auf dem Büttenrandfoto ein verlaufener Pfeil: «Unser General».

Wenn ich mit dem Ackerwagen hätte losziehen müssen, das hätte ich nicht geschafft, dachte das Tantchen, der schwere Wagen, und *zwei* Pferde lenken – schon allein das Anschirren, und die verschiedenen Zügel irgendwie über Kreuz?
Sie freute sich, daß sie auf ihre alten Tage das noch konnte, hier durch die Gegend kutschieren, und unter diesen Umständen.

Während sie den Wallach zügelte, immer hinter dem Vordermann her, hatte sie sogar ein Auge auf die Landschaft, die bereiften Bäume und einzelne Krähen.
Wenn das alles hier vorbei ist, gehe ich wieder nach Schlesien, dachte sie. Irgendwann einmal werde ich in Schlesien noch Mohnkuchen essen. Hier war man ja beim Deibel auf der Rinn.

Nun näherten sie sich einem Dorf mit einer kleinen Kirche. Eine neugotische Kirche, in preußischen Ziegeln erbaut, über dem Portal ein segnender Christus aus Zement.

Da kam ein einsames Flugzeug geflogen, langsam die Straße entlang, über den Treck dahin. Es wackelte und warf Bomben auf die Wagenkolonne, man konnte die Bomben sehen, wie sie heruntersegelten. Eine davon fiel neben die kleine Kutsche mit dem Tantchen und dem fest schlafenden Peter. Der Wallach stieg brüllend auf und fiel über die Deichsel, und das, was von dem Tier übrig war, streckte sich. Die Kutsche stürzte um, und Peter lag im Freien.
Das Flugzeug kam noch einmal zurück, der Pilot wollte wohl wissen, ob er getroffen hat. Machte er Striche auf seinen Schreibblock? Einen, zwei, drei, vier, fünf Pferdewagen der faschistischen Mordbrenner vernichtet?
Zur Sicherheit schoß er noch einmal mit dem Maschinengewehr die Kolonne entlang. Dann zog er eine Schleife über das Feld hinweg und holte neue Bomben.

Das Tantchen hatte es erwischt, Helene Harnisch war tot. Geboren 1885, gestorben im Januar 1945, unverheiratet. Zwei Monate vor ihrem sechzigsten Geburtstag. Es hatte ihr die Brust aufgerissen.
Hinter der Kutsche staute es sich, da lagen andere Wagen auf

der Seite, und man hörte Wehklagen. Schließlich kamen Männer und schoben die Trümmer der Fahrzeuge zur Seite, Platz schaffen für den großen Treck, der an ihnen vorbeiwollte. Frauen legten die Toten in den Straßengraben, auch das tote Tantchen. Nun konnte es in Gottes Namen weitergehen.

Peter setzte sich neben das Tantchen. Zwei goldene Ringe an der Hand des abgerissenen Arms. Das rote Blut im Schnee. Sollte er ein Vaterunser beten? «Es ist alles nicht so einfach …?»
Die Wagen fuhren an ihm vorüber, einer nach dem anderen, er sah sie alle, und alle sahen ihn, den Jungen mit dem Fernglas vor der Brust und der Luftpistole im Gurt. Von in die Luft gepulvertem Waschpulver gesprenkelt saß er da.
Nach einer Weile kam ein Mann aus dem Dorf, das war der Pastor, der wollte die Toten wegtragen. Er half Peter, das Tantchen auf eine Decke zu rollen, den linken, abgerissenen Arm legte er dazu. Er war im Schultergelenk herausgerissen und außerdem noch gebrochen.
Sie trugen die alte Frau zur Kirche, legten sie in den Vorraum, neben den Opferstock und den Kasten mit den Gesangbuchnummern. An der Wand die Tafel mit den Namen der Gefallenen von 70/71 und 14/18.

Es lagen schon mehrere Leichen in der Kirche – manche blutete noch –, der Größe nach geordnet, darunter auch Kinder, ein Mädchen mit langen braunen Strümpfen. Ein Rockzipfel hochgeweht, über den Strümpfen die Strapse und eine handbreit blanke Haut. Weinende Menschen daneben, aber sie hielten sich nicht lange auf, sie mußten weiter, weiter!
«Wann kommt ihr denn endlich?» wurde gefragt. «Wir müssen weiter.»

Während der Pastor eine Decke über das Tantchen legte, ging Peter in die kalte Kirche hinein und aus einer anderen Tür wieder hinaus, um die Kirche herum und vorne wieder hinein. Und dann setzte er sich in die erste Reihe, unter die Kanzel. Später einmal könnte er erzählen: «Als das Tantchen tot war, setzte ich mich in die Kirche, und ich saß lange dort.»
Das Tantchen war tot, ausgelöscht, als hätte man eine Decke glattgezogen.
Die Decke ist strammgezogen worden, dachte Peter. Schwamm drüber? Er mußte an das Bleigießen zu Weihnachten denken, wenn die Münze aus Blei über dem Feuer allmählich die Form verliert. Zisch! ins Wasser damit.
Wenn er dem Hahn außer der Reihe ein paar Körner hinhielt, hatte sie oben in ihrem Zimmer ans Fenster geklopft, mit dem Fingerring. Den Hahn braucht er nicht zu füttern, daß die Hühner genug Futter kriegen, bedeutete das. Der kriegt jeden Tag sein Teil.

Als er sich besonnen hatte und wieder auf die Straße zurück ging, wurde die Kutsche bereits geplündert, die Leute wichen zurück, wie Geier es tun, wenn ein Kojote naht. Er stand unschlüssig neben den Trümmern, die Hand um das Fernglas gekrampft. Eine freundliche Frau hielt einen Augenblick an, als sie ihn da so alleine stehen sah, er soll schnell hinten draufspringen auf ihren Wagen, und von dort streckten sich ihm bereits Arme entgegen.
Aber nein, er kann hier nicht fort. Er kann doch nicht alles so herumliegen lassen?

Da kamen die gefangenen Franzosen anmarschiert. Links, links, links .... Sie hielten nicht inne. Im Vorübermarschieren guckten sie sich das Malheur an. Links, links, links, zwo, drei, vier!

So was kannten sie, getötete Pferde, eine umgestürzte Kutsche? Wie die Alte Garde 1812, immer schön zusammenbleiben, im gleichen Schritt und Tritt. – Der Wachmann blieb einen Augenblick stehen. «Bist du allein?» fragte er gutmütig. Und es war für Peter schwer, die Tränen, die ihm bei diesen Worten augenblicklich in die Augen schossen, zu verbergen. Sollte er denn mit den Franzosen gehen?
Er suchte ein paar Sachen zusammen, den großen Koffer der Tante, seinen Rucksack und das Mikroskop.
Die Laute? Ein Wagen war darübergefahren und hatte sie zerquetscht.

Als er dabei war, die Sachen zusammenzusuchen, wurde er von einem Volkssturmmann gefragt, Heil Hitler, ob er hier plündert oder wie oder was? Er soll bloß zusehen, daß er Land gewinnt, sonst macht er Meldung! – Das Globig-Wappen an der herausgefallenen Tür sagte dem Mann nichts.
Wurst und Brot stopfte Peter in den Rucksack, er nahm das Mikroskop unter den Arm und ging, den Koffer hinter sich herziehend, davon.
«So sind wohl manche Sachen, die wir getrost belachen ...», ging es ihm durch den Sinn. Merkwürdig, er hatte den Knall der Bombe gar nicht gehört.
«Du mußt dafür sorgen, daß das tote Pferd hier wegkommt, das kann hier nicht liegenbleiben», sagte der Volkssturmmann noch und knirschte davon.

Hinter der Kirche lag das Pastorat. Der Pastor hieß Schowalker, ein Mann mit kurzgeschnittenen Haaren, die im Nacken nichtsdestotrotz kraus auswucherten.
Er hatte die Toten in die Kirche getragen, nun nahm er Peter mit in die Küche.

Hier war alles sauber aufgeräumt, kein Krümel, nirgends. Im Herd brannte ein lindes Feuer, Töpfe an der Wand, einer neben dem anderen. Von der nahen Straße hörte man die Wagen knirschen, die Rufe der Fahrer; hier drinnen war alles still und fein.
Der Pastor holte Bürste und Seife, und dann wuschen sie sich das Blut der Tante von den Händen. Die Hand hatte Peter zum Munde geführt, und dabei war ihm etwas geronnenes Blut an die Lippen geraten. Bin ich mit ihr verbunden? dachte er.
Auch auf dem Mantel hatte Peter einen Blutfleck. Den konnte man bei Gelegenheit ja immer noch auswaschen.

Der Pastor fragte nach den Personalien der Tante. Helene Harnisch, geboren 1885 …
Das schrieb er auf ein Stück Pappe und zog einen Bindfaden durch. Das würde er der Frau ums Handgelenk binden, um das noch existierende Handgelenk.

Sie saßen am Küchentisch. Er setzte Peter ein Glas warmen Holunderbeersaft vor, und dann aßen sie von Peters Wurst. «Im Dorf ist niemand mehr», sagte der Pastor. «Gestern sind alle Wagen davongezogen.» Er rieb sich die blaugefrorenen Hände. Frau und Tochter hatte er schon im Herbst, nach dem Einbruch der Russen bei Gumbinnen, ins Ruhrgebiet verfrachtet. Nun auch schon lange keine Nachricht mehr. Die Bombenangriffe dort? Ob sie wohl noch lebten?
Immer gedacht, ich muß hierbleiben, aber jetzt, was sollte er jetzt noch hier?
Er fragte Peter um Rat: Was meine er, ob er auch fortgehen soll?
Er zeigte ein Foto von Frau und Tochter, das über dem Küchentisch an die Wand gepinnt war. Eine ganz normale Frau und

eine ganz normale Tochter. Er entfaltete die bunte Touristik-Straßenkarte einer Autofirma und zeigte Peter, wo man sich hier eigentlich befand. «Hier liegen wir, dort liegt Danzig.» Das Haff war nur noch wenige Kilometer entfernt. Und er zeigte ihm, wie die Russen mit ihren Panzern von Süden über Allenstein bis an die Küste durchgestoßen waren.

Auf der Landkarte waren Sehenswürdigkeiten in bunten Farben abgebildet: Das Krantor zu Danzig, die Marienburg an der Nogat, Frauenburg, Braunsberg. Über der Ostseeküste ein Strandkorb, eine junge Frau mit Gummitier unter dem Arm ging gerade ins Wasser.

Nach dem Essen nahmen sie sich den Koffer der Tante vor, was da alles drin ist. Obenauf lag das goldene Medaillon der Mutter! – Taschentücher, Schlüpfer, Unterhemden, Blusen ... Briefe, Fotos: das Foto von dem schlesischen Eselsgespann. Und drei silberne Teelöffel! Als der Pastor die Teelöffel sah, sagte er: «Genau solche Teelöffel haben wir zu Hause gehabt ... als Kind, von den Urgroßeltern noch, dünnes Silber, weil schlechte Zeiten waren.» ... *Drei* Stück? und er nahm einen von diesen feinen dünnen, etwas verbeulten Dingern in die Hand: Ob er nicht einen abhaben kann? fragte er. Er würde sich so sehr darüber freuen? Genau solche Löffel hätten sie zu Haus gehabt. Immer Reineclauden damit gegessen, nach jedem Mittagessen Reineclauden. Grießbrei mit Reineclauden.

Peter nahm sein Mikroskop aus dem Kasten und stellte es auf. Das Blut der Tante. Wie sah es aus? Er schabte es vom Mantel und sah es sich an. Krustiges Zeug war es, das keine Geheimnisse barg.

Als der Pastor hörte, daß Peter aus Georgenhof käme und von Globig heißt, stutzte er. Vor zwei Tagen war eine junge Frau hier gewesen, eine Geigerin. Die habe Georgenhof erwähnt, daß sie dort nichts zu essen bekommen hätte und rausgeschmissen worden wäre. Unfreundliche, halbverblödete Adelige. Geizig.

Ob ihn das nicht nachdenklich mache, fragte der Pastor, er empfange ihn hier mit warmem Holunderbeersaft, und eine Schlafstatt stehe auch bereit, und noch vor Tagen habe man einem einsamen Mädchen auf Georgenhof die Tür gewiesen!

Nein, sagte Peter, das sei ganz anders gewesen! Bratkartoffeln und Blutwurst habe sie bekommen, und hinterher Stachelbeerkompott!
Der Pastor glaubte ihm nicht, der lächelte fein, was heißen sollte: Ich verstehe das, mein Junge, du willst das Nest nicht beschmutzen ... und er hielt an seiner Version fest. Eine schöne Predigt ließe sich darauf aufbauen.

Nun erzählte Peter von Georgenhof, wie gastfrei man auch andere Flüchtlinge aufgenommen habe. Von dem Morgenstern auf dem Giebel erzählte er, vom Teepavillon am Ufer des Flusses Helge, von Lampionfesten im Park und vom weißen Mausoleum seiner Schwester. «Sieben Stufen führen zu ihr empor, und eine Schneise führt auf sie zu.» Von Zimmerfluchten in Georgenhof erzählte er und von Kristallleuchtern. Und von der Hausorgel in der Bibliothek, auf der seit seines Großvaters Tod kein Mensch mehr gespielt hätte ...
«Hatte sie ein oder zwei Manuale?» fragte der Pastor dazwischen, und Peter blieb die Antwort schuldig.
Peter sagte: Merkwürdig – manchmal sei es ihm so gewesen, als

ob in der Nacht jemand auf dem Instrument gespielt hätte. Und dabei gab er seinem Blick etwas Träumerisches. Wenn er oben in seinem Zimmer unter der Lampe gesessen und gelesen hätte oder mikroskopiert, dann wär' es ihm so gewesen, als ob von unten klar und deutlich die Orgel zu hören gewesen sei.
Er sprach im Imperfekt. Aber in diesem Augenblick meinte er das Instrument zu hören, das es ja nie gegeben hatte.
Von den erdbraunen Gestalten, die geduckt an ihm vorübergehuscht seien, ließ er nichts weiter verlauten, die behielt er diesmal für sich.

Der Pastor kannte Mitkau, er hatte dort mal gepredigt. «Mein Kollege Brahms dort war Deutscher Christ, du weißt, was das bedeutet?» Deutscher Christ? Vor dem habe man sich in acht nehmen müssen. Deutscher Christ sei er gewesen, dem Hitler Treue geschworen, und dann auf einmal umgeschwenkt. Wach auf, wach auf, du deutsches Land ... Bei der Renovierung der Marienkirche mit Heil Hitler! gegrüßt, Arm hoch und so weiter ...
Es gäbe Menschen, die hätten ein sehr weites Gewissen.
Jetzt verhaftet wegen einer dubiosen Geschichte, von der man nichts Genaueres wisse. Vielleicht was Sittliches?

Die Geigerin – er sei noch ganz erfüllt von der Begegnung mit dieser Frau. Sie habe ihr Instrument ausgepackt und in der Kirche gespielt. Und all die Leute, die am nächsten Tag abfahren wollten, seien herbeigeströmt und hätten sich das stehend angehört, wie sie da so wundervoll spielte. Töne wie aus dem Jenseits! Geradezu überirdisch schön. Musik, wie sie noch nie in dieser Kirche erklungen sei.
Wie angewurzelt wären die Menschen dagestanden. Sie hätten es in diesem Augenblick gewußt: Jetzt gilt es Abschied nehmen

von der Heimat, «nun ade, du mein lieb' Heimatland ...». – Und so ein liebes Wesen von der Schwelle zu weisen? Dazu gehöre schon was!

«Hattet ihr euch das auch richtig überlegt?»

«Ja», sagte Peter, «sie hat auch Schlager gespielt, und ein einarmiger Soldat hat sie begleitet, und von der Blutwurst hat sie sich zweimal genommen!»

«Einarmig?» sagte der Pastor. «Mein Junge, du mußt nicht so übertreiben. Ein Einarmiger kann doch nicht Klavier spielen ...»

Er war noch in Gedanken bei seiner Geigerin. Wie sie das blonde Haar hinter sich geschüttelt hatte und dann kraftvoll angestrichen, und mit dem ersten Ton hatte sich die Ewigkeit der deutschen Musik – sei es, wie es wolle – in der Kirche ausgebreitet.

«Manche Bäuerin ist hinterher zu mir gekommen», erzählte er, «und hat gesagt: So was Schönes haben wir noch nie gehört.»

In der Studierstube stand ein Harmonium. Der Pastor trat die Bälge und drückte einen Choral heraus aus dem Instrument. «So nimm denn meine Hände und führe mich ...» Auch das hatte mit der Ewigkeit der deutschen Musik zu tun. Der linke Balg des Harmoniums war gerissen, er konnte nur den rechten treten, dadurch bekam die Melodie etwas Ruckhaftes. Aber sie war doch ohne weiteres auszumachen.

«Wollen wir beten, mein Junge?»

Ja, das war nun etwas sehr Seltsames. Am Küchentisch sitzen, vorm Holunderbeersaft, und irgendwie beten?

Peter mußte an das goldene Medaillon der Mutter denken, das obenauf im Koffer der Tante gelegen hatte. Er hatte es in seine Hosentasche gesteckt, und es lag mit der Kette wie ein Rosenkranz in seiner Hand.

Am Abend ging Peter noch einmal in die Kirche hinüber zu den Toten, es waren inzwischen mehr geworden. Zwei Säuglinge waren dazugekommen. Das Mädchen mit den Strapsen wollte er sich genauer ansehen.
Die Tante gehörte nun schon nicht mehr zu ihm. Sie lag mit verdrehten Beinen unter der Decke, von Schnee zugeweht. Der Schnee war durch die Tür gestaubt, der hatte die Toten bedeckt. Der abgerissene Arm an ihrer Seite, die Ringe an ihrem Finger und die verdrehten Beine.
In der Dunkelheit suchte er die Trümmer der Kutsche noch einmal mit der Taschenlampe ab. Der kleine Blumenkranz an der ovalen Rückscheibe fiel ihm auf, den nahm er mit.
Der Wallach lag auf dem Rücken, die Beine abgestreckt. Nun auch schon ganz von Schnee bedeckt.

Katharina saß zu dieser Zeit im warmen, überheizten Zimmer des Beamten, Heil Hitler, mit Persianermütze auf und schwarzen Hosen in den schwarzen Reitstiefeln. Auf dem Schoß hatte sie ein Päckchen belegte Brote, die hatte ihr jemand geschickt. Wer, das durfte der Beamte nicht sagen.
Der Beamte sah in die Akte hinein, die vor ihm lag. Sie war dünn, es lagen nur zwei, drei Blätter darin: *Frau von Globig hat zugegeben, einen Juden versteckt gehabt zu haben,* stand darin. Und das hatte sie unterschrieben.
«Und dann haben Sie ausländische Sender abgehört? Frau von Globig? Der Oberwart Drygalski hat das ausgesagt?»
Nein, das hatte sie nicht, und das hatte sie auch nicht unterschrieben. Kopenhagen ja, aber nicht BBC.
Fragen hin und her. «Was wird mit mir?», das fragte sie nicht. Es war eher so, als wollte sie sagen: Jetzt hab' ich endlich meine Ruhe.

Vielleicht dachte der Beamte: Was wird mit *mir*? Wie soll ich mich dieser Situation entziehen? Die Russen vor den Toren? Wie bringe ich mich in Sicherheit? Den ganzen Stall voll Verbrecher – die kriegen dann doch Oberwasser, wenn's andersherum kommt. Die schneiden mir doch die Gurgel durch!
Die ganze Stadt war schon auf und davon, und er saß hier mit siebenundzwanzig Häftlingen an? Mit Leuten, die nicht viel Federlesens machten. – Daß die Stullen der Frau von Globig sehr gut belegt waren, hatte er schon gesehen.
Morgen gleich dickere Suppe ausgeben lassen für alle Mann, und dann vielleicht eine Dienstreise antreten?
Würde man das irgendwie schaukeln können?

An Peter dachte Katharina nicht – der kommt schon durch –, und an das Tantchen auch nicht. Und an den Herrn Hirsch, der über das alte Rosenspalier in ihr Zimmer eingestiegen war, schon gar nicht. Sollte sie sich erkundigen, wie's dem geht? Vielleicht saß er ein paar Zellen weiter? Seine verschrammten Hände sah sie vor sich, die sie bepflastert hatte. Und die abgeschnittenen Fingernägel auf dem Waschtisch.
Gern hätte sie mit dem Beamten gesprochen über eine ganz andere Sache, über damals, den Sommertag an der See, über den einzigen Tag. Einen weißen Anzug hatte der Mann an ihrer Seite getragen. Aber das tat nichts zur Sache, damit hatte der Beamte nichts zu tun. Gern hätte sie ihm davon erzählt. Wem hätte sie sonst davon erzählen sollen? Daß der Bürgermeister von Mitkau mit der Frau von Globig gemeinsam im Strandkorb gesessen hat und was sich daraus ergeben hatte, wen interessierte das denn heute noch?

Vieles ging ihr durch den Kopf. An das Wasser im Keller dachte sie, an die Fremdarbeiter im Waldschlößchen.

Wie würde Eberhard es aufnehmen? Seine eigene Frau im Gefängnis? Würde er sich Fusseln vom Uniformrock zupfen und sagen: Das kann ja gar nicht sein?

Der Beamte nahm den Schlüssel und stand auf. «Kommen Sie mit!» sagte er. Und dann ging er hinaus auf den Hof. Stand mit ihr in der Tür und sah den Schneeflocken zu, wie sie sanft und gleichmäßig vor der Mauer herunterschwebten. Von den Zellen her waren Stimmen zu hören. Lachte da einer?
Er schloß noch eine Tür auf, und da standen sie dann auf dem Marktplatz. Menschen gingen vorüber, die sahen nicht einmal auf. Von Nordosten die Schlange des Trecks, wie sie, quer über den Markt ziehend, durch das Senthagener Tor wieder verschwand.
Einige Wagen begannen sich auf dem Marktplatz zusammenzuschieben wie zu einer Wagenburg. Die richteten sich auf die Nacht ein.
Ein paar Atemzüge frische Luft gönnte der Beamte ihr. Auch mal ein paar Schritte hin und her gehen.

«Kennt mich denn keiner?» dachte Katharina. Aber sie kannte ja auch keinen der Passanten. Dort drüben im Rathaus, da saß einer, der sie ganz genau kannte, ein Freund? aber der ließ sich nicht sehen, der rührte sich nicht.

Der Beamte zeigte auf die Kirche: «Da!» sagte er. «Dem Herrn Pastor Brahms haben Sie das alles zu verdanken. – Das ist ein feiner Herr …» Und er blieb mit ihr stehen, ein paar sehr lange Minuten, und ließ sie ein- und ausatmen. Und er dachte an den schwarzhaarigen Juden, den man im Keller erschossen hatte: In den Knien war er eingeknickt und dann auf die Seite gesackt.

Ich tanze mit dir in den Himmel hinein,
in den siebenten Himmel der Liebe …

Katharina dachte an Felicitas. Eine kleine Viertelstunde Wegs, am Kino vorbei und an der Post, und sie wäre bei Felicitas.
Zu einem solchen Ausflug würde sie den Beamten nicht bewegen können. Das Gezwitscher ihrer Freundin und ihr Lachen und eine Geschichte nach der anderen? – Felicitas war zu dieser Zeit schon längst über alle Berge, das konnte Katharina nicht wissen, sie hatte sich ihren Flüchtlingen angeschlossen, die sich als findig entpuppten. Katharinas Hasen hatten sie gemeinsam verspeist, und das hatte sich ausgezahlt. «Wir bleiben zusammen», hatte sie zu der Flüchtlingsfrau gesagt. Und der war's recht.

«Ja», sagte der Beamte. «Man kann sich auf niemanden verlassen. Der Pastor war kein unbeschriebenes Blatt. Sie ahnen ja gar nicht, was wir alles bei ihm gefunden haben!» Sich mit einem solchen Manne einzulassen, das sei doch ein Spiel mit dem Feuer?
Was wollte er von dir? dachte sie, als sie wieder in der Zelle saß. Wollte er dich laufen lassen? – Sollte ich ihn trösten?

Peter verbrachte die Nacht im Ehebett des Pastors. Er hatte die beiden Teelöffel, den kleinen vertrockneten Blumenkranz und das goldene Medaillon mit Kette auf den Nachttisch gelegt und war sofort eingeschlafen.
Mehrmals in der Nacht war der Pastor aufgestanden und hatte aus dem Fenster gesehen. Dachte er an seine Geigerin?
Hantierte er in der Küche?
Der Pastor dachte an das, was er über die «Deutschen Christen»

gesagt hatte, daß er Peter davon erzählt hatte. Daß er so abfällig davon gesprochen ... Dieser Junge war doch gewiß ein Pimpf? Hatten nicht schon Kinder ihre eigenen Eltern angezeigt wegen eines unbedachten Wortes?
Aber «*von* Globig»? Diese Aristokraten waren doch alle gegen Hitler? 20. Juli und so weiter und so fort?

Das hätte ihm noch gefehlt, daß er im letzten Moment noch hopsgeht! Den Ortsbauernführer überstanden, immer hatte der unter den Kanzel gesessen und genau zugehört, mitgeschrieben sogar, und nun von Kinderhand dem Henker ausgeliefert?
Es würde am besten sein, man machte sich aus dem Staube. Er hätte gleich mit den Bauern fahren sollen, angeboten hatten sie es ihm. Der Superintendent hatte ihm ja schon Dispens erteilt. Der katholische Kollege allerdings, im Nachbarort, der machte keine Anstalten.
Würde man den Christus über dem Portal mit einem Hammer abschlagen müssen und mitnehmen? Dieses liebe Bild, das ihn schon so lange begleitete, den bolschewistischen Horden zur Zerstörung anheimfallen lassen?

Er öffnete den Koffer der Tante. Was um Himmels willen sollte der Junge bloß mit all den Schlüpfern und Hemden? Taschentüchern mit rotem Schleifchen? – Die silbernen Löffel hatte Peter bereits eingesteckt. Aber einen davon, den hatte er jetzt sicher! «Den hab ich ihm abgeschnackt!» dachte der Pastor. Den würde er wie einen Talisman hüten. Ohne Stempel allerdings. Aber doch wohl Silber.
Er nahm einen Packen Taschentücher in die Hand. Eins mehr oder weniger? Würde es auffallen?

Warum hatte er sich bloß hinreißen lassen und von den «Deutschen Christen» gesprochen? «Du bist so vertrauensselig», hatte seine Frau immer zu ihm gesagt, «du redest dich noch um Kopf und Kragen ...»
Hatte der Junge selbst nicht auch irgend etwas gesagt, was man notfalls gegen ihn verwenden könnte? «Nazi.» Er hatte von Drygalski, «dem Nazi», gesprochen. Ja, das war es. Damit würde man ihn kriegen können. Dieser Drygalski war schließlich Amtsleiter der Partei.
Nazi? Wer ein solches Wort gebrauchte, machte der sich nicht auch schuldig? Demaskierte der sich nicht?
Er setzte sich ans Harmonium und tippte eine Melodie in die Tasten. Aber die Bälge trat er nicht.

> Ich wollt, daß ich daheime wär
> und aller Welte Trost entbehr.
> Ich mein, daheim im Himmelreich,
> da ich Gott schaue ewiglich.

Er hatte alles so satt!

Allein

Am nächsten Morgen guckte der Pastor aus dem Fenster und sagte zu Peter, der sich in der Küche wusch: «Schnee, Schnee, Schnee ...» Er tippte an das Barometer und sagte: «Steigt!», und am Außenthermometer las er 15 Grad Kälte ab. «Schnee, Schnee, Schnee! Die armen Menschen, wie sollen sie bloß durchkommen? Das gibt gewiß Schneewehen in Meterhöhe.»
Er ging hinaus und warf den Vögeln ein paar Körner hin. Dann aber schüttelte er die ganze Tüte aus, wie ein Sämann, und die Vögel kamen aus allen Richtungen. Warum sollte man das Vogelfutter noch zurückhalten, nun, wo doch alles verloren war?

Peter ging an die Straße, hier fuhren wieder oder immer noch die Wagen rumpelnd und knirschend, einer hinter dem andern dahin. «Wo geht's hin?» rief einer – dem antwortete niemand. Der tote Wallach lag schon unter dem Schnee, das Maul offen und die Zähne zeigend, der hatte hier seine eigene Schneewehe. Man konnte das Tier hier doch nicht so einfach liegenlassen? Umgestürzte Wagen an der Straße. Dazwischen Leichen. Und im Straßengraben andere Leichen: Kinder.
Peter dachte an den Wallach: Er hatte immer das Häcksel vom Hafer weggeblasen, das schlaue Tier. Wenn Wladimir ihn hinaufgehoben hatte auf das große Pferd, dann hatte der Wallach ihn am Bein gekniffen, zärtlich. Und hatte er nicht sogar einmal in seiner Buchte geschlafen?
Wie sollte er den Kadaver beseitigen? Vorn flogen die Krähen auf von anderen Pferden, die auch die Hufe von sich streckten.

Peter ging durch das leere Dorf. Keine Menschenseele war zu sehen.
Ein Kriegerdenkmal. – Dorfteich, Linde und Krug. Im Sommer plantschten hier Enten und Gänse. Jetzt saßen auf der Linde Krähen. Schlittschuh hätte man auf dem Teich laufen können. Die Türen der Häuser und die Scheunentore standen offen. Papier wehte heraus, und die Gardinen aus den Fenstern.
In einem Haus stand ein Stuhl, mitten im Zimmer, da saß ein alter Mann und lallte. Als er Peter sah, hob er die Hand ... Peter ging rückwärts aus dem Zimmer hinaus. Was sollte er mit einem alten lallenden Mann anfangen? Zurückgelassen hatten ihn die Seinen, und nun saß er hier und lallte.

Vor dem Dorfkrug stand ein Geländewagen, und aus der Wirtschaft hörte man Stimmen. Es waren drei SS-Männer, die hier saßen. Speck hatten sie sich gebraten, und Schnaps tranken sie dazu. Die Soldaten – Nahkampfspange und Eisernes Kreuz – wollten sich nur ein wenig verschnaufen, hielten Kriegsrat, was nun werden soll? Zwei ältere und ein jüngerer, der wie ein Schüler aussah.

Als der Junge hereinkam, Heil Hitler, ergriff der junge SS-Mann seine Hand und sagte: «Weißbrot? oder Schwarzbrot?» und drückte ihm die Hand und hielt sie fest im Schraubgriff, so daß Peter aufschrie.
«Also Weißbrot», sagte der Mann verächtlich und schraubte die Hand fest und immer fester. Peter trat ihm mit aller Kraft auf den Fuß. Da lachten die andern, das wär' richtig, «laß dir nichts gefallen, Junge!»
Daß er als deutscher Junge einen kräftigen Händedruck nicht aushält? fragte sich der Mann. «Bist du denn aus Watte?» Daß

man ihm mal kräftig die Flosse drückt? daß er das nicht aushalte? Das wundere ihn. Er sei wohl ein Muttersöhnchen? Hinterm Ofen hocken oder wie oder was?
Wär' er denn kein Pimpf?
Er soll mal seinen Ausweis zeigen. Gerade zwölf.
Sie luden Peter ein, sich zu setzen, und sie schoben ihm ein Stück Speck hin. Ob er aus dem Dorf hier stammt? Nein, er ist nicht von hier, sagte Peter. Sein Dorf sei schon von den Russen besetzt, alle seine Leute seien tot ... Und dann sagte er, daß er allein übriggeblieben sei, sich versteckt habe, und eines Abends seien sie dann dagewesen, die erdbraunen Gestalten, geduckt seien sie an seinem Versteck vorübergeflitzt ... Und seine Luftpistole tüterte aus dem Hosenbund hervor, als wollte er sagen: Mein Leben hätte ich teuer verkauft ...
Die Männer hörten nur kurz zu, sie merkten sofort, daß Peter Lügengeschichten erzählte, und die wollten sie sich nicht anhören.
«Halt's Maul!» sagten sie. Sie hätten was anderes erzählen können, Orden trugen sie ja alle.

Als die gold'ne Abendsonne
sandte ihren letzten Schein, letzten Schein,
zog ein Regiment von Hitler
in ein kleines Städtchen ein ...

sang der eine, so als ob er sich über das Lied lustig machte, und er paukte mit der Bierflasche den Takt dazu.
Ja, das waren noch Zeiten gewesen. Österreich, das Sudetenland ... Die Blumenkriege! Nach Österreich noch das Sudetenland und dann Schluß machen, das wär' richtig gewesen. Und nun saß man in der Scheiße und keine Ahnung, wie man hier wieder rauskommt.

Als sie da so saßen und mit abgebrannten Streichhölzern ein Glücksspiel spielten, kamen frierende Gestalten angehumpelt, und eine von ihnen trat nach kurzem Zögern in die Gaststube ein, es war ein Kriegsgefangener, ein Russe, und der sagte «Kamerad» zu den Soldaten, man habe sie vergessen, was sollen sie machen, wo sollen sie sich melden?
Ob sie ihm helfen könnten, fragte er in seiner Sprache, kaum zu verstehen – und da sah er auch schon die SS-Runen auf den Kragenspiegeln der Soldaten und wurde blaß.

«Klar, können wir euch helfen», sagte der junge SS-Mann und lachte. «Kommt mal mit!»
Hinter dem Gasthaus war eine Kegelbahn, und da mußten sie sich hinstellen, und dann schoß der Mann sie ohne weiteres nieder.
Er kam herein und steckte die Pistole weg.
Die andern lachten nicht, sie nickten nur. So ist das nun einmal.
«Was meinst du, wie die sich aufführen, wenn man sie auf die deutschen Frauen losläßt!» sagten sie zu Peter.
«Was glaubst du, wie die hausen werden, deine erdbraunen Gestalten!» und nahmen ihr Streichholzglücksspiel wieder auf.

Aber dann hatten sie genug vom Herumsitzen. Nun weiterfahren. Nun beenden diese Sache hier.
«Und was wirst du jetzt machen?» fragten sie Peter. Der zuckte die Schultern.
«Na, dich nehmen wir mit», sagten sie. Vielleicht dachten sie, er könnte so eine Art Trommelbube ihrer Einheit werden?
Sie fuhren zum Pastor, Heil Hitler, dessen Haus gänzlich von flatternden Vögeln umgeben war, von Meisen, Spechten und Kirschkernbeißern – eben schüttete er die letzte Tüte aus. Ihm

schlotterten die Knie, Heil Hitler, als er die SS sah. «Der Junge hat mich also tatsächlich verpetzt», dachte er, «nun werde ich verhaftet ...», aber Peter wollte sich nur verabschieden. Er nahm seinen Rucksack auf und das Mikroskop unter den Arm und sagte «Auf Wiedersehen!» Den Koffer ließ er stehen. All die Hemden und Hosen brauchte er nicht.

«Was?» sagte der Pastor, «du willst mich im Stich lassen? Ich habe gerade Suppe für uns gekocht ...», und er gab ihm nicht die Hand. «Wir hätten ja auch zusammen gehen können ...», zog ihn an sich und flüsterte: «Und du fährst mit der SS davon?»

Ja, Peter fuhr mit den SS-Leuten davon. Vorher guckte er noch eben in die Kirche hinein. Es waren viele Leichen hinzugekommen. Wo lag das Tantchen? Er schlug die Decke zur Seite: Der abgerissene Arm, er sah die beiden Ringe schon nicht mehr an ihrem Finger ...

Dann sprang er in den Wagen, und schon bogen sie auf die Treckstraße ein, der Fahrer hupte wie verrückt, und die Bauern hielten ihre Wagen an, und dann rasten sie zwischen den Trecks dahin. Schleuderten noch mit den Hinterrädern, und dann ab. Einmal wurden sie angehalten, von einer Frau, die sich mitten auf die Straße gestellt hatte. Ihre alte Mutter, ob sie die nicht mitnehmen könnten und ins Krankenhaus schaffen?

«Klar, machen wir!» riefen die Soldaten, und dann wurde die alte Frau, Heil Hitler, in den Wagen gehoben und mit Decken zugedeckt und weiter ging's.

Aber es war die falsche Richtung! Es dauerte eine Weile, bis sie es kapierten, daß Peter in die entgegengesetzte Richtung wollte! Da hielten sie an und ließen den Trommelbuben aussteigen. «Man kann niemanden zu seinem Glück zwingen!» sagten sie.

Heil Hitler. Gern hätten sie ihn bei sich behalten, so ein netter, blonder, deutscher Junge? Aber er war ihnen auch schon ein bißchen lästig geworden.
Die alte Frau unter all ihren Decken streckte die Hand nach ihm aus. Sollte er denn bei ihr bleiben?

Peter wußte nicht, wohin er gehen sollte. Links oder rechts? Ans Haff wollte er, wie es das Tantchen vorgehabt hatte. «Alles andere ist Unsinn!» Ans Haff? Ja, aber wohin? in welche Richtung? Er brauchte eine Zeit, bis er es wußte: Zurück muß ich; dorthin, woher ich gekommen bin.
Aber einfach umzukehren und den Weg wieder zurückzutippeln, den die SS-Leute gefahren waren, dem Wind, dem Schnee entgegen, womöglich an dem toten Wallach vorüber, das widerstrebte ihm.
Er sah sich eine Zeitlang die vorüberziehenden Wagen an. Man müßte den Weg abkürzen, dachte er und löste sich aus der Kolonne und stieg querfeldein über das Schneefeld einen schmalen Pfad den Hügel hinauf.
Hinter ihm zogen die Trecks die gewundene Straße entlang, ein Wagen hinter dem anderen, langsam dahin, niemand achtete darauf, daß er sich hier fortmachte.
Es dauerte nicht lange, da hatte er einen mageren Fichtenwald erreicht. Hier war es still. Noch hörte er das Schnauben der Pferde, das Klirren der Ketten, das Mahlen der schweren Wagenräder. Aber dann stiefelte er schon durch das Wäldchen, und es war ganz still.

Schließlich kam er an ein Haus, das war eine Dorfschule: Die Tür war angelehnt, und auf dem Flur lag ein toter Mann, um den Kopf herum Erbrochenes. Das war wohl der Lehrer gewesen. Schnee war durch den Türspalt hereingeweht und hatte den

Mann bestäubt. Tisch und Stühle in der Küche waren umgestürzt, Geschirr lag zerschmettert am Boden. Töpfe, Pfannen. Im Herd glomm noch ein wenig Glut, die Peter vorsichtig anblies. Offenbar war das Häuschen erst kurz zuvor verlassen worden.
Aus dem Schurrmurr, der den Boden bedeckte, las er ein paar Gurken auf, und in der Speisekammer fand sich ein Napf mit Soleiern.

Er stellte die Stühle auf und verzehrte die Gurken. Brot fehlte, woher Brot nehmen?
Er schnüffelte ein wenig umher: Von der Küche führte eine Tür in einen Klassenraum. Die kleine Schule hatten die Behörden mitten zwischen zwei Dörfer gesetzt. Das hatten sie für praktisch gehalten. Man hatte zwei Fliegen mit einer Klappe schlagen wollen.
Im Klassenraum waren die Bänke an die Wand geschoben, und auf dem Boden lag Stroh. Hier hatten Menschen übernachtet. Hier würde auch er schlafen können, aber der tote Mann auf dem Flur? – Das Stroh war beschmutzt, es stank nach Urin und Kot.

Er stieg die Treppe hinauf. In der Schlafkammer lag eine tote Frau, dicht neben sich ein kleines Mädchen, auch tot. Das kleine Mädchen hatte sich an der Frau festgekrallt, und die Tote hatte ihren Arm um das Kind gelegt. Durch das zerschlagene Fenster strich der Wind.
«Sieh nicht hin», sagte Peter, aber er blieb doch in der Tür stehen. Über dem zerwühlten Bett ein Schutzengelbild in goldblinkendem Rahmen. Der Engel führte einen kleinen Jungen über eine schmale Brücke.
So ein Bild hing auch bei den Drygalskis.

Das Wohnzimmer der Lehrersleute, ein Büfett mit Kristall drauf und oben drüber ein Heidebild. Im Arbeitszimmer ein Regal mit Büchern, «Der Bücherschatz des Lehrers». Vom Schreibtisch die Schubladen aufgezogen, der Inhalt durchwühlt. Die Lehrersleute hatten vertraut auf das Gute im Menschen «uns passiert schon nichts», und dann hatten sie doch das Rattengift genommen. Und nun lagen sie tot in ihrem Erbrochenen.
Vielleicht hatte der Lehrer noch die Schreie seiner Frau gehört und das Wimmern der Kleinen, und dann war es aus gewesen mit ihm.
Sein Leben lang hatte er den Schulkindern die Himmelsrichtungen erklärt und was «Horizont» bedeutet. Der Osten und der Westen. Kopfrechnen, Schönschreiben ... Ein alter Mann mit Uhrkette überm Bauch. Im Ersten Krieg waren die Russen ja auch dagewesen, und sie hatten sich anständig benommen ...

Peter setzte sich an den Schreibtisch. «Soll ich hier ein wenig aufräumen?» dachte er. Das Dienstsiegel fehlte. Das Stempelkissen lag aufgeschlagen auf dem Tisch. Auf das Siegel hatten es die Menschen wohl abgesehen gehabt – ein Hoheitsadler? Für so manche Bescheinigung gut zu gebrauchen.
«Hier kannst du nicht bleiben», sagte Peter zu sich.
Aber er blieb am Schreibtisch des Schulmeisters sitzen, er guckte sich fest.

Vom Geruch einer Zigarette wurde er aufgestört. Es waren zwei Männer im Haus, man hörte sie in der Küche reden. Soldaten? So still wie sie gekommen waren, so still gingen sie auch wieder fort. Hier war nichts zu holen. Peter wäre gern mit ihnen gegangen, aber sie waren schon fort.
Er las in den Versäumnislisten und im Schullehrplan, Aufsatz-

hefte … Die Strafliste: «Drei Streiche mit dem Stock wegen Lügens.»
Dann stand er auf. Jetzt mußt du machen, daß du fortkommst, dachte er, und er folgte den Spuren der beiden Soldaten, die würden schon wissen, wo's langgeht? Auch andere Menschen waren hier gegangen, und sogar Wagenspuren waren auszumachen: alle in ein und dieselbe Richtung.

Nachdem er zwei Stunden gelaufen war, kam er auf freies Feld, und da sah er ihn wieder, den Treck, ein Wagen hinter dem anderen. Er konnte schon das Murmeln und Rufen der Menschen hören. Viel hatte er nicht gewonnen durch diese Tour.
Bald hatte er die Straße erreicht, niemand wunderte sich darüber, daß da ein einzelner Junge den Berg herabkommt. Die guckten kaum auf, die guckten woanders hin.
An beiden Seiten der Straße lagen umgestürzte Wagen, tote Tiere mit aufgeblähtem Leib und tote Menschen, alte Menschen, Kinder. Viele Kinder. Von Schneewehen waren sie halb bedeckt.

Eine große, einzelne Eiche stand an der Straße. Und an einem ausladenden Ast hingen mehrere Menschen, Soldaten mit geöffnetem Mantel und ohne Mütze. Waren es die beiden Soldaten aus dem Haus? Ein Schild hatten sie vorm Bauch: «Wir waren zu feige zum Kämpfen …» Neben ihnen hingen ein Mann und eine Frau. Der Mann mit viereckiger Polenmütze auf dem Kopf, am Finger einen Verband. Und die Frau war Vera.

Wir haben geplündert

Peter hatte mal jemanden ein Kreuz schlagen sehen, das hätte er jetzt auch gern gemacht, sich unter den Baum stellen und ein

Kreuz schlagen. Aber er war ja nicht katholisch. Er nahm seine Mütze ab, als müsse er sich kratzen, immer schön vorsichtig sein, denn an der Straße stand ein Auto mit Feldgendarmen. Heil Hitler. Die Toten schwankten hin und her.

Die «Kettenhunde» hielten einzelne Verwundete, die zwischen den Wagen dahintrotteten, an und kontrollierten sie, Heil Hitler, ob das wirklich so schlimm ist, ein Schuß in den Arm? Ob die nicht trotzdem ein bißchen schießen können oder wenigstens Wache halten? Die Leute waren mit Papierbinden verbunden, die von Blut durchtränkt waren. Paketanhänger hatten sie am Mantel, auf denen stand, daß sie ordnungsgemäß verwundet waren. Stufe sowieso. Sie hielten die blutigen Gliedmaßen als Indiz in die Höhe. Heil Hitler, alles in Ordnung.
Keine Feiglinge, keine Drückeberger? Eben mal abwickeln den Verband? Nein, alles hat seine Richtigkeit.

Ein Stück weiter unten stand eine Jugendherberge, die war im Stil eines Niedersachsenhauses gebaut, ein großes Ding. Sie hieß «Johann-Gottfried-Herder-Jugendberge», das stand außen dran. Peter ging hinüber zu dem großen Gebäude, vor dem zwei lange Hakenkreuzfahnen wehten. Hier war wohl der Appellplatz gewesen, hier hatte die deutsche Jugend mit leuchtenden Augen zur Fahne aufgeschaut, hier war über das Feuer gesprungen worden.

> Nichts kann uns rauben
> Liebe und Glauben
> zu unserm Land …

Der Appellplatz wurde von einer halbhohen Mauer wie von zwei Armen weit umfangen. Am Giebel des Haupthauses hat-

ten die Maurer aus Ziegeln eine Kornhocke geformt und die Jahreszahl «1936» darunter. An den Albert-Leo-Schlageter-Brunnen in Georgenhof erinnerte das Ganze, aber der war ja natürlich viel kleiner als dieses prachtvolle Gebäude.

Die Feldgendarmen fuhren vor und stiegen aus, Heil Hitler, um ihren Vorgesetzten Meldung zu machen: zwei Feiglinge aufgeknüpft, und zwei Plünder-Russen ebenfalls.

«Gut, gut!» sagten die Vorgesetzten, Heil Hitler. – Sie hatten das Büro des Jugendherbergsvaters für sich reklamiert, von hier aus konnten sie auf die Straße gucken, ob der Wagenzug auch ungehemmt fließt. Bei der kleinsten Störung hätten sie jederzeit eingreifen können und für Ordnung sorgen. Die schöne Aussicht, die man von der Jugendherberge aus hatte – vom Reichsarchitekten Witterkind klug einbezogen in das Ganze –, blieb ihnen von hier aus allerdings verwehrt. Die ging nach hinten raus. In einer weiten Schleife führte hier die Straße zu Tal, der Treck wand sich dahin. Und in der Ferne ein Städtchen mit zwei Kirchen und einem Schloß.

In der Jugendherberge herrschte Ordnung und Disziplin. Die Waschräume waren tipptopp, und im großen Thingsaal hatte jede Flüchtlingsgruppe eine Ecke zugewiesen bekommen. Da saßen sie dicht aneinander, die Sippen, mit Koffern und Rucksäcken, und die Pferde wurden in der Turnhalle ordnungsmäßig versorgt. Schwestern der NSV ging hin und her und gaben Verpflegungspäckchen aus. Peter mußte seinen Ausweis zeigen, Heil Hitler, und bekam auch ein Verpflegungspäckchen ausgehändigt. Um zwölf Uhr dreißig würde es sogar warme Suppe geben. Es war wohl dieses Ereignis, das die Leute hier noch hielt.

Ein einzelner Stabsgefreiter wollte sich auch so ein Verpfle-

gungspäckchen holen, Heil Hitler, der wurde sofort ins Büro geschickt zu den Feldjägern, der kam dann lange nicht wieder heraus.
«Soweit kommt das noch! Die Truppe verlassen und sich dann noch Essen erschleichen?»
Wo hatte der Mann überhaupt sein Gewehr? Der war ausgeschickt worden, Heil Hitler, um drei erschossene Russen, die er in einem Dorf entdeckt hatte, zu melden.
Soso, das war natürlich was anderes.

Wohl zweihundert Menschen, groß und klein, warteten hier unter den Wandbildern von Herders Leben und Streben auf die Suppe, und: wie's weitergeht, wollten sie wissen. Hier wurde den neuesten Nachrichten gelauscht, aus dem Radio und von Mund zu Mund. Wie weit der Russe noch entfernt ist. Ob die Straße zum Haff hinunter frei ist, das hofften die Menschen zu erfahren, und murmelnd wurde jede Einzelheit erörtert. Kinder spielten Ball zwischen ihnen hin.
Auf der Empore nahm einer von der Marine sein Schifferklavier zur Brust, der wollte für ein bißchen Stimmung sorgen:

> Heimat, deine Sterne,
> die leuchten am Firmament …

Klein und groß umstanden ihn, die Hände gefaltet, und mancher hatte Tränen in den Augen. Ein Mariner im Erdkampfeinsatz war das. Der hatte sich sein Marineleben wohl auch ganz anders vorgestellt. Für den war Heimat einer der großen Pötte, die längst auf dem Grund des Meeres lagen.

Und hier in diesem Haus, das die Partei gebaut hatte, um dem Wanderdrang der deutschen Jugend Auftrieb zu geben, in einer

Jugendherberge des Großdeutschen Reiches, unter einem Bild von Herders Segelschiffsüberfahrt in den Westen, geschah es dann – die Welt ist ein Dorf –, daß Peter seinen Lehrer, Herrn Studienrat Dr. Wagner, wiedertraf, in Wanderhosen, Gehpelz und Wickelgamaschen.

Wer sah wen zuerst?

Freudig umarmte Herr Wagner den Jungen, und sofort begann ein langes Erzählen.

«Mitkau brennt, mein lieber Junge», sagte Wagner, «und in Georgenhof sitzt wahrscheinlich schon der Russe ...»

Und Peter erzählte vom Tantchen und von Wladimir und Vera ...

«Sag bloß», sagte Herr Wagner, «aufgehängt? – auch die Frau? – Das haben die nun auch wieder nicht verdient.» – Zuerst hatte der Studienrat noch: Na? na? gesagt, weil er dachte, der Junge erzählt ihm hier wieder einmal Märchen. Dann aber doch: «Aufgehängt?»

«Alles futsch», sagte Peter, «auch die Kutsche! Ich habe das Ding ganz allein kutschiert», sagte er, «das Tantchen saß hinten drin.» Er habe es ihr mit Stroh dort sehr gemütlich gemacht. Und genau das wär' ihr Untergang gewesen. Pferd und Kutsche kaputt, und er, auf dem Kutschbock, mittendrin ohne eine Schramme. Zwar runtergefallen, aber ohne Schramme. Und er zeigte die Hände vor, da war kein Ritz zu sehen. Ein Wunder!

«Ein Wunder», flüsterte Wagner. «Daß du das konntest, einen Wagen lenken ...», und er dachte daran, daß das Tantchen nie sehr nett zu ihm gewesen war, mokante Reden geführt, wenn er – fero, tuli, latum – bei Peter saß, um unregelmäßige Verben zu üben.

«Und weißt du, wer ebenfalls hier ist?» sagte er, «komm mal mit ...» Und er ging voran in seiner altmodischen Wanderhose mit den Wickelgamaschen von 14/18 und führte Peter in einen hinteren Raum, Tür auf, Heil Hitler, aber da wurden sie sofort wieder rausgeschickt, denn hier bekam eine Frau ein Kind. Es war Felicitas, und eine halbe Stunde später waren Kind und Mutter tot.
«Die war doch immer so lustig», sagte Peter.
«Ja», antwortete der Studienrat, «der Tod nimmt alle mit, so wie sie sind.»
Peter schwieg eine Weile. – «Du denkst jetzt gewiß an deine Mutter, mein lieber Junge», sagte Wagner. Aber Peter dachte gar nicht an sie, er dachte an Georgenhof, an sein Taschenmesser mit den vier Klingen, das ihm sein Vater mitgebracht hatte im vorigen Jahr. Daß er das nicht mitgenommen hatte, das wurmte ihn. Und außerdem überlegte er, was wohl der Ausdruck «opak» bedeute. Die Situation sei «opak», hatte der Studienrat gesagt.

Sein ganzer Kummer sei, sagte Wagner, daß er diesen vermaledeiten Koffer mit sich herumschleppen müsse, von dem Baron, dieses bleischwere Ding, mit all den Chroniken. Er sei schon mehrmals versucht gewesen, ihn stehenzulassen ... Und auch davon gab es was zu erzählen, wie schwierig es gewesen war, den Koffer herauszuholen! Was er sich da alles habe anhören müssen von den Leuten dort.
Und Drygalski noch geschimpft, was das soll ... Und Sonja gefragt: was da drin ist.
Drygalski sei übrigens auch auf und davon, der habe seine Frau einfach sitzenlassen!

Katharinas Situation hatte sich sehr verändert. Der Beamte war nicht wieder erschienen. Man hatte sie allein in der kalten Zelle sitzen lassen, mit ihrer weißen Mütze auf dem Kopf. Waren die Bewacher überhaupt noch da? Sosehr sie das Türenknallen und Schlüsselklirren geängstigt hatte, diese Stille jetzt war ihr unheimlich.

Aber dann wurden in aller Herrgottsfrühe die Zellentüren aufgeschlossen, alles raustreten, «Nicht sprechen!», und in den Hof wurden sie getrieben, jeder bekam ein halbes Brot und: «Nehmt eure Decke mit!»

Ziemlich sofort schob sich ein unrasierter Mann mit Krücken an Katharinas Seite. Er hatte eine lange Wunde über der Stirn, wie von einem Säbelhieb. «Gnädige Frau ...», flüsterte er.

Das war Schünemann, der Nationalökonom, den hatten sie aufgegriffen mit einer Tasche voll gefälschter Ausweise und Lebensmittelkarten.

«Gnädige Frau ...», sagte er. – Wollte er das Herz ausschütten? Oder das Gewissen erleichtern? Die Feldpostmarke, weshalb hatte er sie auch mitgenommen?

Das nützte nun auch nichts mehr. «Mund halten!» wurde gerufen, und dann wurde das Tor aufgemacht, und sie mußten abmarschieren.

Durch die Stadt marschierten sie, dreißig Gefangene, und am Senthagener Tor kamen noch einmal dreißig KZ-Häftlinge dazu.

«Wohin?»

«Mund halten! Es wird sofort scharf geschossen!»

In westliche Richtung wurden sie geführt. Und als sie eben an Georgenhof vorbeitrotteten, explodierte die große grüne Brükke, der Stolz Mitkaus. Der Treck stoppte, und dann wurden die Wagen über das Eis der Helge geleitet, immer mehr Wagen fuhren aufs Eis, hier staute sich die Sache, weil es für die Pferde schwierig war, die schweren Wagen die Uferböschung hinaufzuziehen. Und da brach dann das Eis und die Wagen versanken, und die Schreie der Menschen klangen aus der Ferne wie ein großer Seufzer.

Katharina hielt den Kopf gesenkt. Wie die andern schaute sie nicht links noch rechts. Schünemann an ihrer Seite schwang sich zwischen den Krücken dahin.
«Gnädige Frau ...», sagte er immer wieder. Wollte er ihr sagen, wie schön das Leben doch früher gewesen war? Er hatte doch auch bessere Tage gesehen?
«Mund halten!» riefen die Posten, und dann zerrten sie ihn am Mantel heraus aus der Reihe und schlugen ihn. Dieser Mann hatte im deutschen Volk zur Destabilisierung des Widerstandswillens beigetragen, und nun quatscht er hier auch noch herum. Er verlor seine Krücken, und als er sie aufheben wollte, schlugen sie ihn erst recht.

Katharina hatte gedacht, daß Lothar Sarkander sie vielleicht herausholt? Würde im letzten Moment in seinem Wagen angefahren kommen, mit einem weißen Tuch aus dem Fenster heraus winken: Gnade! Gnade! und sagen: «Mit dieser Frau, das ist ein Irrtum», und sie dann einsteigen lassen, wie er das früher einmal getan hatte, die Wagentür aufhalten, sie einsteigen lassen und mit ihr davonbrausen?
«Diese Frau ist ein ganz besonderer Mensch ...»
Die See! Sie hatten auf der Anlegebrücke gestanden, Möwen! und die Wellen hatten schwapp-schwapp an die hölzernen Pfeiler geschlagen, ihr Hut wie eine Sonne hinter ihrem Kopf. Und er im Restaurant, am Abend, den Zigarettenrauch über die Kerze geblasen. Spielte ein ungarischer Stehgeiger «Avant de

mourir»? Darüber hatten sie noch so lachen müssen. Der war mit der Geige so in sie hineingekrochen … – Und dann der Blick übers Meer, vom Zimmer aus. Hatte in dieser Nacht das Meer geleuchtet? Hatten Milliarden kleiner Leuchtfische das Meer erglühen lassen? Und als die Zeit gekommen war, hatte sie dann eben das Mädchen zur Welt gebracht.

Katharina dachte, er würde vielleicht kommen und sie retten? Im letzten Augenblick?
Dies geschah nun nicht, und sie mußte aufpassen, daß man ihr nicht auf die Hacken trat. Die KZ-Häftlinge aus der Ziegelei drängten sich an sie heran: «Frau … Brot …», sagten sie, und Katharina gab alles her. Diese Männer bildeten eine Phalanx gegen die andern, die auch Brot von ihr haben wollten, sie ließen niemand heran an Katharina, diese Frau hatte noch Brot … Und erst als sie keines mehr hatte, ließen sie ab von ihr.
«Votre cœur …», sagte einer. War das ein gebildeter Mann?

In der Johann-Gottfried-Herder-Jugendherberge wurde um sechs Uhr früh die Glocke gerührt, «Anstehen zum Kaffee-Empfang!» Im Waschraum gab es Leute, die putzten sich die Zähne, und Dr. Wagner rasierte sich. Da fühlte man sich doch gleich ganz anders …
Und dann holten sich die Menschen Kaffee vom Roten Kreuz, und jeder bekam vier Scheiben Brot mit Margarine. Die Kettenhunde standen am Tresen, Heil Hitler, die wollten sehen, ob sich jemand dazwischendrängt, der keine Ausweispapiere hat. Und alle Männer von fünfzehn bis siebzig holten sie heraus. Die sollten die Heimat verteidigen. Verdammt noch mal! Eine Frau schrie auf und klammerte sich an ihren Mann, aber der wurde herausgezogen, dem half es nicht, daß er ratlos um sich blickte.

Wagner und Peter durften passieren. «Mein Junge», sagte Wagner, «ich glaube, wir bleiben zusammen. Das Schicksal meint es gut mit uns.»
Peter mit seinem leichten Rucksack, das Mikroskop unter dem Arm, und Wagner mit dem schweren Koffer des Barons.
Am Ausgang der Jugendherberge blies ein scharfer Wind um die Ecke. Der fuhr ihnen ins Gesicht. Die Sonne schien, aber es blies ein scharfer Wind.
Vor der Tür stand ein kleiner Handschlitten. Der Strick wie eine Schlange im Schnee.
Dr. Wagner stellte den Koffer drauf, sah sich um und sagte: «Los, Junge, schnell, ehe sie uns das Dings wieder abnehmen!» Und dann liefen sie, so rasch sie konnten, davon – Es geht hurtig durch Fleiß –, und Wagner fand das sogar noch lustig. «Wir haben denen eine lange Nase gedreht!» rief er. Und dann waren sie auch schon Teil der Menschenschlange, die durch den zermahlenen Schnee zwischen Wagentrümmern und Leichen in großen Schwüngen der nahen Stadt entgegenzog.

Peter zog den Schlitten, und Dr. Wagner schob. «Sieh dich um, Junge», sagte Wagner. Dort oben lag sie, die Johann-Gottfried-Herder-Jugendherberge, mit ihren wehenden Fahnen, aus der heraus Menschen über Menschen quollen. Eindrucksvoll in die Gegend gestellt. Aber schon wurde «Weitergehen!» gerufen.
Dr. Wagner hielt den Koffer auf dem Schlitten fest, wie ein Drehorgelmann sein Instrument. Es machte ihm zu schaffen, daß er so gar nichts von Herder im Kopfe hatte. Er «zermarterte sein Gehirn», wie er es bei sich ausdrückte. Es war wie verflixt. Weimar, alles gut und schön, Goethe und Schiller … Aber kein Gedicht von Herder, kein nichts, kein gar nichts. «Der Cid», dachte er. Aber was war das noch, «Der Cid»? Was sollte

das bedeuten? Früher hatte er doch immer alles so gut behalten, Gedichte zwei-, dreimal gelesen, und schon hatte er sie im Kopf. «Ihr naht euch wieder, schwankende Gestalten …», den halben Faust auswendig, und nun war Ebbe. Mit seiner Mutter auf so manchem Spaziergang um die Wette Gedichte aufgesagt! «Da ich ein Knabe war, rettet' ein Gott mich oft …» Nun spielte ihm das Gedächtnis so manchen Streich. Nun spielte es einfach nicht mehr mit.
Herder – hatte der nicht ein Augengeschwür gehabt? Ihm war so, als hätte der ein Augengeschwür gehabt.

Über einem See – die herabhängenden Zweige der Weiden waren in das Eis eingefroren – lag ein einzelnes Haus, breit und behaglich. Davor eine bronzenes Reh, mit Schneekappen bedeckt.
Vorsicht, bissiger Hund!
Die Terrassentür des Hauses stand offen, die Flügel klappten im Wind. Und neben der Tür lagen drei erschossene Hunde.
Niemand da unten nahm Notiz von diesem Haus, weshalb sollte man sich die Mühe machen und den Hügel hinaufklettern? dachten die Menschen. Immer weiter, weiter, weiter war die Losung, von Gerüchten in Bewegung gehalten. «Die Russen kommen!»
Aber die beiden scherten aus, da waren sie denn nun doch neugierig. Ein Haus an einem See? Mit einem bronzenen Reh davor? Die Sonne schien kräftig, und Peter zog den Schlitten hinauf, einen Augenblick konnte man sich ohne weiteres eine Pause gönnen, da waren sich die beiden einig.
Auf der Straße unten, in der weißen Landschaft, kroch der Zug dahin. Man konnte es hören, das Geschleife der Räder, das Husten und Rufen der Menschen. Aber hier oben war es still. Ein Kind schrie darüber hin – das hatte wohl seine Mutter verloren.

Ein weißes Künstlerhaus. Würde man auch hier Leichen finden?

War es das Haus eines Maler? eines Bildhauers? – Nein, hier hatte ein Schriftsteller gewohnt. Die Schreibmaschine stand noch auf dem Tisch, daneben eine leergetrunkene Kaffeetasse. Vom Schreibtisch aus sah man eine Allee entlang zu einem Pavillon, der direkt am See stand. Wahrlich ein schöner Platz zum Dichten!
Am See ein Bootssteg, ein Bootsschuppen. Und dahinter die Türme der Stadt, zu der hin sich der Zug der Menschen bewegte. Was für Sonnenuntergänge waren von hier aus beobachtet worden! Und wie kräftig schien sie jetzt!
Die beiden sahen sich um. Die Sonne schien auf den kristallenen Schnee der Terrasse, das funkelte in den Spektralfarben. Was für ein Anblick!

Auf dem Schreibtisch standen Familienbilder: der Dichter selbst mit dicker Brille, die Frau und zwei kleine Kinder, mit Teddy und Puppe im Arm. Das Bild der Frau trug einen Trauerflor.
An der Wand über der Schreibtisch hing ein Hitlerbild, von der Sonne beschienen. Unter dem Bild war eine Widmung auszumachen:

Dem hochverehrten Autor
Gotthardt Freiherr von Erztum-Lohmeyer
zum 50. Geburtstag.

Adolf Hitler, Führer und Reichskanzler.

Das lieber umdrehen? das bleicht sonst aus?
Neben dem Arbeitszimmer die Bibliothek, die Türen standen

offen. Wenn der Dichter ein Buch braucht, um etwas nachzuschlagen, legt er die Feder zur Seite und schlendert hinüber ins angrenzende Zimmer. Dort auch eine Couch zum Langmachen. Alles sehr schön.
Alles sehr geschmackvoll. Die Wände voll klarer heller Bilder, eines neben dem anderen. Junge Menschen in jeder Stellung, der Zukunft zugewandt. Wie Peter sahen sie aus, die jungen Menschen.
Zu bedauern war es, daß der Dichter das Weite gesucht hatte. Daß er hier jetzt nicht mehr weilte. Er hätte aus seinem Fenster heraus auf die stolze Jugendherberge dort oben gucken können und auf die lange Schlange der Menschen, im gleißenden Schnee, wie sie der Jugendherberge entquillt und, der Straße folgend, sich hin und her schwingt. Was für eine Impression! Ein Dichter hätte aus diesem Bild Kraft geschöpft für ein großes Menschheitsepos! Wenn Menschheit schon leidet, dann soll das auch zu Buche schlagen. Die großen Erzählungen aus dem Dreißigjährigen Krieg. Verdun. Und die Kinder Israel wandern noch immer durch das Rote Meer!
Wagner hielt die Hand über die Augen, er war irgendwie erschüttert.

An den Büchern hatte sich bisher noch niemand vergriffen. Nur die Scheiben der Bücherschränke waren eingeschlagen. Warum? Vielleicht hatte das der Dichter noch selbst getan? Ein Akt der Verzweiflung?
Dr. Wagner suchte zähneziepschend nach Herder. Der Besitzer dieses Hauses, der Dichter, mußte auf seinem Bord doch auch Herders Werke stehen haben? Die Klassiker immer zur Hand? Goethe, Schiller, Körner standen nebeneinander – aber nichts von Herder!
«Ich selbst» – das fiel Wagner jetzt ein – «habe ja auch nichts

von Herder besessen. Ewige Schande!» Er mußte lachen und nahm sich vor, sowie dies hier alles überstanden sei, sich Herder zu besorgen. Mein Gott! allein schon deshalb sei es wünschenswert, dies alles hier zu überstehen.
Mit dem Leben davonzukommen, das müßte doch hinzukriegen sein? Zugrunde gehen, ohne je etwas von Herder gelesen zu haben? Gehörte nicht auch Bildung zur Vollendung des Menschseins?

Peter suchte inzwischen was zu essen, er strich durch Zimmerfluchten, Bilder an allen Wänden.
In der Küche, wie eben verlassen, lag tatsächlich ein halbes Brot auf dem Tisch. Aber es war steinhart! Peter steckte es ein, und auch ein Glas Marmelade. «Sommer 1944» stand auf dem Etikett. «Johannisbeeren von Hertha».
Er schüttete Haferflocken in eine Schüssel und streute Zucker darüber. Und er rief Herrn Wagner und sie aßen sich daran satt. Dem Jungen fiel es ein, seinem Lehrer einen der silbernen Löffel zu schenken, die er noch in der Tasche stecken hatte. Das war doch etwas Verbindendes?

Peter öffnete den Koffer des Barons, obenauf lag das Wanderbuch «Wege und Straßen im Baltikum», und auf der Innenseite stand: «Eberhard von Globig». Sieh an, dachte Peter, da hat sich der Baron also bedient.
Eine Hausorgel gab es nicht in dem Dichterhaus, aber einen Flügel. Wagner setzte sich an den Flügel und versuchte, seine Es-Moll-Variationen zusammenzukriegen. Aber der Flügel war eben doch arg verstimmt. Immerhin: «Hör mal», sagte er zu Peter, «es-Moll – Ges-Dur – enharmonisch verwandelt in Fis-Dur … Hört du das?»
Peter stellte sein Mikroskop auf den Flügel.

Da lachte der Lehrer. «Mit einem Mikroskop kommst du der Sache nicht bei ...» – Von Fis-Dur wär' es dann nach B-Dur nicht mehr weit ... – Und von da aus stehe einem die ganze Welt offen! – Aber, wie hatte er das damals noch hingekriegt? Wie war das man noch gegangen? Wie war es ihm gelungen, dem Ganzen darüber hinaus auch noch Wehmut einzublasen? Und er spielte einen Tusch, so laut, daß Peter pscht! machte. Um Gottes willen, vielleicht hörte das jemand.

In diesem Augenblick wurde Katharina unten auf der Straße vorübergetrieben. Mit ihrer weißen Persianermütze wäre sie gut auszumachen gewesen inmitten der Gefangenen. Vielleicht guckte sie zu dem Haus hinüber? Ein Haus am See? Und ein bronzenes Reh auf der Terrasse? Und jetzt Klaviermusik? – Die schwarzen Stiefel hatte man ihr bereits abgenommen, sie rutschte auf Männerlatschen dahin. Und immer, wenn sie rutschte, dann sagte der Posten an ihrer Seite: «Na, na? Paß doch auf!»
Feindselige Blicke von überall auf die Gefangenen. «Die sind schuld!» dachten die Leute. Die haben die ganze Welt aufgehetzt gegen uns, die haben den Weltenbrand entfacht.
Ein Bauer langte sogar mit der Peitsche herüber. Kleine Knoten waren in die Lederschnur geschlungen, damit es besser zieht. Und er traf Katharinas Wange.

Wagner sah den «Buben», wie er ihn noch nie gesehen hatte: der schwarze Flügel, die hellen Bilder an der Wand, und dieser Junge, blond, eben noch Kind, der schmale Kopf, das ernst-heitere Gesicht? Warum nur hatte er sich nicht besser um ihn gekümmert, als es noch Zeit war?

Er hätte mit Peter wandern mögen, wie mit seinen Jungens damals durch das Helgetal.
Nun war alles zu spät.
Aber – das tat er ja, mit ihm wandern. Er hatte ihn doch jetzt ganz für sich.

«Weißt du was?» sagte er und klappte den Flügel zu. «Wir ziehen weiter.»
Den Koffer ließen sie stehen. All diese Chroniken seien hier doch gut aufgehoben, meinte Wagner. Wenn der Hausherr eines Tages zurückkehre, werde er als erstes den Koffer sehen und sagen: ‹Ei, was ist denn das? Alte Papiere? Chroniken gar?› – Ein Schriftsteller könne damit bestimmt was anfangen. Und er dachte an Stifter, «Die Mappe meines Urgroßvaters», oder Keller, oder wo kam das noch vor, daß einer auf dem Dachboden einen Koffer mit Aufzeichnungen findet? Gab es so was bei Herder?

Peter dachte: So ein Haus wie dieses, hell und licht, werde ich mir später auch mal bauen, das ist doch ganz etwas anderes als der düstere Georgenhof, und er setzte sich auf den Schlitten und fuhr den Hügel hinunter, und der alte Mann hielt sich den Hut und lief lachend hinterher. – Sein Vater war nie hinter ihm hergelaufen. In seinem weißen Jackett mit dem Verdienstkreuz ohne Schwerter hatte er in der Tür gestanden. Einmal war er zu ihm aufs Zimmer gekommen, die Reitgerte vom Ausritt zwischen den Händen zum Halbbogen spannend, und hatte gesagt: «Du hast dein eigenes Reich …» Hatte aus dem Fenster gesehen und gesagt: «Aber aufräumen mußt du mal, wie sieht es denn hier aus?»

Ein Museum

Die kleine Stadt stand voll von Bauernwagen. In jeder Straße standen sie, und immer drängten sich noch welche hinein. Die Frauen gingen in die Häuser, um sich etwas zu erbetteln. Wo die Menschen schon geflohen waren, nahmen sie es sich. Ein Haus brannte, die Flammen schlugen fauchend aus den Fenstern, niemand kümmerte sich darum.

Auf dem Marktplatz – rundherum hübsche kleine Giebelhäuser und an der Nordseite das Rathaus – standen die Wagen dicht an dicht, aber die Menschen hatte man weggeholt, die sollten ordnungsgemäß «abtransportiert» werden. Die Pferde wurden gerade ausgespannt, Heil Hitler, die würden dem Militär zugeführt werden. Leute von der Partei gingen zwischen den Wagen mit den hochgestellten Deichseln hin und her. Alle diese Wagen wurden ordnungsgemäß registriert und für die Rückkehr der Flüchtlinge mit Kreide numeriert.
Einstweilen lagen die Menschen noch in einem Kinosaal auf Stroh und machten sich Gedanken. (Mit Schiffen sollten sie fortgebracht werden?) Wenn das so war, dann hätte man den langen Weg aus der Heimat ja nicht mit all dem Hab und Gut zu machen brauchen. Eben noch die Aktentasche vom Wagen holen? Nein, das konnte nicht gestattet werden.
«Ich muß nach meinen Pferden sehen …»
Vor dem Kino stand Volkssturm und ließ keinen mehr raus.

Auf dem Balkon über dem Portal des Rathauses erschien ein Herr, der Lothar Sarkander hieß, hinter sich die zerschossene Uhr. Er stützte sich auf die Balustrade und hielt über die leeren Fuhrwerke hinweg eine Ansprache. Mit großen Gesten und heiserer Stimme rief er Parolen, die niemand hörte. «Tut Buße», so in dieser Art. «Kehret um!»

> Wenn ich wüßt',
> wen ich geküßt,
> um Mitternacht am Lido …

Da zog man ihn auch schon am Ärmel zurück ins Haus, dieser Mann hatte offensichtlich den Verstand verloren. Dieser Mann mußte abgetan werden.

In einer Seitengasse stand ein Lastwagen der Wehrmacht. Hier wurde gerade die Vogtei ausgeräumt, ein sehr altes bauchiges Gebäude mit gotischen Fenstern, das der Stadt als Museum diente. Die Ladeklappe war heruntergelassen, und Soldaten trugen vorsichtig alte Truhen und Gemälde aus dem Haus. – Man hatte die Vogtei schon abreißen wollen, im 19. Jahrhundert. Aber dann war gesagt worden, als Museum können wir sie noch gebrauchen.

Während Dr. Wagner eine Apotheke suchte, um Hämorrhoidensalbe zu beschaffen, ging Peter hinein in das alte Gebäude. – «Warte auf mich, ich komme gleich nach!» – Im Vorraum ein großes Nagel-Kreuz aus dem Ersten Weltkrieg: Die Heimat reicht der Front die Hände: schwarze Nägel hatten fünf Mark, goldene zehn Mark gekostet. Hier war es um Geld gegangen, für das man Munition kaufen und Kanonen bauen wollte, nicht um Tote. Ein Zeugnis aus großer Zeit.

An der Wand ein gerahmtes Jubiläumsschreiben des deutschen Dichters Gotthardt Freiherr von Erztum-Lohmeyer, der darin anzeigte, daß er sich bedankt für die Ehrenbürgerschaft und daß er als Dank seiner Heimatstadt seine Bibliothek vermachen will und all seine Manuskripte, nach seinem Tod.

Der Museumsdirektor, Heil Hitler, ein alter Herr mit Kneifer und Parteiabzeichen, sah der Räumung des Hauses zu, er ging von einem zum andern, der rang die Hände. «Um Gottes willen, vorsichtig!» rief er. Aber zu Wutausbrüchen kam es nicht, sie hätten leicht mißdeutet werden können.

In einer Halle – das war wohl mal der Gerichtssaal gewesen, Halseisen hingen an der Wand – standen Vitrinen, die bereits leergeräumt waren. Seltene Bücher hatten sie enthalten, in aufgeschlagenem Zustand, Münzen, Siegel und Urkunden. – Mahlsteine aus vorgermanischer Zeit waren in den Korridoren aufgereiht, zentnerschwer – kündeten sie nicht vom kargen Leben der Vorväter? –, Getreide zu Mehl zerstoßen oder Pulver vermischen zum Schießen? – Die ließ man wegen ihres Gewichts stehen, wie wertvoll sie auch sein mochten, aber die runden Stößel packte man ein. Wer auch immer die Mahlsteine erbeuten würde, ohne die Stößel würde er nichts mit ihnen anfangen können.
Auch den aus Geweihen gefertigten Leuchter unter der Decke ließ man hängen, 17. Jahrhundert? Der hatte seine Zeit gehabt.
Aber die Majolika-Sachen mitnehmen, die nicht vergessen.
«Immer schön vorsichtig!»

Gemälde wurden hinausgetragen, eines nach dem anderen, winzige Blumenstücke, kleine Heimatsachen und «Die Schlacht bei

Tannenberg», ein großes Bild, das anderswo gewiß als Schinken bezeichnet worden wäre. Rasende Meldereiter waren darauf abgebildet auf sich bäumenden Pferden. Pickelhaubensoldaten, zum Feind hin schießend, Granateinschläge gleichmäßig verteilt. Tote Russen und verwundete Deutsche. Im Vordergrund zwei Feldherren, deutlich zu erkennen. Der eine wies auf eine Landkarte vor sich auf dem Tisch, der andere stimmte zu. Am von Schrapnells gesprenkelten Himmel flogen Rumpler Tauben, die griffen in den Kampf ein, wenn's irgend ging. Die feindlichen Flugzeuge erkannte man daran, daß sie gerade abstürzten. – Das Gemälde hatte einen Hakriß: «Das sind wir nicht gewesen!» sagten die Soldaten, die die Bilder hinaustrugen, «das war schon.»

Links von der Tür hing das Porträt einer vollschlanken Fürstin mit Pelzkragen in himmelblauem Kleid und mit Orden auf der Brust. Das war die spätere Zarin Katharina die Große, unersättlich in ihrem Liebesdurst, aber eine Freundin der Preußen. Sie war hier durchgereist auf dem Wege nach Petersburg, und von ihr gab es im Volk noch immer deftige Geschichten zu erzählen.

Auch dieses Bild wurde abgehängt und in eine Decke geschlagen. Auch das wurde mitgenommen. Obwohl es vielleicht angeraten gewesen wäre, es in einer Prozession den wutschnaubenden Russen entgegenzutragen: «Denkt an die große Freundin des deutschen Volkes!»

Aber, das war der Haken, sie war ja selbst eine Deutsche gewesen.

«Die Ausgießung des Heiligen Geistes» ließen die Soldaten hängen, eine Tafel aus der bereits im Mittelalter abgebrochenen alten Pfarrkirche, riesengroß. Die Jünger hatten kleine Flammen auf dem Kopf, und eine Taube schwebte über ihnen

hin. «Das Dings lassen wir hängen», sagten die Soldaten, und der Museumsdirektor, der sich hier aufopferte, wußte es ja auch nicht. Das eine oder das andere würde man später vielleicht noch nachholen können.
Auch die Farbfenster ließ man zurück, die würden auf dem Transport sowieso zerbrechen.

Peter half mit beim Hinaustragen der Sachen. Auch die Akten des Stadtarchivs sollten gerettet werden, eine Reihe von Ordnern und viele Schachteln mit Grabungsfunden. Stand auf einem dieser Kistchen nicht der Name «Hesse»? Diese Landlehrer mit ihren Grabungsfunden waren gar nicht ohne! Ließe es sich damit nachweisen, daß es sich bei Ostpreußen um urdeutsches Land handelte?
Der Direktor mit dem Parteiabzeichen stand neben dem Ausgang und sagte jedesmal, wenn die Soldaten etwas heranschleppten: «Vorsichtig, vorsichtig! Das ist alles unersetzlich ...» Er hielt in der Hand ein Kistchen mit dem Petschaft der Stadt. «Dies ist besonders wertvoll, bitte nicht aus den Augen lassen.»
Daß er fror, merkte er gar nicht. Woher kommt es bloß, daß ich so zittere? fragte er sich.

«Ich glaube, nun haben wir alles», sagte er schließlich. «Nun können wir uns auf den Weg machen.» Er hole eben noch Frau und Tochter ... Eben schnell Frau und Tochter holen ...?
«Wie alt ist die Tochter? Sechzehn?»
«Klar, die findet hier noch Platz.»
Peter wurde gefragt, verdammt noch mal, was er hier herumzustehen hat und was er denn da für ein Kistchen unter dem Arm trägt. Ein Schüler-Mikroskop? Das soll er doch gleich sagen. Verdammt noch mal.

Als sie endlich fertig waren, stieg der Museumsdirektor ins Auto, mit Frau und Tochter. «Wir müssen halt ein wenig zusammenrücken», sagte der Fahrer.
Die Soldaten sprangen auf die Ladefläche, und Peter fragte nicht lange, der schwang sich auch auf die Ladefläche, und schon ging's los. Das Kästchen mit dem Petschaft der Stadt blieb auf den Stufen zurück. Aber das Mikroskop hielt Peter eisern unterm Arm.
Hupend fuhren sie an haltenden Trecks vorüber. Peter sah über die Ladefläche hinweg auf die lange Reihe der Wagen.
«Ob *das* wohl mal einer malt», dachte er.

Am Stadttor stand Gendarmerie und überprüfte die Menschen, die hier passieren wollten, ob sie auch alle einen Ausweis haben. Und ob auch kein Mann sich wegmachen will. Heil Hitler. Überschwere Pistolen trugen sie am Koppel und ein Kettenschild um den Hals. Einzeln ließen sie die Wagen durch. Und als sie dann endlich Abstand nahmen von dieser Prozedur und als es dann auch endlich weiterging, der Fahrer des Lastwagens legte gerade den ersten Gang ein und gab Gas, kam Dr. Wagner gelaufen und gestikulierte schon von weitem: Halt! Halt! Peter klopfte an das Führerhäuschen, sie sollten den Herrn mitnehmen, aber vergeblich: Keine Zeit, keine Zeit! – Dr. Wagner sprang mit seiner letzten Kraft an die Ladeluke, aber er rutschte ab, fiel hintenüber auf die Straße, und ein schwerer Wagen fuhr über ihn hinweg.
«Uhhh!» rief Peter und ließ sich zurückfallen.
War es das, was Wagner unter «Vollendung» verstanden hatte?

Vor der Stadt, auf der von umgekippten Wagen gesäumten Landstraße, an Leichen und an ausgeplünderten Koffern vorüber, fuhren sie dann wieder an den Trecks entlang. Wenn's in

die Kurve ging, hielt Peter gegen, damit die Bilder nicht umkippten. Die Stößel der Mahlsteine rollten in Halbkreisen über die Ladefläche, manchmal stießen sie gegeneinander, dann schlug es Funken.
Zeitweilig zählte Peter die Wagen, an denen sie entlangfuhren, waren es tausende? Wie lange mochten sie schon unterwegs sein? Immer dasselbe Bild. Alle dachten ans Entkommen, übers Eis des Haffs auf die Nehrung und von da aus heim ins Reich.

> Ist's Pommernland, ist's Schwabenland?
> Nein, nein, nein,
> das ganze Deutschland soll es sein.

Dort würde man herzlich aufgenommen werden.

Nach ein paar Kilometern drängte von einer Seitenstraße her eine unordentliche Kolonne von Gefangenen auf die Hauptstraße, links und rechts bewacht von Soldaten: Die Häftlinge schleppten sich schwankend dahin, mit letzter Kraft. Decken hatten sie sich umgelegt gegen die Kälte.
«Was ist das denn?» fragte einer der Soldaten.
«Das sind die Kinder Israel!» sagte ein anderer.
«Die sollte man doch gleich einen Kopf kürzer machen ...»
Wenn er Steine gehabt hätte, dann hätte er sie damit geschmissen. Um ihnen die Stößel vor die Füße zu rollen, war er zu faul.
Es dauerte eine Weile, bis Peter kapierte, was dies für Gefangene waren, und ihm fiel es ein, daß seine Mutter dazugehören könnte, und er sah sich die Frauen genauer an. Die weiße Pelzkappe? Sah er sie?
Sah er die weiße Kappe?
Er nahm das Brot und dachte, er müsse was abbrechen und

ihnen hinwerfen, wie die Eltern im Märchen ihren Kindern. Aber das Brot war ein Klotz aus Eis.
Es war das letzte Mal, daß Peter seine Mutter sah. Aber er sah sie gar nicht.

Am Haff stoppte der Wagen, da war die Reise zu Ende. Da ging es nicht mehr weiter. Das weite vereiste Haff. Hier warteten Hunderte von Wagen, einzeln wurden sie auf die Eisfläche geleitet, erst Verwundete aufsteigen lassen, Heil Hitler, dann ab! Abstand war zu halten, immer fünfzig Meter, sonst bricht das Eis ein! Tannenbäume und Büsche wiesen die Schneise, an die man sich halten mußte. Nur diese Schneise nicht verpassen! Links und rechts guckten Pferde aus dem Eis, dort waren Wagen eingebrochen. Hier hatten Bauern den Treck überholen wollen und waren eingesackt.

Der Museumsdirektor suchte den Ortskommandanten. Dem wollte er sagen, daß er hier auf der Ladefläche allerhand wertvolles Kulturgut hat. Heil Hitler. – Kulturgut? Was war darunter zu verstehen?
Das Begleitkommando wurde heruntergeholt, die konnte man gut anderswo gebrauchen.
Der alte Herr mit seiner Frau und seiner jungen Tochter standen mit flügelschlagenden Mänteln neben dem Auto. Gemälde! Urkunden! Folianten! – Der Wagen wurde weggefahren. Mit dem Kulturgut würde man sorgfältig umgehen, das war ja selbstverständlich. Tja. Und dann war es die Tochter, die das Kommando übernahm, sie zog die Eltern aufs Eis hinaus: Nun würde man zu Fuß gehen müssen! Vielleicht hatte man ja Glück.

Das weite vereiste Haff. Peter nahm das kleine Medaillon seiner Mutter aus der Tasche. Er hatte es immer in der Hand gehalten. Jetzt öffnete er es. Vielleicht enthielt es ein Bild von ihm? Oder von Elfriede? Oder von dem Vater in seinem weißen Jackett?

Nein, in dem Medaillon hatte Katharina ein Bild von sich selbst verwahrt. Peter knipste es zu. Und in diesem Augenblick nahm der Vater im fernen Italien seine Pistole in die Hand und erschoß sich.

Peter lief hinter einem Bauernwagen her aufs Eis hinaus. Eine Bäuerin saß auf dem Kutschbock, die hatte schon einen weiten Weg hinter sich. Ihre Kinder hatte sie wegen der Kälte zwischen Federbetten gesetzt.

Peter hängte sich hinten an und ließ sich mitziehen. Auf dem Eis stand Wasser, das spritzte auf.

Die Barkasse

Es ist viel Not vorhanden
hier und in allen Landen,
daß wohl ein Herz möcht zagen
aus Furcht der großen Plagen …

Ein paar Wochen später, es war Anfang Mai, stand Peter an einem Hafenkai und suchte mit dem Fernglas den Horizont ab, die Luftpistole im Hosenbund.

Die See! Möwen! und die Wellen schlugen schwapp-schwapp an die hölzernen Pfeiler, «Avant de mourir»?
Auf der Reede lagen große Schiffe, die nach und nach mit Flüchtlingen gefüllt wurden und abdampften. Motorboote, voll mit Menschen, fuhren vom Hafenkai hinaus zu ihnen. Immer hin und zurück. Und ein Schiff nach dem andern dampfte davon. – Ob ein Maler irgendwo saß und das grandiose Bild für immer festhielt?

Peter hatte es nicht eilig. Er schlief in verlassenen Wohnungen, ging ins Kino, ließ sich aus einer Feldküche Erbsensuppe geben, spielte mit einer verirrten Katze, lief am Strand entlang. Und dann lauschte er auch mal in einem Hinterhof einsamem Geigenspiel. Diese Melodie kannte er doch? Er wollte in das Haus hinein, aber es war verschlossen.
Vor dem Haus ein blühender Apfelbaum, und hinter dem Haus der Widerhall des Geigenspiels.

Er streunte durch die Straßen – die blühenden Vorgärten –, und wenn Fliegeralarm kam, drückte er sich in einen Keller zu den Menschen dort mit ihren Koffern und Säcken. Er lauschte auf das Flakgeschieße und auf die dumpfen Einschläge der Bomben, und wenn's vorüber war, streunte er weiter durch die Straßen. Er sah Matrosen mit Handgranaten im Koppel, Kiel 1918, und alte Volkssturmmänner – «Weh, du hast sie zerstört, die schöne Welt» – und auch SS, wie zum Appell mit blanken Stiefeln. «Wenn alle untreu werden, so bleiben wir doch treu ...» Bereit zum Gefecht. Sie würden sich nicht ins Bockshorn jagen lassen.

Ein Schwarm Diakonissen mit weißen Hauben, Heimkinder an der Hand: «Wo geht's längs? Wo geht's längs?» Hierhin – dorthin? Vor oder zurück?

In all dem Hin und Her sah Peter einen Hut, eine Frau mit einem Hut auf dem Kopf, den er kannte. Es war ein Hut seiner Mutter, schwarz mit einer roten Feder, und die Frau war Frau Hesse, und hinter ihr hertrottend Eckbert und Ingomar. Schiffskarten hatte sie in der Hand, damit wedelte sie in der Luft herum. Einmal im Leben muß der Mensch auch Glück haben ...?

Peter drückte sich in einen Torweg. Mit diesen Leuten wollte er nicht zusammentreffen.

Zwischen den abgestellten Treckwagen sah er ein Mädchen mit weißen Kniestrümpfen. Es saß auf der Deichsel und wippte und sah ihn an. Später, als er nach ihr suchte, war sie fort.

War das Elfie? fragte er sich und rechnete an den Fingern nach: acht Jahre alt müßte sie jetzt sein? – Die Mutter, er sah sie hinter der heulenden Schwester herlaufen. Geschrei! Lange her. War das so gewesen? Die Treppe hinauf. Und eines Tages hatte

die Schwester im Bett gelegen und sich nicht mehr gerührt. Und die Mutter hatte nicht geweint.
Er hätte dem Mädchen mit den Kniestrümpfen gern von erdbraunen Gestalten erzählt und von der Hausorgel und den kristallenen Lüstern. Er hätte ihr auch gern den letzten silbernen Löffel geschenkt. Hatte er ihn denn verloren? Und wo war das Mädchen geblieben? In seiner Hosentasche fand sich der vertrocknete Blumenkranz aus der Kutsche. Er zerbröselte ihn. Und erst als er ihn zerstört hatte, fiel es ihm ein: Das waren ja die Blumen aus der Kutsche.

Wenn ich wüßt',
wen ich geküßt,
um Mitternacht am Lido.
Wer das wohl gewesen ist,
um Mitternacht am Lido …

«Isabelle», ein weißes Hotel an der Promenade, mit Tarnfarbe bemalt. Auf der Terrasse stand noch ein letzter Liegestuhl, Peter setzte sich und sah den Schnellbooten und Barkassen zu, wie sie die Menschen hinausbrachten zu den großen Schiffen in der Ferne. Waren sie denn noch immer nicht voll?

In der Bucht waren schon viele Dampfer versenkt worden, die Masten standen über dem Wasserspiegel, wie die Köpfe der Pferde im Eis des Haffs.

Peter stand auch mal bei den Fremdarbeitern, die spielten Mandoline und tanzten. In einer Turnhalle waren sie untergebracht, hier brutzelten sie sich was und warteten darauf, daß es nach Hause geht.
War auch Marcello, der Italiener vom Waldschlößchen, dabei?

Und der Rumäne, der Geld verschwinden lassen konnte, ohne daß man wußte, wie? Und der Tscheche mit der ledernen Mütze? – Es kam auch ein Trupp Franzosen anmarschiert, und sie alle wurden in einen offenen Prahm verladen. «Komm mit!» rief einer Peter zu. Nein. Er wollte nicht. Er wartete noch ab. Auch Verwundete wurden auf den Prahm geführt. Daß schon ein Trupp KZ-Häftlinge drinsaß, hatte Peter nicht mitgekriegt. Die mußten sich im Bug aneinanderdrängen, und die Soldaten mit ihren blutigen Verbänden spuckten vor ihnen aus.

Als Peter sich gerade einen Revuefilm ansah, gab's wieder mal Alarm, und ziemlich sofort fielen Bomben. Der offene Prahm war getroffen worden, draußen auf See, und sofort untergegangen.
Am nächsten Tag wurden die Leichen angeschwemmt. Die Verwundeten waren von den aufgelösten Papierbinden ihrer Wunden umgeben wie von wehenden Girlanden. Lag eine weiße Kappe am Strand? Weiß, aus dem Fell eines Lammes gemacht?

Bisher hatte Peter es nicht eilig gehabt. Aber nun waren es doch sehr viel mehr Menschen geworden, die am Hafenkai standen, um mitgenommen zu werden, und Schiffe waren keine mehr zu sehen! Die Stadt war leer, aber am Strande standen sie und warteten. Ein Torpedoboot fuhr vorüber, ob da immer noch Menschen stehen, und sogar ein U-Boot ließ sich sehen.

Peter ging ein letztes Mal durch die leeren Straßen und dann zum Hafen hinunter. Am Fußballplatz ging er vorüber, auf dem Hausrat stand, Möbel, Nähmaschinen, Standuhren, alles der Größe nach geordnet, auch eine einzelne Ziege, an einen Kinderwagen gebunden.
Aufgeregte Parteimenschen notierten, was hier alles stand, wie-

viel Klaviere und Sessel, und sie kontrollierten einzelne Passanten, was sie hier zu suchen haben, Heil Hitler.
Soldaten wurden herumkommandiert. Sie empfingen Waffen. «Ohne Tritt, marsch!» hieß es, und dann wurden sie den Russen entgegengeschickt. Auch Hitlerjungen waren dabei mit tapferem Gesicht.

Peter traf so mancher Blick. Kann dieser blonde Junge da drüben nicht ebenfalls eine Panzerfaust tragen? Es galt schließlich, die Heimat zu verteidigen? He, du, komm mal her? Auf Leben und Tod?
Nun, Volk, steh auf; nun, Sturm, brich los? – Frisch auf, mein Volk, die Flammenzeichen rauchen?

Nein, für Peter hatte man nur wegwerfende Gesten übrig, zwar blond, aber doch wohl noch zu jung.

Am Hafen stand eine Mauer schweigender Menschen, die alle darauf warteten, daß ein Wunder geschieht und noch ein Boot kommt und sie auf das letzte Schiff holt, das auf der Reede lag, eine graue Silhouette, ausgeschnitten aus grauem Karton. Jeder hoffte für sich allein auf dieses Wunder, und alle zusammen drängten sie ans Wasser, um für sich dieses Wunder wahr zu machen. Aufs Schiff! Über die See! Nach Dänemark ... Vielleicht haben wir ja Glück? Erdbeeren mit Schlagsahne, warum nicht?
Sie hatten sich aufgestellt wie zum Jüngsten Gericht und warteten auf den Urteilsspruch.

Peter drängte sich zwischen die Menschen, das Mikroskop fest unterm Arm, das Fernglas und die Luftpistole, und er schaffte es, allmählich weiter nach vorn zu kommen.

«Es hat keinen Zweck, mein lieber Junge», sagte eine Frau mit links und rechts einem Kind an der Hand, «hier kommst du nicht durch.» Aber Peter ließ nicht locker, und endlich stand er vorn am Wasser.

Eine letzte Barkasse fuhr am Kai entlang, Menschen standen dicht an dicht auf dem Boot, die Zehenspitzen an der äußersten Bordkante.
Sie fuhr vorüber, die Heckwelle beschrieb einen Halbkreis. Und da sah Peter den Herrn Drygalski auf dem Boot stehen mit seinen braunen Schaftstiefeln; vorn, gleich neben dem Matrosen, der die Barkasse steuerte, da stand er. Im selben Augenblick sah auch Drygalski Peter, und er zeigte auf ihn und sagte etwas zu dem Matrosen, und tatsächlich, der steuerte dicht an den Kai heran. Drygalski sprang heraus, zwischen die Menschen – die wichen zurück und schrien «Nein!» –, das ging ganz schnell, er schob Peter auf die Barkasse, und er selbst blieb zurück. Winkte er ihm noch?
War nun alles gut?

Inhalt